zaza burchuladze
ZOORAMA

roman

AUS DEM GEORGISCHEN ÜBERSETZT
VON SYBILLA HEINZE

TROPEN

Die Arbeit der Übersetzerin am vorliegenden Text wurde vom Deutschen Übersetzerfonds gefördert im Rahmen des Programms »NEUSTART KULTUR« aus Mitteln der Beauftragten der Bundesregierung für Kultur und Medien.

Tropen
www.tropen.de
Die Originalausgabe erschien unter dem Titel »ვარდის სურნელი«
im Verlag Bakur Sulakauri, Tbilisi
© 2022 by Zaza Burchuladze
Agreement via Wiedling Literary Agency
Für die deutsche Ausgabe
© 2022 by J. G. Cotta'sche Buchhandlung
Nachfolger GmbH, gegr. 1659, Stuttgart
Alle deutschsprachigen Rechte vorbehalten
Cover: Zero-Media.net, München
unter Verwendung einer Abbildung von © gettyimages/Moment/
Jose A. Bernat Bacete
Gesetzt von C.H.Beck.Media.Solutions, Nördlingen
Gedruckt und gebunden von GGP Media GmbH, Pößneck
ISBN 978-3-608-50011-0
E-Book ISBN 978-3-608-11968-8

Gestern hat jemand zu mir gesagt,
der Mensch brauche Luft, Luft, Luft!
Fjodor Dostojewski • *Schuld und Sühne*

Vernichtet euer Manuskript, aber bewahrt das auf,
was ihr aus Langeweile, Unvermögen und
wie im Traum auf den Rand geschrieben habt.
Ossip Mandelstam • *Die ägyptische Briefmarke*

Es kam der Tag, an dem sich meine Haut
vollständig erneuert hatte – nur die Seele hatte
sich nicht erneuert.
Warlam Schalamow • *Der Handschuh*

Da scheint ein Mensch zu schreien,
aber menschlich klingt das nicht.
Juan Rulfo • *Pedro Páramo*

1.

*K*inder *zu vernichten ist grausam. Aber irgendwas muss man doch mit ihnen tun!* Diese Sätze gehen mir nicht mehr aus dem Kopf, seit ich aufgewacht bin. Oder eigentlich seit ich aufgeweckt worden bin von diesen Sätzen. Ich kann mich nicht erinnern, woher ich sie habe. Aber ich sehe sie gedruckt vor mir. Habe sie also gelesen und nicht gehört.

Marikas Worten nach bin ich multipler Eidetiker. Du hast ein fotografisches Gedächtnis, meinte sie. Nur sind diese Fotos oft miserabel in der Qualität, meinte sie weiter, so farblos und verschwommen wie die Aufnahmen der allerersten Handys.

Ich bin nicht sicher, ob ein eidetisches Gedächtnis multipel sein kann, etwa wie eine Sklerose. Oder ob ich überhaupt Eidetiker bin. Ich kannte das Wort noch nicht mal, bis ich es im Wörterbuch nachgeschlagen habe. Dort ist es so erklärt: *(von griechisch εἶδος – Ansehen, Gestalt) Person, die die Fähigkeit hat, sich Objekte oder Situationen detailgetreu und wie wirklich vorhanden vorzustellen.*

Wie dem auch sei: *Kinder zu vernichten ist grausam. Aber irgendwas muss man doch mit ihnen tun!*

Ich lasse den Hula-Hoop-Reifen um die Hüften kreisen, im Spiegel an der Wand erblicke ich einen drahteseldünnen, krummen, glatzköpfigen Mann mit einer Brille, auf deren Gläser das Licht so fällt, dass Iris und Pupillen unsichtbar sind. In letzter

Zeit sehe ich meine Augen oft so auf spiegelnden Oberflächen, und dann frage ich mich, ob meine Pupillen vielleicht wie selbstlöschende Dateien aufgelöst worden sind und ich nur mit dem Weiß sehe.

Durch das offene Fenster dringt mit der morgendlichen Kälte das Krächzen einer Krähe, und es ist hörbar, wie's gluckert, verrinnend im Innern, im Röhrengewirr. Erst vor Kurzem habe ich mit dem Hula-Hoop in der Früh begonnen. Doch ich bin schon so gut, dass ich vielleicht bald einen Feuerreifen kreisen lassen kann. Nicht nur um die Hüften, auch um den Hals, und zwischendurch werfe ich den Reifen in die Luft, wie ein Artist in einer Feuershow.

Marika hatte mir den Aluminiumreifen für Anfänger geschenkt und versprochen, dass ich von ihr einen professionellen mit acht Dochtspeichen (solche, die man anzünden kann) bekomme, wenn ich diesen gut beherrsche. Marika ist eine sehr aufmerksame Frau. Klug und ruhig. Ihr Blutdruck ist immer 50 zu 50. Und sie hat mich bei allem, was ich angefangen habe, unterstützt. Einmal sagte ich, ich hätte gehört, in ein Kissen zu schreien, würde den Stress lösen, und gleich am nächsten Tag nähte sie mir einen praktischen Rucksack, damit ich das Haus nicht mehr ohne Kissen verlassen muss. Es ist ein bequemer Rucksack, aus bemalter Seide, mit einer Schleife, ähnlich dem Obi einer Geisha. Dabei verlasse ich das Haus sowieso nicht mehr.

In ein Kissen zu schreien, ist eine große Genugtuung. Mir kommt sie gerade recht. Wenn einen die Sorgen quälen und einem in der Nacht das Gewissen in den Ohren gellt, kann man das Gesicht darin vergraben und schreien, schreien, schreien ... So viel man will, bis einem die Halsschlagader platzt, einem schwindlig wird, man ohnmächtig wird. Solange man atmet, solange man grünt so grün, solange man existiert.

Das richtige Kissen, aus Baumwolle, schluckt jeden Laut, wie ein Schalldämpfer auf einem Gewehr. Wer weiß schon, warum einem in der U-Bahn die Schultern beben, wenn man sein Gesicht im Kissen vergräbt, das wie ein Psalmenbuch in den Händen ruht. Vielleicht betet man inbrünstig oder schluchzt bittere Liebestränen? Oder stirbt vor Lachen? Oder sitzt einfach da und heult ... Hat ein Mann etwa keinen Grund zu heulen? Manchmal bleibt einem auch nichts anderes übrig als zu heulen. Und doch gibt es Situationen, da reicht Heulen nicht aus, da braucht man etwas Effektiveres, sagen wir, Fingernägelkauen. Ob nun die eigenen oder die eines anderen, ist egal.

Wie dem auch sei, Marika ist eine aufmerksame Frau. Darum nennt sie mich auch seit neuestem liebevoll den, der mit dem Feuer tanzt. Vielleicht lerne ich sogar, Feuer zu schlucken und mit Feuerfächern zu tanzen, wenn ich so weitermache. Immerhin bin ich schon so weit, dass ich in der Früh den Aluminiumreifen kreise. Aber noch bin ich ja ein ausgemachter Anfänger. Plump und tollpatschig war ich zwar nie, aber dass ich einen so gelenkigen Körper habe, wusste ich nicht. Und dass in mir ein Artist schlummert.

Dante erwählte Vergil zu seinem Führer durch die Hölle und fragte den Ortskundigen: Ist der Dichter der irdischen Freuden ein verlässlicher Führer durch die Unterwelt? Es war wie in einem Film, als ich Marika das erste Mal sah, ich folgte ihr gleich wie ein hungriger Hund. Irgendetwas versetzte mir einen Stich ins Herz, als wäre sie mir schon einmal begegnet. Habe ich wirklich etwas von einem Hund an mir? (Das Schicksal? Das Herz? Den feinen Geruchssinn? Das Winseln im Schlaf oder die unbändige Freude beim Wasserlassen?) Marika ist so dünn, dass man sie mit einem Zwirn erdrosseln könnte. Sie besteht nur aus Haut und Knochen. Doch was wäre ein Hund ohne Knochen auch für ein Hund?

Damals hatte ich gar nicht daran gedacht, sie zu meiner Führe-

rin zu erwählen. Ich hatte einfach tief in meinem Inneren gespürt, dass uns dieselbe Katastrophe verband. Hab keine Angst,
sagte sie später zu mir, als ich schon wie ein nasser Welpe mit
dem Schwanz wedelte, hab keine Angst, wiederholte sie, und ich
bekam Angst; ich bin bei dir und werde bei dir bleiben, zwit-
scherte sie wie ein Vogel, schlüpfen wir in die Mondkrater hinein,
und in der Finsternis dort zeige ich dir ein Geheimnis, wie du
noch keines je gesehen hast. Komm, lass uns fliegen und fliegen,
und dann fliegen wir wieder zurück und gehen ins Bett. Ich hätte
ihr auch etwas versprochen, wenn mir nach Reden zumute gewesen wäre, sogar eine Stadt zu bauen, so schön wie die Erinnerung
an ihre eigene in einem fremden Land.

Seitdem denken wir nur von Tag zu Tag.

2.

Mir kann man leicht etwas einreden. Marika hat so eine Art, das zu sagen und dabei mit den Augen auf mich einzureden, als würde sie mich programmieren. Oder verhexen. Sie hat dann so einen Blick, wenn der auf einen Besen oder was auch immer fällt, meint man, er würde gleich Wurzeln schlagen, Blätter austreiben und zu blühen beginnen. Selbst wenn der Besenstiel aus Plastik ist und nicht aus Holz. Darum habe ich manchmal das Gefühl, ich werde eines Tages die Haustür aufmachen und nicht auf der Straße stehen, sondern auf dem Mond. Oder auf einem exotischen Planeten, in einer riesigen Eiswüste, wo man tief in seinem Inneren weiß, dass man beim ersten Atemzug sterben wird, aber solange man noch lebt, solange man den Atem noch anhält, sieht man die tückische Schönheit ringsum und zählt in Gedanken die letzten Sekunden:

Eins.

Zwei.

Drei.

Und plötzlich verschwindet alles.

Bis es so weit kommt, kreise ich meinen Hula-Hoop, spähe durchs Fenster und versuche am zementfarbenen Berliner Himmel, auf dem gerade ein Kondensstreifen verblasst, das Wetter zu erraten. Vergeblich. Mit der gleichen Bewegung, mit der man in

Georgien ein Lawasch-Fladenbrot innen an die Wand des Tandoor-Ofens klatscht, damit es nicht verbrennt, klebt der Nachbar einen Sonnenschutz von innen an die Frontscheibe seines Opel, der unter einer Werbetafel steht, damit er in der Kabine nicht verglüht und das Armaturenbrett nicht ausbleicht. Ich frage mich sowieso, was die Sonne in Berlin will.

Den ganzen Monat lang ist die Werbung auf der Tafel nicht ausgetauscht worden. Sie ist einfach, wirkungsvoll und auch ein bisschen unanständig: Vor hellblau-weißem Hintergrund steckt eine rote Rose in einer Mineralwasserflasche. Im Hals einer kleinen transparenten Flasche steckt ein grüner Stiel, obendrauf flammt wie Feuer eine rote, geöffnete Krone. Am wirkungsvollsten ist der Name des Mineralwassers: »Wasser der Unsterblichkeit«. Dieses Bild begegnet einem in letzter Zeit in Berlin auf Schritt und Tritt. Das »Wasser« bekommt man in drei Ausführungen: naturell, feinperlig, spritzig. Den ganzen Monat schon springt mir diese Reklame ins Auge, an der Decke der U-Bahn, an Bussen oder als buntes Booklet in der Post. Doch das Wasser selbst habe ich noch nicht probiert.

Der graue Himmel liegt über unseren Köpfen wie eine niedrige Betondecke, die bisweilen noch niedriger wird. Es gibt Orte in Berlin, wo der Himmel so tief hängt, dass man gebückt gehen muss, so wie in Kafkas niedrigen Häusern. Der hiesige Himmel staucht die Menschen zusammen wie eine Presse, immer spürt man eine Schwere auf den Schultern, auch der Atem geht schneller. Manchmal hat man nicht mehr die Kraft, sich auf den Beinen zu halten, und fällt auf die Knie. Man übertreibt nicht sonderlich, wenn man sagt, man hätte das Land der Krähen und Raben auf Knien durchquert.

Aus dem offenen Fenster sehe ich, wie ein kleiner schnurrbärtiger und glatzköpfiger Türke mit einem weißen Pudel an den

Backsteinmauern des Alten St.-Matthäus-Kirchhofs entlanggeht; der Pudel hat zwei Pompons auf der Kruppe. Dieses Frisurenmodell nennt sich »Continental«, eine Ausstellungsschur. Das Hündchen scheint mächtig routiniert zu sein, es läuft, als schreite es zum Podium. An seinem souveränen Auftreten erkennt man gleich, dass sein Stammbaum solider ist als der meine. Es ist ein unerwartetes Duo, für gewöhnlich haben Berliner Türken einen Kangal. Ich sehe zum ersten Mal, dass Hund und Herrchen einander so wenig ähneln.

Kaum zu glauben: Der hochgelobte Hund schnüffelt, mit all seinen Pompons, Kontinenten und Pässen, bei der Birke an den Verrichtungen eines anderen Köters.

Hamlet!, der Mann zerrt mit einer Hand an der Leine. Hamlet!

Ja, so sind wir Menschen. Taufen unsere Hunde Hamlet und Lanzelot. Einer meiner Bekannten, der Musiker und Schriftsteller Irakli Charkviani, hatte in seiner Jugendzeit einen Dackel mit dem Namen Nebukadnezar, benannt nach einem babylonischen König. Kurz vor seinem Tod ernannte Irakli sich höchstpersönlich zum König. Daher kann ich von mir sagen, einen König persönlich gekannt zu haben. Und sei es einen selbsternannten. Was nicht weiter rühmlich ist. Ich bin aus einem so kleinen Land, dass Fuchs und Hase sich dort gute Nacht sagen. Ein Drogentrip in die variköse Vene mit dem König höchstpersönlich. Auf einen solchen haben wir uns einmal in der kalten Toilette eines Literaturcafés auf der Kostawa-Straße begeben. Logisch, wir waren ja Literaten. Sind es bis heute. Die Lebenden und die Toten. Auch wenn uns beiden kein einziges Haar auf dem eiförmigen Schädel wallte und uns beide derselbe Schnurrbart schmückte, so sahen wir doch grundverschieden aus. Unsere Könige waren alle Dichter. Der letzte bildete da keine Ausnahme. Selbst wenn er ein wenig anders als die anderen Könige war.

Manche halten so einen Trip wohl einer Meldung in der Boulevardpresse für wert, und ich glaube, dass jeder Schritt des Königs, und sei es auf die Toilette, automatisch in die Annalen eingehen muss. Oder seit wann dient die Klatschpresse nicht mehr als Geschichtschronik?

Was weiß ich, jedenfalls hat mich der König zum Ritter geschlagen, in der zuvor genannten Toilette des Literaturcafés. Bevor wir uns den Stoff in die varikösen Venen drückten, sagte ich freiheraus: Sei so gut, Euer Gnaden, erhebe mich erst in einen höheren Rang. Er stieg auf den Klodeckel (er war zu klein, und ich konnte mich nicht hinknien, weil es zu eng war und wir auch kein Kissen dabeihatten), schlug mir mit der vollen Kanüle erst auf die rechte, dann auf die linke Schulter und sprach: Geschlagen seist du, Schriftsteller, zum Ritter, so auch jetzt und alle Zeit und in Ewigkeit, amen.

Diese Begebenheit hat sich wohl nicht groß herumgesprochen. Vielleicht gibt es ja noch andere Toilettenritter auf der Welt. Womöglich welche, die an noch exotischeren Orten geschlagen wurden. Wenn dem so ist und ich nicht allein bin, finden wir einander vielleicht, trinken Tee und schütten uns unser Herz aus.

Der Türke zerrt wieder mit der einen Hand an Hamlets Leine, am Ringfinger der anderen funkelt ein Ring aus Sterlingsilber. Die E-Zigarette nimmt er gar nicht aus dem Mund, als wäre sie sein mobiles Beatmungsgerät, ohne welches er auf der Stelle sterben würde.

Dass der funkelnde Ring am Finger des Mannes aus echtem Sterlingsilber ist, weiß ich deshalb, weil ein solcher auch mir gestern angeboten worden ist, zu einem ermäßigten Preis.

In der Früh klingelte es unten an der Eingangstür. Ich öffnete, ohne zu fragen, ich dachte, es wäre der Briefträger. Ein adrett gekleideter Knabe stand im Hausflur, eher ein Jüngelchen, mit roten Wangen, großen, funkelnd blauen Augen, einem schüchternen Lächeln und einer ganz unerwarteten ledernen Urkunde in der Hand. Ich will Sie nicht aufhalten. Aber hätten Sie ein paar Minuten für mich? Ja, bitte. Wissen Sie, was das für ein Ring ist? Ist er etwas Besonderes? O ja, das haben Sie richtig erkannt, das ist wirklich ein besonderer Ring, von Bvlgari. Das ist ja interessant, seit wann macht Bvlgari denn Hausbesuche? Seit zwei Monaten ungefähr. Wenn Sie erlauben, erzähle ich Ihnen mehr über dieses Schmuckstück, das mehr ist als nur ein gewöhnliches Schmuckstück. Es handelt sich um ein Stück aus der Kampagne »Rettet die Kinder«, die Bvlgari dieses Jahr gemeinsam mit der Wohltätigkeitsorganisation Save the Children ins Leben gerufen hat. Was kostet denn das mehr als nur gewöhnliche Schmuckstück? Der Ring ist aus Sterlingsilber und Schwarzkeramik gefertigt und von der Linie B.zero1 inspiriert. Auf der Innenseite befindet sich das Logo der Wohltätigkeitsorganisation. Mit einem Teilbetrag jedes verkauften Stücks werden Projekte für die bedürftigsten Kinder weltweit finanziert. Überrascht Sie das Funkeln? Vielleicht haben Sie gehört, dass nur Bvlgari-Juwelen so funkeln. Wegen der speziellen Legierung. Auf der Seite des Unternehmens ist der Preis des Rings mit 530 Euro angegeben, inklusive Mehrwertsteuer. 530? Ja, aber heute können Sie ihn für exklusive 400 Euro erwerben. Zusätzlich erhalten Sie ein spezielles Zertifikat. Bei euch ist ja alles speziell. Das erkennen Sie wieder richtig! Wieder? Ich bezweifle, dass jemand in dem Haus hier einen solchen Ring kauft, und wenn er noch so funkelt. Ich fürchte, in diesem Haus fehlen nur noch Sie, sonst hat schon jeder einen solchen Ring gekauft. Jeder? Ja. Auch die ältere Dame über mir? Ja. Und die unter mir? Ja, auch die unter Ihnen und die neben Ihnen. Die junge Frau unten? Ja, auch die junge Frau, die, unter uns gesagt, ausschaut wie eine alte Frau, und die Rechtsanwälte nebenan. Sacco und Vanzetti? Genau. Ich habe nicht mit Ihnen gerechnet, am Samstagmorgen, so viel habe ich nicht im Haus. Verstehe, das tut mir leid. Wenn Sie eine Visitenkarte hätten oder so etwas, damit ich Sie später kontaktieren kann? Ja, bitte, hier. Unten steht die Telefonnummer unserer Filiale am Kurfürstendamm. Und die Mailadresse. Aber ich fürchte, ab morgen wird der Ring wieder den Originalpreis kosten, sagte er schüchtern, wie ein richtiger Profi, sodass man keine Sekunde an seiner Höflichkeit und Aufrichtigkeit zweifelte. Der Ring aber, der wie ein Vogelherz auf seinem Handteller lag, hatte in der Zwischenzeit zu lodern begonnen, und ich bekam Angst, seine Hand würde verbrennen wie die des Mucius Scaevola. Dabei funkelte der Junge mich aus seinen blauen Augen derart an, dass ich ihn beinahe in die Wange gekniffen hätte.

Von niemandem aus der Nachbarschaft hatte ich erwartet, dass sie etwas so zwischen Tür und Angel kauften, von einem Unbekannten und noch dazu zu einem solchen Preis. Am wenigsten von Larissa Fucks, die über uns wohnt und aus deren Wohnung ständig Wasser heruntertropft. Ich rede mir jedenfalls lieber ein, dass es Wasser ist und nicht irgendetwas anderes. Noch weniger hatte ich es von den Rechtsanwälten neben uns erwartet. Sacco und Vanzetti selbst sind immer so elegant gekleidet, sie ähneln eher Modedesignern als Juristen. Bei ihnen wundert es mich nicht, dass sie die Ringe gekauft haben, vielmehr wundert es mich, dass sie bis jetzt noch keinen hatten. Umso mehr, da sie glauben, alles an ihnen müsse funkeln, von den Schuhen angefangen bis zum Firmennamen. Deshalb nennen sie sich auch Sacco und Vanzetti; in Wirklichkeit ist weder der eine ein Sacco noch der andere ein Vanzetti. Beide haben ganz triviale deutsche Nachnamen. Genauso gut könnten sie sich Zunino und Zungri nennen. Keiner würde irgendetwas bemerken. Ihre Schuhe glänzen jedoch immer.

Ganz zu schweigen von der Witwe neben ihnen. Wozu braucht Judith Grundig einen Bvlgari-Ring oder ein anderes Schmuckstück, wo sie aussieht wie über vierzig, über sechzig, gemütlich versunken in einem Nebel aus Alkohol und Betäubungsmitteln, seit ihr Mann gestorben ist und sie kaum mehr außer Haus geht, während in der Garage ein unglaubliches Auto verstaubt, ein von selbigem Gatten hinterlassener Porsche 930, silberfarben, Baujahr 1979? Ihr Gatte war ein guter Mann, Markus Schneider, ein Laryngologe. Groß, fröhlich, humorvoll.

Wenn ich an Judith denke, sehe ich immer ihren Bauch vor mir. Für kurze Zeit, ihr Mann war eben erst verstorben, wurde sie ein wenig wirr im Kopf und begann einen Flirt mit mir, etwas Ernsteres wurde aber nie daraus. Judith wollte mir nur das Licht am Ende des Tunnels zeigen.

Bevor ich mit Marika zusammenkam, hatte ich einmal bei ihr in der Küche gesessen. Einem verschwindend winzigen Raum. In der Ecke stand ein hoher Ventilator mit breiten Flügeln, die wie bei einem Vogel flatterten, wenn er sich drehte. Er vibrierte. So als wollte er uns gleich attackieren.

Mach mal das Licht aus, bat mich Judith und knöpfte ihre Weste auf.

Niemals werde ich das Terrarium auf der Kommode, die Einstreu aus geraspelten Kokosnussschalen und den darauf sitzenden Rudolf, eine große graupelzige Spinne, vergessen. Er glich einem kleinen Wolf. Nicht einem Wolfswelpen, sondern einem Mutantenwolf mit Krabbenbeinen und acht Augen. Er bewegte sich kaum, lag meistens da wie ein Spielzeug. Es konnte aber passieren, dass er loszappelte, als tanze er Kasatschok. Erst dachte ich, sie habe ihn vielleicht zu Ehren Nurejews Rudi genannt. Auf meine Frage, warum ausgerechnet Rudolf und nicht nach einem anderen berühmten Tänzer, bekam ich von der Grundig eine etwas seltsame Antwort: Hast du mal Nurejews Grab gesehen?, fragte sie. Deswegen.

Judith ist keine gewöhnliche Frau. Was soll man von einer erwarten, die ihr Haustier zu Ehren des Grabes von jemandem benennt? Und sei es eine Tarantel. Sie brauchte nur Disco, Rudi!, zu rufen und zu klatschen, und er fing an zu tanzen wie ein dressierter Hund. Wenn man aber ein Stück Fleisch ins Terrarium warf, verwandelte sich das Kasatschok tanzende Wesen plötzlich und sträubte den Pelz wie ein hungriger Wolf. Ab und zu nahm sie ihn aus dem Terrarium, unter den gleichen Vorsichtsmaßnahmen, mit denen man einen Vogel aus dem Käfig lässt und vorher die Fenster der Wohnung schließt. Er kroch dann überall herum.

Nachdem ich das Licht gelöscht hatte, zeigte Judith mir ihren flachen, nackten Bauch, samt Bauchnabel.

Nun, was sagst du?

Ich war ein wenig verwirrt, ihr Bauch leuchtete von innen wie ein gedimmter Theaterscheinwerfer oder ein Leuchtturm bei Schlechtwetter. Nicht unter der Haut, sondern irgendwo noch tiefer in ihr flimmerte es, als wäre ein Glühwürmchen in ihre Scheide geflogen.

Wie machst du das?, fragte ich bloß.

Verstehst du das nicht?

Nein.

Du bist doch Schriftsteller, lass deiner Phantasie freien Lauf.

Wenn ich meiner Phantasie so freien Lauf lassen würde, wäre ich kein Schriftsteller.

Sogar Krähen können abstrakt denken.

Und Ratten, fügte ich automatisch hinzu.

Du sagst es!

Na verrat's mir doch, spann mich nicht auf die Folter.

Eh, Zazalein, Zazalein. Das ist die Spirale. Eine mit sechsmonatiger Beleuchtung.

Ich stellte mir vor, wie es erst leuchten musste, wenn sie die Beine spreizte. Aber das tat sie nicht. Seitdem hat sie mir ihren Bauch auch nicht mehr gezeigt. An jenem Tag aber versprach sie mir, wenn ich mich benehmen würde, würde sie mir das Licht am Ende des Tunnels zeigen. Vielleicht war es gar keine Spirale, und in ihrem Körper begann sich schon etwas krankhaft zu verändern.

Lass uns wenigstens tanzen, schlug sie mir vor, sah dabei aber nicht mich, sondern ihren Rudi an.

Wir drehten uns in der kleinen Küche, ohne Musik, ohne Gefühl, gequält ... Dabei sah ich Rudolf an. Er sah unbeirrt zurück, mit seinen glänzenden Augen, ich dachte, er würde bestimmt auch gern ein bisschen mit uns tanzen in seinem Terrarium ... Judiths Körper fühlte sich an, als würde er in den Händen zerbröseln, wenn man ihn zu fest an sich drückte. Im fahlen Licht sah ich ihre blasse Stirn, ihre dichten Wimpern, ihre goldenen Haare, die im Luftzug des Ventilators wehten ...

3.

Auf dem Tisch vibriert das iPhone, auf dem leuchtenden Bildschirm ist nur der Anfang der Nachricht zu lesen. Eine unbekannte Nummer schreibt: *Erinnerst du dich überhaupt daran, dass du ein Kind hast? Und wie alt es ist?* Der Bildschirm wird wieder dunkel.

Ich hänge den Reifen an die Wand. Ich weiß noch, wie feierlich Marika ihn mir übergeben hat. Wie feierlich musste dann erst die Übergabe für den mit Dochtspeichen werden? Wahrscheinlich bringt sie ihn mit einem Lied auf den Lippen schon angezündet ins abgedunkelte Zimmer, wie eine bunte Kindergeburtstagstorte, oder übergibt ihn mir so respektvoll, wie man einer Soldatenwitwe die gefaltete Flagge bei der Beerdigung überreicht.

Du schläfst lieber, als zu leben, hatte sie gesagt, am Anfang war das, nicht lange, nachdem wir uns begegnet waren. Ich aber will, dass du lebst. Du siehst den Sinn des Lebens in der Bewegungslosigkeit. Aber du musst dich bewegen. Sie hielt die Augen lange geschlossen, ich dachte schon, sie würde nichts mehr sagen, aber genau dann sagte sie: Wir müssen dein Blut in Bewegung bringen, es ist so zäh und klebrig wie Schmierfett. Sonst wirst du kein Tröpfchen vergießen, wenn du dich in den Finger schneidest, außer du drückst es wie Zahnpasta aus der Tube.

Diese ganzen Reifen und Kissen sind für meine körperliche und geistige Gesundheit. Mit meinem Herz aus Hartgummi weiß ich jemanden, der innerlich gesund ist, zu schätzen. Dass mein Blut schwarz ist, weiß ich von vergangenen Verletzungen, aber wie Schmierfett?

Marika ist zugleich meine persönliche Exorzistin und die Waschmaschine für meinen Verstand. Aber das haben wir nie ausgesprochen. Wozu auch? Wir verstehen einander ohne Worte. Damit meine ich nicht Telepathie. Sondern einen Blitz, der jäh zwischen unseren Köpfen durchfährt – Zack!, als sprühten die Funken zwischen zwei Elektroden.

Artikulation ist manchmal überflüssig. Erst recht, wenn es einem in den Ohren dröhnt. Dann ersterben alle Geräusche, nur das Dröhnen bleibt.

Aus dem Spiegel schaut mir erneut ein drahteseldünner und kahlgeschorener Mann mit Ringen unter den Augen und etwas müdem Blick entgegen. *Durch das offene Fenster dringt mit der morgendlichen Kälte das Krächzen einer Krähe und es ist hörbar, wie's gluckert, verrinnend im Innern, im Röhrengewirr.*

Ich wünschte, mich würde aus dem Spiegel eine dunkelhäutige, junge und pantherhaft geschmeidige Frau anblicken. Ihre Augen sollten feurig und schwarz wie ein Gagat sein, ihre Brüste klein und prall, der Schlitz zwischen ihren Beinen so eng wie der Geldschlitz eines Spielautomaten. Manchmal denke ich, wenn ich eine Frau wäre, würde ich nie Nein sagen, und manchmal bin ich davon überzeugt, dass ich niemanden an mich heranlassen und als Jungfrau sterben würde.

Ich schaue in die Küche. Marika bestreicht ein Toastbrot mit Pflaumenmarmelade. Stella malt mit Filzstift etwas in ihr Heft. In einer Schüssel vor ihr liegen ein paar bunte Flakes, durchweicht von kalter Milch. Ich trete hinter sie. Sie malt Schmetterlinge. Ob sie die Geschichte aus dem Kindergarten etwas verstört hat? Dort hatte man ihr erzählt, Schmetterlinge würden die Tränen schlafender Vögel trinken. Sie setzen sich angeblich dem schlaftrunkenen Vogel auf den Kopf und saugen ihm mit ihrem Rüssel eine dicke Träne aus dem Auge wie Nektar aus der Blüte. Ich selbst betrachte Schmetterlinge seitdem mit größerem Respekt.

Soll ich dir ein Brot toasten?, fragt Marika und beißt geräuschvoll von der Brotscheibe ab.

Lass nur, sage ich, erst geh ich duschen.

Wir sind heute eingeladen, erinnert mich Stella.

Eingeladen? Ich tue so, als würde ich mich nicht erinnern.

Zu Zoe!

Zu Zoe? Ich stelle mich unwissend. Wer ist Zoe?

Meine Freundin vom Kindergarten! Stella schaut zu Marika. Sie ist nicht ganz sicher, ob ich sie nicht doch auf den Arm nehme. Hast du's vergessen?

Ah, Zoe … Ich tue so, als fiele es mir gerade wieder ein. Hat sie nicht heute Geburtstag? Oder ihr Hund?

Zoe hat keinen Hund. Stella wirkt verwirrt.

Sicher?, frage ich.

Mami! Sie dreht sich zu Marika um, fragt sie leiser: Zoe hat einen Hund?

Das wird sich rausstellen, wenn wir hingehen, beschwichtigt sie Marika.

Das wird sich rausstellen, wenn wir hingehen!, wiederholt Stella altklug.

Also lass uns hingehen.

• • •

Heute bin ich Zeit, Herr Zaza Zeit. Das ist unser neuestes Spiel. Muss ich erwähnen, dass das ebenfalls Marikas Idee ist? Wörter sind dazu da, sagte sie, damit man mit ihnen spielt. Und ich dachte, für Wiegenlieder und Spirituals, erwiderte ich. Und außerdem, sagte sie außerdem, wenn am Anfang das Wort war, vielleicht sind wir ja am Ende auch nur noch Wörter? Ja, aber das ist doch nur eine Möglichkeit von unzähligen, sagte ich.

Ja, aber es ist immerhin eine, antwortete sie, hast du andere Vorschläge?

Mir kamen so schnell keine in den Sinn. Insgeheim dachte ich, am Ende sind wir vielleicht nicht mal mehr Wörter, sondern nur noch Krächzen. Man könnte sich eine tote oder nichtexistierende Sprache einfallen lassen, ohne Substantive und Verben, nur aus unflektierten Epitheten und sakralen Interjektionen. Oder man betrachtet die beim Krächzen hervorgebrachten Laute als Wort, welches aber kein Wort ist, sondern das Echo jenes Wortes, das man als letztes aus dem Munde eines anderen vernommen hat. Könnte doch sein?

Aber ich sagte nichts mehr, manch ein Streit sollte lieber nicht gewonnen werden.

Das Spiel ist simpel: Das Wort, das uns nach dem Aufwachen jeweils als erstes in den Sinn kommt, ist dann der Spitzname für den ganzen Tag. Das kann ein einziges Wort sein oder eine Wortgruppe in einer beliebigen für uns beherrschbaren Sprache. Das heißt, man kann Das-Natur-Theater-von-Oklahoma sein oder auch See-der-tanzenden-Äschen. Zwar spielen wir das Spiel noch nicht lange, doch ich habe es schon geschafft, Hungerkünstler und Künstler-der-Schaufel zu sein. Vielleicht könnte ich morgen beides gleichzeitig sein, denn es wird behauptet, es seien Synonyme. Schwer vorherzusagen. Wer weiß schon, ob mir eines Tages nicht herausrutscht, ich sei Eine-Taube-sitzt-auf-einem-Zweig-und-denkt-über-das-

Leben-nach? Es ist eher Lotterie als Improvisation. Hier und heute bin ich Zeit.

Marika ist seit dem Morgen Spiegel, Marika Spiegel. Gestern war sie Illusion. Davor Sierranevada. Heute verkündete uns Stella, sie sei Fokus. Ich wollte fragen, warum denn, meine Kleine, warum, aber wir hatten beschlossen, uns bei der Auswahl des anderen nicht einzumischen. So sind die Spielregeln.

Mit dem, was Stella so einfällt, wird einem nie langweilig. Beispielsweise nannte sie mich Zaza-Pschawela. Einmal sagte sie sogar von sich, sie sei Nacktlynch. Sie sagte es auf Englisch, *nakedlynch.* Ich habe auch nachgefragt: Nacktlunch? Also *naked-lunch.* Ne ne, sagte sie, Nacktlynch.

Na ja, für solche Sachen ist sie noch zu klein. Dieses Jahr kommt sie in die Schule. Das bedeutet, noch kann sie sich vor meinen Augen splitterfasernackt ins Bad stellen – das tut sie auch –, und nichts daran wäre uns peinlich. Wenn Marika keine Zeit hat, wasche ich Stella. Dabei befällt mich manchmal unendliche Trauer, besonders, wenn ihre Finger- und Zehenspitzen vom Wasser schrumpelig werden, würde ich am liebsten alle ihre Nägel abfressen. Erst von den Händen, dann von den Füßen ... Und wenn ich mich trotzdem nicht beruhigen sollte, könnte ich Stella anfressen, an Händen und Füßen. Danach würden wir zusammen irgendetwas im Fernsehen anschauen, ein altes Melodram oder so.

Den Sinn des Spiels begreife ich überhaupt nicht, obwohl es uns Spaß macht. Ich warte schon darauf, dass wir drei jeder einmal ein Wort aussuchen, das am Ende eine Art Standard setzt, und sei es nur für einen Tag, so etwas wie: Freiheit, Gleichheit, Brüderlichkeit. Oder: Wunder, Geheimnis und Autorität. Oder: gut, schlecht, böse. Oder: Wappen, Hymne, Fahne, dann würden wir einfach nur existieren wie ein Zwergstaat. Oder eine kleine

Partei. Eher eine poetische als eine politische Partei. Oder unsere Namen sollten wie ein Siegertriumvirat verkündet werden, wie bei einem Pferderennen über die Lautsprecher: Sturm, Held, Pirat. Die Fahnenträger der deutschen Presse (*Zeit*, *Spiegel*, *Focus*) sind nicht genug für ein Wunder.

Überhaupt – die Presse! Vor Kurzem gab es eine totale kaukasische Zeitungs-Übereinstimmung (*Resonance*, *Beaumonde*, *Apsny Qapsch* berichteten alle das Gleiche) und passiert ist trotzdem nichts. Und wenn jemand glaubt, was zum Beispiel auch ich glaube, nämlich dass Abchasisch und Georgisch nicht dasselbe sind, dann hat derjenige leider recht. Auch der Mensch kann nicht ein und derselbe sein, sondern ist eine Mischung aus Ich, Es, Alter-Ego und Über-Ich, mit unendlich verschlungenem Bewusst-Unterbewusst-Unbewusstsein wie ein Spidron. Wie sollte ein Mensch dann von anderen Gleichheit fordern?[1] Es kann nicht

· · · · · · · · · · · · · · · ·

1 Ein Theaterstück mit vier Charakteren: 1. ein Mann mittleren Alters, 2. sein **Unterbewusstsein**, 3. sein **Ego**, 4. sein **Super-Ego**, also sein Über-Ich. Während des gesamten Stücks liegt der Mann mittleren Alters mit offenen Augen auf der Couch. Er schaut ein wenig verängstigt und manchmal heimlich zu den anderen. Er kommuniziert aber nicht mit ihnen. Das **Unterbewusstsein** ist ein mittelgroßer, boshafter junger Mann mit rötlichem Bart, blassem Gesicht und Igelfrisur, dem die beiden vorderen Schneidezähne fehlen. Er hat einen Tick – ab und zu zuckt sein linkes Auge. **Ego** ist ein kleiner kahlköpfiger Mann über fünfzig mit einem schwarzen abgetragenen Anzug, Falsettstimme und Übergewicht, der ständig schwitzt. Von Zeit zu Zeit wischt er sich mit einem Taschentuch über Kopf und Nacken. Er könnte noch einen schwarzen Zylinder in der Hand zerknautschen, wie ein alter Bourgeois. Außerdem spricht er kurzatmig, als sei er gerade die Treppe hochgerannt, und man könnte denken, er sänge jeden Moment mit seiner vogelartigen Stimme los wie im Musical. **Super-Ego** ist eine Frau um die dreißig, eine richtige

alles eins sein, genauso wenig wie alles gleich sein kann. Alles Lebende ist einzigartig. Unvorstellbar ist die Gleichheit von zwei Menschen, zwei Schweinen, zwei Hundsrosenbüschen … Außerdem, wenn ich selbst mindestens zwei bin, wie sollte ich da für die Gleichheit zweier Dinge oder Menschen eintreten? Und ich rede hier nicht von gespaltener Persönlichkeit. Manche halten Marika und mich für ein und dieselbe Person, ein Freund hat für uns sogar ein edles Logo entworfen, eine Art Piktogramm, eine Mischung aus Z und M, das aussieht wie ein geöffneter Briefumschlag.

....

Hausfrau, mit Tourette-Syndrom, die Mittagessen kocht, Bettwäsche bügelt oder den Fußboden fegt, unvermittelt die Worte der anderen wiederholt, deren Stimmen imitiert, plötzlich aufschreit. Manchmal macht sie auch deren Bewegungen nach, als wolle sie sie ärgern. Außerdem schreit sie unanständige Wörter und Phrasen. Ihr Gesicht zeigt die typische Echolalie, Echopraxie und Koprolalie. Sie ist eine schöne Frau, obwohl ihr anzusehen ist, dass diese Schönheit bald welken wird. Es ist eine Anmut, in der das Verwelken schlummert. Gedankenversunken streichelt sie manchmal beiläufig ihren flachen Bauch, als sei sie schwanger. Das ganze Theaterstück spielt sich unter diesen dreien ab, denn die Hauptfigur liegt die ganze Zeit auf der Couch, doch auf der Bühne wird sein Seelenleben ausgebreitet wie bei einer Sarah Kane oder einem Károly Szakonyi. Ständig streiten und vertragen sich die drei, diskutieren und schließen Frieden, sie lieben sich, hassen sich wie verrückt, tun einander Gewalt an, misstrauen einander, schwärzen einander an, verbreiten Gerüchte übereinander und so weiter. Irgendwann beschließen die drei, die Hauptfigur umzubringen. Was sie dann auch tun. Jedenfalls denken sie das. Jeder versetzt ihm einen tödlichen Hieb – mit dem Messer, der Scherbe einer Flasche, dem Hammer. Doch die Hauptfigur überlebt. Bis dahin hat jedoch alle die Reue gepackt. Kurz gesagt, es gibt viel Tohuwabohu mit seiner Ermordung, seiner Wiederauferstehung.

Letztes Jahr hat mir ein Verfolgter aus der Heimat anstatt eines Standardgeschenks wie Tqemali-Soße, Fruchtleder oder Tschurtschchela einen Holzwürfel aus Tbilissi mitgebracht. Er gehört zu einem alten Spiel, ein normaler Polyeder, größer als ein Würfel und kleiner als eine Streichholzschachtel, vom häufigen Spielen an den Kanten abgenutzt, mit je zwei Buchstaben pro Seite beschriftet. Gibt es jemand Sentimentaleren als einen politisch Verfolgten? Wenn ich bloß wüsste, wie eine Zwangsumsiedlung, das Auswandern aus der Heimat einen Menschen prägen. Selbst wenn es nur ein Umherstreifen wäre. Dieser Mann macht jedenfalls immer derartige Geschenke, mal bringt er eben einen Kinderwürfel mit, mal eine Windrose. Einmal gab er mir einen Anhänger aus echtem Silber – ein Replikat jener achtstrahligen Rose, die sich Diebe im Gefängnis auf Schultern und Knie tätowieren. Mit demselben Symbol wird in der Meteorologie die Windrichtung dargestellt. Gibt mir jemand eine lebendige Rose, bekomme ich Herzklopfen, eine Windrose jedoch bewirkt nichts. Offenbar hatte ein Goldschmied sie extra angefertigt.

    Ich frage mich, was passieren würde, wenn wir alle drei – ich, Marika und Stella – einmal gleichzeitig Sieben, Sieben, Sieben oder Kirsche, Kirsche, Kirsche auswählen. Öffnet sich dann der Berliner Himmel und Goldmünzen fallen klimpernd auf uns herab wie aus einem Spielautomaten? Ach, nicht einmal ein Betonbohrer könnte den Berliner Himmel öffnen. Und wenn doch einmal irgendetwas aus ihm herabfiele, dann schwere Bruchstücke.

Einmal war ich ein Flügel. Ich erinnere mich gut daran, wie ich ganz langsam im Bauch des Flügels aufgetaucht war, in seinen Eingeweiden, seiner Vagina, ausgestreckt auf seinen Saiten. Das Instrument war mit einem grabsteinschweren Deckel dicht verschlossen gewesen, doch durch die Ritzen drangen schwaches Licht und gedämpfte Stimmen zu mir. So auf den Saiten liegend schaute ich verzaubert auf seine ganzen Hämmer, Wirbel, die Tastatur.

Ich sog den spezifischen Geruch dieser Dinge ein und begriff mehr, als dass ich fühlte, wie ich mit Knochen und Fleisch zwischen den straff gespannten Saiten hindurchrann wie Sand zwischen den Fingern. Mein Körper hielt der Stringtheorie nicht stand, ich wurde geschnitten, dünner als die Saiten selbst, wie Schinken, und dabei machte es Kling und Klang. Mir fielen die Worte eines Dichters ein, ein Klavier sei das Bewusstsein des Raumes und ein liebes Tier mit fasrigem Holzfleisch, goldenen Venen und stets aktiven Knochen. Außerdem hörte ich zahllose Melodien gleichzeitig: Romanzen und Blues, karibischen Calypso und Jazzstandards, Barkarolen und Cantigas de amigo, Chansons und Jùjú, Heldenballaden und Weihnachtslieder, gurischen Discantus und spanischen Flamenco und vieles mehr, alles miteinander vermischt. Ich lag auf den Saiten und dachte: Unmöglich, dass die immer so straff gespannt sind, sie müssten doch von Zeit zu Zeit nachgestimmt werden. Dabei gingen mir Szenen aus Gangsterfilmen durch den Kopf. In denen die einen Mafiosi die anderen mit Klaviersaiten erdrosseln.

Wie ich mich gleich morgens gefühlt habe, als ich vorgestern Hackfleisch war, erzähle ich lieber nicht. Wenn ich schon durch Klaviersaiten geronnen war wie eine Qualle durch ein Sieb, wie würde mich erst ein Fleischwolf zerquetschen? Oder wenn ich heute Zeit bin, was für Visionen ich habe. Die Quintessenz des

Spiels ist, sich dem jeweiligen Wort entsprechend zu fühlen, um selbst zur Einheit mit dem zu werden, was gleich beim Aufwachen dem noch betäubten Gehirn entspringt.

Wir versuchen zu überdauern. In der Zwischenzeit haben wir viele Spiele ausprobiert. Solche und solche. Schlaue und dumme. Traurige und lustige. Das folgende war natürlich auch wieder Marikas Idee: Wir fragten einander unvermittelt, was der jeweils andere im Moment gerade dachte. Ob beim Zähneputzen, Teetrinken, beim Sex oder einfach beim Spazierengehen, ich konnte Marika (oder sie mich) plötzlich fragen: Was denkst du gerade? Dann musste man frei heraus sagen, was man in dem Moment dachte. Klingt erst mal einfach. Wir haben es nicht hinbekommen.

Für einen geliebten Menschen gibt man ohne nachzudenken das Leben (oder mit Nachdenken, was allerdings schwieriger ist; aus einem Impuls heraus geht es weitaus leichter), aber was man in diesem oder jenem Moment denkt, kann man nicht sagen. Sich selbst kann man ja einfach anschweigen. Dabei geht es nicht um den Mut – oder dessen Fehlen –, sondern um kognitive Dissonanz, die natürlich mit dieser Art Offenheit einhergeht, und um Distanzierung. Nicht nur vom anderen, sondern in erster Linie von sich selbst. Man stelle sich zum Test unvermittelt die Frage, was man in diesem oder jenem Moment denkt, und wenn man ehrlich ist, was nahezu unmöglich ist, muss man zugeben, dass man sich selbst absolut nicht kennt. Das Gehirn erscheint einem wie ein Schlammloch oder ein Mülleimer, von dem unaufhörlich stinkende Gase ausgehen, die sich endlos miteinander vermischen.

Nun, was ich da sah, behagte mir dermaßen wenig, dass ich mir seit diesem Tag keine Fragen mehr stelle.

Stella war gestern also Kurve, Marika Wunder und Zaza Orbit, und heute ist es so: Stella Fokus, Marika Spiegel, Zaza Zeit.

Manchmal glaube ich, Marika und ich sind eine Art Tautologie. Weder bin ich ein Page, noch ist sie eine Prinzessin, wir sind die üblichen Verdächtigen. Obwohl ich mir ständig Sorgen mache: Unsere Kinder, unsere Kinder, unsere Kinder werden sich erinnern, selbst wenn alle unter die Balkongeländer geklebten Kaugummis eingetrocknet sind. Stella ... Stella ist ein schönes rhetorisches Stilmittel.

Marika hätte Prinzessin werden können, Hans Wall höchstpersönlich hatte sein Herz und sein Bankkonto für ihre Hand geboten. Das tat er einmal, zweimal, mehrmals beharrlich. Ich meine jenen Hans Wall, durch dessen Hände fast die Hälfte der Außenwerbung von ganz Deutschland ging; Marika jedoch wies alles von ihm zurück, wie im Märchen. Oder in alten Romanen. So ein Detail sagt mehr über einen Menschen aus, als die Kinder erzählen können. Manche Menschen werden dafür wertgeschätzt, was sie getan haben, andere dafür, was sie nicht getan haben. Über sie werden dann Filme gedreht. Und Gedichte geschrieben. Und die, die in keine der beiden Kategorien fallen, denken sie sich aus.

Ein Mensch, der einen Sack voll Wörter einem Geldsack vorzieht, ist kein gewöhnlicher Mensch. Man sollte den Wert der Wörter kennen. Früher hätte man über uns wahrscheinlich gesagt, gleich und gleich geselle sich gern. Das würde sogar stimmen, so bizarr die alten Sprüche auch klingen mögen. Wir sind selbst alt. Wir sind älter als unsere Eltern. Und wozu braucht man jemandes Hälfte, wenn man ein ganzer Spiegel sein kann? Oder ein Tagesanbruch. Was man will. Und das jeden Tag, solange man atmet. So geht es uns, den Dichtern Georgiens, wir stehen da, wo es stürmt und der blutige Engel steht. Gib uns kein Brot zu essen, gib uns eine Metapher, eine verspielte. Wir haben keine Angst zu verhungern, wir haben Angst, eines Tages keine Wörter mehr reimen und kein Trauerlied mehr singen zu können.

4.

Auf den Kindern lasten keine Erwartungen mehr.

Stella und Zoe Podeswa gehen in den gleichen Kindergarten. Zoes Haar ist nicht so orangerot wie das ihrer Mutter, aber rot genug, dass man dabei an einen Goldfisch denkt. Außerdem hat sie leicht sommersprossige Wangen und große grünlich-graue, neugierige Augen. Zoe hat die schlechte Angewohnheit, ständig auf ihren in den Mund eingesogenen Wangen herumzukauen, weswegen sie noch mehr wie ein Goldfisch aussieht. Erst recht, wenn ihr offenes Haar glitzert wie eine Schwanzflosse.

Ihre Eltern, Mila und Milo Podeswa, haben etwas Unvorhersehbares, hinterlistig Scharlataneskes an sich. Damit meine ich nicht nur ihre Vornamen. Sie wirken wie Fuchs und Katze, die dem Schwank eines Provinztheaters entsprungen sind. Sie ähneln sich in ihrer Ausstrahlung, so unnahbar und schwer zu greifen, und es ist nicht ausgeschlossen, dass sie außer der Ehe noch etwas anderes verbindet, etwas noch Engeres, Verbotenes.

Mila hat eine eigenartige Bestimmtheit in ihrem Blick, und der ihres Mannes flackert wie das Licht eines toten Sterns, wechselnd wie die Bewölkung. Außerdem irren seine Augen hin und her, als lese er eine nur für ihn sichtbare Laufschrift. Das Flackern brachte ihm bei Marika den Spitznamen »Strobo« ein.

Für sich genommen ist an Mila Podeswa vielleicht nichts Besonderes. Weder die leicht geblähten Nasenlöcher, als beschleunige sich vor Freude ihr Atem, noch das Muttermal an der Stelle, wo Oberlippe und Wange aufeinandertreffen, auch nicht die durchschnittliche Körpergröße und die etwas zu kräftig geratenen Knöchel, und doch könnte man sagen, dass sie im Großen und Ganzen ein Wesen aus der Zauberwelt ist. Auf den ersten Blick scheint auf ihrem Gesicht ein leichter Flaum zu schimmern, ein blasser Damenbart, der im Licht sichtbar, aber eigentlich nur eine optische Täuschung ist. Sie hat so wogendes rotes Haar, dass man meinen könnte, ihr Kopf würde brennen. Ihre Brüste sind keine normalen Brüste. Sie sind die Vertretung der Milchstraße auf dem Planeten Erde, deren Botschaft und diplomatisches Korps. Und dann dieser sehr, sehr leichte, stets gleiche Schweißgeruch, den Mila verströmt! Es gibt Männer, deren Dreitagebart ist immer gleich, wie ein gepflegter Rasen vorm Haus. Ich weiß nicht, wie sie das hinbekommen. Genauso verhält es sich mit Milas stets gleich starkem Geruch. Wobei es sich nicht um einen Geruch handelt, sondern um eine Einladung zur Unanständigkeit, die sich bei jeder Bewegung aus ihrem Blusenkragen verbreitet wie der dampfende Atem eines schlafenden Vulkans.

Wenn sie mit mir spricht, streicht sie sich die ganze Zeit übers Ohr, als ob sie Angst hätte, es könnte gleich eine Biene herausfliegen wie aus einem Bienenstock. Und ihr Blick! Als lägen hinter ihren grünen Augen noch andere Augen. Noch listiger als die echten und noch blitzender als ihr Haar. Sie schaut einen an und man wittert Gefahr. Nur ist es immer so: Sie sieht mich an und wenn sich unsere Blicke begegnen, sieht sie sofort weg. Wenn Marika die Liveübertragung von der Unfallstelle ist, dann ist Mila eher die versteckte Kamera. Wie wenn man auf dem Handydisplay sieht, dass jemand einem schreibt und man wartet und wartet und wartet ... Man schaut auf das Display, doch plötzlich hört

32

das Texten auf und am Ende bekommt man keine Nachricht. Milo Podeswa ist nur ein, zwei Fingerbreit kleiner als seine Frau. Mit seinem Mehrtagebart gleicht er einer durchnässten Katze. Der flaumige Bart klebt ihm an einer Stelle an der Wange, als ob eines Tages beim Rasieren plötzlich aus einer Seifenblase die Zukunft geboren worden und die andere Seite deshalb unrasiert geblieben wäre. Lippen hat er im Gegensatz zum Rest der Familie keine, man könnte meinen, er spräche mit permanent verkniffenem Mund. Er ist ein überaus kontaktfreudiger Typ, er hat ein Timbre, das einen gleichzeitig anzieht und aufregt. Er müsste so um die dreißig sein. Oder siebenundvierzig? Achtundvierzig? Vielleicht sogar fünfzig?

Bei den Podeswas muss ich immer an unsere Nachbarin Larissa Fucks denken. Umgekehrt habe ich bei Larissa Fucks immer Mila und Milo vor Augen. Es würde mich nicht wundern, wenn sich Larissa irgendwann als deren Mutter herausstellte. Oder ihr Vater. Wenn nicht sogar als beides zusammen. Die Katzen, die Larissa ständig umgeben, halte ich manchmal für Milas und Milos jüngere Geschwister.

Ein bisschen komisch sind diese Katzen schon. Mir kommt es vor, als sei eine von ihnen ein Tigerbaby. Dieser Kater hat rostrotes Fell mit schwarzen Streifen. Bauch und Brust sind etwas heller.

Vielleicht hätte ich dem Ganzen keine Aufmerksamkeit geschenkt, wären Larissa und ihre Katzen mir nicht nur ständig im Flur über den Weg gelaufen und hätte der rostrote Tiger mich nicht auch noch aus bösen, kalten Augen angestarrt. Als wolle er mir zu verstehen geben: Deine Zeit wird kommen, du kleine Kröte. Ich antwortete ebenso mit den Augen: Ach komm, lass uns im Guten miteinander bleiben, aber das elende Vieh zeigte mir die Zähne und sträubte sogar das Rückenfell.

In unserem Haus schläft er gern auf den Fußmatten vor den

Wohnungen. Mal rollt er sich hier, mal da zusammen. Wenn man an ihm vorbeigeht, kauert er sich zusammen und schaut einen an, als ob er für einen kurzen Augenblick nicht wüsste, wo er ist und einen für die Fortsetzung seines Traumes hält. Seine gesamte Körpersprache sagt einem, dass er, egal wie tief er schläft, jederzeit angriffsbereit ist. Ein Reflex, den kein Traum überdecken kann. Überdies ist in seinem schläfrigen Blick eine unsagbare Traurigkeit zu lesen, vielleicht weil er niemals den Ort verlassen kann, an dem er lebt.

Mila gefällt es, mir Hilfe anzubieten. Sie hat mir zum Beispiel angeboten, ambulant, also daheim meinen Zahnnerv abzutöten. Du musst wissen, versprach sie mir, der wird so vollständig durchtrennt, dass du nicht merkst, ob du eine Zahnbürste oder eine Nagelfeile benutzt. Danke, sagte ich.

Damit mir keine Zweifel kämen an ihrer Kompetenz, erklärte sie mir gleich das Vorgehen: Zuerst wird das Loch gut mit dem Kopf einer desinfizierten Stecknadel gereinigt, dann gurgelt man gründlich und langsam mit Kamillentinktur und legt einen Knoblauch-Salz-Tampon auf die schmerzende Stelle. Ich solle mich nicht genieren, fügte sie am Ende hinzu. Nein, sagte ich in der Hoffnung, dass ich mich nicht genieren würde.

Wie das Nervtöten endete, erinnere ich nicht mehr. Aber das Angebot werde ich nie vergessen. Übrigens kam von Mila auch die Empfehlung, zum Stressabbau in ein Kissen zu schreien. Und zur Ruhrprophylaxe Kaliumpermanganat einzunehmen. Ich frage mich, ob sie oder jemand anderes mir etwa auch vorgeschlagen hat, für alle Fälle Kaliumbromid einzunehmen. Und woher ich überhaupt diese Permanganate, das Kalium, die Bromide kenne. Oder die Rhabarber-Pillen.

In abgekochtes, warmes, aber nicht mehr heißes Wasser wirfst du zwei, drei Kristalle Kaliumpermanganat und rührst um, sagte sie. Bevor du es trinkst, achte darauf, dass sich auf dem Boden des Glases keine schwarzen Punkte abgesetzt haben, sonst verbrennst du dir den Mund und den Magen, sagte sie, die Lösung muss rosa werden und nicht lila. Du lässt es eine Weile stehen, damit es sich absetzt, und filterst es mit Mull in ein anderes Glas.

Vor Kurzem tat mir der Zahn weh, da fiel mir gleich Mila ein. Ich muss sie mal fragen, ob sie ambulant, also daheim auch Zähne zieht. Mila Podeswa. Soweit ich weiß, ist das weder ihr echter Vor- noch Nachname.

Milo Podeswa hat keine Ratschläge für mich, er bot mir direkt seinen Text an.

Ich hab auch einen Roman geschrieben, sagte er, genauer gesagt, bin ich noch am Schreiben.

Bist du auch Schriftsteller?

Sein Stroboblick zielte direkt in meine Augen. Ich dachte, mich trifft der Schlag. Hatte ihm etwa das »du auch« nicht gefallen? Er schaute mich an, als sei ihm schlecht. Überhaupt sieht er einen manchmal so an, dass man denken könnte, er müsse sich übergeben. Marika sagt, nicht ausgeschlossen, dass er an BPLS leidet, der leichten Form. Und wenn Marika es nicht ausschließen kann, dann steht es außer Frage. Bei Diagnosen liegt sie nie daneben. Ich fragte nur: Was ist denn BPLS? Benigner paroxysmaler Lagerungsschwindel natürlich, erwiderte sie. Ich frage mich natürlich, warum ich da nicht selbst drauf gekommen bin, was sonst sollte BPLS sein? Zumal die leichte Form.

Schriftsteller? Nein, nein!

Er wies das so weit von sich, als hätte ich etwas Peinliches gefragt.

Ich sammle die Wagen im Einkaufszentrum ein.

Ich wusste nicht, ob er scherzte oder stolz war.

Ab und zu frisiere ich auch Hunde.

Ich glaubte ihm kein Wort. Einkaufswagen einsammeln – was soll das für ein Beruf sein? Eigentlich erledigt das doch der Sicherheitsdienst vom Einkaufszentrum gleich mit oder ein anderer geringfügig Angestellter.

Halte es ruhig für ein Märchen, wenn du's nicht glaubst, gab mir Podeswa mit den Augen zu verstehen.

Wie läuft das Schreiben, fragte ich, im Versuch, die vorherige Frage auszubügeln.

Wie soll ich das ausdrücken, sagte er, ich bin nicht geübt im Schreiben. So wie du. Ich bin ein Neophyt. Soll ich's dir zeigen?

Er fragte mich so unvermittelt und unfeierlich, dass ich, ohne zu überlegen, bejahte. Ich war mir jedoch nicht sicher, ob sich der Vorschlag auf einen Roman bezog oder auf das Hundefrisieren. Oder das Einkaufswagensammeln. Und das Wort Neophyt brachte mich ein bisschen aus dem Konzept.

Eine komische Szene war das. Ich zog Stella in der Umkleide des Kindergartens die Pantoffeln an, und Milo hielt die bunten Ringelsocken seines Kindes in der Hand. Wieder leuchtete er mir mit seinem Stroboblick in die Augen.

Was ist dir lieber, fragte er, soll ich es dir ausdrucken, liest du es am Computer oder ...?

Ich habe nicht mehr gefragt, was das Oder bedeuten sollte, ob es da noch andere Möglichkeiten gab außer vielleicht der, dass er es mir vorlas.

Da saßen wir zwei Männer mittleren Alters also in einer von Kinderschweißgeruch durchdrungenen Umkleide, aus dem Raum nebenan drang Stimmengewirr. Da saßen wir, jeder von uns geplagt von unseren eigenen Neurosen, Ekzemen und Stigmen. Und schütter werdendem Haar. Milo hat leichte Alopezie, und ich bin kahl wie der Bald Mountain. Stella war inzwischen zu ihren Freunden gelaufen. Und Milo legte die kleinen bunten Ringelsocken seines Kindes zusammen. Dabei schaute er mich so zwinkerfrei an, als hätte er gar keine Augenlider, genauso wenig wie Lippen. Er stand stumm da, wie eine Wolke.

Am gleichen Abend erhielt ich per E-Mail seine Aufzeichnungen mit dem etwas abgedroschenen Titel Die Wörterausstellung.

Das ist der Arbeitstitel, schrieb er mir als PS, *falls du einen besseren Vorschlag hast, bin ich dir zu Dank verpflichtet. Ich schick dir den Text in Kursiv*, schrieb er weiter, *so wird er gelesen. Das hat Prinzip.*

Warum das Prinzip hat, erklärte er nicht. Aus Respekt vor Petrarca? Allerdings habe ich auch nicht mehr gefragt. Jeder hat so seine Sturheiten. Wenn er es kursiv will, dann eben kursiv.

Das war vor einem Monat. Heute ist Zoes Geburtstag. Vor ein paar Tagen hat Mila Marika geschrieben und uns mit der gesamten Familie eingeladen. Hier läuft alles zusammen. Einer für alle, alle für einen. Ist das Zufall? Hat Milo das eingefädelt? Ich habe Milo ja seit jenem Tag nicht mehr getroffen. Drückt er sich vor einem Treffen mit mir?

5.

Ein Monat ist eine lange Zeit. Heute muss ich Podeswa etwas zu seinem Werk sagen. Was eigentlich nicht schlimm ist. Außerdem erwartete ich absolut nichts von Milo. Und nicht nur von Milo, von der Belletristik generell erwarte ich nichts mehr.

Ich sage nicht, dass früher alles gut war. Wo früher anmutige Prinzen Schönheiten wachküssten, Ritter Drachen mittig zerteilten, um die verschluckte Sonne zu befreien und so weiter, versucht heute ein Maulwurf herauszufinden, wer ihm auf den Kopf gekackt hat. Literatur ist weder entzaubert noch billig geworden. Ich persönlich habe einfach nur das Interesse verloren, Worte zu Papier zu bringen. Wieder Worte. Wieder Papier.

Kurzum, ich hatte mich eines Abends allein an den Computer gesetzt, dessen Bildschirm mich mit einem leeren Word-Dokument erwartete, und meine feuchte Seele hatte sich nach und nach ins dunkle Crêpe de Chine der Nacht gewickelt, als Marika gekommen war, sich auf meinen Schoß gesetzt und mir den Kopf auf die Schulter gelegt hatte. Auch sie starrte auf den Bildschirm.

So, wie ein Sportler immer in Form sein muss, musste ich jeden Tag eine Seite schreiben, ob ich Lust hatte oder nicht. Das habe ich mir irgendwann geschworen. Im Prinzip hat es keine Bedeutung, was ich fabriziere, einen Nekrolog oder einen Trinkspruch, oder worauf ich schreibe, auf ein Blatt Papier oder am Computer, und womit ich schreibe, mit Tinte oder dokumentenechter Tusche, Gel oder Alizarin mit Blut vermischt, Milch oder Shampoo – der Schreibprozess an sich ist wichtig. Es gibt allerdings Leute, die Worte aus einem auf dem Wasser schwimmenden Haar formen, und Leute, die mit dem Kondensstreifen eines Flugzeugs ein, zwei Verse an den Himmel schreiben. Es geht hier doch nicht allein ums Schreiben, oder? Es ist eher die Vorbereitung auf den letzten Atemzug.

Früher habe ich immer darauf gewartet, dass eines Tages meiner Hand etwas Wunderschönes und Geheimnisvolles entspränge, etwas, das auf einmal alle meine Fehler überdeckte und das dafür sorgte, dass mir sofort alle alles verziehen. Meine Kinder würden mir die Vernachlässigung verzeihen, Freunde die Verantwortungslosigkeit, meine Heimat die Ablehnung, meine arme Mutter die Unersättlichkeit, die Mutterkirche den Unglauben, meine Elegien die Unübersetzbarkeit. Sofort würde jeder sehen, welchen Kummer und welche Reue ich in meiner Brust trug. Freunde (und Kinder) wissen ja nicht, welcher Gram im Herzen wohnt. Oder was jahrhundertelang tief darin bewahrt ist. Aber es ist nichts herausgekommen und keiner hat mir irgendetwas verziehen.

Meine größte Angst jedoch war, nicht einmal einen Gedanken formulieren zu können, die Wörter nicht zusammenzukriegen. Deshalb schrieb ich täglich, damit ich in Form blieb, ich brauchte an Automatismus grenzende Gewohnheit. In den Fingern konserviertes Talent. Das war meine persönliche Disziplin. Ich liebte Wörter, ich war ihr Paladin. Mich verzauberte der Moment, wenn aus dem Wort der Sinn auftaucht wie aus dem Hut das Kaninchen, aus dem Ärmel die Karte. Wie Wasser zu Wein wird, Milch zu Käse, die Kröte zur Schönheit, der Kürbis zur Kutsche, Saulus zu Paulus. Ob als Traum oder in der Realität: Solche Dinge waren für mich immer verständlicher als Katheten, Hypotenusen und Bisektoren, mit ihren Sinus-Cosinus und Tangens-Cotangens, die immer wie Gebete klangen. Bis heute klingen sie so. Wenn man einmal den Geschmack der Wörter auf der Zunge hatte, wird einen keine andere Nahrung befriedigen können. Obwohl jedes Wort seinen eigenen Geschmack hat, sind sie sich meistens doch ähnlich. Aber es gibt Wörter, die mit nichts zu vergleichen sind, Leckerbissen, die man ewig im Mund behalten will.

Ich war ein Wortliebhaber und Wortzähler. Ein Wortritter. Mich haben Wörter schon immer fasziniert wie einen Goldsucher das Gold. Ich war also auch ein Wortsucher. Ich litt unter Worterkältung und Wortfieber. Für mich gab es nichts Wertvolleres. Sie waren mein Mittel und mein Zweck. Das Wort war mein höchstes Gut. Ich war und bin heute noch der Meinung, dass Wörter ihre eigenen Rechte haben, so wie Mensch und Tier. Ich wartete auf die Geburt neuer Wörter im Jargon, in der Sprachkammer, im Gedicht, im persönlichen Gespräch. Oft bin ich auf dieses oder jenes Wort gestoßen und habe es benutzt, es während eines Tages hundertmal wiederholt und wiederholt, selbst wenn es weder meine Gefühle noch meine Gedanken ausdrückte.

Man stelle sich vor, es gäbe einen digitalen Regen. Ein Regen, bei dem Buchstaben und Zahlen von oben herabfallen. Man stelle sich vor, dass diese Buchstaben nicht anderswo niedergehen, sondern auf dem Kopf aufschlagen. Das heißt, man steht im Buchstaben-Regenguss, und es gibt keinen Schirm, der einen schützen könnte. Die Buchstaben durchdringen die Menschen wie Wasser ein Sieb, wie kosmische Strahlung die Erde. Die Buchstaben regnen und regnen, manche flackern plötzlich vor den Augen auf, und man sieht, wie sich an den Buchstaben ein Wort entzündet, dann aus den Wörtern ein ganzer Satz entsteht, aus dem Satz eine Zeile, ein Absatz, ein Vers. Bis sie sich zu irgendeinem Sinn, einem flüchtigen Ausdruck oder einfach nur einer Emotion zusammenfügen.

Stetig erweiterte ich mein persönliches Lexikon. Ich kannte Wörter wie Centone, Kanzone, Terzine. Ebenso kannte ich Enjambement, Kōan, Greguería. Wer denkt, das habe etwas mit Gluten oder Akklimatisierung zu tun, der hat vollkommen recht in seiner Unwissenheit. Auch kannte ich das Wort »Kuboa«, das für die Grammatik sehr bedeutsam ist, auch wenn es weder »Gott« noch »Vergnügungspark« bedeutet, sondern einen spirituellen Zustand beschreibt. Vielleicht habe ich inzwischen die Bedeutung des Wortes »Chortle« vergessen, kenne dafür aber den Buchstaben ю wie die fünf Finger meiner Hand. Ich besaß sogar einen speziellen Anzug, um den Buchstaben R auszusprechen. Und noch einen Anzug für »wsts«. Ganz zu schweigen von »Abyrwalg«, das zum Grundwortschatz aller Hunde und Schweinehunde gehört. Zu gern hätte ich in mein Gespräch ab und zu das Wort »Mantifolia« eingeflochten. Mantifolia mit Essig. Es gelang mir aber nie, obwohl es mir oft so vorkam, als sei jedes Gespräch sowieso eine große Mantifolia. Ich wusste auch, dass ein Wort mit dem verwandt sein muss, welches es erklärt, und dass ein Wort von Dauer und unumstritten sein muss. Ich erkannte nur eine Macht an: die Macht des Wortes. Was aber aus meiner Hand kam, musste zweifellos gut geschrieben sein; der größte Unsinn, bloß grammatikalisch und stilistisch korrekt musste er sein.

Wörter waren für mich schon immer mehr als Werkzeuge. Denn oft spielt das Werkzeug keine große Rolle. Ein da Vinci würde mit einem Koh-i-Noor-Bleistift ja auch nicht besser zeichnen oder ein von Karajan mit einem Karbontaktstock besser dirigieren. Ein Wort ist dagegen unveränderlich, es ist mehr als ein Werkzeug, und man begreift, dass man nur seine Schatulle ist.

Heute verlassen mich die Wörter nach und nach, und wenn das

früher mein größter Alptraum war, mein persönlicher Untergang, dann denke ich heute, dass das Leben von Neuem beginnt. Von null. Vom leeren Blatt. Genauer gesagt, gänzlich ohne Blatt.

Wenn in den Straßen der bleierne, qualmartige Nebel steht, eine kaltherzige Masse, bringt mein Gehirn irgendein Wort an die Oberfläche. Eines, das nicht unter dem rechten Vorderhauptknochen entsteht, sondern im Bauch. Wie wenn ein Tiefseewesen vom Meeresboden an die Oberfläche kommt. Und überhaupt kann ich manchmal tief in mir die Stimme meines entfernten Vorfahren hören, meines Ururururururgroßvaters, der als Wurm auf dem Meeresgrund herumkroch. So wie man sich eine Muschel ans Ohr hält, so kann man ein Ohr auf meine Brust legen und bestimmt das Meer rauschen hören.

Manchmal schwirrt mir ein Wort im Kopf herum, aus meinem Mund kommt jedoch etwas völlig anderes. Ich denke sogar, dass mein Rekurrensnerv nicht vom Schädel in die Brust führt, sondern viel tiefer reicht, einen Bogen um das Gedärm macht und dann erst wieder nach oben wächst, um sich mit der Zunge zu verbinden. Außerdem braucht das Signal, vom Gehirn kommend, dermaßen lange, bis es die Zunge erreicht, als hätte ich den Hals einer Giraffe.

Giraffen fand ich schon immer verblüffend. Besonders ihr Herz. Was für einen Blutdruck eine Giraffe wohl haben mag, dass ein Organismus dieser Größe auch in den entlegensten Teilen mit Blut versorgt wird?

Wie dem auch sei, nach und nach verschwinden Wörter aus meinem Leben. Beim Gespräch mit anderen gebe ich manchmal undeutliche Laute von mir, weil ich die Wörter vergesse. Ich öffne den Mund, in der Kehle sollte eigentlich irgendein Laut entstehen, doch heraus kommt Genuschel. Als würde ich plötzlich auf Ithkuil sprechen. So einen Namen muss eine Sprache haben:

Ithkuil. Eine hypothetische Zusammensetzung verschiedenartiger Ausdrücke, die in kooperativer Einheit koexistieren. Es gibt Momente, da könnte alles aus meinem Mund kommen, wie aus dem Hut eines Illusionisten. Um das abzustellen, lasse ich jeden Morgen ein Wort aus mir heraus, wie einen Vogel aus dem Käfig. Das heißt nicht, dass ich Wörter nicht mehr liebe. Im Gegenteil, vielleicht liebe ich sie nun sogar umso mehr. Wenn bei einer totalen Amnesie die Erinnerung zurückgebracht werden soll, lernt man die Wörter ja von Neuem; bei mir ist es umgekehrt: Ich vergesse sie. Das ist ein Kampf bis zum letzten Blutstropfen, besser gesagt: bis zum letzten Buchstaben des Wortes. Und das ist für mich leichter gesagt als getan. Für mich, dem Wörter immer mehr bedeuteten als Menschen.

Um ehrlich zu sein, bedeuteten mir selbst Satzzeichen früher mehr. Ich war verrückt nach Satzzeichen.

Letztendlich suchte ich aus Liebe zu Büchern den Namen für meine Tochter aus. Neben Stella stehen in ihrem Pass noch zwei weitere Namen, Nico und Céline. Stella deswegen, weil er einfach schön ist und auch, weil er Stern bedeutet. Der zweite bedarf keiner Erklärung, warum die Wahl auf Nico gefallen ist, versteht man ja wohl. Den Namen Céline gab ich ihr aus Liebe zu jenem miesepetrigen und schwierigen Mann, der eigentlich überhaupt nicht so hieß. Warlam oder Fjodor konnte ich sie schließlich nicht nennen, so sehr ich die beiden auch liebe. Ein Mädchen schon gar nicht.

• • •

Lange Zeit war ich der Meinung, dass ein Buch alles legitimiert, solange es mich nicht unter die Erde bringt, fast wie an jenem Abend, als ich im Literaturhaus das *Touristenfrühstück* vorstellte. Als die Lesung zu Ende und das Signieren erledigt war, standen wir paar Männer im Hof herum, wie sich das nach so einem Abend gehört, mit Zigarette in der Hand, obwohl kein Einziger von uns Raucher war. Jedenfalls ich hatte vor geraumer Zeit aufgehört. Trotzdem hielt ich die brennende Zigarette in der Hand, wie einen Bleistift. Ein großer, schlanker Mann kam hinzu, er war hellhäutig, regelrecht kreidebleich. Er sah älter aus als ich, obwohl er wahrscheinlich in meinem Alter war. Vielleicht sogar ein bisschen jünger. Auf der Nase eine schwarze, rechteckige Plastikbrille. Er hatte sich das *Frühstück* unter den Arm geklemmt, als sei es die Eintrittskarte fürs Rumstehen mit den Rauchern.

Ich erinnere mich nicht mehr, was einer der Raucher entgegnete, als er zu mir sagte: Sie sind ja ein echter Buchzentrist. Er meinte das als Kompliment, als würde er sagen: Haben Sie aber schöne Schuhe an! Ich gab zurück: Für mich legitimiert ein Buch alles. Die Raucher räusperten sich in die Faust als Zeichen der Zustimmung. Interessant, bemerkte der weiße Mann mit dem *Frühstück* unter dem Arm, rückte bemüht die Brille zurecht, obwohl es da gar nichts zurechtzurücken gab, sie saß perfekt auf seiner Nase. Natürlich wandten sich plötzlich alle ihm zu. Dann müsste ein Buch auch das legitimieren, was nicht legitim ist. Zum Beispiel?, fragte ich. Nennen Sie mir zum Beispiel das für Sie bedrückendste und dunkelste Buch. Nach welchem Prinzip? Ohne Prinzip, so als würden Sie blind eine Karte vom Stapel ziehen. Wahrscheinlich *Erzählungen aus Kolyma*, sagte ich. Ernsthaft? Absolut. Mögen Sie Warlam Tichonowitsch? Ja, sehr. Wahrscheinlich sogar über alle Maßen.

Es war ein warmer, angenehmer Herbstabend, Vögel zwitscherten in den belaubten Bäumen, aus dem Café strömte der Duft von Kaffee und Gebäck, der dämmrige Hof wurde von der fahlen Beleuchtung des Literaturhauses in gelbes Licht getaucht. Um den weißen Mann – und nicht nur den – zu beeindrucken, fuhr ich fort, Warlam Tichonowitsch sei jener Mann, über den Andrei Tarkowski in seinen Memoiren schrieb: »Dante wurde gefürchtet und verehrt: Er war in der Hölle gewesen! In der von ihm selbst erschaffenen. Schalamow hingegen in der echten. Und die echte stellte sich als furchteinflößender heraus.«

Das ist ein alter und erprobter Trick: Man wirft mit gewichtigen Namen um sich und steht nicht länger allein da, so als fiele ein wenig von deren Sternenstaub auch auf einen selbst herab. Die Raucher hüstelten anerkennend. Ich wollte noch sagen, ich könne mir vorstellen, wie der düstere Tarkowski sich für die Erzählungen begeistern würde, wo nichts, nicht mal eine schließende Klammer, einen an ein Lächeln erinnert, so sei das, doch der weiße Mann kam mir zuvor. Er sagte: Sehr gut. Ihrer Meinung nach müssten die Erzählungen also Stalin legitimieren? Wie bitte?, fragte ich. Na, würde es Stalin nicht geben, gäbe es auch keinen Gulag und daher auch nicht Schalamows *Erzählungen*. Das ist doch billige Kasuistik, erwiderte ich, dann gäbe es viele Dinge nicht, eine ganze Reihe von Ereignissen, das ist doch eine gewöhnliche Kausalität, dem Inquisitor und der Braunen Pest gingen ja die Inquisition und der Faschismus voran. Diesmal funktionierte der Trick nicht mehr. Er sagte: Okay, lassen wir die Torquemadas und Hitler mal kurz beiseite. Die sollten wir ganz beiseite lassen, erwiderte ich. Ich wollte hier auf etwas anderes hinaus, nämlich ob Sie persönlich, wenn Sie könnten, Stalin aus der Geschichte streichen würden, jedoch unter der Bedingung, dass mit ihm auch Schalamows *Erzählungen* verschwinden würden. Ich brachte das Totschlagargument: Geschichte kann Konjunktiv nicht ausstehen. Schon klar, meinte er, ich spreche nur vom egoistischen Standpunkt des Lesers aus. Das heißt? Die Raucher spitzten plötzlich die Ohren und fragten: Welcher Leser soll denn diese Art Standpunkt haben? Das heißt, stellen Sie sich eine

Waage vor, in der einen Schale liegen Millionen Menschenleben, in der anderen die *Erzählungen aus Kolyma* – was wiegt Ihrer Meinung nach schwerer? Aber antworten Sie nicht als soziales Wesen oder als Autorfigur »Zaza«, antworten Sie vom Standpunkt des Lesers aus, der gemütlich auf dem Sofa herumliegt und ästhetisches Vergnügen an der Lektüre hat. Genauso wie Sie, wenn auch unwillkürlich und unwissentlich, Stalin legitimieren, weil Sie sich an der Lektüre der *Erzählungen aus Kolyma* erfreuen, würde ja jemand den Fleischer legitimieren, indem er Frikadellen isst, meinen Sie nicht?

Das Gefühl, das nach der Lektüre der *Erzählungen* in einem aufkommt, ist sehr fern von Freude, aber plötzlich merkte ich, wie der Mann mir zusetzte und mich erschauern ließ. Außerdem kann man sich an vielem erfreuen, sei es Zahnschmerz oder ein Zeh mit abgeknabbertem Nagel.

Was ich auch versuchte, um die ganze Unterhaltung ins Lächerliche zu ziehen, der weiße Mann gab sich nicht geschlagen, er schaute mich an und durchbohrte mich mit seinen Augen, ermüdete mich und quetschte mich aus wie eine Zitrone. Die Anspannung ging allmählich auch auf die Raucher über. Anfangs dachte ich, das sei eine Diskussion um des Esels Schatten, nicht mal eine Diskussion, sondern eine Art Anekdote. Wann redeten seriöse Leute denn schon seriös, vor allem bei einem Literaturabend, und wieso mussten wir ernsthaft über all die Stalins und Gulags und Konjunktive sprechen, während im Hintergrund die Vögel zwitscherten und das Gebäck duftete? Ich musste in mich hineinlächeln, aber nicht, weil mir die ganze Diskussion wenig überzeugend vorkam; Überzeugungskraft ist nicht immer auf der Seite der Rationalität, doch es sah so aus, als habe der weiße Mann absolut nicht gescherzt; der Gedanke, dass etwas Gefährlicheres und Bedrohlicheres auf dem trüben Grund seiner Fragen lag, als man oberflächlich sehen konnte, drang wie Gift in mich ein und breitete sich langsam aus. Meiner Meinung nach interessierte ihn nicht mal die ethische Seite der Sache, er schien eher von Liebe zu sprechen, der wollüstigen und anstößigen, die jemanden sich selbst und alle anderen vergessen, seine eigene Familie und sogar die Heimat verkaufen lässt, bis jeder und alles für ihn plötzlich verschwindet, außer der einen; ein Blick genügt, und man ist hin und weg. Am Ende verstand ich, welchen Leserstandpunkt er gemeint hatte. Den, von dem aus alle auf einer Ebene zu sein scheinen, Opfer und Unterdrücker. In der Zwischenzeit hatte er schon einige Male seine Brille zurechtgerückt und mir dabei unaufhörlich ins Gesicht geschaut, als wolle er dort ablesen, welchen Effekt seine Worte haben würden.

Die Raucher waren aufgebracht, hielten nur noch die heruntergebrannten Kippen in der Hand. Er aber fügte am Ende hinzu, völlig ruhig und sicher: Nun, und jetzt sagen Sie mir, legitimiert ein Buch alles? Um ihn zu ärgern, hätte ich am liebsten geantwortet, das komme auf das Buch an, aber ich biss mir rechtzeitig auf die Zunge. Vor mir stand ein Leser der besonderen Sorte. Neben ihm wirkten wir alle unecht. Pseudo-Raucher, Pseudo-Leser, Pseudo-Schriftsteller. Sogar der in den Bäumen singende Vogel klang pseudo.

Ich dachte, er würde mir das *Frühstück* vor die Füße werfen wie ein totes Küken. Tat er aber nicht. Im Gegenteil, er rückte es unter dem Arm ordentlich zurecht, als fürchte er, es würde ihm herunterfallen. Nicht, weil es ihn Geld gekostet hatte. Er war keiner, der ein Buch wirft. Und ich hatte noch nie so sehr gewollt, dass man mich mit einem Buch bewirft. Noch nie hatte ich mich so sehr für mein Geschriebenes geschämt. Mit einem Mal fühlte ich mich ihm gegenüber furchtbar schuldig; ich wusste, dass das *Frühstück* die Erwartungen des Lesers nicht rechtfertigte. Ich sah vor mir, wie er beim Lesen über meine Hilflosigkeit gelächelt, wie sich ein säuerliches Lächeln langsam über sein kreideweißes Gesicht ausgebreitet hatte.

• • •

Es gab eine Zeit, da hat man mit Wörtern die Sonne angehalten und ganze Städte zerstört. Und Tote auferweckt. Ein Wort kann ein Wunder geschehen lassen, und ein Wunder kann auch im Wort selbst geschehen. Ich habe mit eigenen Augen ein schwarzweißes Wort und auch das Wunder darin gesehen. Und wenn Auferstehung kein Wunder ist, dann weiß ich nicht, was Auferstehung ist. Oder ein Wunder.[2]

. . . .

2 Aus Sicht von Linguisten kennt der Mensch 40- bis 45 000 Wörter. Mit viel Mühe können wir vielleicht noch einige Zehntausend hinzufügen oder das Ganze verdoppeln und, sagen wir, unser Wortschatz umfasst 80- bis 90 000. Ein anderes Thema ist, wie viele Wörter wir im Schnitt benutzen. Interessant wäre auch zu wissen, wie viele Buchstabenkombinationen es gibt, die Wörtern ähneln, aber keine sind. Und wie viele du wissen musst, wenn du dir vorstellst, jeden Tag eines zu vergessen. Ich vergesse jeden Morgen mindestens eins. An einem erfolgreichen Tag kann ich zwei, drei, vier oder fünf vergessen. Im Durchschnitt macht das zweieinhalb bis drei Wörter pro Tag. Was so gesehen pro Jahr 912 bis 1095 vergessene Wörter ergibt. Sagen wir 1001, das ist augenscheinlicher und schöner. Ein symmetrisches Zahlenpalindrom. Zuallererst vergesse ich die essentiellen Wörter wie zum Beispiel Geld, Herz, Seele und so weiter. Dann kommen die vergleichsweise zweitklassigen Wörter: Mesalliance, Fuselage, Korrelation usw. Am Ende sind die Wörter dran, die man nicht unbedingt kennen muss und von denen auch keiner weiß, wie sie geschrieben werden. Sagen wir, Defenestration (das Herausstürzen einer Person aus einem Fenster), Gynäkomastie (Brustvergrößerung beim Mann), Mamihlapinatapai (das Austauschen eines Blickes zwischen zwei Personen, von denen jeder wünschte, der andere würde etwas initiieren,

An jenem Morgen war Berlin in Schnee gehüllt, in grauen, lauen Schnee, wie er hier eben ist, als kehrte eine Brise von ferne die Asche eines Feuers zusammen. Nur Brandgeruch gab es keinen. Jedenfalls saß ich in jenem Moment am Computer, als Marika kam, sich auf meinen Schoß setzte und ihren Kopf auf meine Schulter legte.

Quälst du dich, mein Schatz?, schien ihr Blick zu fragen. Läuft's nicht mit dem Schreiben?

....

was beide begehren, aber keiner bereit ist, zu tun) usw. Letztendlich kannst du dein Wortwissen selbst überprüfen: Was ist ein Mondegreen?
A: ein Name eines Cocktails
B: eine Wikingergottheit
C: ein toter Planet
D: ein veganes Shampoo.
In Wirklichkeit keines davon. Ein Mondegreen ist ein falsch verstandener Liedtext. Und jetzt stell dir vor, du weißt eines Tages nicht mehr, was diese Wörter bedeuten: Tee, Butter, Brot. Das ist heute meine Disziplin, die Verarmung des Wortschatzes. Früher war es umgekehrt. Ich war mit Wörtern voll wie ein Kastanienbaum mit Kastanien. Wie die Eierschale mit Ei. Wie das Tigerfell mit Tariel, wie Tariel mit Nestan, Nestan mit Daredschan, Daredschan mit Badridschan. Obwohl, eher wie eine Matrjoschka. Ich war also eine Wörtermatrjoschka, in Wörter gehüllte Wörter. Manchmal fühlte ich, dass ich den Kopf und den Hals voller Wörter hatte, wie kleine physische Dinge. So etwas nennt man psychomotorische Halluzinationen von Wörtern, glaube ich. Das stimmt so aber keinesfalls, das Gefühl hat nichts von einer Halluzination. Ich konnte sogar hören, wie die Wörter ihre Stimme erhoben, wenn ich sie zu Papier brachte oder Buchstabe für Buchstabe in den Computer tippte. Ich versuchte ständig, mir jedes neue Wort tief ins Hirn zu hämmern, über das die Neuronen dann stets in Kontakt blieben wie Pflanzen über ihre Wurzeln. Ich war ein Wortsack, eine Wortsatteltasche. Ein Pappmachégebilde voller Wörter. Wenn man auf mich einschlug, fielen verschiedenste Wörter aus mir heraus, wie Süßigkeiten aus einer Piñata.

49

Ich gab keine Antwort. So saßen wir also da und blickten einander aus dem erloschenen Bildschirm entgegen. Haben sie dich nicht in irgendeiner Zeitschrift Wortmeister genannt?

Nebenbei bemerkt, nicht nur in einer, wollte ich präzisieren. Sondern in allen georgischen. Doch ich schoss in eine völlig andere Richtung:

Mir wäre lieber gewesen, sie hätten mich Margarita genannt. Wortmargarita.

Marika schien mir nicht zuzuhören und meinte: Denkst du nicht, dass ein Wort, je höher es rangiert, sich desto mehr von der Sache entfernt?

Das war ein diskussionswürdiger Gedanke, zumal nicht ganz geklärt ist, in welcher Beziehung das Wort zur Sache steht. Ich schaffte es trotzdem nicht, etwas dazu zu sagen.

Alles hat seine Zeit, fuhr sie mit den Augen fort. Hast du das viele Schreiben nicht satt?

Keine Ahnung, diese Frage habe ich mir noch nicht gestellt, dachte ich bei mir.

Wahrscheinlich läuft das in der Schriftstellerei anders, sagte sie, wobei es langweilig sein kann, über eine lange Zeit ein und dasselbe zu tun.

Ich wollte auch etwas sagen, aber sie schaute mich so mitleidig an, dass mir die Worte im Hals steckenblieben. Außerdem fragte ich mich insgeheim, ob ich vielleicht völlig niedergeschlagen war und es bloß nicht bemerkte. Ich weckte den schlafenden Computer mit dem Zeigefinger.

Erklär einer Unwissenden wie mir, die keinen Einblick in die Schriftstellerei hat, was das Wichtigste fürs Schreiben ist, sagte sie, das Allerwichtigste.

Das Erste, was mir auf der Zunge lag, war Unterhaltung, Unterhaltung und Begeisterung, aber ich sagte: Das Wort, die Wörter.

50

Dabei sind Wörter nur Mittel zum Zweck, wie Karten, Kaffee oder Sand für einen Weissager.

Na dann – sie fuhr hoch, als ob sie auf einmal selbst etwas begriffen hatte –, du bist doch nicht dumm, vielleicht kannst du ein Buch ohne Worte verfassen? Natürlich auch ohne Buchstaben. In welchem Apostelbrief steht nochmal, der Buchstabe töte, erwecke aber die Seele zum Leben?

Sie antwortete selbst: Zweiter Korinther, Kapitel 3 Vers 6, oder?

Ich dachte bei mir: Am Anfang war doch das Wort, oder? Aber besteht nicht jedes Wort aus Buchstaben, sei es auch nur ein Buchstabe? Ist das nicht ein kleiner Widerspruch in sich?

Aber mich beschäftigte immer noch die Frage nach dem Buch ohne Worte.

Meinst du einen Comic?, fragte ich. Einen Fotoroman? Ein Hörbuch? Ein Kino-Epos? Folkloristische Texte? Texte, die von den Barden direkt beim Singen verfasst werden?

Nein. Ich meine ein Buch als ein physisches Objekt, das greifbar ist. Nur ohne Wörter.

So was gibt es schon, erwiderte ich, Bücher mit leeren Seiten.

Dann verfass eben auch eins, aber nicht nur ohne Wörter, sondern ohne Seiten. Und somit ohne Buchstaben.

Wie die Mandalas, die tibetische Mönche in den Sand malen, so was in der Art? Wobei ich mich selbst fragte, wozu man so ein Buch braucht.

Stell dir ein Buch vor, das nicht übersetzt werden muss, weil es schon in alle Sprachen übersetzt ist. Automatisch. Ich meine nicht die Weltsprachen, sondern alle Sprachen – aus dem Pali ins Bengalische, aus dem Farsi ins Ivrit, vom Paschtunischen ins Dari, vom Konkani in irgendeinen Dialekt der Papuasprachen. Sie lächelte plötzlich und fuhr fort: vom Mandarin ins Zazaische. Ein Buch, das von der Erde ins Weltall geschickt würde. Für Außerirdische wäre es genauso gut verständlich wie für mit Steroiden vollgepumpte Bodybuilder. Oder genauso unverständlich. Weil es die Hauptsache nicht enthält – Wörter.

Nun, ich schreibe aber weder für Außerirdische noch für Bodybuilder, dachte ich. Der einzige Körperkulturist, dem ich mein Buch widmete, hatte sich vor einem halben Jahrhundert einen Tampon in den Hintern geschoben und auf den Knien mit einem Kurzschwert öffentlich seinen Bauch geöffnet wie eine Konservendose. Der Tradition folgend schnitten ihm sein Freund und sein Geliebter auch gleich noch den Kopf ab. Nach mehreren erfolglosen Versuchen. In Wirklichkeit bekam es der Geliebte nicht hin, er schnitt ihm nur mit dem Schwert die Kehle durch, das Köpfen übernahm ein anderer. Aber lassen wir die Spitzfindigkeiten.

Für die Idee mit den Außerirdischen kann ich mich bei meinen Büchern auch nicht begeistern. Meine Ambitionen sind dahingehend eher zurückhaltend. Obwohl Marika wahrscheinlich nicht mal wirklich das Weltall meinte. Das denke ich jedenfalls. Es ist einfach nur ihre Art, sich auszudrücken, dass alles, was nicht mehr auf die Erde passt, ins Weltall gehört.

Du meinst also ein Buch für alle und keinen?

Im Gegenteil, ein Buch für keinen und alle.

Ich will nichts lieber, als den Unterschied zwischen den beiden Sätzen finden, sagte ich, fragte mich aber, wie ich das nur aussprechen konnte, und vermied für alle Fälle den Blick zum Bildschirm.

Soweit ich weiß, schreibt jeder beliebige Schriftsteller ein Buch, sagte sie, als ob sie meine Zweifel und seelischen Qualen nicht sehe, sein bestes, ein außerordentliches. Jeder Dichter versucht, sich ein übermenschliches, unsterbliches Denkmal zu setzen.

Plötzlich fragte sie: Wie alt bist du schon?

Das war zwar eine rhetorische Frage, aber ich erwiderte trotzdem, ich werde bald fünfzig.

Fünfzig, wiederholte sie. Du meinst wohl, das Leben ist unendlich, vom Lernen des deutschen gotischen Alphabets bis zum goldgelben Fett auf den Uni-Brötchen? Du bist fast ein halbes Jahrhundert alt und hast dein Hauptwerk noch nicht geschrieben. Sie legte den Kopf wieder auf meine Schulter und schaute mich aus dem Bildschirm an. Woher weißt du dann, dass du es jetzt schreiben wirst? Oder irre ich mich? Vielleicht hältst du eines deiner Bücher schon für dein bestes, das außerordentliche, das einzige?

Ich sagte nichts. Was sollte ich auch sagen, wenn ich keines meiner Bücher für ein solches hielt.

Sie schaute mich eine Weile an und sagte dann: Darf ich dich was fragen? Sie wartete meine Antwort nicht ab, stattdessen fuhr sie fort: Du erinnerst mich irgendwie an eine anti-utopische Figur, einen Mann, der unaufhörlich Wörter einsaugt, aber nicht weiß, wie er sie gebrauchen soll. Und weiter: Sagst du nicht immer, dass die gelben Seiten schon geschrieben wurden und lange Rede immer einen kurzen Sinn hat? Also, wenn du mir nicht glaubst, dann glaub Rustaweli: K-Ü-R-Z-E A-B. Wenn dir bis jetzt nichts mit Worten eingefallen ist, warum es dann nicht ohne Worte versuchen?

Leicht gesagt, dachte ich. Plötzlich machte es mir zu schaffen, dass sie mich an ihrem Enthusiasmus teilhaben ließ. Ich war ein bisschen angespannt, ich begriff nicht, warum Wörter einen so beschäftigen. Oder warum ich sie bekämpfte wie Moos. Bekämpfte ich sie überhaupt?

Bevor ich etwas sagen konnte, sprach sie weiter: Du musst begreifen, dass Ambitionen so lange Schrott sind, bis du sie in eine Rakete verwandelst. Es wird keine einzige Rakete die Erdatmosphäre verlassen, wenn sie nicht von der Startrampe abhebt. Letzten Endes, sagte sie, wissen wir doch, wie die moderne Welt funktioniert: Die Macht der Bilder ist größer als die der

53

Worte. Man sollte die visuelle Kraft und den emotionalen Einfluss der Bilder nicht unterschätzen. Du solltest jedoch nicht vergessen, dass Kino Dokument und Traum ist, ein Buch aber ein bisschen mehr als Kino. Daher kann man beides nicht in einen Topf werfen. Am Ende sagte sie etwas, das wie eine Waschmittelwerbung klang: Willst du etwas erschaffen? Dann löse dich von den Wörtern. Wer hätte sich noch vor Kurzem vorstellen können, dass ein Buch einen Ladestecker brauchen würde?

Knut Hamsun, wollte ich einwerfen, der konnte sich das vorstellen, in Person von Andreas Tangen in Christiania. Er hatte schon Ende des 19. Jahrhunderts die Idee eines elektrischen Gebetsbuches. Wenn das nicht der Kindle von damals ist, dann weiß ich auch nicht. Ich wollte noch hinzufügen, dass auch wir bald aufladbar sein werden. Unsere Augen und Lungen, die Leber, der Meniskus, das Herz und vielleicht auch die Seele werden bald einen Stecker brauchen, wollte ich sagen, doch ich biss mir auf die Zunge.

Du solltest das Buch an Kindern testen. Wenn du etwas kreierst, was Kinder unterhaltsam finden, kannst du die Mission als erfüllt ansehen. Es gibt keinen genaueren Indikator als ein Kind.

Und wenn sie keine Bücher ohne Bilder und Dialoge mögen?

Egal, Kinder ändern ständig ihre Meinung, gestern langweilte sie dies, heute gähnen sie über jenes, und worüber sie morgen einschlafen werden, wissen sie selbst nicht, und wie sollst du das erst wissen, du bist ja kein Kind. Du kannst es nur versuchen. Du verstehst sie sowieso nicht. Zeig ihnen, was du kreiert hast, und lass sie selbst entscheiden, ob es ihnen gefällt oder nicht. Den Erwachsenen musst du erklären, was sie mögen und was nicht. Du musst ihnen vorkauen, wo sie hingehen, was sie sich ansehen, anhören, anziehen sollen, was sie lesen, essen, kaufen, denken sollen. Am Ende, worauf sie ihren eigenen Kopf betten sollen, auf ein Kissen, gefüllt mit Daunen oder mit Federn? Vielleicht mit

Bambus? Oder Rosshaar? Buchweizenspelzen? Oder sogar Schaum mit Formengedächtnis? Kindern machst du nichts vor.

An jenem Tag war Marika auf der Höhe der Mission, wie an jedem beliebigen anderen Tag, und so sagte sie: Beachte, die Erwachsenen halten ein Kind nicht für ein Erziehungsobjekt, sondern für ein Entwicklungssubjekt, welches genötigt ist, innere Handlungen auszuführen, damit in seiner Seele die Äquivalente dessen reifen, was äußerlich schon in Form von Dingen und menschlichen Errungenschaften existiert. In dieser Sache waren nicht mal die alten Griechen rückständig. Jedenfalls besagt das so ungefähr die Imitationstheorie bei Platon und Aristoteles. Bloß sagte der eine das über Kinder, der andere über Dichter. Das sind zwei Paar Schuhe. Zur größeren Glaubwürdigkeit ergänzen die Großen noch, dass der Nachwuchs des Homo sapiens der einzige sei, der viele Jahre in solchem Ausmaß auf seine Eltern angewiesen ist, dass er ohne sie nicht überleben könnte, während die Nachkommen eines jeden anderen Lebewesens nach einigen Monaten unabhängig von diesen überleben könnten, manche sogar schon nach Wochen oder gar Tagen. Ich glaubte, sie habe den roten Faden der Unterhaltung verloren, so eingenommen war sie von ihren eigenen Worten, aber am Ende kehrte sie doch zum eigentlichen Thema zurück: Mir ist klar, dass alle wichtigen Bücher schon geschrieben worden sind. Dann ist das eben so. Kreiere ein andersartiges. Erinnerst du dich an Kinyras, den König von Zypern, der der Flotte gegen Troja Spielzeugschiffe aus Ton schenkte, besetzt mit Puppen statt Kriegern? Sollen doch die anderen eine Arche zusammennageln, erschaffe du ein Schiffchen. Also sprach Marika. Ich sagte nichts mehr und setzte ein gedankenversunkenes Gesicht auf, um zu zeigen, dass ich alles, bevor es ins Weltall entsendet wird, zweifellos und individuell an Kindern testen werde wie an Laborratten.

Ich wollte sowieso schon immer ein Buch für Kinder schreiben. Vorzugsweise hatte ich da an ein Badewannenbuch gedacht. Es gibt ja diese Bilderbücher mit dicken, kissenartig aufgeplusterten Seiten, die mit Polyesterschaum gefüllt sind. Sie weichen nicht durch und gehen nicht unter. Text haben sie entweder gar keinen oder einen minimalistischen in einfachster Sprache. Als Vater einiger Kinder weiß ich, worauf es bei diesen Büchern ankommt. Daher dachte ich, ich sollte vielleicht auch einmal so eines schreiben. Etliche Badebücher habe ich gesehen. Kleine, mittlere, runde, ovale. Geschmackvolle, geschmacklose. Alle mit kleinen Geschichten von Giraffenbabys und Elefantenbabys, Kamelbabys, Büffelbabys, Hundebabys und Katzenbabys, Eulenküken, Möwenküken, Krähenküken und so weiter und so fort. Dazu eine Vielzahl kleiner Mädchen und Jungen. Ich überlegte, eine Serie von zehn Büchern mit einer Geschichte über eine kleine Biene zu schreiben.[3]

....

3 Im ersten Buch fragt eine kleine Biene die Mama Biene: Mami, Mami, wenn Bienen alt werden, wo sterben sie dann? Mama Biene antwortet: Wenn ihre Zeit gekommen ist, fliegen sie hinter die neun Berge und hinter die neun Meere, wo ganz andere Bienenstöcke auf sie warten. Eines Tages, als der Bienenschwarm auf der Blumenwiese Nektar sammelt, beschließt die kleine Biene, diese Geschichte zu überprüfen, fliegt heimlich weg von Mama Biene, hinter die neun Berge und neun Meere, zu den alten Bienen. Sie fliegt, summ-summ, ohne auszuruhen, fliegt den ganzen Morgen und den ganzen Tag. Sie wird langsam müde. Außerdem wird sie allmählich hungrig, doch sie hält nicht inne, sie fliegt und fliegt. Aber sie merkt, dass es immer noch weit ist zu den schönen Bienenstöcken, sie wird es heute nicht hinter die neun Berge und die neun Meere schaffen, der Abend ist schon angebrochen. Der Himmel verdunkelt sich unheilvoll. Der Mond versteckt sich in den Wolken. Die kleine Biene fürchtet sich vor der Dunkelheit. Ringsum ist kein einziges Summen zu vernehmen. Ihr wird klar, dass sie es auch nicht wieder bis nach Hause schaffen wird. Wo soll sie sich verstecken?

Ich hatte noch eine andere Idee: das »Buch-Bett«. Also ein auf die Oberseite von Bettdecke und Kissen gedruckter Text. Man stelle sich vor, man liegt in einem Roman, einem Gedicht … Es wäre möglich, etwas Originelles, das heißt, ein speziell für Bettwäsche geschriebenes Werk auf Stoffmuster zu übertragen, einen klassischen Text samt Illustrationen. Illustrationen, die jeder aus der Kindheit kennt, wie die von Gustave Doré bebilderte Bibel oder John Tenniels *Alice im Wunderland*.

. . . .

Der Himmel wird immer dunkler und dunkler, Regen braut sich zusammen. Die kleine Biene summt eilig zu den Blumen, aber sie ist zu spät, die Schlafblumen schließen nachts ihre Blüten. Die kleine Biene kriecht hinunter ins Gras, vielleicht kann sie sich dort unterstellen und den Regen überstehen. Da entdeckt sie eine Höhle. Langsam und vorsichtig kriecht sie hinein. Dort ist niemand, die warme Höhle ist vollkommen leer, einigermaßen gemütlich. Die kleine müde Biene schläft alsbald ein. Am nächsten Morgen stellt sie fest, dass sie aus Versehen ins Ohr eines Bärenbabys gekrochen war, das in den Blumen geschlafen hatte. Als sie aus dem Ohr kriecht, fragt das Bärenbaby: Wie bist du in mein Ohr gekommen? Die kleine Biene erzählt ihm ihr ganzes Abenteuer … Dem Bärenbaby gefällt die Geschichte der kleinen Biene. Sie beschließen, gemeinsam hinter die neun Berge und die neun Meere zu wandern. Am nächsten Tag brechen die beiden zu den Bienenstöcken auf. Bis zum Ziel haben die Freunde noch einen weiten Weg vor sich. Wenn es Abend wird, rollt sich der Bär auf dem Boden zusammen, die Biene fliegt in sein Ohr und beide schlafen friedlich bis zum nächsten Morgen. Das wäre das erste Buch aus der Serie. In den folgenden treffen sie verschiedene Tiere und Vögel, freunden sich mit ihnen an, und alle wandern zusammen in die Ferne; unterwegs begegnen sie allerhand Gefahren und erleben Abenteuer.

6.

Trotzdem verstehe ich nicht so richtig, was Marika meinte, und ich bin mir nicht mal sicher, ob sie selbst genau wusste, was sie da gesagt hatte. Was ist ein wortloses Buch? Marikas Vorschlag zufolge könnte das auch ein vollkommen imaginäres Objekt sein und, wie sie selbst sagte, ein kulturelles Artefakt. Vielleicht meinte sie, wenn man kein Mann der Worte ist, dann solle man wenigstens ein Mann der Nicht-Worte sein. Oder sogar ein Nicht-Mann der Nicht-Worte? Was auch immer, ich behandelte ihren Vorschlag wie einen vorsichtigen Traum, wie eine Sache, die langsam vor sich hin schwelt und schwelt, so lange, bis sie zur absoluten Leidenschaft wird.

Die dermaßen häufige Erwähnung des Wortes Wort machte mich ein bisschen schwindelig. In meinem Kopf entstanden auf einmal Wörter, die mit dem Wort Wort zu tun hatten, das heißt, bilaterale Einheiten, in denen materielle Formen mit ideellem Inhalt verschmolzen:

Wortverzeichnis

Wortwert

Mann des Wortes

Worte sprechen

Wortwurzel

Macht des Wortes

Wort halten

Wort brechen

Wort geben

das Wort abschneiden

Wortexperte

ein Wort übersetzen

ein Wort anpassen

ein Wort umdrehen

das Wort entziehen

das Wort übertragen

das Wort übergeben

das Wort erbitten

Wortkünstler

fehlende Worte

ein gutes Wort einlegen

Widerworte

Unwort

Wortstruktur

Wortkunst

Wortlexikon

Wort erfüllen

Worte daherplappern

Worterklärung

ein Wort buchstabieren

Wortgewalt

das Wort entreißen

Wortbedeutung

Freiheit des Wortes

Wortherkunft

Wortwechsel

wortgewandt

Wort für Wort

Schlüsselwort

Wortreihe

Wörtermeer

Wortklauberei

Wortsuche

auf Worten herumkauen

mit Worten schießen

Wortwissen

Wortspiel

mit Worten spielen

Wortcluster

Wortbeschönigung

Wortverzerrung

Wortdurchfall (Warum gibt es keine Wortverstopfung?)

Wortbeitrag

beim Wort nehmen

aufs Wort verlassen

Worte sagen

wortwörtlich

Wortbildung (Derivation)

Wortbeugung (Flexion)

Füllwort (zum Beispiel »ähm«, »tja« und so weiter)

Wortgruppe

zwischen den Worten

Wortkargheit

Wort (homophoner Gebrauch des Wortes)

wortlos

wörtlich

Verwörtlichung

Fremdwort

raue Worte

neues Wort

richtiges Wort

Gottes Wort

Kurzwort

sinnloses Wort

langes Wort

Passwort

ein paar Wörter

obszönes Wort

Hauptwort

warme Worte

Hilfswort

komplexe Wörter (Komposita)

barsches Wort

deverbatives Wort

schöne Worte

öffentliches Wort

Modewort

kollektives Wort

flektiertes Wort

dekliniertes Wort

überflüssige Worte

leere Worte

Lehnwort

unvergessliche Worte

vergessene Wörter

internationaler Wortschatz

hochtrabende Worte

hochgestochene Worte

aufmunterndes Wort

personifiziertes Wort (der Heiland)
Willkommensworte
veraltetes Wort (Archaismus)
ausweichende Worte
Scherzwort
letzte Worte
exotisches Wort
beschuldigende Worte
anspielende Worte (Allegorie)
lautmalerische Worte (Onomatopoeia)
Schlusswort
wohlklingende Worte
Schlagwort
ausgewogene Worte
tote Worte
Suchwort
Schlusswort
Vorwort
böses Wort ...

Marika macht es wie Pythia, sie sagt etwas und ich muss rätseln und rätseln. Manchmal berührt sie mich, die Augen geschlossen, mit ihren Fingern im Gesicht, als läse sie mich wie Blindenschrift. Wir sind Leidensgenossen, selbst wenn uns ein großer Altersunterschied trennt. Marika ist ganze 37 Jahre alt, während ich im Jahre 37 geboren bin (zumindest rückwärts gelesen). Einmal sagte sie, ganz am Anfang unserer Beziehung: Erlaube mir, deine Hose zu küssen. Bis heute verstehe ich nicht, was sie meinte, ich interpretiere es als Unterwürfigkeit. Ich hab ja ein zweites Herz auf der rechten Seite, das eines Hundes. Damals begriff ich nicht, womit ich so einen Kuss verdient hatte. Mit Eidetik? Kinder und Tote küsst man auf die Stirn, vielleicht ist ein Kuss auf die Hose so etwas in der Art? Bis heute versuche ich Marika zu verstehen. Seit jener Nacht, als ich vor dem Computer saß und meine Seele sich in feuchtes Crêpe de Chine wickelte, wurde das wortlose Buch ganz langsam zu meiner Obsession.

Lange Zeit dachte ich, Bücher liegen einfach so in der Gegend herum. Man muss nur fähig sein, sie zu sehen. Deswegen schaute ich mich immer konfus um. Was habe ich gewartet, dass ein Buch hereinplatzen würde: in einer Zufallsszene, in der Ecke einer Landschaft. Ich wartete, dass morgens beim Frühstück aus einer faden Alltagsszene plötzlich ein tolles Buch seinen Rücken zeigen würde, wie eine Nonne ihr weißes Knie. Mal von der einen, mal von der anderen Seite. Ein guter Beobachter würde ein Buch auch in einem Furz sehen und den Großen Terror in einem bleichen Hühnerkamm. Ich meine einen Kamm, der nicht rot ist wie normalerweise, stattdessen fast rosa, blassgelblich mit einem Hauch von Tod. So ein Huhn legt auch dementsprechende Eier, bei denen man das Eigelb nicht vom Eiweiß unterscheiden kann.

Schon als Kind hatten Bücher für mich eine besondere Bedeutung. Ich war ein Bücherwurm. Lange dachte ich, man säße vielleicht irgendwo im Park oder auf dem Balkon, wärmte sich in der Sonne wie eine Katze und es flögen einem Bücher über den Kopf. Egal ob unkoordiniert wie Schwalben. Taumelnd wie Schmetterlinge. In geometrischen Bewegungen wie Fliegen. Oder gar dröhnend wie Kampfflugzeuge. Ich dachte: Manchmal hält man es für ein Buch und es entpuppt sich als Attrappe, und manchmal dachte ich, man müsse einfach sehen, ob auf dem Roman ein Kerzenleuchter ruht und im Roman ein verrückter Skythe.

Manchmal dachte ich, und das völlig unbedarft, dass Bücher

wie Eisbrocken schmelzen. Manchmal dachte ich, sie würden verwelken, sobald man sie berührt. Manchmal dachte ich, dass Bücher mit ihren Zellen auf Quantenebene untereinander verbunden sind; was das eine fühlt, fühlen auch die anderen. Einmal träumte ich von einem Bücherbusch, ähnlich einer Flockenblume. Auf dem Bücherbusch saßen Wörter wie Knospen an den Zweigen. Tausend Knospen, tausend Rosen und hunderttausend Explosionen.

Ich dachte, ein Buch könne man ebenso im zusammengekehrten Staub auf der Schaufel, dem von heißen Chinkali-Teigtaschen aufsteigenden Dampf, im Glanz des Bauches einer grünen Fliege und den ringförmigen Rosenblättern sehen. Es kam mir vor, als seien die Bücher nicht vor, hinter, neben, unter mir, sondern überall gleichzeitig, wie eine große Explosion. Manchmal hielt ich jeden Gegenstand für ein Buch. Ich verstand den Unterschied zwischen einem Gegenstand und einem Buch nicht. Ebenso dachte ich, dass alles und jeder nur dafür existiert, um am Ende zu einem Buch zu werden.

Stella sagte neulich, wenn sie M&Ms esse, denke sie, auf ihrer Zunge schmelzen kleine Meister und Margeriten. Dabei versuchen wir um jeden Preis, Süßes zu vermeiden. Salziges ebenso. Hinter meinem Rücken wird behauptet, ich liebe Pralinen, nehme Rosenmarmelade zum Tee und so weiter, als könne man aus meiner Vorliebe für Süßes auf etwas Schlimmes schließen. Es wird auch behauptet, ich würde meine Heimat für Tschurtschchela-Konfekt und Pelamuschi-Brei verkaufen. Dabei wird vergessen, dass Tschurtschchela und Pelamuschi meine Heimat sind. Ohne diese beiden Dinge kann man sich uns nicht vorstellen und noch viel weniger verstehen. Genauso wenig wie ohne Chatschapuri-Brot und Saziwi-Huhn, aber hier geht es ja um Desserts. Um Dinge, die den Gaumen kitzeln. Ich kann meine Freude nicht verhehlen: Sie schieben es auf die Pralinen. Letztendlich passt ein säuerliches Gemüt zu Süßem.

Marika führt Stella auf ihre Art an georgische und internationale Klassiker heran. Ich bin immer wieder erstaunt über ihre Fingerfertigkeit. Ich weiß nicht, ob sie im Fernsehen gesehen oder in einem prosaischen Gedicht gelesen hat, wie man Puppen näht. Manchmal macht sie die Nachttischlampe an, setzt sich an den Tisch, legt sich rot-gelbe Stoffe und Stecknadeln, Schere, bunte Garne, Knöpfe zurecht. Eine Weile lang zaubert sie etwas vor sich hin, und kurze Zeit später drückt sie mir einen winzigen Rustaweli in den Arm, fürsorglich wie eine Großmutter dem schlafenden Baby. Der Puppen-Dichter sieht mit seinem roten Umhang und dem weißen Bart aus wie ein Astrologe, auf dem wütenden Gesicht prangt ein gesticktes Lächeln, *das die Ros' wie auch die Distel wärmt mit seinen Grüßen.* Ihre Puppe von Wascha-Pschawela, mit Lammfellmütze auf dem Kopf und vertrocknetem Auge, kommt einem vor wie ein Waldmensch, in der Hand hält er einen Veilchenstrauß und scheint mit dem anderen, dem gesunden Auge zu sagen: Nimm's an, dies mein Geschenk, Gott wird's dir vergelten. Ihr Galaktion Tabidse presst eine winzige Harfe an die Brust wie ein Fiebernder das Thermometer in die Achselhöhle. Und damit nicht genug. Ein dunkler, kraushaariger Puppen-Mann trägt einen Militärmantel, ein zweiter einen Mantel ohne Knöpfe, dieser sieht aus wie eine Ratte, außerdem schaut er so, als habe er Angst, lebendig begraben zu werden; ein dritter hat eine schmale Nase und einen langen weißen, wehenden Bart. Dann gibt es noch die Puppe eines jungen Mannes mit abstehenden Ohren und Äpfeln auf dem Rücken, der an einen Käfer erinnert. Einer der Bärtigen hat zwar keine Knopfaugen, hält dafür aber eine Axt, als wolle er sie ganz hoch und höher, nach ganz oben und noch weiter hoch werfen, aus der Erdatmosphäre ins

Weltall, bis sie, die Axt, am Ende in die Umlaufbahn unseres Planeten eintritt, wie ein Satellit.

Mittlerweile hat sich bei uns ein ganzer Sack voll Puppen angesammelt. Ein bisschen gruselig sieht es schon aus, wenn wir sie manchmal eine an der anderen auf dem Tisch arrangieren: Man fühlt sich wie in der Abteilung für Stillgeborene oder im Sektionsraum für Unsterbliche.

Ich denke, ich habe begriffen, was Stella mit Meistern und Margeriten sagen wollte. Sowohl Marika als auch Stella geben auf eigene Art Worte von sich. Ich bin der Einzige, der ins Stocken geraten ist, prallvoll mit ungesagten Worten. Auf eine Art ist es ein Wunder, meinte sie. So wie du beim Abendmahl durch Hostie und Wein den Leib und das Blut des Messias zu dir nimmst und damit selbst zu seinem Leib und Blut wirst, dementsprechend könntest du dich auch beim Essen von Süßigkeiten mit deren Inhalt verbunden fühlen, durch den Magen.

Früher habe ich auch gedacht, und zwar völlig primitiv, dass – falls auf der Erde irgendwann vereiste Wörter gefunden und in der Hand geschmolzen werden sollten oder wenn sie zu kaufen sein werden wie geröstete Kastanien oder saure Gurken oder wenn sie im August heulend gebrochen werden oder wenn ganz am Ende ein so schönes Wort vernommen wird, dass man aufatmend die Augen schließt, ganz zu schweigen von der Auferstehung des Wortes von den Toten –, wir gar nicht wissen können, ob nicht auf irgendeinem fernen Planeten Bücher in Form von kleinen bunten Lutschbonbons existieren. Ein Buchbonbon, das nicht nur nach dem Prinzip echter halluzinogener, psychoaktiver Substanzen oder dem Prinzip des Ladens digitaler Dateien wirkt, sondern auch eine Geschichte in einen Teil des intellektuellen Reichtums verwandelt. Angenommen, man lutscht ein veilchenfarbenes Bonbon und im Hirn leuchtet sofort nicht einfach nur der Roman *Anna Karenina* auf, sondern die Geschichte Anna Kareninas in Form eines 3-D-Puzzles. Man schiebt sich ein weißes Bonbon in den Mund und zwischen den Neuronen des Gehirns entsteht eine Verbindung zu Doktor Schiwago, und so weiter. Es hängt vom individuellen Potenzial und der Phantasie ab, wie das Hirn des Nutzers jede dieser Geschichten entfaltet – natürlich nur, falls dieser überhaupt über eines verfügt und nicht etwa ein anderes Organ zum Denken benutzt: sowohl was er der Lektüre entnimmt, wenn überhaupt etwas, als auch die Intensität seiner gewonnenen Eindrücke. Manche bedauern die seelischen Leiden eben jener Anna Karenina ganz und gar nicht, manchen ist auch egal, ob sie die Geschichte vom Ritter von der traurigen Gestalt lesen oder Tipps zum Auftauen von Tiefkühlbouletten, manchen hilft in tiefster Not ein Buch mehr als der Fund eines ballongroßen Brillanten. Was man als junger Mann nicht alles denkt ...

Ich habe auch überlegt, wie das Leben wäre, wenn Buch und Leser ineinander übergehen würden. Es sollte nicht nur der eine in das andere diffundieren, sondern auch der andere in das eine. Es sollte nicht nur irgendein Goldesel oder König Lear in einen selbst übergehen, sondern auch man selbst vollkommen in sie.

Ich kenne Bücher, deren Handlung ist derart halsbrecherisch, dass man sie mit Sicherheitsgurt lesen muss. Ich kenne anstößige Bücher, die sollte man nur mit Handschuhen aufschlagen, damit nichts an einem haften bleibt. Und ich kenne Bücher, die so kalt sind, dass man sie in der Mikrowelle erwärmen muss.

Es gibt Bücher, auf deren Einband inzwischen nicht mehr stehen muss, von wem und was sie sind, irgendein Symbol darauf sagt alles. Und ich meine nicht das auflagenstärkste mit dem goldenen Kreuz auf dem Einband. Gibt es jemanden, der das Buch mit dem Märzhasen darauf nicht kennt? Oder das mit dem gruseligen Insekt, dem weißen Wal, der Roulettescheibe, dem Marlin, der Axt und so weiter? Es gibt auch Bücher, die brauchen nicht einmal ein Symbol, stattdessen reicht die Farbe des Einbandes. Ein Buch mit schwarzem Einband beispielsweise, ohne Aufschrift, Autor oder Titel, der gesamte Roman auf rotes Papier gedruckt: Schwarz auf Rot. Wer nicht versteht, um welches Buch es sich handelt, dem ist ohnehin egal, was auf dem Einband steht, Stendhal, Aquinas oder Koprolith.

Bis jetzt hatte ich ziemlich geerdete Phantasien – ich hatte zur Genüge über irdische Bücher nachgedacht. Durch den Einfluss von Marika dachte ich in letzter Zeit auch über nichtirdische nach, die ins All geschickt werden könnten. Vielleicht meinte Marika, je kosmischer das Geschaffene sei, desto geerdeter wird es am Ende. Nach dem Prinzip: Wir sagen Sterne und meinen raue Pfade.

Früher dachte ich, es wäre absolut banal, wenn man in einem Buch ein anderes Buch findet. Man liest so vor sich hin und sieht, dass hinter den Worten ein ganz anderes Buch schwebt, vielleicht sogar ein schöneres als das, welches man gerade liest, was der Autor aber nicht bemerkt hat. Dann dachte ich lange, naiv wie ich war, dass der Mensch das Buch erschaffen hat. Heute verstehe ich jedoch nicht mehr, wie ein Mensch ein Buch erschaffen soll. Die Zeit hat das Buch erschaffen. Oder der Raum. Es gibt kein Buch, das nicht Produkt seiner Zeit ist, genauso wie es seiner Zeit voraus sein muss. Ich dachte, Bücher hätte es schon immer gegeben, auch dann schon, als wir gerade erst dem Wasser entstiegen waren. Nur konnten wir damals nicht lesen.

Ich weiß jedenfalls, dass Bücher einem Träume bescheren, und das Schreiben sorgt dafür, dass sie einem in Erinnerung bleiben. Und nun warte ich darauf, dass mir das dritte Buch im Traum erscheint.

Milo Podeswa war gewiss ein bisschen zur falschen Zeit in meinen Dunstkreis getreten, er brachte viele Worte auf einmal, während ich weiterhin selbst auf mein wortloses Buch wartete. Die *Wörterausstellung* stellte jedoch keinen Roman dar, eher die Konturen, grob und zart, man könnte sagen, es ist nicht einmal ein Text, vielmehr ein Kontext.

Es sind Betrachtungen über ein Haus, dessen Müll und Gerüche. Szenen, Skizzen, Etüden. Und Gedichte. Milo spricht oft auch im Namen seiner Frau Mila, die im Text, warum auch immer, Djuna Djibouti genannt wird. Über sich selbst sagt er: Freunde nennen mich Paco. Überhaupt ist er total begeistert von Namen und Spitznamen. Seine fünfjährige Tochter Zoe bezeichnet er als Nuscho und Nuschiko, doch das ist nicht unbedingt das, was einem von den Transformationen in Erinnerung bleibt, die in der *Ausstellung* vorkommen. Eine ähnliche Leidenschaft wie die für Namensänderungen ist aber schon ein wenig befremdlich: Während sich 1001 kleine Dinge vor ihm ausbreiten, verliert er sich in zweitklassigen Details. Das ist keine Erzählung, das ist Erzählballast.

Vielleicht hätte ich ihn früher sogar beneidet. Manchmal befällt ihn so ein Sprechdurchfall, dass mich die Nostalgie fast taub macht.

In Podeswas Text gibt es sehr viele Worte, die wiederum keinen Inhalt haben, und noch mehr episodische Figuren, die kurz in der Handlung auftauchen und gleich wieder verschwinden. Wobei mich das nicht wundert, auch in meinem Leben tauchen Menschen nur deswegen auf, um gleich wieder spurlos zu verschwinden.

Ich würde sagen, wenn etwas in den *Wörtern* störend ist, dann eben dieser Wortstrudel und der graphomanische Sumpf, wirklich wahr. Jedenfalls würde eine simple Aussage schlauer erscheinen, charismatisch und symmetrisch. Aber so einfach ist die

Sache nicht. Ich würde sagen, was Sache ist, und alles wäre an seinem Platz.

Wenn von Romanliteratur die Rede ist, ist ja ein Wort das wichtigste. Wenn nicht sogar das allerwichtigste: MAGIE. Und doch verstehe ich nicht, was mich an Milo fasziniert. Manchmal wird man an einen leeren Ort fortgetragen, sodass man sich an keinen Strohhalm klammern kann. Weil es schlicht keinen Strohhalm gibt, dieser Ort ist nun mal leer, aber irgendwas reißt einen mit. Manchmal ist es umgekehrt, man kann alles wegnehmen und wegschleppen, aber irgendetwas funktioniert nicht. Ich meine nichts, was erst einmal floppt, aber später Kultstatus erlangt. Zum Beispiel der Film *Die Gräfin von Hongkong*, in dem Marlon Brando und Sophia Loren die Hauptrollen spielen, die beiden größten Sexsymbole jener Zeit. So oft, wie die beiden Titelseiten und Filmplakate schmückten, sind selbst Adam und Eva nicht gemalt worden. Der Regisseur ist selbst ein Gott, allerdings der Gott des Films, Charlie Chaplin. Dieser Film ist so etwas wie ein biblischer Maßstab, doch beim Verleih floppte er – irgendetwas funktionierte nicht.

Was Empathie anbelangt, kann dieselbe Handlung aus jeder beliebigen Figur bestehen, vom Goldesel über den kopflosen Reiter bis zu SpongeBob Schwammkopf. Ich zum Beispiel habe mich lange mit Gregor Samsa verglichen, einem Mann, der einfach so stirbt, weil er nicht begreift, dass er Flügel hat und fliegen kann. Heute sehe ich mich eher als Buzz Lightyear, der Space Ranger aus *Toy Story*, der entdeckt, dass er Flügel hat, aber nicht fliegen kann. Dafür habe ich den Schnurrbart von Frank Zappa, dem traurigen Clown der Rockmusik. Genauer gesagt, heißt der Schnurrbart sogar ZAPPA. Daher wurde er auch elektrischer Don Quijote genannt. Er hatte den Namen vom sinnreichen Junker entliehen. Eine Kleinigkeit, die ich immer gern erwähne. Ob es gerade passt oder nicht. Außer dem Bart ist hier auch die Clownerie wichtig. Ich vergieße zwar keine Tränen aus dem Ohr wie ein Clown, doch ansonsten verfüge ich über alle nötigen Attribute. Obwohl es mich nachdenklich stimmt, dass alles, was ich Gutes an mir habe, vom Schnurrbart bis zur Reminiszenz, entliehen ist. Auch der Bart selbst ist eine, wenn nicht sogar ein direktes Zitat. In diesem Sinne bin ich eine Art geballtes Zitat. Und wenn jemand denkt, dass mein rasierter Kopf, der Bart und die Brille eine Art Maske darstellen, dann hat er recht, jeder hat seine eigenen Verschwörungsmethoden.

Wie es der Zufall will, hatte auch ich einmal das Don-Quijote-Kostüm getragen. Eine Zeitlang gab Sopho Mosidze in Tbilissi eine Frauenzeitschrift mit dem sympathischen Namen *Episode* heraus. Darin gab es eine Rubrik: Für georgische Verhältnisse bekannte Gesichter stellten für globale Verhältnisse bekannte Persönlichkeiten dar. Aus Literatur, Kino, Gemälden, allem Möglichen. Einmal wurde auch mir vorgeschlagen, teilzunehmen. Ich wurde gefragt, wen ich darstellen wolle. Natürlich den sinnreichen Junker, erwiderte ich. Für die Fotoserie trug ich das Kostüm und die Requisiten, mit denen Kachi Kawsadse im Film ausstaffiert gewesen war. Wahrscheinlich taugt weder der Film etwas noch Kawsadse in der Rolle des Hidalgo, aber das ist ja nicht die Hauptsache. Die Hauptsache ist die Geschichte. Ich bekam einen vom Theater geliehenen künstlichen Schnurrbart angeklebt und weiße Augenbrauen. Make-up, das ganze Programm. Mit eigenem Papphelm, Lanze, Schwert. Holt doch noch Lascha Bugadse her als Sancho Pansa, sagte ich. Das sorgte zwar für viel Gelächter, aber geholt haben sie ihn nicht. Bestimmt haben sie ihn nicht mal gefragt. Vielleicht waren sie der Meinung, der große georgische Schriftsteller, Dramaturg, Sänger, Maler, Fernsehmoderator, Rebell, diese Person des öffentlichen Lebens und was noch alles, scheue sich vor der Rolle Sanchos und der Schminke. Wenn ich die Eier gehabt hätte, würde ich jetzt nicht in Berlin sitzen und von Sozialhilfe leben. Sancho selbst ist doch die Stimme der Nation, deren Wurzel und deren Wanst. Ohne ihn gäbe es auch Don Quijote nicht, also denjenigen, der Alptraum und Schreckgespenst der Nation ist. Wobei ich behaupte, dass jeder seine eigene Rolle und Schminke in diesem Leben hat.

Bekanntermaßen wird der Mensch, im Unterschied zu den exakten Wissenschaften, in denen die Umwelt gelehrt wird, durch Romanliteratur seiner selbst bewusst. Aber was empfindet man bei der *Wörterausstellung?* Vielleicht überhaupt nichts, und sie ist, so wie ich denke, eine riesige Erzählung, im Grunde mit beschreibendem Charakter, mit hier und da ein paar lyrischen Wendungen und sonst nichts dahinter. Immerhin ist überhaupt irgendetwas dahinter, und wenn es Milliarden Lichtjahre der Leere sind. Zum Vergleich: Die Entfernung von der Erde zur Sonne beträgt 8,3 Lichtminuten.

Milos Text hätte ich früher nicht als Roman angesehen, sondern als groben Entwurf eines Romans. *Die Wörterausstellung* – natürlich würde kein echter Schriftsteller seinen Roman so nennen. Milo Podeswa ist auch kein echter Schriftsteller. Vielleicht taugt allein deshalb der Titel für ein ganzes Buch. Ob es mir gefällt oder nicht, jedes Buch ist eben eine Wörterausstellung. Was für eine, ist wiederum eine andere Frage. Wenn im Museum Kunstobjekte ausgestellt werden, können genauso gut in Büchern Wörter ausgestellt werden, geh hinein und betrachte so viele Exponate, wie du willst.

Ich hatte selbst schon eine Wörterausstellung vorbereitet, als Milo mit seinem Text aufkreuzte. Da ist keine Zauberei im Spiel. Meine Ausstellung ist ein bisschen anders. Es sind 24 Zeichnungen, 150 × 120. Öl, Leinwand. Jede Zeichnung ein Wort. Jede von ihnen ist ein Wort-Führer, der unser Verhalten, jeden unserer Schritte bestimmt. »Offen«, »Geschlossen«, »Eingang«, »Ausgang« und so weiter. An sich nichts Besonderes, und doch sind wir täglich von diesen Wörtern umgeben, von manchen saisonal, wir werden von ihnen regiert, wir unterwerfen uns ihnen unumstößlich, wie Soldaten sich dem General unterwerfen, Gläubige dem Beichtvater, Arbeitsbienen der Königin. Man stelle sich vor, man geht in den Ausstellungssaal, in dem riesige Leinwände an der Wand hängen, auf jeder ein Wort. Man stelle sich eine rote Leinwand vor, darauf steht mit weißen Buchstaben SALE – ein Wort, das hypnotisiert, anzieht, Hoffnung gibt, erfreut … Mit Milos Text hingegen verhält es sich ein bisschen anders.

DIE WÖRTERAUSSTELLUNG

II

Alle Düfte ähneln einander, jeder Gestank stinkt auf seine eigene Weise. Unser Block stinkt auf seine Weise, wegen der Müllrutsche. Wie eine gigantische Schlagader windet sie sich abwärts durch das Haus. Der hiesige Gestank hat weder die Abstufungen von Farben noch die Konzepte von Wörtern. Wasser bezeichnet einfach flüssiges Wasser. Stehendes Wasser in großer Menge wird See genannt, fließendes Wasser in großer Menge Fluss, endloses Ozean, wenig Bach. Es gibt Wasser in verschiedenen Zuständen: Eis, Wasserfall, Regen, Tau, Hagel, Nebel, Welle, Schaum ... Das Gleiche gilt für die Zustände des Mülls, sowohl im übertragenen als auch im direkten Sinne.

Der lokale Gestank stammt eher aus dem Bereich der Musik. Am meisten gleicht er einem nicht enden wollenden Crescendo, einer ewig aufsteigenden Tonleiter. Hier kann man keinen einzigen Geruch ausmachen, der Gestank bei uns überdeckt alles. Und ersetzt alles. Nicht nur andere Gerüche, sondern auch Gegenstände, Ereignisse, Gedanken. Und Wörter. Kaum ausgesprochen, weiß man nicht mehr, was sie bedeuten. Und dann, eines Tages, verschwinden die Wörter vollkommen. Crescendo, Tonleiter – bedeuten diese Wörter etwas? Geht es hier nur um Wörter?

In der Mitte jeder Etage befindet sich ein Abfallraum mit Schleuse, über die der Müll direkt in einem Bunker landet. Nur ist die primitive Konstruktion oft verstopft und der Müll kommt wieder hoch, als würde sich das Haus übergeben. Nichts kann den Gestank aus unseren Fluren vertreiben. Die hiesige, unerwartete Wandfarbe, ein idyllisches Rosa, ist die Fortsetzung des Gestanks.

Auch unsere Lungen und Träume sind von diesem Gestank durchsetzt. Selbst unser Atem riecht nach Verwesung, und egal, ob wir von Rosen oder Zephiren träumen, sie stinken alle nach Aas. Es gibt Momente, da steigt der Gestank fast in die Kategorie der Ordalien auf und setzt die Tradition der Wasser- und Feuerprobe fort. Im Sommer jedoch, wenn die Hitze ihren Höhepunkt erreicht und sich die glühend heiße Luft nicht mehr bewegt, gleicht der Gestank in seiner Wirkung einem bakteriologischen und chemischen Angriff auf lebende Organismen:

a) Er umschließt den Hals wie ein Hundehalsband.

b) Er legt sich um die Schläfen wie ein Eisenreifen.

c) Er beschwert die Lungen wie Salmiakgeist.

d) Er betäubt wie die Liebe.

Auch deswegen sind unsere Bewegungen schwerfällig und ungeschickt. Allein das Laufen kostet uns so viel Energie, es ist wie im Traum, wenn man zu fliehen versucht und nicht vom Fleck kommt. Die hiesige Luft ist so voller Gestank, dass man sie mit Händen greifen kann. Man kann förmlich fühlen, wie sie den Körper einhüllt und ihn einengt wie eine Zwangsjacke.

Der Gestank bringt ein kleines Säugetier problemlos in einen anabiotischen Zustand. Deswegen werden bei uns auch keine Haustiere gehalten. Nicht mal Aquarienfische. Eltern lassen ihre Kinder nicht auf den Fluren spielen, seit sie anfingen zu verschwinden.

Auch Handys sind bei uns mehr zum Patiencenlegen da als zum Telefonieren. Von hier kann man nirgends anrufen, und uns erreicht auch keiner. Der dichte Gestank lässt kein Funksignal durch.

III

Die Hungerkünstler behaupten, dass man sich Gerüche wie Gedichte merken und so für immer in sich bewahren könne. Demzufolge ergibt der hiesige Gestank nicht nur ein Gedicht, sondern ein ganzes Poem oder gar ein Epos, das man nie vergisst. Jeder Atemzug ist ein kleines Wunder, als würden sich Bewusstsein und Körper voneinander abspalten, und man fühlt, wie der Organismus staunt, dass ihm noch einmal gelungen ist, was er normalerweise automatisch tun müsste, solange er lebendig ist. Als würde die Uhr über jede Bewegung des Sekundenzeigers staunen. Aber auch der Gestank selbst vergisst einen nicht und erinnert einen stets daran, dass man selbst bald zu Abfall wird, dass auch man selbst vergänglich ist, bis zur mikrobiellen Zersetzung der Proteine und Aminosäuren. So wie ein Gedicht, das einem unvermittelt einfällt, auch wenn man gerade ganz und gar nicht in poetischer Stimmung ist.

Dazu kommt noch der Mief, der durch die Schwankungen des Hauses aus den Kellern aufsteigt. Es schwankt in letzter Zeit häufig. Und zwar so, dass das Fundament allmählich einsinkt; wir senken uns sachte in die Erde. Vielleicht hat es ja früher schon geschwankt und wir haben es bloß nicht bemerkt? Vielleicht ist der Staub, der von der Decke fällt, uns die Augen füllt und die Nasenlöcher verklebt, gar nicht der Rede wert? Obwohl wir aufgrund dieses Staubs nicht mehr frei atmen und ordentlich sehen können, schneien der Staub und der Zement von der Decke herab wie schwarzer Schnee.

Hier muss man stets aufpassen, dass man nicht in die Risse in den Mauern gerät, die durch die Schwankungen allmählich breiter werden, und nicht aus Versehen in der Müllbrühe ausrutscht, die aus jeder Öffnung sickert, radioaktiv leuchtet und alles wie Säure zerfrisst. Deswegen tragen wir hier Gummistiefel. Das hat auch Vorteile: Das Leuchten der Müllbrühe hilft, sich trotz eingeschränkter Sicht im dichten Staub

fortzubewegen, so wie einem Flugzeug das Lichtsignalsystem auf der
Landebahn.

Unsere Tage unterscheiden sich nicht groß von den Nächten. Hier
herrscht immer derartiger Nebel, dass wir einander wegen der aus dem
Müll strömenden Gase und des Staubes nicht richtig sehen können, son-
dern uns am Timbre der Stimme und charakteristischen phonetischen
Eigenschaften erkennen. Deshalb gibt es bei uns auch keine Überwa-
chungskameras. Nur an den Fahrstühlen, Schaltschränken und in den
brandgefährdeten Zonen befinden sich Wärmebildkameras.

Es heißt, dass unser Haus schrumpft und wir deshalb im Boden ver-
sinken werden. Die Vibrationen beschleunigen das Ganze nur, heißt es.
Jedenfalls sinken wir jeden Tag um einen Zentimeter. Sagt die Statistik.
Ein Zentimeter. Klingt nicht besonders viel. Im Jahr verschwindet so
allerdings eine ganze Etage unter der Erde.

Eines Tages werden wir genauso spurlos verschwinden. Im Mai, Juni
oder Juli verschlingen uns die Erdbebenwellen. Die Müllgase werden sich
verziehen, die Lampen des Hauses verlöschen. Auch unsere Namen wer-
den für immer erlöschen. Unser Leib und Blut – ist Staub und Moder. Wir
haben keine Angst vor dem Tod. Wir wollen nur wissen: Gibt es Leben
vor dem Tod?

Doch nicht mal eine erschöpfte Krähe wird sich zum Ausruhen auf
diesem Haus niederlassen.

Dieses Haus meiden sogar die Ratten.

In diesem Haus leben wir.

• • •

Wir haben uns an chronische Schlaflosigkeit und krankhafte Müdigkeit
gewöhnt; nachts schlafen wir fast gar nicht und tagsüber sind wir stän-
dig müde.

Wir erzählen euch unsere Träume – sie sind unser Leib und Blut.

Wir rennen nicht vor der Verantwortung davon.

Wir haben gesehen, wie der Stahl gehärtet wurde und wie er rostete.

Wir haben Herzinsuffizienz.

Wir ringen nach Luft, und unsere Beine schwellen an.

Wir sind, ehrlich gesagt, ein ziemlich buntes Publikum.

Aus unserem Fett kann man Seife machen, aus den Nerven Stahlseile für den Fahrstuhl und aus den Köpfen Radiergummis.

Wir stehen vor einem Dilemma.

Wir bereuen nichts. Wir werfen niemandem etwas vor. Und wir haben vor nichts Angst.

Wir haben das Interesse am Leben nicht verloren.

Wir sehen mehr als nötig, obwohl es noch viel zu sehen gibt.

Gott ist mit uns.

Wir wollen wissen, wohin unsere Kinder verschwinden.

Über uns wird entweder Gutes gesagt oder gar nichts außer der Wahrheit.

Wir warten auf Veränderungen.

7.

Wenn ich den Sinn des Lebens in der Unbeweglichkeit sähe, wie Marika sagt, dann würde ich abends nicht spazieren gehen. Und sei es auf dem Friedhof, den wir gleich in der Nähe haben. Ich besuche oft einen alten Bereich des St.-Matthäus-Friedhofs, der immer voller Plastikeimer und in der Erde steckender Schaufeln ist. Ich frage mich, warum ich überhaupt hingehe, habe ich ihn nicht sowieso immer vom Balkon aus im Blick? Man könnte sagen, wir wohnen auf dem Friedhof. Spränge ich aus dem Fenster, würde sich mein Hirn auf einen der Grabsteine ergießen.

Ich kann nicht richtig schlafen, wenn ich vorher nicht ein bisschen spazieren gehe. Innerlich bis tausend zu zählen, bringt bei mir nichts. Weil ich ständig suche und suche, und das, was ich suche, kann überall sein und nirgends, denn ich weiß ja selbst nicht, was ich suche. Außerdem denke ich häufig an den Hinweis des kleinen Jungen mit dem gar nicht mal so kleinen Schaf: dass das Wesentliche für das Auge unsichtbar sei. Man solle mit dem Herzen suchen. Ich suche mit dem Herzen, der Leber, den Lungen, mit allen lebenswichtigen Organen, und nicht nur damit. Auch mit Fleisch und Blut. Und wahrscheinlich wird das immer so sein, solange ich atme.

Es gibt nichts Besseres, als in der Stille eines Friedhofs bei Vollmond zu spazieren. Würde man mich zu einer Billiarde Kilometern verurteilen, die ich hier einsam zurücklegen müsste, meine Freude wäre grenzenlos.

Das Haupttor ist nachts zwar verschlossen, aber am Hintereingang gibt es eine Stelle, an der Monumentenstraße, dort lässt sich ein Zaunornament, ein Weinblatt, eindrücken, wenn man sich mit der Schulter dagegen lehnt. Es ist nur ein nadelöhrgroßer Spalt, doch ich passe durch. Zwar nicht wie ein Kamel, aber wenigstens wie ein Kamelkälbchen. Manche Leute sind sogar dafür zu faul und werfen die volle Mülltüte von der Straße aus über den Zaun; auf dem taubedeckten Gras verteilen sich gemeinsam mit Eierschalen ein Apfelgriebs und Gurkenschalen, vermischt mit Fischgräten und Zigarettenstummeln, auf einem steinernen Engel schaukelt eine Wurstpelle hin und her. Die Zellophantüten selbst schimmern dabei bunt im Mondlicht wie riesige Smaragde.

Wenn ich hier spazieren gehe, kommt es mir so vor, als ob Kinder mich leise von hinter den Grabsteinen bestaunen und schmunzeln. Dieses Gefühl wird manchmal noch verstärkt durch verwelkte Blumen, Puppen mit eingesunkenen Augen, Ballmasken und an Plastikspielsachen gebundene Heliumballons verschiedener Größe, die auch ohne Wind tanzen – glänzende Sterne, Dinosaurier, Löwen und Herzen. *Du machst dir Gedanken, ob da Geister am Grabe stehn, kannst im Mondlicht schwarze Rosen sehn, siehst Müllbeutel im Dunkeln fliegen – oder sind's schwarze Kinder, die in diesen Beuteln liegen? Bloß fällt dir dort ein, dass du niemand bist, der in dieser Dunkelheit Rosen wachsen sieht.*

Verrückte, Verliebte und Dichter zählen nicht, deren Hirn funktioniert anders. Die sehen so viele Rosen, wie es sie nicht mal im Paradies gibt. Vor allem dann, wenn überhaupt keine Rosen da sind. Die Rosen sind bei uns längst eingegangen, wir haben nur noch Aloe und Geldbäume. Die Kastanienbäume sind ebenfalls vertrocknet. Man sieht Kinder, die sich hinter Grabsteinen verstecken wie Frösche im Teichnebel; rote, orange, grüne, gelbe, hellblaue, blaue, lilafarbene Kinder, deren Augen bei Nacht katzengleich leuchten. Ich bin jedoch nicht sicher, ob meine Einbildung sie nicht automatisch bunt färbt, denn eigentlich sind sie sehr blass, wie nachts an Land gespülte Quallen im Mondlicht. Was hat sie so verängstigt? Ich habe schon einige Male bei mir gedacht, sie bräuchten außer dem Schutzpatron auch einen wachsamen Beschützer, der wie Lillian Gish auf einem Grabstein sitzt, das Gewehr auf dem Schoß, und bis zum Morgen aufpasst, dass keiner der bunten Armee etwas antut. Die Kinderjäger schnüffeln ja bekanntermaßen jede Nacht herum. Ich tauge dafür nicht, meine Beine lassen nicht zu, dass ich lange auf einer Stelle verharre. Das kann jeder verstehen, der RLS hat. Allein der Name lässt einen schon herumstromern – Restless-Legs-Syndrom. Ich denke manchmal, selbst im Sarg könnte ich nicht stillhalten, wenn die Zeit kommt ... Wer hat schon mal gesehen, wie ein Hund im Schlaf rennt? Wer weiß, was er Hündisches dabei träumt. Er liegt irgendwo, die Augen geschlossen, und strampelt gequält mit den Beinen in der Luft. Und man selbst liegt allein im Bett und rennt irgendwohin – unmöglich, die Beine auszuruhen, – oder man spaziert zwischen den Gräbern entlang und sieht auf dem Gras eine Eierschale liegen, eine Wurstpelle auf einem steinernen Engel schaukeln, und der Mond macht die verstorbenen Kinder mit smaragdfarbenen Mülltüten trunken.

Ich weiß nicht, was eindrucksvoller ist – die weihnachtsbaummäßig mit bunten Girlanden dekorierten kleinen Grabsteine oder deren Inschriften. Die Geburts- und Todesdaten liegen bei einigen so nah beieinander, dass kaum ein Unterschied besteht zwischen Geburt und Tod.

Unter diesen Steinen zerfallen in barbieschachtelgroßen Särgen winzige Leichen. Oder sind schon zu Staub geworden. Wie sieht wohl eine kleine, gelblich-rosafarbene Leiche vor der Beerdigung aus? Klar und sanft? Dann kommt sie einem vielleicht lebendig und warm vor und man möchte sie zudecken, sie vor der Kälte schützen. Vielleicht ist der auf dem dünnen Hals sitzende Kopf dabei leicht nach hinten geworfen, und die Augen sind fest zusammengekniffen. Als ob das Kleine eingeschlafen und der Mund halboffen stehengeblieben wäre. Und wie wird ein welpengroßer Leichnam in den Sarg gelegt? Wie in eine Wiege, so vorsichtig wie möglich, als ob man Angst haben müsste, ihn zu wecken? Oft steht auch ein Name auf dem Stein: Lisa, Markus, Amelia, Tom, Jenni ... Hier sind Kinder jeden Alters zu finden, vom schon tot geborenen bis zum Kleinkind. Manche Inschriften sehen so schön aus, dass du am liebsten selbst unter ihnen begraben sein möchtest. Jedes Grab nimmt ein dermaßen winziges Fleckchen Erde ein, man könnte denken, es ist nicht das eines Kindes, sondern eines Glühwürmchens.

Was wird eigentlich dem Sarg beigelegt, ein Schnuller, ein Beißring oder gestrickte Schühchen? Wenn ich hier bin, denke ich immer, dass sich schwarze, blaue, grüne Kinder hinter ihren Grabsteinen verstecken und leise kichern. Lachen sie mich etwa aus? Und wenn schon. Von Kindern lasse ich mir alles gefallen. Was würde ich dafür geben, wenn sie sich bei meinem Anblick nicht versteckten, sondern weiterspielten! Es gibt nichts Schöneres als den Anblick spielender Kinder. Seien es auch tote, mit Katzenaugen und Quallen im Haar. Bei der Müllhalde, beim Gestank schaukeln die toten Kinder in Wiegen und singen dabei ein süßes Lied, ein süßes Wiegenlied.

Hellblauer Nebel zieht so leicht zwischen den Gräbern entlang, als ob unter ihnen eine blasse Flamme brennen würde. Oder tief in der Erde radioaktive Abfälle vergraben wären. Besonders nachts, wenn man vom Fenster aus sieht, wie die Heliumdinosaurier und Heliumlöwen den Kopf aus dem Nebel recken.

Die Friedhofsdirektion sagt über diese nichtthermische Strahlung, das sei der Wawilow-Tscherenkow-Effekt und für die Gesundheit nicht gefährlich. Als sollte uns allein dieser feine Terminus beruhigen. Der Meeresboden leuchte schließlich genauso, töte der etwa die Fische?

Ich gehe zwischen den winzigen Gräbern spazieren und wundere mich, warum so kleine, streichholzschachtelgroße Särge nicht zu Hause begraben werden, in einem Topf auf dem Bücherregal oder einer Aloe auf dem Fensterbrett oder in einer Crassula? Ich sage ja nicht, die Eltern sollen die Kinder aufessen, aber was wäre schon dabei, wenn sie sie zu Hause begraben würden? Ich würde es tun. Erstens würde mein Kind immer bei mir sein. Außerdem sollte man, wenn man eine Feng-Shui-Natur hat, vielleicht bedenken, dass die Seele des Kindes in die Aloe oder die Crassula übergegangen ist. Letztere wird übrigens auch Geldbaum genannt. Mein Arzt sagt gern, ein Feigling finde erst Trost, wenn ihm die tödliche Angst noch größer vorkommt als die Ehre, dass sein Körper im Laufe der Zeit in einem Grashalm, Stein oder Frosch weiterleben wird ...

Natürlich finden alle Eltern ihr eigenes Kind schön und besonders. Auch ich liebe meine Kinder. Auch ich finde sie schön und besonders. Aber ich liebe auch die von anderen. Vielleicht sogar mehr als meine eigenen. Ich weiß, dass ich Mist erzähle, ich habe niemals andere Kinder mehr geliebt als meine eigenen, nicht so wie, sagen wir, die Bücher von anderen mehr als meine, und zwar um einiges mehr, ich wünsche mir jedoch, ich würde den Unterschied zwischen meinen Kindern und denen der anderen nicht bemerken ... zu dem Thema sagte ein verrückter Perser mal: Wollen Sie mir etwa weismachen, Sie lieben Ihre Kinder? Ich empfehle Ihnen, fliehen Sie vor den eigenen und lieben Sie die von Fremden. Er fügte hinzu, man solle seinen Feind lieben und seinen Freund hassen. Nun, das hier hat nichts mit Persern zu tun. Auch nicht damit, dass deren Meinung nach das Hauptziel einer Frau ein Kind ist. Ich bin zur Hälfte Frau, wenn nicht sogar mehr, und ich liebe Kinder.

Ich liebe Kinder. Je düsterer der Schriftsteller, desto mehr reizt ihn das Thema Kinder. Obwohl ich gut wissen sollte, wie gefährlich es ist, laut zu sagen, dass man Kinder liebt. Wer außer einem Idioten gesteht heutzutage seine Liebe zu Kindern? Wer würde laut sagen, er habe immer Kinder als Freunde und fühle sich einfach von ihnen angezogen? Wer würde sich an den Sandkasten stellen und sie glücklich lächelnd beobachten, wie sie die ganze Zeit auf ihren kleinen Beinen herumrennen? Na los, stell dich an den Spielplatz. Dir wird kein Lächeln gelingen, die Eltern werden dich beäugen, und nicht nur die; sie werden dich fast töten mit ihren Blicken.

Jedenfalls habe ich einige Male gesehen, wie manche Kinder andere Kinder beobachten. Wenn man unsere Straße hochgeht, Richtung Julius-Leber-Brücke, ist da ein Sandspielplatz. Ich werde nie vergessen, wie ich letztes Jahr ein Mädchen sah, etwa vierzehn bis sechzehn Jahre alt, das auf einer Bank sitzend Kinder beobachtete. Sie selbst wurde von niemandem beobachtet, aber die Eltern der Kinder waren natürlich in der Nähe. Sie bemerkten sie nicht, als hätte sie eine Tarnkappe auf. Es gibt noch andere Fälle, in denen Minderjährigkeit wie so eine Kappe wirkt. Eltern sind eher auf Leute wie mich geeicht. Das Mädchen jedoch beobachtete die Kinder irgendwie hinterlistig und verschämt, zupfte dabei die Schnürsenkel an ihren Sneakers zurecht, als ob sie nur eines im Sinn hätte – ein Kind nach Hause mitzunehmen, ihm die Finger mit einer Gartenschere abzuschneiden, es an die Wand zu nageln, sich vor es zu setzen und lecker Ananaskompott zu essen.

Ich liebe Kinder. Ich liebe sie und habe Angst. Ich weiß nicht, wovor, aber ich habe Angst. Ich kann nicht ohne seelische Regung an ihnen vorbeigehen. Wenn ich sie ansehe, scheint etwas in der Luft zu liegen, als flöge etwas auf mich zu, wie eine Fledermaus, eine Gefahr nähert sich, und ich habe Angst. Ich habe Angst, dass sie erwachsen und schlau werden. Die Magie wird allmählich verfliegen, aus Assoziation wird Logik, aus dem spielerischen Erkunden der Welt wird skeptische Selbstwahrnehmung und aus Malbüchern werden Steuerbescheide. Es gibt nichts Schlimmeres als das Ende der Kindheit. Höchstens eine Kindheit ohne Kindheit[4].

Eltern mit gebrochenem Herzen habe ich hier nie gesehen, doch die haselnussgroßen Gräber sprießen wie Pilze aus dem Boden. Üblicherweise stellt die Friedhofsdirektion nachts ein Zelt

....

4 Wenn die Rede von Edgar Allan Poe ist, speziell von Kindern, muss im Prinzip auch Daniil Charms erwähnt werden. Kein anderer Schriftsteller hat so grässliche Dinge über Kinder geschrieben wie er. Obwohl hinter den grässlichen Dingen eher der Fetisch und Horror der Entzauberung herauszulesen sind als absurde Clownerie. Auch hat kein anderer Schriftsteller so für die Bewahrung leichter Assoziationen und spielerischer Entdeckung der Welt in einer völlig kinderfeindlichen Zeit und Umwelt gekämpft wie Charms. Und er hat sie bewahrt. Er starb, ohne eine Zeile Geschmiere über Kinder geschrieben zu haben. Und nicht nur über Kinder. Aus seinen völlig zynischen Texten weht noch lange Rückenwind, der die blauen Segel der Träume bläht. Darum sollte man, wenn die Sprache auf Kinder kommt, gleich an den unermüdlichen Beschützer der Kindheit, Daniil Charms denken. Genau dabei fühlt man am intensivsten, dass man das Ende der Kindheit absolut nicht bereuen muss. Vielleicht die wie Hühnchen gebratenen Kinder mit Sauce? Die Babys in Koriander-Walnuss-Essig-Sauce? Die weichgekochten Embryonen?

aus Planen auf (sollen die Lebenden nicht gestresst werden, wenn die Arbeiter mit Schaufeln so groß wie Teelöffel die Erde aufbrechen?), am Morgen wacht man auf und – zack! – steht man vor einem winzigen feuchten Erdhügel mit einem säuberlichen Stein am Kopfende und einer Inschrift darauf. Ich habe das beobachtet, deshalb weiß ich es, man kann nämlich von außen nicht sehen, was im Zelt vor sich geht. Alles ist verdeckt, es würde mich nicht wundern, wenn etwas vergraben wird, das ein spezielles Gefahrstoff-Polygon braucht. Atommüll? Raketentreibstoff? Etwas noch Giftigeres?

Vielleicht hat es etwas zu bedeuten, dass die wichtigsten Märchenerzähler, die Gebrüder Grimm, hier begraben liegen?

DIE WÖRTERAUSSTELLUNG

V

Unsere Fahrstühle stehen nie still. Auch nicht bei Nacht. Wie das Ein-
kaufszentrum oder das Zentralkrankenhaus hat unser Wohnblock ganze
acht Fahrstühle mit riesigen Kabinen, die immer in Bewegung sind. Und
das nur in einem Flügel. Wie viele Flügel unser Block insgesamt hat,
weiß niemand genau.

Offiziell wurde dieses Gebäude in den siebziger Jahren in Betrieb
genommen, inoffiziell ist es bis heute im Bau. Die Fahrstühle werden we-
niger als Alltagsgegenstand denn als schwere Rüstungstechnik ange-
sehen. Im Ernstfall kann jede Kabine eine Flugabwehrkanone und eine
Radarstation gleichzeitig aufs Dach des Wohnblocks bringen. Die Artil-
leristen und Radartechniker rennen zu Fuß hoch.

Der Legende nach war das Gebäude zuerst als Haus der Freundschaft
angedacht, mit dem für den Kalten Krieg etwas erstaunlichen Namen
»Warmes Haus«. »Teehaus«, laut einer anderen Version. Hier hätten ge-
wöhnliche Leute und die Elite unter einem Dach wohnen sollen, Prole-
tarier und Professor, Ochse und Jupiter, aber das Projekt kam nicht zu-
stande. Es konnte nicht umgesetzt werden. Der Krieg war auf einmal
vorbei. Beziehungsweise ging er in eine neue Phase, eine eher lauwarme.

Für das Warme Haus oder Teehaus kursieren bis heute unzählige Na-
men und noch mehr Spitznamen, aber weder die einen noch die anderen

halten sich lange. Offiziell hat es heute weder einen Namen noch eine Nummer. Wir nennen es einfach Norma. (Warum, weiß niemand genau. Jedenfalls nicht, weil es hier auf jeder Etage eine Filiale des gleichnamigen Billigsupermarkts gibt. Obwohl das auch nicht völlig abwegig wäre.) Es kann sein, dass Norma kein richtiger Name ist, aber er ist ja nur vorübergehend und wird sich nicht ewig halten. Passend wäre, wenn wir es Titanic nennen würden, wegen der Maße und weil wir untergehen werden. Doch so vulgär sind wir ja nicht. Wir sind größere Snobs, als man denken würde. Und größere Softies, als wir zugeben wollen. Sogar uns selbst gegenüber. Außerdem ist unter allen Kunstsparten Film für uns die wichtigste. Nach der Lyrik.

Ich selbst habe den einen oder anderen Hausnamen miterlebt. Überraschenderweise wird es auch Orient genannt oder wohlklingend Rio. Dieses Rio gefällt mir bis heute. Dabei will die Zunge noch fortsetzen: Acapulco, Monaco, Capri – was wie die Caprice einer schönen Dame klingt. Bei der Aufzählung könnte man denken, der Wind brächte eine belebende Brise vom Meer mit, die mit Sonne aufgeladen ist und, in Erwartung einer Party, das Gesicht benetzt. Man könnte denken, bei uns trügen die Männer knöchellange weiße Hosen, die Frauen fächelten sich permanent Luft ins Gesicht und äßen außerdem zur Abkühlung Honigmelonensorbet. Als ob! Aber wenn er schon nicht im Haus ist, so sollte doch zumindest im Namen eine Illusion von Sauerstoff stecken.

So wie der Name wurde auch das Profil des Gebäudes bis heute mehr als einmal geändert. Als die Idee des Hauses der Freundschaft auf Eis gelegt worden war, war einmal geplant, es zu einem Sportlerpalast umzubauen, später zum Olympiahotel und sogar zu einem alternativen Gefängnis, am Ende entwickelte es sich zu einem Wohnkomplex.

Das heutige Norma vereint alle Eigenschaften in sich – es hat ein bisschen was von einem Palast, einem Hotel und einem Gefängnis. Auch die Wohnungen wurden oft verändert. Bis heute. Manche werden größer, manche kleiner, manche werden zusammengelegt. Manche werden so klein, dass nicht mehr viel fehlt und sie sind verschwunden. So oft, wie es hier Eineinhalb-Zimmer-Wohnungen gibt, gibt es auch Halb-Zimmer-Wohnungen. Sogar vollkommen zimmerlose. Dabei werden Küche, Bad, Wohn- und Schlafzimmer zusammengelegt zum Balkon. Es ist in erster Linie von den eigenen Maßen abhängig, wo man sich einquartiert. Die Auswahl reicht vom karzerähnlichen Verlies bis zum schicken Penthouse. Oder umgekehrt, vom karzerähnlichen Penthouse bis zum schicken Verlies. Es ist alles Ansichtssache. Unsere Fahrstühle fallen oft auseinander, sie sind alle schon lange abgeschrieben. Wenigstens die Stahlseile müssten mal erneuert werden. Solange sie nicht von selbst reißen und den Schacht herunterfallen, taucht niemand auf, um sie auszutauschen. Manchmal zieht sich die Fahrt so unendlich in die Länge, dass man jegliches Zeitgefühl verliert. Man kann über tausend kleine Dinge nachdenken. Zum Beispiel darüber, dass vielleicht nicht die Fahrstühle kreischen, sondern dass das Norma ohnmachtserweckende Laute von sich gibt. Das ganze Haus schwankt und seufzt, als versuche sich die Seele eines prähistorischen ausgestorbenen Lebewesens aufzurichten.

Die Kabinen sind Informationszentren, unsere Informationsbüros. Die Wände sind immer mit Anzeigen übersät. In erster Linie von verschwundenen Kindern. Immer sind es Eltern und Angehörige, die anzeigen, dass jemand verschwunden ist: Jürgen (5), Dorota (4), Leyla (6), Mia (3), Stella (7), Arne (9) ... Beim Fahrstuhlfahren liest man die Anzeigen und bringt Augenfarben, Frisuren, Nasenformen, Augenbrauenlängen, Muttermalradien, Sommersprossenanzahl, Warzenhöhe, Kleidergrößen, Schuhabnutzungen, Halskettengewichte, Armbanduhrenpreise, Sockenstrickmuster und so weiter durcheinander. Details sind von entscheidender Bedeutung, obwohl bis heute niemand mit deren Hilfe gefunden werden konnte. Ohne sie aber genauso wenig.

Man sieht sofort, wenn jemand eine Mikrowelle verkauft, eine fast unbenutzte, oder ein Zimmer beziehungsweise die Ecke eines Zimmers vermietet – ohne Bett und Fenster – oder ein Komplettset aus Yogamatte, Meditationsstein und Dekokerze verkauft oder ein Fahrradschloss – mit Code –, ein Porträt malt – zum Vorteilspreis –, das Karma reinigt – Preis VHB –, Jungfräulichkeit wiederherstellt – mit sechs Monaten Garantie –, eine Aloe und einen Geldbaum verschenkt – ohne Topf – oder einen Lebens-/Reisegefährten sucht zum gemeinsam Verrotten. Gemeinsam macht das viel mehr Spaß.

Manchmal hat man das Gefühl, dass man sich nicht vertikal bewegt, sondern die Kabine stattdessen wie ein gigantischer Maulwurf den Weg durch das ganze Gebäude in verschiedene Richtungen erkundet, und man sitzt in seinem Bauch wie Jona im Wal und weiß nicht, wo und wann man ausgespuckt wird. Ein Gewinn im Casino oder im Lotto ist wahrscheinlicher, als mit diesen Fahrstühlen in der gewünschten Etage anzukommen. Aber man kann nie wissen.

Das Norma ging während des Kalten Krieges in Betrieb und ist dementsprechend gestaltet worden. Die Frage ist jedoch, für wessen Verwirrung es damals gebaut wurde – Feind oder Freund? Nicht die Wohnungen hier sind konspirativ, auch nicht das gesamte Gebäude, sondern wir selbst. Wir halten unser Leben geheim wie Spionageabwehragenten, und zwar in erster Linie vor uns selbst.

Rotfüßige Ratten meiden unseren Block, doch die Fischerinsel ist übersät mit ihren Kolonien. Es sind große Ratten, dachsgroß. In der Dämmerung kriechen sie aus ihren warmen Verstecken und erobern bis zum Morgen den Spreekanal auf gesamter Länge. Nachdem sie tote Vögel ausgesaugt haben, paaren sie sich oder fressen einander. Oder beides. Wenn man die Ohren spitzt, kann man ihre Knochen brechen hören. Wenn man lange zuschaut, hypnotisiert und verzaubert es einen so, dass man versucht ist, den Kopf hineinzutauchen. Wie ein Popstar, der ins Publikum springt. Plötzlich überkommt es einen und man will ins Schwarze Meer heißer Ratten springen und von ihm verschlungen werden.

90

VII

Außer den acht riesigen Fahrstühlen, heißt es, gibt es noch einen neunten, kleiner und schneller als die anderen. Angeblich nähert er sich einem so leise, dass man es nicht merkt. Niemand hat ihn je gesehen, deswegen wird auch so viel über ihn gesprochen. Während die anderen bis zur Ohnmacht quietschen, gleitet dieser angeblich leise, wie eine Spinne am Faden. Es sei ein Fahrstuhl und auch wieder nicht.

Gerüchten zufolge ist es ein mobiles Fahrstuhlführerzimmer, mit speziellen Monitoren an der Wand und Wärmebildkameras, die 24 Stunden am Tag von den anderen Kabinen direkt übertragen, eine Darstellung in Infrarotstrahlen. Solche Thermogramme nutzen auch Feuerwehrmänner bei dichtem Rauch. Wenn man im Fahrstuhl feststeckt oder einem einfach mal nach Herzausschütten zumute ist, kann man den gelben Knopf drücken und von der Kabine aus zum Fahrstuhlführer Kontakt aufnehmen, Abessalom Babenko, dem Einzigen im Norma, der keinen Spitznamen trägt, immer in dem kleinen Fahrstuhl sitzt und von dort aus die anderen kontrolliert.

Wer bei uns kennt ihn nicht, diesen Abessalom Babenko, genauer gesagt, seine Stimme? Die alteingesessenen Leute, die Einblick haben, sagen, er sehe Mark Rivkin ähnlich. Die meisten haben schon mal beim Fahrstuhlfahren aus dem Lautsprecher mit ihm gesprochen. Er wirft einem ein, zwei Phrasen hin oder bindet den Leuten ein ganzes Gespräch auf wie ein Taxifahrer, wenn er bei Laune ist. Manchmal sagt er nichts und macht einfach irgendwelche Musik an. Dann denkt man, er habe entweder absolut keinen Musikgeschmack oder einen sehr speziellen, tiefgründigen, von tschetschenischem Dream Pop bis zu finnischem Bebop. Dabei versucht er von seiner Kabine aus sein Möglichstes, die Fahrt in die Länge zu ziehen, damit man dieses oder jenes Album bis zum Ende hören kann.

Er diskutiert gern lang und breit über höhere Dinge, den theoretischen Ansatz der Existenz. Anfangs ist es ein komisches Gefühl, mit einem Unsichtbaren zu reden, aber man gewöhnt sich schnell daran.

XI

Es ist ein hoher Wohnblock, es heißt, bei gutem Wetter könne man im Dachgeschoss die Sonne brutzeln hören. Ich bin aber noch nie so weit oben gewesen. Allerdings weiß ich, dass man in den unteren Etagen, in den Kellern, das Magma blubbern hört. Ich bin eher Taucher als Bergsteiger. Ich würde sagen, ich bin einer, der in den Abgrund geschaut hat, aber so einfach ist es nicht. Man kann anstellen, was man will, aufs Dach vom Norma kommt man nicht. Es hat nämlich schlicht keins, da immer weiter an dem Haus gebaut wird. Etage um Etage setzt man uns obendrauf. Man kann sogar sagen, dass wir nicht schrumpfen, sondern uns ausdehnen, und zwar schnell. Ich frage mich, ob das letztendlich unser Ende oder unser Anfang ist. Und überhaupt, warum sind wir, so wie das Haus schwankt, nicht schon längst unter Trümmern begraben?

Banalerweise heißt so etwas Bauverzögerung. Im Volksmund Bauruine. Die Geschichte dieses Hauses bringt seinen Erbauern keinen Ruhm. Bislang haben wir die Zehn-Kilometer-Marke nicht überschritten, noch kollidieren keine Passagierflugzeuge mit uns. Dafür aber Zugvögel. Mit denen füllt sich der Hof saisonal, wenn sie beim Überflug gegen die Gitter und die Fassaden der oberen Etagen knallen. Es gibt Tage, meist im Frühling und Herbst, an denen kann man nicht rausgehen, so regnen sie mit eingeschlagenen Köpfen vom Himmel herunter, die Häher und Meisen, Gimpel und Zeisige, Finken und Kraniche. Lauter wunderschöne, bunte Vögel, die, als Saziwi und Basche angerichtet, schmackhaft wären. Aber leider werden ihre toten Körper im Nu von den Ratten zernagt. Was sie nicht sofort schaffen, das schleppen sie Stück für Stück in ihre Löcher. Nur Krähen fallen nie herunter, sie kreisen erwartungsvoll um den Block wie Geier. Es sind so viele, dass wegen ihnen die Sonne nicht mehr zu sehen ist. Auch im Hof ist es deswegen immer dunkel. Weder trauen sie sich ans Haus heran, noch entfernen sie sich allzu weit davon, sie umkreisen es nur wie die Eis- und Staubringe den Saturn. Es sind so viele, dass sie am Tage keine Sonnenstrahlen und in der Nacht kein Flackern der toten Sterne durchlassen. So ist es: Im Himmel erwarten uns die Krähen, auf der Erde die Ratten.

Das Norma ist oben stets in Wolken gehüllt, als reiche es bis ganz, ganz nach oben, ganz, ganz hoch, bis auf einen Regenbogen oder in einen Regenbogen, bis hinter die Wolken, durch das Raue zu den Sternen. Schwer zu sagen, ob man uns wirklich ein Dachgeschoss aufsetzt oder ein Penthouse und Luxusapartments mit Infinity-Pools, Wintergärten, Spa-Salons, Tenniscourts und Helikopterlandeplätzen für Präsidenten auf der Flucht und Generäle auf der Fahndungsliste. Die müssen sich ja unbedingt wie Katzen in der Sonne aalen. Aber warum bleiben die nur trotz dieses Gestanks?

Wie dem auch sei, es ist Fakt, dass wir hier alle gemeinsam leben, inklusive Präsidenten und Generälen, wie auf einer alten Farm, Prolet und Professor, Ochse und Jupiter. Auch wenn wir uns vielleicht nie begegnen.

Vielleicht begegnen wir uns ja, erkennen uns aber nicht. Möglicherweise wandeln sie unter uns wie jene Kalifen oder Könige, die als Bauern verkleidet über die Märkte und durch die Straßen der Stadt streiften, um die Stimmung des einfachen Volkes zu erfahren. Ich frage mich, ob die ehemaligen oder zukünftigen Diktatoren auch so verkleidet zwischen dem Müll in den Katakomben herumstreifen. Wir erkennen ja nicht mal Gorillas und Einhörner in unserer Mitte, wie sollen wir da Präsidenten auf der Flucht erkennen und Generäle auf der Fahndungsliste? Vielleicht erkennen wir sie ja doch, lassen uns aber nichts anmerken.

XIII

Unsere Nachbarschaft gliedert sich in zwei Teile – diejenigen, die aufgrund der Schwankungen in der Erde versunken sind oder gerade versinken, und diejenigen, die sich derzeit noch über der Erde befinden. Wir, die über der Erde verblieben sind, haben keinerlei moralische Überlegenheit denjenigen gegenüber, die unter die Erde geraten sind. Der Gestank zermürbt alle. Außerdem ist es nur vorübergehend. Wir haben schon oft erlebt, wie alles von einer Sekunde auf die andere auf den Kopf gestellt werden kann. Wir atmen alle dieselben Gase, die Lebenden, die Halblebenden, die Sterbenden, sogar die Toten.

Das Plus der Minus-Etagen ist, dass sich die Temperatur dort nie ändert, es also winters wie sommers gleichsam heiß ist. Was einen zusammen mit dem Verwesungsgeruch und der Stickigkeit dermaßen müde macht, dass man nicht mehr fühlt, wie man in einen tiefen samtigen Schlaf fällt und sich schleichend an das Leben im Jenseits gewöhnt.

Die ansteckenden Krankheiten, die die hiesigen Bettwanzen und Flöhe übertragen, beschleunigen den Prozess, keinerlei Begasung kann ihnen etwas anhaben. Auf diesen neuen Typ von Gliederfüßer-Mutanten wirkt jede Art chemischer, physischer und biologischer Angriff sogar anregend. Nach den Angriffen verbreiten sie sich noch schneller und organisierter. Wenn sie einen ausgesaugt haben, gehen sie umgehend auf den nächsten über. Sie haben ein komplettes System ausgeklügelt und benehmen sich wie äußerst intelligente Wesen. Sie saugen nie den letzten Tropfen Blut aus, sondern lassen immer so viel übrig, dass das Leben nicht erlischt, vielmehr noch eine Weile lang glimmt wie die Glut im Kamin.

Es ist jedoch so wenig Blut, dass unseren Frauen der Menstruations-zyklus ausbleibt, sie fast keinen Grund mehr haben, auszugehen, und selbst die Männer haben keine Erektion mehr, mit der Menge ihres Blutes wird selbst bei einem Vogel kein einziger Muskel mehr hart. Überhaupt unterscheiden wir bei uns nicht zwischen Frau und Mann, Geschlecht ist hier eine Frage der Umstände, alle haben langes wuscheliges Haar und mehr oder weniger ähnliche Gesichter und Körper. Einige haben aufgrund der Blutarmut so blasse Haut bekommen, dass man meinen könnte, ihr Skelett sei direkt mit Zellophan bespannt, man kann die Rippen und Rückenwirbel zählen. Auch halten sie die starren, entzündeten Augen halb geschlossen. Oder halb offen. Kommt auf die Perspektive an.

Die heimischen Bettwanzen lassen die Leute schlauerweise so lange in Ruhe, dass sie vor der nächsten Blutentnahme ein wenig zu Kräften kommen. Es liegt im Interesse der Produktion, dass das Arbeitsvieh sich zeitweise erholt. Die Flöhe haben die Minus-Stockwerke zu einer gut organisierten Farm gemacht. Jedenfalls leben die Nachbarn fügsam wie Milchvieh im Kuhstall. Dort herrscht eine völlig andere Vorstellung von der Nahrungskette, dort enthält eine Bettwanze mehr Hämoglobin als ein Mensch.

8.

Ein Schaufenster des KaDeWe ist voll mit Micky-Maus-Köpfen. Die habe ich vorher schon im Gucci-Geschäft auf dem Ku'-damm gesehen. Wenn man sie zum ersten Mal entdeckt, traut man seinen Augen kaum. Man kapiert nicht, dass diese Köpfe Plastiktaschen sein könnten. Vor allem, weil nicht einfach Köpfe auf etwas aufgedruckt sind, sondern die Taschen an sich die Form eines Mäusekopfes haben, komplett dreidimensional, in der Größe eines Spanferkels zu Neujahr. Die weiblichen und männlichen Puppen im Schaufenster des KaDeWe halten die Taschen in der Hand, als hätten sie die Mickymäuse geköpft und würden sie nun als witziges Accessoire an den Ohren mit sich herumschleppen.

Sooft man sich auch einredet, dass es eine Tasche ist, nur eine Tasche und nichts weiter als eine Tasche, denkt man trotzdem, dass das Kaufhaus kein Modehaus ist, sondern eine Farm, auf der Mickymäuse zur Gewinnung von Fleisch, Fett, Leder, Borsten und anderen Dingen gehalten werden. Man überlegt auch gleich, was wohl mit den Körpern passiert ist. Werden sie vakuumverpackt im Ganzen eingefroren, wie ein Weihnachtstruthahn, oder als Keule, Innereien und Filet verpackt in den Supermarktkühltruhen ausgelegt? Ich schaue ins Schaufenster, sehe aber stattdessen den St.-Matthäus-Friedhof unter unserem Balkon.

Dessen Direktion behauptet, es sei ausgeschlossen, dass die Tscherenkow-Strahlung, das bläuliche Leuchten des Friedhofs, im lebenden Organismus irgendwelche krankhaften Symptome auslösen kann. Doch warum wechselt dann manchmal mein Geschlecht wie bei einem Clownfisch? Das ist keine angeborene Krankheit, kein Geburtsfehler. Die Geschlechtsturbulenzen fingen bei mir sehr langsam an, nachdem ich in die Nähe des Friedhofs gezogen war. Wobei es mich nicht wundert, es war sogar zu erwarten. Als Kind war ich so hübsch, dass mich viele für ein Mädchen hielten. Einmal hat man mich sogar sehr überzeugend als Mädchen verkauft.

Ich war acht, als der Schuldirektor, der Vorsitzende des Lehrkörpers, der Pionierleiter und zwei fremde Personen, eine Frau und ein Mann, in die Mathestunde kamen. Offensichtlich waren genau jene beiden Letzteren die Hauptpersonen. Sie ließen unsere gesamte Klasse aufstehen. Unvermittelt wurden wir jeder von oben bis unten inspiziert und bewertet, am Ende flüsterten die beiden dem Direktor etwas zu. Ich wurde als Einziger ausgewählt, nicht nur aus der Klasse, sondern der gesamten Schule. Später erklärte man uns, auf ein Zeichen hin sollten wir auf eine Tribüne vor dem Sportpalast spurten und Leonid Breschnew und anderen Führungspersönlichkeiten Nelken überreichen.

Ganz Tbilissi hatte sich seit dem Morgen um die Tribüne versammelt. Zwischen Tribüne und Sportpalast selbst passte kein Haar. Wir, die hübschen Mädchen und Jungen, hatten uns hinter einem Marx-Engels-Lenin-Transparent aufgestellt. Mit Marx und Engels war alles in Ordnung, aber mit Lenin stimmte irgendetwas nicht: Ein dünner, riesiger Schnurrbart zierte ihn, er hatte einen klugen Gesichtsausdruck und einen schweren Blick, irgendwie sah er aus wie ein kahlköpfiger Nietzsche. Vielleicht war er es sogar. Es wäre nicht mal verwunderlich gewesen. Lenin war ja damals überrepräsentiert, vom Geldschein bis zum Denkmal, dass man ihn schon gar nicht mehr bewusst wahrnahm. Deshalb hatte auch niemand mitbekommen, dass man statt Lenin neben Marx und Engels eben Nietzsche dargestellt hatte. So wie das heutige Abbild des Messias nichts mehr mit dem echten Jesus gemein hat. Auch der Konsument hatte sich dermaßen das Denken abgewöhnt, dass er sich nicht mal mehr anschaute, was er konsumierte. Insofern war es total egal, wenn anstelle von Lenin ein Pilz oder eben Nietzsche irgendwo abgebildet wurde. Als wir, die von verschiedenen Tbilisser Schulen auserwählten Mädchen und Jungen, hinter dem riesigen Transparent standen, kam jedenfalls von irgendwoher plötzlich die Anweisung, dass die Parteielite nur von Mädchen Blumen überreicht bekommen sollte. Das stellte sich reichlich spät heraus.

Fünf, sechs disqualifizierte Jungen wurden wortlos aus unserer Gruppe geholt, man ließ uns in den Sportpalast rennen, der sich inzwischen mit ganz anderen Gruppen und ganz anderen Nelken gefüllt hatte. Aus irgendeinem Grund schickte man bei uns Jungs auch ein Mädchen mit. Unsere Leitung diskutierte in aller Schnelle direkt vor unseren Augen etwas – wie Sportler, die im Wettkampf während der Auszeit die gesenkten Köpfe zusammenstecken und Hinweise vom Trainer entgegennehmen –, infolgedessen das Mädchen von einer Betreuerin in ein Büro gescheucht wurde, die dann zwar mit dessen kurzem Kleid und langen Stulpen zurückkam, jedoch ohne das Mädchen selbst. Kurzum, in jenem graublauen Kleid fand ich mich letztendlich wieder. So, dass keiner mir irgendwelche Fragen stellte. Auch ich stellte keine. Wer hatte denn damals Zeit für Fragen? Oder Antworten. Ich erinnere mich, wie ich schnell die von dem Mädchen angewärmten Stulpen überzog. Mir waren sie zu kurz, in den Schuhen fiel das jedoch nicht mehr auf. Das Kleid passte aber gut, nur am Rücken war es etwas zu weit.

Bis heute weiß ich nicht, was diese Umziehaktion sein sollte – gnoseologische Niederträchtigkeit? Administrative Bewunderung? Etwas anderes? In der Sinnlosigkeit der Verwandlung lag ein hoher, politischer Sinn. Die Wege der Partei sind wahrhaftig unergründlich.

Jedenfalls rannten wir Mädchen bald auf die Tribüne und überreichten der ohnehin schon in einem Nelkenmeer versinkenden greisen Elite der Kommunistischen Partei unsere halstuchroten Nelken. Keine einzige Rose, Lilie oder Hortensie, nur ein Meer dunkelroter Nelken. Hier und da war auch eine weiße darunter. Die Elite verteilte an uns im Gegenzug Bitterschokolade: Ihr gebt uns duftlose Nelken, wir euch Schokolade. Ich erinnere mich gut daran, auf den Tafeln stand *Inspiration*, in verschnörkelten Goldbuchstaben und mit Ballettszenen, eine weiße Frau und ein schwarzer Mann. Diese bittere *Inspiration* ist auch mir zuteilgeworden, ebenso wie den Mädchen.

Hat der Kreml etwa die Frau in mir gespürt? Oder umgekehrt, ließ er mich sie spüren? Es wäre nicht verwunderlich. Es gab eine Zeit, da der Kreml einem Dinge in den Kopf pflanzte, die man sich nicht mal selbst vorstellen konnte. Manchmal braucht man nichts und niemanden, dann wird nach derart verborgenen Schichten in einem gesucht, die kein Kreml je erträumen könnte. Da ist es besser, man hat im Voraus alles auf sich genommen, sonst kommt der Moment, in dem man sich selbst verblüfft. Auch ein Draufgänger hat seine persönliche Hemmschwelle, zu der er aber nicht hinreicht. Genauer gesagt, er denkt, er reiche nicht hin. Doch die Möglichkeiten eines Menschen sind bodenlos.

Was die Geschlechtsturbulenzen betrifft, die gingen bei mir tatsächlich nach dem Umzug an den Friedhof los. Ich möchte ergänzen, dass ich in letzter Zeit auch ins Bett pinkle, obwohl ich das eher für eines Hundes angemessen halte als für eine Anomalie.

Stella wachsen bis heute gleichgroße Zähne mit einer ziemlich dünnen Emaille- und Zementschicht. Als wir sie das letzte Mal gezählt haben, hatte sie schon um die 120. Es sind splitterartige, konische Zähne, etwas zur Seite geneigt. Sie sitzen so in den Kieferknochen, dass zwischen ihnen Lücken bleiben, und wenn sie den Mund zusammenpresst, passen die oberen Zähne genau zwischen die unteren. Wenn sie sich überbordend freut, sprudelt Stella eine kleine Fontäne aus der Fontanelle, so wie Meeressäuger einen Wasserstrom aus dem Atemloch auf dem Kopf pusten. Das ist nichts Beängstigendes, nur Zerebrospinalflüssigkeit. Stellas Gehirn balanciert deren Menge selbst aus. Banal gesagt, reinigt sich ihr Gehirn selbst von Toxinen. Bei mir hat es etwas Derartiges nie gegeben, die Fähigkeit zur Hirnreinigung hat sie sicher von Marika geerbt. Als sie noch ganz klein war, setzten wir ihr eine spezielle Mütze auf, dünn und enganliegend, mit einer saugfähigen Einlage. Seit sie laufen kann, hat sie die Fontäne selbst unter Kontrolle.

Mit meinen Transformationen meine ich nicht so sehr eine dissoziative Identitätsstörung, hormonelle Entropie oder physische Veränderung, sondern eher die reinsten Aspekte der sexuellen Identität. Speziell jenen magischen Augenblick, wenn sich das biologische Geschlecht ändern kann, die sexuelle Identität jedoch gleichbleibt, und umgekehrt.

Abends schlafe ich als Mann ein, morgens wache ich als Frau auf. Oder umgekehrt, ich koche Kaffee als das eine, und als das andere trinke ich ihn. Ich fange an mich zu rasieren und mache mit Beine-Epilieren weiter. Hier bieten sich unendlich viele Möglichkeiten. Früh beim Aufwachen kann es passieren, dass ich mich gar nicht erinnere, ob ich als Mann oder als Frau eingeschlafen bin.

Obwohl das ein sinnloses Beispiel ist, manchmal schlafe ich so lange, da würde es mich nicht wundern, wenn ich völlig geschlechtslos erwachte, als Puppe oder Engel. Manchmal passiert monatelang nichts und manchmal wechsle ich dermaßen blitzschnell in beide Richtungen hin und her, vor und zurück, vor und zurück, dass ich denke, ich habe gleichzeitig eine Prostata und die Menstruation. Das ist schon Tischtennis, die chinesische Variante, Ping – vor, Pong – zurück. Ein Wettkampf zwischen Ma Long und Ma Lin. So sehr man auch versucht, den Ball im Blick zu behalten, es ist absolut unmöglich, ihn mit bloßem Auge zu sehen. Deshalb wird seine Lage mit zwei Lage-Superpositionen beschrieben: Der Ball befindet sich gleichzeitig bei Spieler 1 und bei Spieler 2. Wann beendet der Ball sein Dasein in Form der Vermischung zweier Positionen und wählt eine konkrete? Oder einfacher gesagt: Wann tritt der Kollaps der wellenförmigen Funktion ein? Möglicherweise nie.

Gern würde ich sagen, wenn ich mich in eine Frau verwandle, dann bin ich schwarz, jung und geschmeidig wie ein Panther, aber so ist es nicht. Ich würde aussehen, als wäre ich ganze 24 bis 26 Jahre alt, hätte im Schatten schwarze, im hellen Licht dunkelblaue, leicht schimmlig wirkende Pupillen, als bestünden sie aus nacheinander aufgetragenen Farbschichten. Im schwarzen, lockigen Haar trüge ich einen Kranz aus violetten Veilchen. Solche hätte ich auch zwischen weißen Spitzen am schwarzen Gürtelband. Im Mund würde ich den Geschmack von Teigtaschen spüren und im Kopf ginge mir etwas Auswendiggelerntes aus dem Schulprogramm herum: Welch eine glückliche Sekunde, als ich dich sah zum ersten Mal! Doch kaum gesehn, warst du entschwunden, du, aller Schönheit Ideal!

Letztendlich wäre ich eine Teufelin, eine Tigerin, die aufs Schafott gehört, ziemlich groß und mit stillen, irgendwie lautlosen, feinen Körperbewegungen, als wäre ich besonders süß trainiert wie eine geübte Stimme. So wie man überhaupt nicht mitbekommt, wie man läuft, so setze ich mich auch in den Sessel. Die breiten Schultern und den schaumweißen Nacken hätte ich stets in einen schwarzen Umhang gehüllt. Äußerlich bleibe ich allerdings genauso – mager, schnurrbärtig, gebeugt und kahlköpfig. Und meine Haut erst! Die ist bei mir von Geburt an so dünn, dass man das Herz sehen kann, wie die Sonne hinter der Gardine. Selbst im Sommer decke ich mich mit einer dicken Decke zu. Hätte ich nichts an, könnte man denken, das rohe Fleisch wäre einfach in Zellophan eingewickelt.

Mir wurde oft gesagt, von Weitem sähe ich aus wie eine Skulptur von Giacometti, aber eher bei Nacht. Aber darauf braucht man nichts zu geben. Jeder beliebige große und dünne Mensch sieht aus wie eine Skulptur von Giacometti bei Nacht. Wenn er noch ein wenig den Rücken beugt und große Schuhe trägt, sowieso.

Ich schaue in den Spiegel wie in eine Märchenrequisite, aus dem mir manchmal eine Frau dermaßen erstaunt und beleidigt entgegenblickt, als ob sie mich beim Spannen erwischt hätte; wenn sie hübscher wäre, würde ich sie heimlich beobachten. Genau in dem Augenblick, als sie dem Spiegel die ewige und wichtigste Frage der Frauen stellte – Spieglein, Spieglein an der Wand, wer ist die Schönste im ganzen Land? –, erblickte sie mich. Jede Frau ist doch auf ihre Art schön, selbst wenn sie sich zweimal pro Tag rasieren müsste, morgens und abends. Ob nun die Prostata sie quält oder ein feuchter Traum, Frau ist Frau.

Es klingt wie der Anfang eines Märchens: Es waren einmal eine Frau und ein Mann, die wohnten in einer Wohnung, einem Zimmer, einem Bett und einem Körper zusammen und wussten nichts voneinander.

Wir sind vom selben Blut, höre ich mich manchmal sagen, wir sind vom selben Blut. Obwohl ich nicht herausgefunden habe, wen ich damit beruhige, die Frau in mir oder mich selbst im Spiegel. Es existiert kein Sie und kein Ich, stattdessen bin ich hier und bin ich dort. Ping-Pong. Trallali, trallala.

Natürlich sind alle Frauen gleich, müssen sie ja, und es ist unwichtig, ob die Frau in mir nur ein Phantom ist oder eine Gefangene in einem fremden Körper. Obgleich ich, wenn ich sage, dass ich sowohl hier bin als auch da, damit unsere Einheit unterstreiche. Ich meine nicht, dass sie mein Ego, mein Alter Ego oder mein Über-Ich ist und mein Eigentum, sondern dass wir vollkommen wir sind. Wenn ich »ich« sage, meine ich »wir«, zwei in einem.

Besagt das nicht auch ein alter Spruch? »So schuf Gott den Menschen als sein Ebenbild, als Mann und Frau schuf er sie.« (Genesis 1,27) Hat er also zwei in eins gesteckt? So wie Silikon und Suspensionsmittel in eine Shampooflasche. Das bedeutet für sich gesehen, dass Gott selbst zweigeschlechtlich ist. Wir – das bin ich. Die Frage ist nur: Bin ich eine zitternde Kreatur oder habe ich ein Recht? Und vorher muss geklärt sein, ob ich es bin, der zittert, oder ob Berlin schwankt.

Inzwischen tritt die Frau immer deutlicher zutage, wie ein Pentiment im Lauf der Zeiten. In meinem Pass ist bis heute nur ein Geschlecht ausgewiesen, was nicht nur unethisch, sondern auch kriminell ist. Es könnte sein, dass ich mir bald noch einen Pass ausstellen lassen muss, und zwar auf einen Frauennamen. Wer kann schon mit Sicherheit sagen, dass ich mich, nachdem ich eine Frau war, nicht von Wassilisko umbenenne auf Wassilisko, aber diesmal als Mann, und mein Schicksal sich dreht wie ein Karussell, wie der Wind die Blätter am Fuße des Baumes?

Früher dachte ich, ich könne mich ja Eva Adamia nennen oder Sindy Anders, aber solche Namen schießen selbst für mich über das Ziel hinaus.

Den Familiennamen Tarakanowa aber mag ich sehr. Tochter

eines Adligen, Prinzessin und Sultanin. Name und Vorname sollten simpel sein, wie eine natürliche Zahl. Zum Beispiel Lucile
oder Laridon, zu denen würde Desmoulins passen. Duplessis
ebenso. Charlotte geht auch, Corday. Es gibt viele Möglichkeiten.
Und alle gehen zumindest ins Ohr. Ich würde einiges geben für
einen solchen Namen. Wenn es nach mir ginge, würde ich nur
einen Vornamen haben, vollkommen ohne Nachnamen, zum Beispiel Elisabeth. Aber ohne dass man weiß, ob das eine Frau ist
oder ein Mann. Letztendlich werde ich mich Ilaiali nennen. Mir
fällt sowieso kein schönerer Name ein, Ilaiali Happolati – mit
dreihundert wunderschönen Dienern, die mich auf gelben Rosen
betten.[5] Klingt das nicht super? Als Spitzname wäre auch Deep-

....

5   Mit Blumenbetten kenne ich mich aus. Als ich an der Akademie im
    zweiten Semester war, beging meine Nachbarin, Gianna Chaschomia,
    Selbstmord. Sie war eine einsame Frau zwischen 60 und 65. Extrem
    dünn mit ziemlich breiten Schultern. Sie trug stets ein langes schwar-
    zes Kleid, bei Sonnenschein warf sie keinen Schatten. Ihr langes und
    völlig emotionsloses Gesicht ließ sie wie ein Pferd aussehen. Sie war
    eine höfliche Frau, grüßte nicht zu spät, wartete nicht auf ein Lächeln.
    Weder lud sie jemanden ein, noch besuchte sie selbst jemanden. So
    einsam, wie sie lebte, starb sie auch. Ein einziges Mal hatte sie gelacht.
    Lachen konnte man das zwar nicht nennen, sie kicherte wie ein kleines
    Mädchen. Gedankenversunken war sie herunter in den Hof gekommen,
    wie immer mit emotionslosem Gesicht, wie eine Kuh, die von der Weide
    in den Stall kommt, ohne zu murren, mit schleppendem Gang, schwer-
    fällig, und am Eingang zum Flur fiel ihr plötzlich etwas ein. Die Augen
    geschlossen, zitterte sie am ganzen Leib vor Lachen. Eine ganze Minute
    lang konnte sie nicht aufhören ... Dann verstummte sie plötzlich, be-
    kam vor Verlegenheit rote Wangen und eilte mit leuchtenden Augen in
    den Flur. Leuchtend vielleicht nicht, ihre Augen flackerten nur von der
    ihr bekannten Freude, so wie Sekt im Glas sprudelt. Wir merkten spät,
    dass etwas nicht in Ordnung war ... Erst als es aus ihrer verschlossenen

throat oder One-Eyed-Jack möglich, wenn wir beim Pathos ein bisschen tieferstapeln, aber nicht gänzlich an Klasse verlieren wollen.

Aufgrund meines Äußeren würde vielleicht eher Glatzen-Soprano passen, aber da müsste man konkretisieren, ob Mezzo-

....

Wohnung schon bis in den Flur hinaus stank. Als man die Tür aufbrach, lag Gianna, in ein grellbuntes Baumwollkleid gehüllt, mit offenem weißem Haar und für immer offenen Augen auf einem Bett aus Nelken, barfuß, wie eine Göttin oder ein Orakel. Welche Kraft brachte sie vor ihrem Tod auf, dass sie sich vor Schmerzen nicht gekrümmt hatte? Oder wie konnte sie sich nicht übergeben, nachdem sie Waschpulver gegessen und dieses mit Geschirrspül-Gel heruntergespült hatte, wie Kaltschale? Was habe ich im Leben nicht schon für Tode gesehen. Das war nicht mein erster und nicht mein letzter. Es war damals einer unter vielen. Ich habe mit meinen eigenen Augen auch natürliche Tode gesehen, Morde, Selbstmorde, Mord- und Selbstmordversuche, aber nichts Vergleichbares. Ich habe erlebt, wie ein Mann mitten auf der Straße aus einem mit Polizisten voll besetzten Wagen von Kugeln durchsiebt wurde, und ich habe erlebt, wie ein Mann mitten auf der Straße einen mit Polizisten vollbesetzten Wagen mit Kugeln durchsiebte. Wenn man nichts von dem erlebt hat, heißt das, man hat nicht im Tbilisi der Neunziger gelebt. Als wir die Wohnung betraten, lag Gianna Chaschomia, das Gesicht schon schwarz und die Lippen blau, auf dem Blumenhügel, mit offenem weißen Haar. Wie sich später herausstellte, hatte sie wohl ihre gesamten Ersparnisse für diese Blumen ausgegeben, hatte sie über einige Tage hinweg gekauft und in ihrer Einzimmerwohnung angehäuft. Was wohl im Gehirn vor sich geht, wenn man sich die Innereien mit Gift verätzt, sich auf einen Blumenhügel legt, ungeachtet der grenzenlosen Schmerzen nicht mal einen Finger krümmt und ausgestreckt wie ein Bahngleis dem Tod ins Auge sieht? Die Wohnung stank fürchterlich, wegen der Leiche und der toten Blumen, andererseits war sie so blitzblank, dass man sich im OP-Saal wähnte. Die leere Waschpulverpackung und auch das Glas lagen im Mülleimer. Bis heute kapiere ich nicht, was diese Putzerei vor dem Selbstmord sollte. Auch mein

Soprano oder einfach Soprano. Nicht mal Kontra-Alt könnte man gänzlich ausschließen. Einige halten mich aufgrund meines Äußeren auch für einen Countertenor, eine Stimmlage, in der im Barock Partien für Eunuchen geschrieben wurden. Ich denke

....

Onkel hat einige Tage, bevor er sich umbrachte, die ganze Wohnung saubergemacht und aufgeräumt. Er hat sogar jede Gardine einzeln abgenommen, gewaschen und eigenhändig gebügelt. Als er seinen Nagant-Revolver ins Herz (auch das ist unverständlich – warum überhaupt ins Herz?) abgefeuert hatte, war in der Wohnung schon alles fertig fürs Totengedenken, nur Blumen und Sarg fehlten noch. Wenn du gesagt hast, dass du tot bist, bringt dir auch der Nachbar eine Kerze und Weizengrütze. Wobei ein Totengedenken, beziehungsweise ein richtiger geistlicher Ritus gar nicht stattfand, die Kirche gestand einem Selbstmörder den Brauch nicht zu, deshalb blieb nur ein leeres Ritual: mit lebendig-toten Trauergästen, einem Toten mit durchlöchertem Herzen und den Ausdünstungen toter Blumen. Damals gab es eine hohe Sterblichkeit. Und vielfältiger war sie auch. Vielleicht sind es nicht viele, meine Bekannten erleben viel mehr, doch auch ich selbst habe bis heute mehr als zwanzig Todesfälle erlebt. Unter anderem den einer schwangeren Frau, die ein »Niva« vor dem Wake-Park am Geländer einer Unterführung zerquetschte, beim Brotladen. Er zerquetschte sie und zerteilte sie noch in der Mitte, wie im Kino, vor meinen Augen. Dabei zähle ich nicht mit, dass meine beiden Großväter, eine meiner Großmütter, mein Vater und meine zwei besten Freunde unter meinen Händen wegstarben – im wahrsten Sinne des Wortes. Überall und jedes Mal gab es Blumen. Wer auch gestorben ist, ob Kind oder Greis, auf ihrem letzten Weg werden alle von einem Blumenmeer begleitet. Gäbe es dieses Meer nicht, würde die Erde den Toten nicht empfangen und ihn wieder ausspucken, als ob die bodenlose Erde mit den Blumen milde gestimmt würde wie ein unersättlicher Drache mit Jungfrauen. Und trotzdem – einen Todesfall wie Gianna Chaschomia habe ich bis dahin und danach nicht mehr erlebt. Ich werde nie vergessen, wie sie ausgestreckt auf dem Berg zerdrückter Blumen lag, mit ihrem emotionslosen Gesicht und offenen Augen, wie eine Göttin oder ein Orakel.

trotzdem, dass meine Stimme zwischen Kontra-Alt und Counter-tenor angesiedelt ist, am Ende also weder eine Frauen- noch eine Männerstimme. Der Einfachheit halber können wir Sopran sagen und meinen dabei nicht Mezzosopran oder Kontra-Alt oder so-gar Countertenor, sondern was wir wollen: Nachtigallenschlagen, Amselgezwitscher, Schwanengesang und Mutters Wiegenlied. Oder dann eben alle drei. Deepthroat, One-Eyed-Jack, Glatzen-Soprano.

Was wäre denn, wenn die Frau in mir ihre maximale Kraft ent-falten, ich ganz verschwinden und nur sie bleiben würde, wenn wir uns vereinigen und so unisono wären, halb sie, halb ich, 50/50, wie ein Gemälde auf einem Gemälde, Antipoden, zwei Symbole auf einer Spielkarte? Dame oben, Bube unten. Oder andersrum. Obwohl das nach Sexstellung klingt oder einem Supermarkt-angebot: zwei Joghurts zum Preis von einem.

Und wenn das keine Manndame ist, dann weiß ich auch nicht. Oder vielleicht ergibt die Vereinigung unserer beiden Gehirne ein drittes, das seinerseits mehr sieht als die beiden einzelnen sehen. Wie zwei Pole sich vereinigen – die männlichen und weib-lichen Welten, »Die Stunde des Wolfes« und die »Persona«, und wir erhalten etwas Drittes, völlig Neues beziehungsweise etwas Altes. Ich jedoch möchte, dass wir eine Seele sind, ein Fleisch sind wir schon, dass wir für immer eine Verbindung, Identität, Stabilität haben, aber wird uns das irgendwann gelingen? Ich bin ja nicht nur durch meinen Kopf begrenzt. Ich wünschte, ich könnte von jetzt an sagen, wie es in einem alten Lied heißt: »O Gott, ich bin der amerikanische Traum, aber nun rieche ich nach Vaseline, und ich bin ein erbärmlicher Hurensohn; bin ich ein Kerl oder 'ne Lady? Ich bin mir nicht ganz sicher!« Oder werde ich irgendwann sagen können, wie es in einem anderen, aber ebenso alten Lied heißt:»Ich war in dir, Baby, und du warst in mir, und wir waren so eng verbunden und das war schön?« Woher soll ich denn wissen, ob diese Vereinigung schön ist? Oder ob es eine Vereinigung ist oder Verdopplung.

Vielleicht ist meine Annahme, dass ich etwas zu entscheiden habe und der Ursprüngliche von uns beiden bin, nur eine Illusion. Vielleicht ist die Frau in mir das Echte, das Original, und ich bin nur die Hülle, Tarnung, Kostüm, Avatar, hinter denen sie sich versteckt. Vor der bösen Stiefmutter bis zum perversen Stiefvater – sie können zwar ihr Leben zerstören, aber nicht ihr Herz brechen. Hier ist niemand echt, alle sind nur Schein, alle sind nur Ersatz, Mutter, Vater und dementsprechend auch das Kind. Wer ist denn echt? Wo und wann ist jemand echt? Was bedeutet das Wort »echt« überhaupt? In diesem Zusammenhang rief mir Marika in Erinnerung, dass die oder der Große Blinde insgesamt vier Zyklen gesehen hat: die belagerte Stadt, Heimkehr, Suche und den Tod eines Gottes. Ich respektiere alles, was Marika sagt. Allerdings verstehe ich es oft nicht ganz.

1) Die belagerte Stadt gleicht aus heutiger Sicht in etwa einer im Körper eines Mannes gefangenen Frau oder umgekehrt, einem Mann in dem einer Frau.

2) Heimkehr könnte eventuell die Sache mit der Geschlechtsanpassung sein, wenn ein Mensch die entsprechende Operation vornehmen lässt, die Belagerung durchbricht und heimkehrt – zu seinem ersten Geschlecht.

3) Suche erinnert auf den ersten Blick an Shopping, wenn man durchs Einkaufszentrum schlendert und begierig sucht. Wonach, das ist nicht entscheidend. Das war es früher, als man noch suchte und fand. Heute ist der Prozess die Hauptsache. Wobei, vielleicht ist es doch nur die Suche nach der eigenen Orientierung.

4) Der Tod Gottes kann Verschiedenes bedeuten: den Bankrott der Bank, bei der man auf den nötigen unverzinsten Kredit für die

Operation hoffte, oder das Ausschöpfen des vorhandenen Kreditrahmens oder den unerwarteten Tod eines Sponsors oder wer auch immer die Geschlechtsanpassung hätte bezahlen wollen. Dementsprechend kann man die ganze Sache auch auf insgesamt einen Zyklus reduzieren – die Gendergeschichte. Ich weiß nicht, ob Marika das gemeint hat.

Ich glaube, ich habe keine Genderdysphorie und auch kein Problem mit meinem Status. Was ist das überhaupt für ein Status? Wie nennt man meinen Zustand? Androgyn? Hermaphrodit? Bisexuell? Ein Extrazweig der Evolution? Gynandromorphismus, wie bei Insekten? Und was ist Bodypositivity? Es gibt einen primitiven Organismus, eine Mischung aus Pilz und Schimmel, Slime Mould heißt er, Schleimpilz. Jedenfalls hat dieses Zeug 720 Geschlechter, da ist es doch keine Riesensache, wenn ich zwei habe. Ich wüsste gern, ob ich mich selbst schwängern kann.

Ich könnte mich auch Akira Marika nennen. Damit würde ich einerseits meine Bisexualität betonen, andererseits Marika auch im Pass an meiner Seite haben, als eine Art Airbag, so wie manche Leute sich ihre Liebsten als Tattoo auf dem Körper verewigen lassen, und ich würde sogar ein bisschen Liebe zum asiatischen Kino zum Ausdruck bringen. Meine Begeisterung für Palindrome ist möglicherweise ein Zeichen für eine Krise, dieses Akira Marika klingt auch ganz schön komisch, vielleicht funktioniert es genau deshalb.

Ich bin jedenfalls damit einverstanden, dass mich jeder, der mich findet, töten kann. Bloß seid euch gewahr, wenn ihr mich findet: Ich bin nicht ich.

DIE WÖRTERAUSSTELLUNG

XVI

Nennt mich Ismael. Ich werde mich nicht umdrehen. So heiße ich nicht. Ich heiße Raschden. Kosename »Paco«. Mit Nachnamen Lemondschawa

Bei uns ist jeder in irgendeinem Programm, jeder hat seine Legende; hier profitiert niemand von seinem eigentlichen, echten Namen. Wir verbergen unsere Vergangenheit. Obwohl alle echten Namen, wenn man ehrlich ist, unter Vorbehalt stehen. So wie die Natur keine Zahlen, Wörter oder Melodien kennt, kennt sie auch keinen einzigen Namen.

Bei uns zu leben bedeutet automatisch, die Vergangenheit auszulöschen, bei gestohlenen Autos entfernt man ja auch die Motornummer, und in Computerspielen wird vor dem Übergang zum nächsten Level der Highscore auf Null gesetzt. Das betrifft nicht diejenigen, die hier geboren wurden. Trotzdem gibt es hier keine Alteingesessenen, wir sind alle Touristen, alle sind Gäste, alle sind befristet. So oder so wird die Tradition der Vergangenheitsauslöschung zusammen mit uns aussterben, wie es aussieht. Bis dahin leben wir weiter, konspirativ, mit Schwung.

Wir sind Männer ohne Vergangenheit. Wir haben den krankhaften Wunsch, alles zu vergessen, was wir geliebt haben, viele Jahre aus unserer Erinnerung und, in erster Linie, uns selbst auszulöschen. Unsere Vergangenheit ist zweifelhaft, unsere Zukunft noch zweifelhafter. Auch mich kennt man als Raschden Lemondschawa Freunde nennen mich

Paco. Aber von welchen Freundschaften sprechen wir eigentlich in diesem Gestank? Der Legende nach wohnte ich irgendwann einmal in einer Arbeiterstadt, die aus Rauch, Lärm und Schatten bestand. Ringsum war alles schwarzweiß, ich selbst inklusive. Es heißt, es gebe Videomaterial darüber, das nicht mehr und nicht weniger als 89 Minuten umfasse. Es ist, als würde ich mich erinnern, dass im Heizkörper meiner Einzimmerwohnung ein hübsches Mädchen mit hässlichen Wangen wohnte. Alles in allem waren wir zu dritt in der Wohnung: ich, meine Frau Djuna und unsere Tochter Nuschiko, die eher einer Kaulquappe mit Schlangenkopf glich als einem Menschenkind. Außerdem schrie sie ständig und aß nichts. Djuna konnte das eines Tages nicht mehr ertragen und verließ uns. Das Mädchen jedoch sang mir aus dem Heizkörper ein schönes Lied vor, über das Paradies. Danach fand ich mich im Heizkörper wieder. Als ich mich dem Mädchen näherte, verschwand es. Muss ich erwähnen, dass sich dabei mein Kopf löste und auf die Straße plumpste wie ein Ball ohne Luft? Den trieb ein Junge in eine Bleistiftfabrik, wo aus meinem Gehirn Radiergummis hergestellt wurden. Nuschiko hingegen wand sich wie ein Schlangenbaby. Ihr Geschrei konnte auch ich nicht ertragen und schnitt ihr mit der Schere das Herz heraus. Ihr Todeskampf dauerte lange, unter schrecklichem Brüllen trat zäher Schaum aus ihrem Bauch aus wie bei einem Feuerlöscher. Danach war ich plötzlich wieder im Heizkörper. Das Mädchen kam zu mir, umarmte mich und flüsterte mir ins Ohr: Ich heiße Kamilla, du kannst mich Rita nennen. Als sie das sagte, roch ich den Geruch von Karamell aus ihrem Mund. Obwohl ich mir bei ihrem Namen nicht sicher bin. Möglicherweise hatte sie nicht Rita, sondern Sita gesagt. Oder Gita.

In Wirklichkeit war alles etwas anders. Zum Beispiel habe ich für meine Töchter immer nur das Beste gewollt. Vielleicht habe ich ihr Leben zerstört, unwillentlich, aber das Herz habe ich ihnen nie gebrochen. Jedenfalls nicht absichtlich. Habe ich versehentlich jemanden verletzt, bat ich immer um Verzeihung. Außerdem war ich einst Maler, falls das eine Rolle spielen sollte. Heute will ich jedoch Privatdetektiv sein, Kopfgeldjäger. Ich will nicht der beste Freund aller Kinder sein. Ich will nur herausfinden, wohin sie verschwinden. Wer kann mit Sicherheit sagen, dass sie nicht entführt und in ihre Einzelteile zerlegt werden wie gestohlene Autos? Vielleicht liegt es ja an uns. Vielleicht laufen sie vor uns davon.

Ich denke oft, dass sie einfach nach draußen gegangen sind und bald wiederkommen. Obwohl ich wissen müsste, dass sie nicht wieder nach Hause kommen. Werden wir sie auf jenen kleinen Hügeln wiedersehen, im Sonnenlicht, eines schönen Tages, auf jenen kleinen Hügeln ...?

Der hiesige Gestank lässt einen alles vergessen, gefühllos werden, zerstört einen. Er macht nicht nur die Erinnerung kaputt, sondern legt sogar Automatismen lahm: Meine Finger können sich nicht mal mehr erinnern, wie sie einen Pinsel halten sollen. Das bedeutet aber nicht, dass ich nicht irgendwann einmal gut malen konnte, andernfalls wäre ich nicht auf die Kunstakademie gekommen, es heißt nicht, dass ich kein lebendiger, energetischer Mensch war. Doch mit der Zeit schwindet meine Energie, nähert sich ganz langsam dem absoluten Nullpunkt, wie Reliktstrahlung.

Bei einem supereinfachen Online-Test habe ich kurz gezögert und konnte plötzlich nicht mehr beweisen, dass ich kein Roboter bin. Schon gar nicht, wenn irgendein Programm oder Roboter diesen Beweis fordert. Please prove you're not a robot. Als wenn diese Forderung etwas legitimiert. In letzter Zeit verkündet mir derselbe Roboter, auch ohne dass ich den Test mache, dass ich kein Roboter bin. Was, Hand aufs Herz, oder umgekehrt, Herz auf die Hand, auch nicht schön ist zu hören.

Wie soll man denn reagieren, wenn einem ein Affe auf einmal sagte, wir hätten keine gemeinsamen Vorfahren? Oder Gott mir eröffnete, er habe mich nicht als sein Ebenbild erschaffen, als Mann und Frau? Man weiß, dass es so ist, und trotzdem fühlt man in der Tiefe seines Herzens eine Leere. Keinen Schmerz, keine Enttäuschung, keine Wut, sondern Leere. *Ich bin kein Roboter.* Warum bloß leidet man so, wenn man gesagt bekommt, man sei das, was man wirklich ist, und leidet aber noch mehr, wenn man gesagt bekommt, man sei nicht das, was man wirklich nicht ist? Man bekommt gesagt, man sei kein Held, und ist beleidigt. Dabei weiß niemand besser als man selbst, dass man weit davon entfernt ist, ein Held zu sein. Oder man bekommt gesagt, man habe, was man verdiene, und ist wieder beleidigt. Aber denkt man wirklich, es wäre der Rede wert, dass man mehr verdient, viel mehr? *Ich bin kein Roboter.* Es ist, wie wenn man gesagt bekommt, man solle nicht an rosa Elefanten denken, und auf einmal denkt man an rosa Elefanten. Wie wird man erst reagieren, wenn das eigene Kind oder ein Elternteil einen plötzlich ablehnen? *Ich bin kein Roboter. Warum nicht?* Wie kann ich wissen, dass ich keiner bin? Vielleicht schlummert in mir viel mehr Roboterhaftes als in einem Roboter Menschliches?

Technische Geräte sind mittlerweile so hübsch und poliert, dass immer mehr Menschen sich schämen, von biologischen Eltern abzustammen und nicht in der Fabrik hergestellt worden zu sein. Auch wird die Zeit kommen, dass der Mensch daran glauben wird. Wenn er glaubt, dass er und der Affe gemeinsame Vorfahren haben, glaubt er auch, dass Außerirdische bei der Schöpfung der Menschheit die Hände im Spiel hatten; wenn er denkt, dass er, wenn er stirbt, die Erde in Gestalt irgendeines Tieres oder Dinges oder Objekts oder Lautes oder Phänomens wieder betreten wird, denkt er auch, dass er nach dem Tod nicht verschwindet. Die Liste ist lang. Selig sind die, die da glauben.

Kurzum, nennt mich Raschden. Oder Paco. So ist es offiziell. Hauptsache, ich bin kein Roboter. Behauptet jedenfalls der Roboter.

Ich möchte Privatdetektiv sein. Speziell Kopfgeldjäger. Ich möchte herausfinden, wohin unsere Kinder verschwinden. Die guten, die schlechten und auch die bösen. Oder ob ihnen jemand beim Verschwinden hilft. Ich möchte eine Dienstpistole haben, die befugte Personen bekommen, um für Recht und Ordnung zu sorgen. Mit dem Schutz von Kinderrechten kenne ich mich nicht aus. So eine Waffe würde aber meinen Mut steigern und mir eine respektablere Ausstrahlung verleihen. Zumindest in meinen eigenen Augen.

Es ist egal, was für eine Waffe es ist, ein Laserschwert, ein Ghost Blaster oder ein Lasso. Meinetwegen eine Armbrust und eine Steinschleuder. Wenigstens irgendwas. Eine Arquebuse. Eine Muskete. Eine zur Pistole geformte Hand in der Hosentasche. Ein Rohr ginge auch, zum Hineinpusten und Kirschkerne schießen. Ist ja auch eine ballistische Waffe. Mag sein, dass ein Kirschkern nicht dazu taugt, jemandem Angst einzujagen, und schon gar nicht, ihn unschädlich zu machen, aber er hat einen anderen Vorteil: den Überraschungseffekt. Wer erwartet schon, mit einem Kern beschossen zu werden? Während das irritierte Objekt sich über die plötzlich brennende Wange streicht, bringt man die Situation unter Kontrolle. Es handelt sich zwar nur um eine Sekunde, aber in kritischen Situationen ist diese ja oft entscheidend.

Ein Blasrohr ist generell eine praktische Sache. Man kann es auf viele Arten tragen: in der Hosentasche, am Gürtel, sogar in einem verborgenen, unter der Hose am Bein befestigten Halfter, wie die kleine Ersatzpistole eines Geheimagenten. Man kann es auch in einem feinen Lacklederetui mitführen, wie ein Blasorchestermitglied seine Flöte oder Oboe. Erst recht bei der Repetition des Orchesters. In der Hand eines Meisters kann sogar ein einfacher Fächer zu einer gefährlichen Waffe werden. Und wenn der sich den Mund mit Kernen vollstopft, kann er vielleicht auch ein hochgesichertes Objekt allein einnehmen. Einfach so.

Ich habe Angst, dass ich die verschwundenen Kinder nicht finde. Aber noch mehr Angst habe ich davor, sie zu finden.

XIX

Es ist ein großer Wohnblock, die Etagen haben eigene Namen, wie die Straßen einer Stadt. Doch die Namen werden so oft geändert, dass man sie sich nicht merken kann. Manche Etagen bestehen aus zwei Flügeln, der rechte heißt Eins, der linke Zwei. Der linke weiß oft nicht mal, wie es dem rechten geht. Und umgekehrt.

Mancherorts ist ein Wegesystem etabliert, ein kleines Zimmer am Fenster oder am Müllraum, wo sich nur eine oder zwei Wohnungen befinden. Auch diese kleinen Zimmer haben natürlich eigene Namen, die sich noch schneller ändern als die der Etagen. Außerdem folgt die Benennung keinerlei Logik, der Name kann aus einer Sage, einem Märchen, einem Gedicht, dem Kino, sogar aus der Reklame stammen. An einem Tag heißt die Wohnung Eltern 1, am nächsten Tag könnte sie schon Eltern 2 genannt werden, Rabe wird zu Pegasus, die Stunde des Wolfes zur Wolfszeit und so weiter. Aber egal, selbst ein Kind kennt den Unterschied zwischen der Stunde des Wolfes und der Wolfszeit. Zumal ein Wolf einem bei uns eher über den Weg läuft als ein Kind.

Unerwartete Bestien sind wirklich unter uns, man bildet sie sich nicht ein, man erkennt sie an den Jacken und den Mantelkragen. Man merkt, dass außer Chinchillas und Zobeln hier neuerdings auch Geparden und Pumas, Tasmanische Teufel und Moschuskängururatten, Kleine Pandas und Palm-Zibete herumspringen. Offenbar wärmt ein Teufelsfell doch noch mal anders. Selbst wenn der Teufel tasmanisch ist.

XX

Unsere Fenster sind zugemauert, damit der Luftstrom einen nicht plötzlich in den Hof pustet. Besonders in den oberen Stockwerken herrscht so ein Durchzug, dass es einen in einer Sekunde mit einem Zischen nach draußen saugt. Auf den Etagen weiter unten sind die Fenster mit dünnen Eisenplatten versiegelt und vermörtelt, für alle Fälle.

Ebenfalls für alle Fälle steht eine bewaffnete Wache am Schlagbaum, und mit seinem einzigen, starrenden Auge passt unverdrossen ein Wächter auf, dass sich niemand zu uns rein- oder gar einer von uns rausschleicht. Dazu gibt es einen Stacheldrahtzaun drumherum, für alle Fälle mit elektrischer Spannung. Die bringt einen zwar nicht um, wärmt aber gehörig.

Irgendwie kann ich mich nicht daran erinnern, wann der Schlagbaum aufgestellt und der Stacheldrahtzaun gezogen wurden. Genauso wenig wie daran, wer wir eigentlich sind, warum wir so inkognito leben, warum wir unsere Vergangenheit verbergen, die Minuten zählen, mit Schildkrötenschritten in diesem Müll herumlaufen, den zunehmenden Mond anheulen und mit wehender Feder am Hut dem Schicksal »merci beaucoup« zuflüstern.[6] Wer kennt unsere Gesichter, wer nennt unsere Namen? Wofür brauchen wir so viele Legenden und Beinamen, wen soll das auf eine falsche Fährte locken? Die anderen? Wir uns gegenseitig? Uns selbst? Wenn uns wie den von Tsqaltubo nach Kutaissi kommenden Wind jemand fragen würde, wer wir seien, was sollen wir antworten? Ich frage mich, ob man uns ansieht, dass wir uns zusammenziehen? Oder hat sich herausgestellt, dass wir uns ausdehnen? Dass wir vom

....

6 Ich denke trotzdem, dass wir diejenigen sind, die sowohl Mutterliebe als auch Angst mit der Muttermilch aufgesogen haben, und dass diese Angst einen verwandelt.

Gestank durchdrungene Lungen und Träume haben? Dass auch unser Atem nach Verwesung riecht und selbst Rosen und Nelken nach Aas stinken, wenn wir von ihnen träumen? Denken wir uns diese Legenden nur aus, um uns gegenseitig zu beeindrucken?

Warum flattert am Schlagbaum eine schwarz-gelbe Fahne, die dem Lima des Flaggenalphabets ähnelt, aber eher noch einem vollgepissten Schachbrett? Wo ist der Schnee vom vergangenen Jahr? Oder das Feuer von jetzt? Wo ist »Die Toteninsel« in ihrem dekadenten Rahmen? Wo sind die roten Plüschsessel? Was bedeuten die auf dem Zenit stehenden fernen Palmen? Wer erschoss die 300 Nonnen, die als Krankenschwestern arbeiten wollten? Und was wurde überhaupt aus dem Schnabeltier, das die Kinder im Klobecken gefangen hatten? Und aus den Kindern?

Doch das sind nicht die Hauptfragen. Es wäre interessant zu wissen, wie viele Häuser wie das Norma es noch gibt, voller Touristen, in einer anderen Stadt, einem anderen Land, auf einem anderen Kontinent. Auf dem Planeten Erde. Wir können niemanden erreichen und niemand erreicht uns. Wir existieren nur hier und jetzt.

Die unhygienischen Zustände vor Ort sind kein Grund zur Panik, weil sie hier schon immer herrschten, seit dem Tag unseres Einzugs. Auch unsere Zähne wackeln, sodass man sie mit der Hand herausziehen kann, und unsere Gaumen sind bröckelig, aber nicht aufgrund von Skorbut. Das Zahnfleischbluten liegt am Vitaminmangel und ist nicht ansteckend. Übrigens, bei Skorbut ist Bärlauch ganz gut. Den haben wir auch zur Genüge, von Saghoria bis nach Ghorescha. Ebenso jenseits davon.

Komischerweise sieht man im Norma keinerlei Krankheiten. Bei uns ist weder Typhus noch Cholera oder Malaria verbreitet. Nur ein schwankender Gang. Wackelt das Haus, wackeln wir auch, wie unsere Zähne. Vielleicht wackelt ja nicht das Norma, sondern ich, wenn die Zwergpferde mit mir durchgehen. Ein bisschen langsamer, Ponys, langsamer! Meine Pferde sind irgendwie empfindlich. Obwohl sie Zwerge sind. Der Dackel des Nachbarn hatte mal Glatzflechte, was dasselbe wie Borkenflechte und Krätze ist. Saisonale Bronchitis und Grippe zählen nicht als Epidemie. Inzwischen haben wir gelernt, solche Informationen einzuordnen. Gänzlich einzuordnen vielleicht nicht, aber mit ihnen zu leben. Was wir als Impfung eingeordnet haben, eine Vakzination zur Stimulation unseres Immunsystems, und uns vor Schlimmerem bewahrt. Hauptsache, der Bunker verstopft nicht mehr und unser Durchfall klingt ab, den Rest haben wir im Griff. Falls wir irgendwie den Müll überleben, falls wir die Scheiße irgendwie hinter uns lassen.

9.

Während ich im Bad bin, kommt eine neue SMS von derselben Nummer: *Übrigens will ich persönlich nichts von dir. Wirklich.* Ich würde zwar gern wissen, was man mir noch so schreibt, rufe meine Inbox aber trotzdem nicht ab. Ich kenne solche Einleitungen; wer nichts will, der will alles.

Durchs offene Fenster höre ich Larissa schimpfen: Fickt euch, ihr Schweine! Larissa Fucks. Früher hatte ich mal einen Nachbarn, der hieß »Nachbar« mit Nachnamen. So etwas soll es geben. Er ist ein relativ bekannter Tänzer. Dort, wo wir wohnten, gab es neben der Haustür auf der einen Seite eine Eisdiele, auf der anderen einen Sargladen. In beiden Schaufenstern waren die Produkte mit der jeweiligen Preisliste ausgestellt. Es mag komisch klingen, aber die Särge stachen einem durch ihre Vielfarbigkeit mehr ins Auge als das Eis. Letzteres kam in richtig großen Kugeln mit bunten Dragées oder Mandelsplittern, darüber heiße Schokoladensoße oder Schlagsahne, in einer Waffeltüte oder im Pappbecher mit einem Plastiklöffel, aber immer in ein und derselben Kugelform. Ein Sarg hingegen konnte schon mal aussehen wie eine Requisite aus einem Fantasyfilm. Wem die vorgefertigten Exemplare nicht gefallen, dem nageln sie einen in der gewünschten Form zusammen. Was das Herz begehrt, von der Arche Noah bis zur Aries aus

119

2001: Odyssee im Weltraum. Sogar Malewitschs suprematistisches Sarg-Architekton. Ein Modell begeisterte mich besonders: ein kirschroter Sarg mit einem Bullauge auf Höhe des Gesichts. Ich hielt ihn für ein konstruktivistisches Ding. Er sah aus wie ein von Kinderhand gemachtes kleines U-Boot. Dann las ich, es sei ein Replikat von Stalins Sarg. Deswegen sah ich in der damaligen Chronik nach. Verängstigte Leute trugen das rote Boot auf den Roten Platz, als würde ein Mann aus dem Meer dem Meer zurückgegeben. Mein erster Eindruck war, dass in dem Sargladen fröhliche Menschen arbeiteten. Es fehlte bloß noch ein Schriftzug im Schaufenster: *Verweile doch, halte den Moment fest* oder etwas in der Art. Nichts, das andeuten würde, dass das dortige Personal seine Sache nicht generell seriös machen würde. Der Service war auch wirklich auf hohem Niveau. Dort fand man Särge auf Bestellung, Särge auf Raten, Särge mit doppeltem Boden und vieles mehr. Qualitativ vergleichbare Särge sind mir nicht mehr untergekommen. Ein klassisches Modell gab es, das sah aus wie ein Klavier und war aus lackiertem schwarzen Holz mit vergoldeten Griffen, und auch glänzende Exemplare, bunt und fröhlich bemalt wie ein Surfbrett; ein Versprechen, dass man auf steilen Wellenbergen ins Jenseits reite. Als erwartete einen dort etwas Interessanteres, als man hier haben könnte. Man kam zumindest ins Grübeln. Was weiß ich, mich faszinieren Särge jedenfalls mehr als Eiscreme. Auch heute noch. Seit ich einmal weiße Schafe gesehen habe, die einen Katafalk mit einem mit goldenen Ornamenten verzierten weißen Kindersarg zogen, und dahinter die trauernden Eltern und Händels Suite Nr. 4 in d-Moll als Untermalung, habe ich Särge für immer ins Herz geschlossen.

Jeden Morgen und Nachmittag und immer zur selben Zeit schlurft Larissa zusammen mit den Katzen aus ihrer Wohnung auf den Balkon und ruft angewidert der ganzen Straße zu: Fickt euch, ihr Schweine! Dann geht sie gleich wieder rein. Wer weiß, wen sie beschimpft, die Toten auf dem Friedhof oder die Lebenden auf der Straße. Wahrscheinlich alle zusammen. Vielleicht bereitet sie sich so auf ihren letzten Atemzug vor, vielleicht versucht sie sich so das Gesagte einzuprägen, für jenen Tag, an dem sie die Bedeutung der Wörter vergessen wird, vielleicht klebt sie sich ihre letzten Worte auf die Art an die Zunge.

Ich frage mich, was sie eigentlich unaufhörlich für ein Elixier kocht (Ist das Medizin? Gift? Wahrheitsserum?), dass aus ihrer Wohnung ständig Zimt-, Waldgras- und Likörgeruch strömt, als wäre es die litauische Botschaft. Und vor allem für wen? Die Fucks umgibt beim Schlurfen immer eine süße Wolke wie eine Schleppe, wie ein Brautschleier. Sie könnte ein ganzes Jahrhundert alt sein, ungeschminkt bekommt man sie jedoch nie zu Gesicht. Sie ist so faltig, als habe man ihre Haut einst als Akkordeonbalg benutzt. Es heißt, sie habe früher als Schlangenmelkerin in einer Arzneimittelfabrik gearbeitet, habe Levanteottern und Kobras zur Giftgewinnung die Drüsen massiert.

Einmal habe ich sie im Flur gefragt, ob ich etwa auch ein Schwein sei. Aufgrund unserer engen Nachbarschaft räumte ich mir automatisch Chancen ein. Als sähe sie mich zum ersten Mal, musterte sie mich von Kopf bis Fuß, obwohl sie nur halb so groß ist wie ich. Am Ende ließ sie mich ihren Ammoniakgeruch vom Bauch bis ins Gesicht einatmen und sagte: Nun, dazu fehlt dir einiges, mein Guter! Noch bist du die Laus des Schweines.

Trotz der ganzen Gifte ist sie, denke ich, ein gutmütiger Mensch. Würde man sie plötzlich umarmen, vielleicht würde etwas tief in ihr erschauern. Was weiß ich, jedenfalls glaube ich das. Deshalb kränken mich ihre Beschimpfungen nicht. Wer weiß schon, ob ihr Herz trotzdem in der Finsternis tanzt, sei es aus Bitterkeit oder aus Einsamkeit. Mein Arzt sagt, nichts auf der Welt sei so gut, dass in seinem Ursprung nicht irgendetwas Abstoßendes läge. Diese Fucks gleicht übrigens Lars von Trier aufs Haar. Vielleicht ist sie sogar der große und unerträgliche Lars, bloß als Frau verkleidet. Es ist nur unbegreiflich, warum sie die ganze Maskerade braucht. Damit sie keiner erkennt?

Um das herauszufinden, habe ich mir sogar ein T-Shirt bedrucken lassen. Mit jenem bekannten Foto aus Cannes, auf dem von Trier die Faust mit auf die Finger tätowiertem FUCK in die Kamera reckt, und darunter in großen roten Lettern: LARS LONGA, VITA BREVIS. Genau das T-Shirt trug ich, als ich sie fragte, ob ich etwa auch ein Schwein sei. Doch die Fucks ließ sich nichts anmerken.

Larissa Fucks Katzen sind ein Thema für sich. Deren Haare sind bei der Fucks überall – auf den Schuhen, dem Haar, der Kleidung, den geschminkten Lippen. Selbst wenn sie uns beschimpft, fliegen ihr die Flusen aus dem Mund und den Nasenlöchern, sogar aus den Ohren, wie Daunen aus einem alten Kissen. Die aufgedrehten, aufgeregten Katzen schlüpfen zwischen ihren Beinen hindurch, hängen an dem um ihren Hals gewundenen Schal, springen ihr auf die Schultern; sie sind Gläubiger, Fanatiker, eine Armee von Verliebten.

Es ist unklar, wie sie zusammen mit so vielen Katzen in die Halbzimmerwohnung passt. Es heißt, anfangs sei das eine Eineinhalb- oder sogar Zweizimmerwohnung gewesen, aber die Fucks habe sie so oft neu unterteilt, dass die Unterteilungen nun den ganzen Wohnraum einnähmen. Ihre Wohnung gleicht einem chinesischen Kästchen, in dem wieder ein Kästchen ist und darin noch eins, und das geht so weiter, bis man bei einem winzigen, fingerhutgroßen Etwas angelangt. Aus irgendeinem Grund kenne ich das Unbehagen des Winzigseins. Ich stamme selbst aus einem zwergenhaften Land; ein übler Furz schafft es locker vom einen bis zum anderen Ende.

122

Von der Fucks tropft systematisch Wasser zu uns herunter. Auf der stets fleckigen Decke unseres Schlafzimmers kommen systematisch immer neue Streifen hinzu. Das Wasser malt immer wieder neue Spuren über das Kopfende unseres Bettes. Zum Beispiel malte es uns einmal ein Guernica, sodass wir uns im Prado wähnten oder im Museo Reina Sofía. Für kurze Zeit saß ein Dichter an unserer Decke. Oder zwei. Zwei in einem. Dante Alighieris und Besik Kharanaulis Profile gleichen einander nämlich wie ein Ei dem andern. Man konnte meinen, die Unsterblichen schauten gleichzeitig auf uns herab. Man sah auf und konnte meinen, Dante zwinkerte einem schmalen Auges zu, dann sah man noch mal auf und Besik blies einem Zigarettenrauch entgegen, man sah auf und beide segneten uns mit ihren Herzen. Als steckten sie ineinander wie Matrjoschkas. Selten gleichen sich Dichter dermaßen. Ob Nase und Mund, Stirn oder Augenform. Zwar wissen wir nichts über Alighieris Haarpracht, er tat keinen Schritt ohne seinen Lorbeerkranz und ist auch überall damit abgebildet, damals war man ohne Lorbeer auf dem Kopf kein Dichter. Besik jedoch hat so dichtes, dickes Haar wie Igelborsten, da ist schon klar, dass, wenn er eines Tages in Tbilissi neben seinesgleichen im Pantheon auf dem Mtazminda begraben wird, sein ganzer Schopf aus dem Grab schauen wird.

»Nicht besonders groß, immer fein angezogen, langes Gesicht, Nase wie ein Adlerschnabel, starker Kiefer mit vorgeschobenem Kinn, der Gesichtsausdruck nachdenklich und sorgenvoll.« Das ist eins zu eins Besiks Beschreibung. Und genauso beschreibt Boccaccio Dante Alighieri. Die Verschmelzung von Dante und Besik an der Decke nannte Marika liebevoll Dansik, und der verwandelte sich eines Tages in den Coca-Cola-Weihnachtsmann mitsamt rentierbespanntem Schlitten.

Besik und ich haben einmal nachts betrunken auf dem Rustaweli-Prospekt getanzt, sogar vorm Rustaweli-Theater, aber das ist schon Geschichte. Die Sache ist jedoch die, dass wir uns bis dahin nie begegnet waren. Wir sind uns an jenem Tag das erste Mal über den Weg gelaufen. So sind wir, die Dichter Georgiens. Wir tanzen dort, wo nicht getanzt wird. Zuletzt haben wir uns in Frankfurt getroffen. Wie jedes Mal kam er weinend und lachend zugleich auf mich zu, als wäre ich ihm als Geist erschienen. Wenn er sich mit einem trifft, wirkt er in letzter Zeit so, als beweine er einen wie ein Klageweib. Diese Pflicht ist wohl dem Alter geschuldet. Man schaut ihn an und merkt sofort, dass das Leben nicht sein Ding ist, und doch ist er lebendig. In seinem Alter haut ihn nichts mehr um, und er hat es nicht eilig, sich von seinen Schwächen zu verabschieden, denn er bekommt von niemandem stattdessen etwas Besseres, das weiß er, und auch ein Traum wird nicht Wirklichkeit ... Ruft diesen Mann nicht an, ruft ihn bloß nicht an.

Oft erinnere ich mich an Besik wie an einen verstorbenen Vater.

Auch vom buckligen Tbilissi träume ich manchmal.

Und ich träume mit unbändiger Klarheit.

Einmal war ich nachts durch die Straßen Tbilissis spaziert, als plötzlich eine Mülltonne meine Aufmerksamkeit auf sich zog. Unmittelbar nach der Rosenrevolution, noch bevor die Revolutionsrosen anfingen zu welken, hatte der Bürgermeister bei dem einohrigen Dichter Verse bestellt und diese auf Mülltonnen geschrieben. Manche waren nicht schlecht, andere gut, wieder andere hervorragend. Einer jedoch war phänomenal. Ein einziger Satz stand frontal auf der an einen Laternenpfahl montierten orangen Plastiktonne: Tschüss, bis zum nächsten Müll!

Als riefe der Müll selbst liebevoll aus seinen Tiefen, aus seinem stinkenden Herzen. Das war schon große Poesie, unübersetzbar.

Tschüss, bis zum nächsten Müll!

Mir tat es in der Seele weh, dass er damals für eine Mülltonne verschwendet wurde. Ginge es nach mir, hätte ich diesen Satz zur georgischen Nationalhymne gemacht. Nicht deswegen, weil ich für mein Heimatland nichts anderes übrig habe. Im Gegenteil, ich halte das Leben von diesem bis zum nächsten Müll für überaus menschlich, deshalb wünschte ich es mir für das, was mir am teuersten ist, sonst könnte ja jedes beliebige Land diesen Satz als wichtigstes Nationalsymbol auserwählen, von Amerika bis Burundi. Mehr noch, der Satz könnte die Hymne des Homo sapiens selbst sein. Ohne Müll existiert der Mensch schlicht nicht. Wo der Mensch ist, da ist Müll; gibt es keinen Müll, gibt es keinen Menschen. Ein Computer kann müllfrei funktionieren, auch die Hinterlassenschaften von Lebewesen verarbeitet die Erde restlos, der Müll der Menschen jedoch wird immer derselbe sein, auf der Erde und im All[7]. Man stelle sich eine Fußballmannschaft oder einen

....

7 Nicht recycelt werden: 1. Ekolin (Butter-/Quarkverpackungen); 2. foliertes Plastik, von innen glänzend (von Chips etc.); 3. Einmalgeschirr aus Plastik (einschließlich dem aus »Papier«); 4. Vakuumverpackungen (z. B. für Wurstaufschnitt) und Thermoband (das Flaschen komplett umgibt); 5. Plastiktrinkhalme; 6. Pralinenschachteln; 7. Teebeutel; 8. Eierpackungen aus Plastik; 9. die weiche Verpackung »Doypack« (für Mayonnaise und Soßen); 10. Dokumentenhüllen; 11. Plastikhandtaschen; 12. Pailletten für Kleider und Glitter für Schminke; 13. CDs/DVDs; 14. VHS-Kassetten; 15. künstliche Weihnachtsbäume; 16. Klebeband; 17. Rabattpreisetiketten; 18. Feuerzeuge; 19. Feuchttücher; 20. Binden, Tampons, Windeln; 21. Ohrreinigungsstäbchen; 22. Zahnbürsten; 23. Verbundverpackungen für Kosmetik; 24. Zahnpasta- und Cremetuben (außer denen aus Aluminium); 25. Blister auf Medikamentenverpackungen; 26. Medizinrückstände aus Plastik; 27. Büroartikel; 28. Autowindschutzscheiben; 29. Glühlampen; 30. eingeschweißtes Geschirr; 31. Spiegel; 32. Papiertaschentücher/Toilettenpapier; 33. gewachstes Papier; 34. plastikbeschichtetes Papier; 35. Fotopapier; 36. Zigarettenfilter; 37. Staubsaugerbeutel;

Präsidenten mit der Hand auf dem Herzen vor, die einen einzigen Satz aussprechen: Tschüss, bis zum nächsten Müll! Die Vokale maximal gedehnt, wie beim Kirchengesang.

• • •

Ich möchte auch gern wissen, welches Hochwasser Podeswa meint, wenn er in der *Wörterausstellung* schreibt, der Schlamm im vergangenen Jahr habe die Tiere aus dem Zoo herausgespült. Vielleicht meint er eines jener Tiere, die tief in jedem Menschen schlummern, allgegenwärtige Boten der wilden Natur. Bär, Wolf, Schakal, Fuchs ... Das ist die unvollständige Aufzählung jener Tiere, denen man im Alltag begegnet.

Nicht die Tiere laufen vor uns weg, sondern wir vor uns selbst, und übrig bleibt das Tier. Vielleicht ist das unser Ende. Vielleicht ist das ein Trick der blinden Evolution, die Rückverwandlung in ein Tier. Wobei man uns nicht mit unschuldigen Tieren vergleichen kann. Wer hat noch mal gesagt, ein Tier könne niemals so brutal wie der Mensch sein, so kunstvoll, so kreativ brutal?

Kann durchaus auch sein, dass das, was ich für Wölfe halte, heulende Kakerlaken am Morgen sind.

....

38. Geschenkpapier; 39. Thermopapier für Fax und Kassenbons; 40. Kaugummi; 41. Sushi-Stäbchen; 42. Nagellackfläschchen; 43. Pressspanplatten; 44. überlagerte Medikamente, Kosmetika, Batterien; 45. Plastilin; 46. Kleberverpackungen (außer denen für Kinderkleber); 47. Farbdosen; 48. Leukoplast; 49. Nylon; 50. Präservative und noch vieles, vieles andere.

DIE WÖRTERAUSSTELLUNG

XXIII

Nie werde ich die Nacht vergessen, die wie ein billiger Film begann. *Auf einmal hörten wir Geheul, böse und furchterregend, der Sturm, der kalte und ferne, warf einen großen Leichnam vors Haus. Denkst du daran, mein Lieb, was jenen Sommermorgen wir sahn im Sonnenschein? Es war ein schönes Aas, am Wegrand kaum geborgen, auf dem Müll. Die Beine hochgestreckt nach Art lüsterner Frauen, von heißen Giften voll.*

Ein solches Bild gab letztes Jahr am Tag nach dem Hochwasser der tote Löwe ab, der vor unserem Block im Schlamm lag wie ein zerquetschtes Auto. Die schmalen Augenbrauen und die breiten Nasenlöcher waren blutverschmiert. Von der grauen Mähne war an den Backen und am Maul mehr übrig als auf dem Kopf. Irgendjemand hatte ihn, warum auch immer, vermessen: Der Körper war 181 Zentimeter lang, Kopf und Schwanz nicht mitgerechnet. Das halbe Maul und ein Auge steckten im Schlamm, auf dem zweiten klebte ein Sherry-Etikett wie bei einem Trickfilmpiraten, als ob jemand es extra bedeckt hätte, damit sein unerträgliches, wachsames Feuer verlösche.

Es stellte sich heraus, dass er 28 Jahre alt gewesen war, für Löwenmaßstäbe recht greisenhaft. Vielleicht hätte eine Autopsie eine unentdeckte Pneumonie zutage gefördert, aber zur Sektion des Leichnams war es nicht gekommen, denn vor Eintreffen der Prosektoren hatten die Nachbarn dafür gesorgt, dass er sich vom Ort des Geschehens in Luft auflöste. Doch das ist eine andere Geschichte.

Polizei und Armee verfolgten und betäubten in jener Nacht all die Zootiere, die zufällig überlebt hatten und die das Wasser zu uns geschwemmt hatte, und brachten sie in ihre Gehege zurück. Die ganze Nacht streiften vor unserem Eingang Tiger und Luchse wie Hauskatzen herum, im Bunker kicherten Hyänen vor Vergnügen im Müll, an den Fahrstuhlseilen schaukelten kreischend Makaken. Nur der Elefant habe friedlich dagesessen, heißt es, bis heute sitze er irgendwo, so heißt es weiter, wobei ich nie einen friedlich dasitzenden Elefanten gesehen habe. Was gäbe es da auch zu sehen. Wäre der Rüsselriese zum Beispiel smaragdfarben, nun ja, dann würde man sicherlich gern mal einen Blick auf ihn werfen. Ein grüner Elefant wäre bestimmt ganz entspannend.

Damals wurden alle großen Raubtiere betäubt und in die Gehege zurückgebracht, aber Schildkröten und Igel finden wir bis heute in unseren Betten und Briefkästen. Einmal fingen die Kinder von nebenan ein Schnabeltier im Klobecken, es war auf der Suche nach der Mutter die Kanalisationsrohre entlanggeschwommen und hatte sich verirrt. Nur ein riesiger Gorilla wurde in dieser Nacht aus Doppeldeckern mit Maschinengewehren erschossen. Jemand glaubte, in seiner Hand eine Frau gesehen zu haben.

Eine Frau! Eine Frau!, schrien die Leute.

Dann, als man die baggerschaufelgroße Hand des bereits toten Tiers öffnete, warteten die Schaulustigen gespannt, dass eine schöne Frau, sei es auch eine Gummipuppe, zum Vorschein käme. Doch der Gorilla hielt nur eine Papp-Palme in der Hand, die er von einem Werbeschild abgerissen hatte.

Außer Schildkröten und Igeln blieben hier und da noch einige andere Tiere übrig. Ich jedenfalls sehe manchmal am helllichten Tag Ponys. Wie Feuers irres Licht, wie Schicksals Rad geschwind, wie Blitzschlag klein die Pferde sind.

Ich frage mich, ob deshalb manchmal das ganze Haus bebt. Wir denken, es sei ein Erdbeben, dabei rennen Ponys die Treppen auf und ab. Manchmal kann man auf den Ponys Gorillas reiten sehen. Sie huschen vorbei. Man liegt im Bett wie in einem kalten Grab oder nimmt eine Dusche, im Nebel des Chaos, und plötzlich rennen sie vor den Augen vorbei. Es ist, als würde eines schönen Morgens des Monats Mai eine elegante Amazone auf einer wunderbaren Fuchsstute die blühenden Alleen des Bois de Boulogne durchreiten, so fliegen die kleinen Pferde mit Gorillas auf ihren Rücken.

Wer, wenn nicht die Gorillas, fabriziert in unseren Fluren ständig frische, warme Kackehaufen, von denen sogar noch Dampf aufsteigt? Es sind wirklich große Haufen, ihr Verursacher muss von beeindruckendem Ausmaß sein. Der männliche Gorilla wurde gleich in der ersten Nacht getötet, doch möglicherweise wandelt seine Frau mitsamt Kindern unter uns, aber keiner nimmt sie wahr, aufgrund der perzeptiven Blindheit.

So oder so scheinen die Kackehaufen von etwas zu zeugen, bei dessen Anblick die Gedanken unwillkürlich zur historischen, eiszeitlichen Fauna abschweifen, als Kreaturen groß wie Passagierschiffe und Tanker die Erde bevölkerten. Wenn man sich in diesen Hinterlassenschaften schon nicht ausstrecken kann wie der vitruvianische Mensch oder wie einer, der im Liegen durch Gewedel mit Armen und Beinen einen Engel in den Schnee malt, so kann man sich doch zumindest in Embryonalstellung hineinkauern.

Vor allem, weil kürzlich eins in Minivan-Größe gefangen wurde, es war mit seinem Horn in der Schleuse der Müllrutsche stecken geblieben. Es stellte sich als so jung heraus, dass es, den hiesigen Experten zufolge – Experten haben wir ja in Hülle und Fülle, für jedes erdenkliche Fachgebiet – niemals das Hochwasser hätte überleben können. Außerdem hatte es einen derartigen Panzer, dass es aussah wie ein kleiner Schützenpanzerwagen. Entweder handelte es sich um eine Mutation oder die Haut hatte unter dem Müllfressen gelitten. Es wird wohl so sein, dass es hier im Müll geboren, aufgewachsen und dann stecken geblieben war.

Ebenso wird sich wohl – denselben Experten zufolge – auch seine Mutter irgendwo hier aufhalten, die während der Naturkatastrophe schon trächtig gewesen sein muss. Ihr Jungtier wurde, bevor die Nachbarn es zu Eintopf oder Schaschlik verarbeiten und sogar das Horn als Trinkhorn absägen konnten, von einer Spezialeinheit aus der Schleusengefangenschaft befreit und an einen vergleichsweise ungefährlichen Ort gebracht.

Mal angenommen, dass bei uns ein einzelnes Rhinozeros übrig geblieben ist. Wie kann sich ein Tier dieser Größe in einem Wohnblock so verstecken, dass es bis heute niemand bemerkt hat? Ich frage mich, ob deshalb manchmal das ganze Haus bebt. Vielleicht ist das, was wir für ein Erdbeben halten, ein verbittertes Rhinozeros, das auf der Suche nach seinem verlorenen Kalb die Treppen hoch und runter rennt. Manche suchen ihr Kind, manche auch ihre Mutter.

In der Nachbarschaft schwört man auf Kubdari mit Schildkrötenfüllung, Schildkröten-Innereien und Schildkröten-Wurst. Am meisten jedoch auf Igel-Gulasch.

10.

Mir fällt es immer schwerer, die Abgrenzungen genau zu erkennen.

Marika sagt, ich sei Eidetiker, doch ich glaube, ich habe Agnosie. Manchmal erkenne ich meine Körperteile nicht und bilde mir ein, ich hätte mehr als ein Paar Arme und Beine. Lieber wünschte ich, es wäre nur Einbildung, dass ich Dinge manchmal nicht anhand ihrer Geräusche erkennen kann (die Ratte am Piepsen, die Krähe am Krächzen, das Wasser am Rauschen). Manchmal erkenne ich Dinge nicht, kann sie aber anhand ihrer Form und Farbe zuordnen. Manchmal erkenne ich sie zwar, verstehe aber ihren Zweck nicht. Außerdem verliere ich manchmal die Orientierung, verwechsle rechts und links, verlaufe mich.

Vielleicht bilde ich mir gerade ein, dass sich Ratten schwerfällig von der Langenscheidtstraße zur Crellestraße entlangwälzen, mit gesenkten Köpfen wie ein schwarzer Trauerzug zum Friedhof oder die Astrologen zur Zikkurat. Große Ratten sind das, sie passen kaum in ihre eigene Haut. Sie haben ungewöhnliche Schwänze, nicht rot und lang, sondern rosa und kurz, und sie sind rundlich wie Ferkel. Sie wälzen sich mit gesenkten Köpfen, wie Trauernde, als schämten sie sich für ihr Aussehen.

Eins.

Zwei.

Drei.

Genau zwölf sind es, nicht mehr, nicht weniger, wie die Apostel, die Geschworenen, die Monate des Jahres, die Sternzeichen. Trotz der Kälte steigt aus dem grauen Schnee, der wie Staub auf den Baumscheiben und den Bürgersteigkanten liegt, leichter Dunst auf, aber kein Geruch. Gestern hat es die ganze Nacht stark geschneit. Morgens war Berlin in eine graue Decke gehüllt, wie nach einem Brand, wenn ringsum alles mit Asche bedeckt ist.

Bei uns gibt es einen speziellen Niederschlag, vom Himmel fallen betongraue Flocken, als würden außerhalb der Stadt Lagerfeuer brennen und eine Brise die warme Asche gelegentlich hierhertragen. In den hiesigen Wintern klirrt die Luft vom unerbittlichen Frost und es schneit warm vom Himmel, und der Schnee sammelt sich an den Baumscheiben der Bäume und den Bordsteinkanten wie Staub. Deswegen wird diese Stadt im Winter auch mit Staubsaugern gereinigt und nicht mit Schneeräumfahrzeugen. Trotzdem wird noch Salz gestreut, für alle Fälle.

Aus dem leicht geöffneten Fenster im zweiten Stock dringt der Geruch von Kaffee und Zigaretten, dazu leiser Gesang. *We'll meet again*, klingt es leise und dumpf – Melodien aus einem versiegelten Luftschutzbunker, *don't know where, don't know when, but I know we'll meet again some sunny day* ... Vielleicht steht dort auch ein Sarg, in dem die Mutter liegt, die heute früh verstorben ist. Vielleicht auch gestern, ich weiß nicht. Die von Limonen- und Lorbeergeruch erfüllte warme Luft steht hier nachts immer still und wird morgens vom Kaffee- und Zigarettenmix überdeckt. Am Abend überwiegt dann wieder der Zitrusduft, vermischt mit einem beliebigen ätherischen Öl, und so geht es abwechselnd weiter. Es kann aber auch sein, dass im Sarg statt der Mutter ein Schimpanse liegt, auf dem Tisch der Champagner perlt, neben dem vollen Schälchen schwarzen Kaviars.

Am Kleistpark hält quietschend der Linie-6-Bus, er schwankt wie ein Schiff. Auf einer Seite prangt Werbung für Salami, die auf eine Kabeltrommel gewickelt ist. Solche Kabeltrommeln schleppen sie manchmal in alten Kriegsfilmen herum, mit Telefonkabel oder Zünddraht darauf. Der Wurstbaron bietet XXL-Salami an, die fingerdicke Wurst nimmt abgespult die gesamte Länge des Busses ein: ein 9,99 Meter langes Fest des Lebens. Voller Vitamin B, lebenswichtiger Spurenelemente, Proteine und anderer Wonnen. Es ist ein Gelenkbus, lang wie ein Akkordeonbalg. Unter der roten Wurstpelle kann man gelbliche, geschredderte Rinderteile erkennen. Zischend öffnen sich die pneumatischen Türen, als würde ein gestrandeter Wal seine Seele aushauchen.

Stella stürmt durch den leeren Gang zu den hinteren Sitzreihen, Marika folgt ihr, es wirkt, als hinge sie an einem unsichtbaren Seil, wie ein Schiff am Schleppkahn. Ich zeige derweil dem Fahrer die Abokarte, doch der schaut sie gar nicht an, sondern dreht mit melancholischer Miene gedankenlos das Lenkrad, wie der Kapitän das Steuer eines Geisterschiffs, ein Geisterkapitän, der sowohl des Geisterschiffs, des Meeres als auch seiner selbst überdrüssig ist. Von den Geistern ganz zu schweigen. Er ist total zusammengesunken; sein Uniformhemd, das wie eine Rüstung am Körper sitzt, droht bei einer abrupten Bewegung aufzuplatzen. Es fällt nicht schwer, Verständnis für ihn aufzubringen. Statt auf der Couch vor dem Fernseher zu hängen, Bier in sich reinzukippen, gesalzene Erdnüsse einzuwerfen und friedlich zu furzen, muss er auf den leeren Straßen den noch leereren Bus an jeder Haltestelle anhalten, obwohl dort niemand wartet.

Der Wurstbaron rauscht also durch die leeren Straßen Berlins wie ein Geisterschiff, im Gang der unerträgliche Geruch von Räucherfisch. Außer uns ist ein Goth-Mädchen an Bord, das reglos am Fenster sitzt. Die Kinder zähle ich nicht mit. Wo ich auch hingehe, es folgt mir eine Rotte untoter Kinder. So wie sie sich nachts bei meinem Anblick hinter den Grabsteinen verstecken, genauso verstecken sich auch jetzt schwarze, blaue, grüne Kinder hinter den Bussitzen und kichern leise. Ich weiß, dass sie mich auslachen, doch von ihnen lasse ich mir alles gefallen. Ich liebe Kinder. Selbst wenn sie tot sind, hohle Augen haben und verdorrtes Haar. Sobald meine Aufmerksamkeit nachlässt und ich in Gedanken versinke, fängt die bunte Armee gestorbener Kinder an zu kichern.

In den Straßen ist keine Menschenseele zu sehen. An Arbeitstagen pulsiert hier kein Leben, und an Feiertagen gleicht Berlin sowieso dem Totenreich. An Ruhetagen wird sich ausgeruht, sogar vom Tod. Der Deutsche liebt Recht und Ordnung. An Feiertagen wird während der Pandemie nicht gestorben. Ich habe Tbilissi immer für eine langweilige Stadt gehalten (sie steht manchmal da wie eine verschämte Hausfrau, hilflos grinsend, als wüsste sie nicht, was sie dir vorsetzen soll, weil sie nichts hat außer einer gelblichen Dattelpflaumengirlande und einem Korb voll junger Mimosen). Eine Stadt, in der man vor Langeweile sogar anfängt zu schreiben. Hat einer auch gemacht. Wenn auch nur ein, zwei Worte über die Kindheit, und die tauchten ganz langsam im Sumpf der Prosa ab. Anderswo ging es dann mit Knabenjahren und Jünglingsjahren weiter. Tbilissi ist berühmt für Initialzündungen, Lorbeer, Lyrik. Ein Prosaiker würde in dieser Stadt ersticken. Deshalb gibt es dort auch so viele Dichter. Ich hatte ja nicht ahnen können, dass es ein noch langweiligeres Land gibt, das einen nicht nur das Schreiben vergessen lässt, sondern einen derart zum Schweigen bringt, dass einem Worte regelrecht überflüssig vorkommen. Obwohl es auch sein kann, dass es gar nicht an den Städten liegt, sondern an mir, der ich mich überall langweile, überall vor Gähnen sterbe. Man könnte in einer Küsten-

stadt im gelben Anzug promenieren, spielenden Kindern eine
ganze Handvoll Silbermünzen hinwerfen wie Vögeln Futtersa-
men, im gelben Mantel durch Paris flanieren, sich vorher von
einer Frau butterbeschmierte Finger in den Hintern schieben lassen, in Berlin hingegen kriegt man höchstens Gelbsucht. Egal, ob
man mit einem Mädchen zusammen oder selbst eines ist. Zieht
es mich deshalb zu Friedhöfen hin? Wo der Stillstand schon klar
ist und es keine Nachahmung des Lebens mehr gibt.
Nachahmungen bringen mich um, ansonsten lässt mich alles
Echte aufleben, sogar der Tod.

Das Goth-Mädchen neben uns im Bus blickt derweil ins Leere. Als
ob sie der ganzen Welt trauernd mitteilen wolle, dass Bela Lugosi
tot sei. Und die Welt erwidert: undead, undead, undead. Wegen
ihrer breiten Hüften bekommt sie die Knie nicht ganz zusammen.
Trotzdem hat sie die Handflächen darauf abgelegt wie eine Nonne
in Demut. Als würde sie sich irgendwie schämen, ein Goth zu
sein. Ich frage mich, ob sie die blauschwarzen Leggins selbst zer-
rissen hat, um ihren Stil zu untermauern, oder ob sie nachts beim
Herumlungern irgendwo damit hängen geblieben ist. Die Schnürsenkel der ebenfalls blauschwarzen Plateaustiefel hat sie so fest-
gezurrt, dass ihr sicher die Beine einschlafen. Doch sie erträgt es.
Durchhaltevermögen ist ja eine der Tugenden von Goths. Das
Lederband mit den superlangen vernickelten Stacheln an ihrem
schmalen Hals liegt so eng an, dass ich mir ein bisschen Sorgen
mache, sie könne ersticken.
    Von irgendwoher nähert sich eine Sirene. Polizei? Rettungs-
wagen? Feuerwehr? Das Geräusch macht einen taub, man könnte
denken, es käme gleichzeitig aus allen Richtungen. Hier macht
einen ständig irgendwas taub, Tag und Nacht, aber was es ist,
sieht man oft nicht. Obwohl so ein Alarm noch gar nichts bedeu-

tet. Wenn jedes Mal, wenn einem eine Sirene in den Ohren klingt, wirklich jemand sterben oder etwas brennen würde, dann müsste die Stadt schon lange ausgelöscht und aschebedeckt sein. Oder die Hälfte der Bewohner in Untersuchungshaft sitzen. Vielleicht halten uns die Geräusche permanent in Aufregung, damit wir nicht so sehr abschlaffen und herumstrolchen und Träume uns nicht packen wie Geister. Irgendwie kenne ich die therapeutische Wirkung von Geräuschen. Ich persönlich bin besonders sensibel ihnen gegenüber. Meine ganze Jugend lang habe ich permanent exotische Geräusche gehört. Wenn jede Maschinengewehrsalve und jeder Granateneinschlag jemanden getötet hätten, wären wir heute nicht hier.

Oft sehe ich auch irgendein vollkommen geräuschloses Auto, das mit eingeschalteten Blinklichtern vor dem einen oder anderen Haus steht oder die ganze Straße versperrt. Manchmal kommen alle drei gemeinsam: Rettungswagen, Feuerwehr und Polizei. Sie fallen plötzlich in den Hof ein, und die roten, sandfarbenen und blauen Brigaden rennen in irgendein Treppenhaus. Die Autos stehen führerlos da, wie wenn Kinder ihr Spielzeug im Hof liegenlassen, die Fenster der umliegenden Häuser reflektieren das Blinken zusätzlich.

Ich betrachte die gedankenversunkene Marika. Keine Frau, sondern ein mit innerer Anstrengung gestoppter Erdrutsch. Manchmal glaube ich, sie ist meine persönliche Stimmgabel. Oder mein Spiegel, wie heute. Hier und jetzt. Ich kann mich nicht recht erinnern, wo und wann ich sie kennengelernt habe. Doch das kann ich ihr nicht sagen. Ich erinnere mich, dass ich sie von Anfang an gewarnt habe, ich sei ein ziemlich langweiliger Typ, ein Homo otiosus. Ich auch, erwiderte sie, lass uns uns gemeinsam langweilen. Seitdem schaue ich sie wie ein Hirnloser an. Ich kapiere nicht, warum mir mein Leben oft wie eine alte Stummfilmankündigung vorkommt. Damals hatte ich eine Idee für eine Studie gehabt, *Dizzy Gillespies Reise nach Ratscha-Letschchumi*. Ein Mann geht in der Pause aus dem Büro und kauft im Supermarkt ein Sandwich und Limonade, er setzt sich im nahegelegenen kleinen Park auf eine Bank. Er verspeist das Sandwich und öffnet die Limoflasche, aus der fliegt plötzlich ein Dschinn, mitten in den Park. Nachdem dieser sich bedankt hat, sagt er zu dem Mann: Sprich, Gebieter, was kann ich für dich tun, sag mir deinen Wunsch und ich werde ihn erfüllen. Und die Moral von der Geschicht: keine.[8]

....

8 »Wenn du wirklich ein Dschinn bist, wie du behauptest, kannst du mir dann eine Kurzversion deiner Produkte zeigen wie einen Teaser?« Der Mann schaut auf die Armbanduhr. »Damit ich eine Ahnung von dem bekomme, was du mir anbietest.«

»Genre?«, fragt der Dschinn nach, »Thema?«

»Genre«, wiederholt der Mann, »Thema. Na, zum Beispiel Unterhaltung.«

»Hier ist also eine individuelle Herangehensweise nötig«, erklärt der Dschinn, »jeder hat seine eigene Vorstellung von Unterhaltung. Der Eine findet eine Kreditkarte ohne Limit unterhaltsam, der Andere Schnee. Selbst den von vorgestern.«

»Schnee?«, hakt der Mann nach, »Von vorgestern?«

»Schnee«, konkretisiert der Dschinn, »von vorvorgestern, violetter sogar. Und mit des Windes Weh'n im wogenden Haar.«

Das Haar war der Schwachpunkt des kahlen Dschinn. Damals wusste ich nicht, dass Schnee auch grau sein kann wie Schlacke, Asche, Staub, Beton. Und nicht nur der Schnee. Wenn Sankt Petersburg für seine weißen Nächte bekannt ist, dann ist Berlin eher ein Zufluchtsort der grauen Tage. Die hiesige graue Ablagerung hat viele Nuancen.

»Haar?« Der Mann lässt nicht locker. »Vielleicht solltest du mir im Schnelldurchlauf die sehenswertesten Ausschnitte zeigen, damit ich eine ungefähre Vorstellung von der generellen Charakteristik und der Qualität der angebotenen Ware bekomme.«

Das Treatment ist am Ende nicht fertiggestellt worden. Doch die Idee blieb.

...

Auch Marika blieb. Manchmal schaue ich sie ganz blöd an und kann mich dann absolut nicht erinnern, wo und wann ich sie kennengelernt habe. Ich erinnere mich nur, dass ich ihr, sobald ich sie gesehen hatte, nachgelaufen bin wie ein Hund. Vielleicht ist es aber auch gar nicht so gewesen und mein gekochtes Gehirn verzerrt die Ereignisse. Eins ist wenigstens Fakt: Marika ist mager.

....

Der Mann versucht auf seine Art, den Dschinn zu testen. Er ist nicht davon überzeugt, dass der Dschinn echt ist und dessen Produkte legal sind. Vielleicht ist es ja überhaupt kein Dschinn, sondern ein Derwisch aus dem Maghreb, der beschlossen hat, ihn mit unverzollter Hehlerware übers Ohr zu hauen. Er ist ein misstrauischer Mensch, ein Nörgler. Er schaut wieder auf die Uhr, er hat Angst, zu spät ins Büro zu kommen. Der Dschinn merkt, dass er es mit einem Nörgler zu tun hat, aber sein Wort ist ihm Befehl. Und er erfüllt ihm den Wunsch. Vor dem geistigen Auge des Mannes lässt er den Film *Akaki Tseretelis Reise nach Ratscha-Letschchumi* ablaufen, bloß mit Dizzy Gillespie statt Akaki in der Hauptrolle. Ist das die Rache des Dschinn? Phantasie? Improvisation? Jedenfalls lässt er Dizzy Gillespie mitten auf dem Basar »A Night in Tunisia« aufspielen, auf der geknickten Trompete, woraufhin sich der imeretische Landadlige Jusa Lionidse, verzaubert von der Melodie, einige Haare aus dem Schnurrbart reißt und sie ihm wie einen Rosenstrauß vor die Füße wirft, zusammen mit einem Ausspruch, der sofort als Untertitel erscheint: *Spiel wie nie, Gillespie!*
Nachmittags findet eine Streife den Mann auf der Parkbank sitzend, glücklich einen Punkt in der Luft anlächelnd; er hält eine Flasche Limonade in der Hand, auf deren Boden in der Neige der süßen Flüssigkeit ein paar tote Bienen schwimmen.

Sie erinnert an einen kleinen italienischen Windhund, das Italienische Windspiel. *Piccolo levriero italiano.* Selbst ihre Brüste sind so *piccolo*, dass sie fast nicht in Erscheinung treten. Mit der Zeit wird sie Martha Argerich immer ähnlicher. Deshalb bin ich ihr damals nachgelaufen, als ich sie zum ersten Mal sah. Bis heute ist es bei uns so: Sie springt vorweg wie ein italienisches Windspiel, ich folge ihr wie ein hungriger Mähnenwolf. Haben Sie schon mal einen Mähnenwolf gesehen? Er sieht aus wie ein Fuchs, ist aber weder Fuchs noch Wolf, gehört allerdings trotzdem zur Familie der Hundeartigen. Ja, so einer bin ich, ein Wolf, der aussieht wie ein Fuchs, mit dem Herzen eines Hundes. Ein bisschen von diesem, ein bisschen von jenem, etwas hiervon, etwas davon, jedoch nichts Eigenes. Ich grüble manchmal, was Marika und ich gemeinsam haben, und dann komme ich darauf: die Augen, in denen die Tragödie eines Menschen geballt ist. Und die Beine. Ja, diese beiden Dinge haben wir gemeinsam, Augen und Beine. Mähnenwolf und Windspiel stehen auf derart ähnlichen Extremitäten, dass sie ihre nahe Verwandtschaft nicht bestreiten können. Falls Homo sapiens und Affe gemeinsame Vorfahren hatten, hält sich unsere Vergangenheit eher mit Hundefell bedeckt.

Marika dreht sich plötzlich zu mir um und blickt mich an, aber es wirkt, als sähe sie mich nicht.

Weißt du noch, frage ich sie, um ein Schweigen zu vermeiden, wie der junge Alain Delon in *Der Swimmingpool* mit seinem kackbraunen Maserati herumdüst? Und keiner achtet dabei auf die Farbe des Autos. Beide sind so hübsch, Delon und das Auto, dass alles andere in den Hintergrund tritt. Aber wenn weder Delon noch das Auto, der Maserati, jung wären, was würdest du als Erstes bemerken?

Was willst du damit sagen?

Ist mir einfach so eingefallen.

Was ist dir aufgefallen, fragt sie verwundert, die Farbe von Kacke?

Alain Delon und der Maserati.

Soll das heißen, dass hinter allem Schönen immer auch Kacke zutage treten muss?

Oh, nein, nein. Plötzlich merke ich, worauf das Gespräch hinausläuft. Ich wollte was ganz anderes sagen. Ich hab ja absolut kein Geschick mit Allegorien.

So weit gehe ich sonst nicht, bohre nicht nach, was hinter etwas steckt, betrachte die Welt nicht mit der Lupe, weil ich denke, wenn ich sie (die Welt) sehr, sehr, sehr eindringlich betrachte, könnte sie verschwinden. Außerdem wird mir vor Hunger schwindelig und ich sage etwas vollkommen anderes als das, was ich sagen wollte.

Marika kann so unerwartet gucken, dass man nicht weiß, wohin man ausweichen soll. Sie blickt einen an und man fühlt, wie einem irgendetwas Kaltes durch die Adern läuft. Danach betrachtet man altbekannte Dinge und wundert sich, dass Tisch, Fenster, Krähe, Lampenschirm eine lebendige, fast kindliche Freude wecken, wie man sie seit Langem nicht mehr verspürt hat, als wäre man in Gefangenschaft gewesen oder krank.

Ich meide Marikas Blick, schaue ins Nichts.

Jetzt fragt sie mich bestimmt, warum ich sie so angesehen habe.

Warum hast du mich so angesehen?

Was meinst du mit so?

Als würdest du dich nach etwas Fernem und Unerreichbarem sehnen.

Haare, ich streiche über meinen rasierten Schädel, ich sehne mich nach Haaren.

Nach meinen?

Nach meinen.

Ach Quatsch, du brauchst eher einen Taxidermisten statt Haare auf dem Kopf. Tsss. Sie schaut mich an, als hätte sie mich bei einem Streich ertappt wie einen kleinen Jungen.

Sag was Realistischeres.

Marika ist meisterhaft darin, immer irgendetwas zu sagen, worauf einem keine Antwort einfällt. Ihre Worte haben einen hypnotischen und gleichzeitig ernüchternden Effekt. Sie hat gut lachen: Selbst hat sie so dichtes Haar auf dem Kopf, wenn man die Nase hineinsteckte, könnte es passieren, dass man sie darin verliert.

Einmal, nach meiner letzten Scheidung, fragte mich meine Mutter, ob ich überhaupt eine Ahnung davon habe, was für eine Frau ich suche, ich würde es ja irgendwie nie lange bei einer aushalten. Damals erwiderte ich aufgebracht, was das heißen solle, was für eine, ob sie meine, ich suche eine mit Menthol- oder Wassermelonengeschmack. Etwas später begriff ich, dass ich vor Marika in allen Frauen immer nur eine Mutter gesucht und auch gefunden hatte. Deshalb konnte ich auch nie lange bei einer bleiben. Oder sie bei mir. Aber das geht schon zu sehr ins Detail. Fakt ist, meine Mutter und ich halten es nicht miteinander aus. Aber auch nicht ohne einander.

Jedenfalls erinnere ich mich gut an meine Mutter. Zwar wie im Traum, aber im Traum kann man sich eben gut erinnern. Manche Träume vergisst man nicht. Manchmal kommt man aus den Träumen überhaupt nicht mehr heraus. Wenn die Realität nur eine Art Traum ist, gibt es ja auch gar keinen Grund dazu.

Mein Vater war Entomologe, genauer gesagt Lepidopterologe. Na ja, Vater nicht ganz, aber Stiefvater. Was ja wie ein Ersatzpapa ist. Er war sehr bewandert auf dem Gebiet der Lepidoptera und anderer Insekten. Und kleiner Mädchen. Den feinen Geruchssinn wie ein Schmetterling habe ich bestimmt von ihm geerbt. Väter hatte ich viele. Einer hat mir nie gereicht. Generell komme ich aus einem Mönchskloster der unbefleckten Empfängnis. Oder dem Land des Schweigens und der Dunkelheit. Wobei das eine das andere nicht ausschließt. Ich hatte immer nur eine einzige Mutter, aber Väter? Kommen und gehen, verschwinden und tauchen wieder auf. Allein seit heute Morgen habe ich in meinen Worten mindestens zwölf erkannt. Beim dreizehnten, dem Chilenen, habe ich Zweifel, aber dazu später. Wobei der eher als Onkel durchgeht. Wer weiß, was besser ist, eine ganze Armee Väter zu haben, aber nur eine Mutter – einzig und einzigartig, von mir aus eine Mörderin, oder dass der eigene Vater ein Auspuffkrümmer ist und die Mutter ein Baum. Ob nun ein Baum des Wissens, des Lebens oder der Wünsche, ist egal.

Natürlich gibt es über Väter nicht so viele Lieder wie über Mütter, die sind darin einsame Spitze, wobei es auch genug Lieder über Väter gibt. Zum Beispiel den Jazzstandard »Song for My Father« von Horace Silver. Ein süßes, trauriges Etwas, wie ein Bossa nova eben sein muss. Einfacher als einfach, etwa vier Akkorde. Man kann den Song hundertmal gehört haben – wenn man ihn zum hundertundersten Mal hört (speziell in der Kopenhagener Version, der achtzehn Minuten langen), wird einem wieder klar, dass es Vaterliebe gibt. Selbst wenn sie eingebildet ist. Und selbst wenn es die eines anderen ist. Die einem peinlich ist zuzugeben. Cantiga para meu pai.

Alles hat seine Zeit, Shampoo und Champagner. Ich weiß nicht, wer woher kam, ich weiß nur, dass ich selbst aus den Büchern komme. Gute Bücher können einen Photonenstrom haben, wie Sterne, die gleichzeitig ein Signal aus der Vergangenheit, der Gegenwart und der Zukunft übermitteln. Wobei viele der Sterne, die am Nachthimmel blinken, schon lange tot sind. Und trotzdem wühlen sie meine Seele auf.

Ich kann es nicht rational erklären, weiß aber intuitiv – mein Hundeherz fühlt es –, dass der heutige Tag mit Sicherheit ein Buch gebären wird. Alles hat seine Inkubationszeit. Was spielt es denn für eine Rolle, woran und was ein Mensch glaubt; dass es ein energiegeladener Tag ist, sieht ein Blinder. Der zweite Februar zweitausendzwanzig. 02.02.2020. Ein vergleichbar gespiegeltes Datum gab es vor eintausendzehn Jahren, am ersten Januar eintausendzehn. 01.01.1010. Den nächsten gibt es erst wieder in eintausendzehn Jahren. 03.03.3030. Natürlich nur, wenn der Gregorianische Kalender bis dahin reicht.

Weissagen kann jeder. Sonst würden wir nicht überleben. Jeder kann vorhersagen, wann ungefähr das Wasser im Topf kochen, die Ampel umschalten, der Bus bei der Haltestelle ankommen wird. Ein Schriftsteller muss irgendwie die Geburt eines Buches vorhersagen können. Zumindest ungefähr. Seit heute Morgen geht mir die Idee eines wortlosen Buches im Kopf herum. Aber ich kann es nicht mit den vorherigen beiden vergleichen. Es hat einfach nicht deren Niveau. Ich übertreibe nicht. Man stelle sich ein Buch vor, dessen ganzer Text mit Marker geschwärzt ist, so wie der Geheimdienst Dokumente unkenntlich macht. Geschwärzt wird ausnahmslos alles: Absatz, Satz, Wort, Buchstabe, Satzzeichen. Das heißt, es gibt nichts außer schwarzen Streifen.

Vielleicht sollten auf dem Cover auch Titel und Autor gestrichen werden, sowie auf der Rückseite das Foto des Autors und der Umschlagtext. Also alles, außer dem Verlagslogo und dem Preis. Der Preis ist das Wichtigste. Kostenlose Dinge interessieren niemanden. Den Verlag deshalb, weil hinter einer Aktion natürlich immer jemand Konkretes oder etwas Abstraktes stehen muss. So wie hinter einem Terrorakt stets diese oder jene Organisation steht. Oder diesen zumindest für sich beansprucht.

Ich liebe das dritte Buch jetzt schon. Auch wenn es noch nicht existiert. Wer hat denn behauptet, man könne nur etwas lieben, das existiert? Die Hauptsache ist doch, dass Liebe in einem ist, wie soll man sonst etwas zu lieben finden! Man kreiert es schließlich, denkt es sich aus. Erst recht, wenn man ein Ritter ist. Wenn auch ein Toilettenritter. Und selbst wenn es überhaupt kein Buch wäre, sondern nur eine Anekdote, nur ein Büchlein, wie Marika sagt, eins von Kinyras' Tonschiffchen. Wäre die Liebe nicht, wie wir wissen, herrschte die Sonne nicht am Himmelszelt, bebte der Wald zur Wonne nicht.

• • •

Schon lange verkleide ich mich als Frau. Bis heute gehe ich manchmal so raus, mit Perücke, Stöckelschuhen, einem Kissen vor den Bauch geschnallt. Und auch ohne Kissen. Ich habe ein Kleid aus schwarzem Atlas und mit violettem Futter, wenn ich das trage, sehe ich aus wie eine Witwe aus Sestafoni, mit einem Letschaki auf dem Kopf. Oder wie Isabel Rawsthorne, auf der Straße in Soho stehend, von Bacon. 198 × 147. Öl, Leinwand. 1967. Prinzipiell bin ich verrückt nach allem von Bacon – von Affe bis Affe.

Als Marika mich das erste Mal so herausgeputzt sah, mit Lippenstift und Eyeliner, sagte sie: Einigen wir uns darauf, dass du mich, wenn du fertig bist, über die Nuancen aufklärst, okay? Okay, erwiderte ich. In der U-Bahn und im Bus bekomme ich zuweilen einen Sitzplatz angeboten, wie eine Schwangere. Unwichtig, aber angenehm. So viel dazu.

Auf dem Mehringdamm sieht man schon von Weitem Mustafas Kebab. Die Bude hat geschlossen, obendrauf blinkt aber trotzdem eine farbige Laufreklame, man kann von allen Seiten lesen:

> Tu was für dein Karma
> Iss unser Schawarma

Es gibt Fialta mit seinem wolkigen und öden Frühling, Balbec mit seinem hässlichen Strand, da ist Glupow, dessen Geschichte die Ratten gefressen haben oder die im Feuer verbrannt ist, Kaisersaschern, in dessen Museum Folterwerkzeuge ausgestellt sind, Feinstadt, sogar Pndapetzim, in dem ein Dichter eine Armee anführt, aber nie ein Gedicht geschrieben hat, Tschewengur, das einen an das verlockende Grollen eines fremden Landes erinnert, und Combray, das aussieht wie eine Kleinstadt auf einem primitiven Gemälde, und es gibt Berlin, die Dürüm-Stadt, mit brutzelndem Fleisch an jeder Ecke. Unterirdisch begegnen einem unzählige Bahnhöfe, die feine Namen tragen: (U5) Samariterstraße oder (U3) Onkel Toms Hütte oder Unknown Pleasures (U8½). Oberirdisch, vom Mexikoplatz zur Kamerunstraße oder vom Café Tropicana zum Restaurant Shanghai, brutzelt an jeder Ecke Schawarma, jeder Millimeter Straße ist übersät mit Fettflecken vom gebratenem Fleisch. Es ist ein bisschen schade, dass die Reklame jetzt auf der Bude verschwendet ist. Ehrlich gesagt ist es auch mehr als nur Reklame. Ich denke, genau das sollte auf dem Berliner Wappen prangen: ein Dürüm mit der Aufschrift »Tu was für dein Karma, iss unser Schawarma«. Und wenn die Stadt partout ihr Symbol nicht aufgeben will, den Bären mit erhobenen Tatzen, dem man fast auf Schritt und Tritt begegnet, als solle man sich ihm ergeben, dann könnte man ihm doch wenigstens ein Schawarma in die Tatzen drücken. Vielleicht wäre das logischer gewesen als ein fleischgefülltes georgisches Fladenbrot, aus dem heißes Fett tropft.

Vielleicht fliegen im Himmel über Berlin keine Engel herum, dafür gibt es aber Spinnen in Massen. Man muss aufpassen, sich nicht in ihren Netzen zu verheddern, sonst schnüren sie einen zusammen wie eine Fliege oder einen Schmetterling. Vielleicht zieht es einen deshalb hier immer unter die Erde. Wenn der Himmel, von den Spinnen mal abgesehen, leer ist und die Erdoberfläche mit Fettflecken vom gebratenen Fleisch bedeckt, ist es verständlich, dass es einem unter der Erde am friedlichsten vorkommt.

Was will der Bus Nr. 6 auf dem Mehringdamm? Oder existiert gar keine Linie mit dieser Nummer? Die Stadt ist wegen der Bauarbeiten dermaßen zerbuddelt, dass der ganze Verkehr ständig Umwege fährt. Man muss immer irgendwo umsteigen, vom Zug in den Bus, vom Bus in die Straßenbahn, von der Straßenbahn aufs Fahrrad, am Ende muss man sogar vom Fahrrad absteigen und den Weg zu Fuß fortsetzen. Wie im Märchen, wo man sieben Berge und sieben Meere überqueren muss, um ans Ziel zu gelangen. Es gibt Orte, da fährt keinerlei Verkehrsmittel hin. Da muss man hier entlanggehen, dort hinüberspringen, manches durchschwimmen, manches überfliegen. Manchmal hängt der Himmel so tief, dass man kriechen muss wie ein Soldat, mit einem Lied im Herzen. Wer weiß, dass eine niedrige Decke und ein winziges Zimmer Seele und Bewusstsein einengen? Und was lässt einen singen? Ein tiefhängender Himmel, betonfarben. Wenn einen das frohlocken lässt, singt man, wenn es einen bedrückt, singt man trotzdem. Das ist ein blinder Instinkt, das nahende Jüngste

Gericht lässt einen singen. Man weiß, dass einen dieser Himmel eines Tages vollständig zerquetschen wird, wie die Presse ein altes Auto. Und das Letzte, was man sehen wird, sind die Spinnen, die in ihren über diesen Himmel gespannten Netzen hocken.

Was die Baustellen betrifft, ist der Asphalt an einer Stelle wie Haut abgeschält, an einer zweiten schrumpelig wie die Finger nach dem Vollbad, an einer dritten in der Mitte aufgerissen wie das Knie eines gestürzten Kindes. Mancherorts sind rot-weiße Absperrbänder gespannt, an anderen Stellen ganze Straßenabschnitte mit Plane bedeckt, auf die ein Bild des Abschnitts gemalt ist, den sie bedeckt. Das ist ungefähr so, wie wenn im Winter im Hotelfoyer auf dem Bildschirm eine Flamme flackert, eine Liveübertragung vom Kamin. Ein Feuer, das nicht wärmt. Das fällt schon in die Kategorie René Magritte, eine Pfeife, unter der steht: *Das ist keine Pfeife*. Ist es auch nicht, sondern ein Gemälde.

Auf den vom Bus aus einsehbaren Straßen herrscht Leere, als habe irgendeine Macht die Stadt plötzlich komplett ausgelöscht und alle, Groß und Klein, schwömmem jetzt in ihrem eigenen Schleim. Wie war das doch gleich – nur die Verliebten werden überleben? So ein Quatsch. Niemand wird überleben.

DIE WÖRTERAUSSTELLUNG

XXVI

(Auszug aus Djuna Djiboutis Tagebuch)

Bei uns ist jeder auf seine Art einzigartig. Ich persönlich beneide insgeheim alle und liebe insgeheim alle. Ebenso meinen Mann, Milo Podeswa, den man unter dem Namen Raschden Lemondschawa kennt, manchmal auch Paco, und der seit vielen Jahren Geld scheißt. Genauer gesagt, Münzen, und zwar sehr kleine. Doch das ist nicht die Hauptsache. Er scheißt die Münzen so laut in den Nachttopf, dass man denkt, ein Einarmiger Bandit schütte den Jackpot aus. Selbst wenn ich in der Küche bin, bekomme ich durch die Wand den ganzen Prozess mit; ich kann mit minimaler Fehlerquote sagen, wie viele Einheiten er auf einmal prägt. Aus Nahrung aller Art macht sein Magen komischerweise vor langer Zeit aus dem Umlauf genommene italienische Lira, die von 1922 bis 1975.

Was haben wir nach diesen Münzen gestochert. Darüber habe ich sogar ein Gedicht geschrieben: »Experimente an Exkrementen«. Wir rannten zu Numismatikern, unter all den Schrott könnte sich ja ein Sammlerstück gemischt haben. Wir können nichts dafür. Wir sind keine Dostojewskis, wir haben nur die Geldscheißerei ... Wir fühlen mit den Reichen. Wer hat gesagt, geistige Trägheit sei eine unabdingbare Eigenschaft aller seriösen Geldraffer? Doch es ist alles beim Alten geblieben.

Die Wohnungshypothek hat uns einen Strich durch die Rechnung gemacht. Selbst wenn die Münzen noch im Umlauf gewesen wären, wären wir damals nicht reich geworden. Es ist schwer, mit Kleingeld reich zu werden, erst recht, wenn das Kleingeld winzig ist, außerdem besteht die Tagesnorm ja nur aus zwei Handvoll.

Wir haben versucht, es als Altmetall zu verkaufen, aber das war genauso zwecklos. Die Alumünzen mit den Werten 1, 2, 5 und 10 Lira hatten einen so niedrigen Materialwert, genauer gesagt keinerlei Wert, dass wir die Quälerei mit den Exkrementen sein gelassen haben. Außerdem schlussfolgerten wir, um nicht gänzlich ohne Ergebnis dazustehen:

a) Geld stinkt nicht, wenn du welches hast.

b) Wenn du kein Geld hast, stinkt es gewaltig.

c) Wenn du diese Art von Geld hast, ist es egal, wie viel du davon hast, dann stinkst du selbst.

Und wenn du Geld scheißt und mit diesem Geld nicht mal Klopapier kaufen kannst, dann hat das schon etwas Poetisches.

Muss ich erwähnen, dass Milo einen Nachttopf benutzt, damit das Klo nicht kaputtgeht? Oder dass mein Mann außer Paco noch zwei weitere Spitznamen hat? König Lira und Falschgeldscheißer. Ich verstehe Milo Podeswa. Entschuldigung, Paco Lemondschawa.

Paco schreibt genauso gut Gedichte, wie er Hunde trimmt. Mich eingeschlossen. Ich weiß nicht, ob er deren Fell inbrünstiger bürstet, als er mein Haar in Form bringt. Zwar benutzt er für beides ein und dasselbe Arbeitsmittel, aber das muss nichts heißen. Ich muss nur immer duschen, gleich nachdem er fertig ist, sonst jucken mir den ganzen Tag Hals und Rücken, weil die Hundehaare pieken und an meiner Haut kleben.

Ein Gestank wie der unsere quält nicht nur die Seele, er zerstört alles Gute. Ein Mix aus dem Geruch von faulen Eiern, Katzenpisse, verdorbenem Fisch, Metallindustrie, Leiche und Ammoniak kommt einem im Vergleich dazu wie ein exotischer Duft vor. Bei uns kann man einfach kein Shakespeare werden. Wenn man einer wäre, würde einen niemand wertschätzen, das vom hiesigen Müll ausdünstende Gas macht stumpf-sinnig. Auch Pacos Talent, in so einer Extremsituation Gedichte zu schrei-ben, betrachte ich persönlich als übernatürliches Phänomen. Solange ich mich selbst nicht genötigt fühle, welche zu schreiben. Sei es auch eines von jemand anderem. Ein eigenes schreibe ich nie, sondern schreibe die von anderen ab. Ich habe schließlich meinen Ehrenkodex.

Meine erste Regel: Schreib niemals eigene Poesie.

Meine zweite Regel: Schreib unter keinen Umständen eigene Poesie.

Meine dritte Regel: Lieber gut abschreiben als schlecht selbst schrei-ben.

Meine vierte Regel: Schreib wenig ab und das kunstvoll.

Meine fünfte Regel: Schreib ab, ohne zu korrigieren.

Meine sechste Regel: Lebe nicht fürs Abschreiben, schreib ab fürs Leben.

Meine siebte und letzte Regel: Schreib stets so ab, als wäre es deine letzte Abschrift.

Meine Bonus-Regel: Schreib so ab, dass deine linke Hand nicht weiß, was die rechte tut und umgekehrt.

Was habe ich nicht alles versucht, um etwas Eigenes zu schreiben! Doch eines Tages erkannte ich mit meiner gesamten Existenz, dass ich niemals ein Gedicht schreiben werde, das man gegen das Fenster werfen und damit das Glas zerbrechen kann. Wer wüsste besser als ich, dass ich nicht genügend Chaos in mir trage, um einen tanzenden Stern zu gebären.

Kunst kann auch das Verbergen von Kunst sein, aber ich schreibe wirklich nicht deshalb ab, weil ich mein Talent verbergen möchte, ich be-komme einfach nicht viel hin. Es ist ja nicht so, dass ich es nicht versucht hätte. Einmal und noch einmal und noch-noch-noch viele Male.

Irgendwann habe ich versucht, meine eigene Stimme in der Poesie zu finden, Eigenes zu schreiben und nicht von anderen zu klauen, um es mir danach als Zitate anzuheften oder in meinen Gedichten als mein Eigentum auszugeben. Aber auf nichtdiebische Art habe ich es nicht hinbekommen. Ich, Mila Podeswa alias Djuna Djibouti, bin Kleptomanin, Literaturkleptomanin, und ich kann kein Gedicht lesen, ohne dabei etwas herauszuklauen, denn Gelegenheit macht Diebe. Ich bin zum Abschreiben übergegangen. Es gibt so viele Gedichte auf der Welt. Was beweise ich, wenn ich noch eines schreibe? Im Prinzip ist zwischen Schreiben und Abschreiben gefühlsmäßig gar kein Unterschied. In beiden Fällen gibt es Momente, in denen man die Präsenz ewiger Harmonie verspürt.

Das passiert selten, aber es reicht, dass die tiefsten Gefäße des Herzens diesen Zustand wenigstens einmal erleben, die Gefäße, in denen die allererste Freude geboren wird, und schon wollen sie diese immer und immer wieder erleben. Dabei verändert sich der Bewusstseinszustand dermaßen, dass es einer religiös-mystischen Erfahrung gleichkommt. Wie ein Soldat im Krieg das Zeitgefühl verliert, so verliert man es beim Abschreiben. Nichts ist vergleichbar mit der Erfahrung, die man beim Abschreiben hat.

Das Abschreiben ist voller unmittelbarer Eindrücke, man kriecht auf dem Bauch, verliert Stolz und Würde, Ehre, Glaubwürdigkeit, die man hatte oder auch nicht, nur um das noch einmal zu erleben. Und sei es nur für eine Sekunde. Oft ist der Abschreibeprozess mühsam, die Zeit zieht sich vor Eintönigkeit zusammen. Wie einem Gefangenen kommt es dem Abschreibenden stets so vor, als würde eine Sekunde ewig dauern oder die Ewigkeit sich zusammenziehen zu einer Sekunde. Solche Zeitdeformationen machen jedoch abhängig. Das ist, wie wenn das weiße Kaninchen auf Alices Frage, wie lange für immer sei, antwortet, manchmal dauere es nur eine Sekunde. In dieselbe Kategorie fällt auch die Frage des sterbenden Dichters, wie lange Morgen dauere. Natürlich die Ewigkeit und ein Tag. Da würde einem zu guter Letzt ein Lied einfallen, »How soon is now?«, wobei das Ende auf Hoffnungslosigkeit hinausläuft. Abschreiben hat etwas von einem Spiel oder einer Jagd. Probieren Sie es aus:

There was a child went forth every day,
And the first object he look'd upon and
received with wonder or pity or love or
dread, that object he became,
And that object became part of him for the day
or a certain part of the day
… or for so many
years or stretching cycles of years.

Es folgt eine sinnlose Aufzählung dessen, worin sich das Kind verwandelt – in ein junges Veilchen, in das Lied eines Vogels, in ein Kuheuter, in Mutter und Vater, ins Ende des Horizonts, in Schatten, in einen Heiligenschein, in Nebel, also in alles, was es sieht. Was damit endet, dass sich der aufmerksame Leser ebenfalls in all das verwandelt. Wenn das beim Lesen passiert, was wird dann erst beim Abschreiben passieren! Wobei jeder bei etwas anderem erschauert, und was wahr ist, ist wahr.

Nach Walt Whitman möchte ich noch Moondog erwähnen, jenen Künstler, der am helllichten Tag mitten in Manhattan den Mond anheulte: *I'm young, I'm old, I'm right, I'm wrong, I'm blessed, I'm cursed, I'm false, I'm true,* und so weiter und so fort, bevor er noch rief: *I'm I, I'm you.* Er trug einen Wikingerhelm, daher wurde er auch Wikinger von der 6th Avenue genannt, und heulte: Schluss mit Menschenrechten, was ist mit Hunderechten, was ist mit Mäuserechten, Schweinerechten, Floh-, Frosch-, Embryonen-, Pflanzenrechten?

Zum Abschreiben gehört ein gewisses Talent, auch das ist ein Arbeitsprozess. Auch dafür gibt es eigene Musen, Inspirationen, Schwärmereien. Gerade beim Abschreiben wird einem klar: Es gibt Gedichte, die man niemals abschreiben wird, und andere, die wohl nur dafür geschrieben wurden, um von jemandem abgeschrieben zu werden. Möglicherweise ist das Abschreiben ein schwierigerer Prozess als das Schreiben, weil man es mit einem schon existierenden, fertigen Produkt zu tun hat.

Es ist ja gar nicht so leicht, ein Gedicht zu finden, bei dem man sich nicht schämt, es abzuschreiben.

Manche Leute denken, im Abschreiben liege irgendwie ein demokratischer Anfang, in dem Sinne, dass vor dem schon existenten, geschriebenen, fertigen Gedicht alle gleich sind und jeder es abschreiben kann. Was ein großer Irrtum ist. Wenn man etwas Einfaches diktiert, ruhig und deutlich, wie man es bei einem Kind tun würde (Gott hat einer Krähe irgendwo ein Stück Käse geschickt ...), merkt man, dass man vieles nicht fehlerfrei abschreiben kann, schon gar nicht mit Liebe zur Sache und Herzblut. Noch schlimmer ist nur, wenn es einen beim Abschreiben ungemein reizt, am Original etwas zu ändern, zu berichtigen, hier zu kürzen, dort zu ergänzen, an einer Stelle den Sinn zu verändern, an einer anderen ein Wort zu frisieren. Viele Leute beherrschen ja schon das elementare Lesen nicht. Es herrscht die Meinung, jeder könne ein Buch lesen. So einfach, aufschlagen und lesen! Das ist wie ins Wasser zu springen und nicht schwimmen zu können. Lesen muss man lernen und lange üben.

Wenn ich mich in den Abschreibeprozess vertiefe, verwandle ich mich in Shakespeare, Rimbaud, Poe, Limpopo... In solchen Momenten merke ich, dass etwas in mir nicht vollends abgestorben ist. Ich meine nicht den dichterischen Nerv, sondern den dichterischen Muskel, den mein Gehirn von Zeit zu Zeit automatisch trainiert, damit er nicht total verkümmert.

Wichtig ist Zurückhaltung, damit man nicht zum Graphomanen wird. Man darf nicht wahllos alles abschreiben, man muss sich beschränken. So wenig schreiben, dass es auf eine Hand passt. Man muss so abschreiben, dass es den Himmel durchdringt, dass Steine zu sprechen anfangen. Und seien es Nierensteine.

• • •

Selbst mein Mann schreibt nichts Eigenes. Wir sind Kopisten, Xerox-Kopierer. Es kommt nur darauf an, was man abschreibt. Ich mag die kurze

Form, Mondo, Rondeau, Rondell. Paco hat dagegen eher einen kontrastierenden Geschmack. Genauer gesagt, einen völlig kontrastfreien. Ob Haiku oder Epos, ist ihm egal. Ich habe keine Ahnung, wie er bei dem Gestank so viel schafft, wo er die Energie hernimmt. Außerdem steht er ständig unter Strom, irgendetwas schreibt er immer ab. Soweit ich weiß, schreibt er heimlich auch etwas Eigenes, aber er hat mir bis jetzt nicht verraten, was.

Was das Abschreiben betrifft, springt er pausenlos von einem Text zum nächsten. Milo ist ein ziemlich produktiver Kopist. Vor Kurzem hatte er das 4-beinige m^9 noch nicht mal fertig und fing derweil das Mahabharata an, am nächsten Tag konnte er sich schon nicht mehr erinnern, welchen Shloka er als Letztes abgeschrieben hatte.

Wobei er keine dieser Sprachen beherrscht, sondern nur die Form der Buchstaben nachahmt – und das mit enormer Gewissenhaftigkeit. Deshalb sind sie gewissermaßen nicht abgeschrieben, sondern abgemalt. Jede Sprache ist ja ein Alphabet aus Symbolen. Für ihn besteht kein großer Unterschied zwischen Buchstaben einer Fremdsprache und Zeichnungen. Genauso enthusiastisch widmet er sich der Chiffrierung, den Satzzeichen, Doppelpunkten, Personalzeichen und Wasserzeichen sowie den Wörtern selbst. Früher schlief er beim Arbeiten am Tisch dermaßen fest ein, dass ich dachte, er sei tot.

Die Hauptsache am Abschreiben ist die Vielfalt.

So wie in diesem schlechten Film über Doppelgänger. Wessen Kopie darin nicht alles vorkommt: von Abraham Lincoln bis Marilyn Monroe. Aus irgendeinem Grund beschließt Elvis' Doppelgänger, kein Doppelgänger mehr sein zu wollen und den King in einem Altenheim für Senile zu spielen. Der Produzent versucht, ihn umzustimmen. Er sagt: Du bist Elvis. Der Doppelgänger erwidert: Nein, bin ich nicht. Doch, bist du, ver-

....
9 Bekanntes, aus einem Buchstaben bestehendes Gedicht von Aram
   Saroyan.

sucht der Produzent ihn zu überzeugen. Er stellt ihm eine entlarvende Frage: Warum willst du allen ähneln? Beim Gedichteabschreiben ist es genauso. Man muss sich oft fragen, warum man allen ähneln will. Da ist etwas Gewöhnliches in der Originalität. Besonders heute, wo alle besessen sind von ihrer eigenen mikroskopischen Einzigartigkeit.

Manchmal schläft Milo beim Abschreiben. Im Prinzip kann er auch arbeiten, wenn er nur halb wach ist. Mehr noch, er kann beim Abschreiben sogar träumen. Einmal bestand er nach dem Aufwachen aus einem Traum darauf, selbst etwas zu verfassen, eine Mischung aus Sigille und Bliss-Symbol, und irgendein uraltes Epos zu übersetzen, Gilgamesch oder so. Wozu soll das gut sein? Warum will er etwas in eine Sprache übersetzen, die keiner versteht? Er ist auch besessen davon, die Hymn to Merde aus dem Mergodonischen zu übersetzen – einer Sprache, die insgesamt nur zwei Leute auf der Welt sprechen, von denen einer ein Angeber, der andere Scheiße ist.

Hymn to Merde
(Karaokeversion)

Ohivi! Ohivi! Leïpopo Stonnett!
Ohivi! Ohivi! Onnkram Zamli
Ohivi! Ohivi! Leïpopo Stonnett!
Ohivi! Ohivi! Hon-n-n rühtra-vi!

Onnkram n-n-n zamli
Sliff kondjo saïvadj hon-n-n klülü
Hon-n-n tebrouk : zedom übyed
Zivar-iv zedom poukob
Urvouat nihni tsüet xeuhi-vi hon-n-n
Mok ilkeüm tomfan ilkeüm ikilk ouaje hon-n-n

Ohivi! Ohivi! Leïpopo Stonnett!
Ohivi! Ohivi! Onnkram Zamli
Ohivi! Ohivi! Leïpopo Stonnett!
Ohivi! Ohivi! Hon-n-n rühtra-vi!

Zem elbaïd zleüf hon-n-n kinf hüdemp
Ilk tükünatateuk klat tükünatateuk
Tukunatateuk zred
Zokli zivar vo-o
poukob eük iiv

Ohivi! Ohivi! Leïpopo Stonnett!
Ohivi! Ohivi! Onnkram Zamli
Ohivi! Ohivi! Leïpopo Stonnett!
Ohivi! Ohivi! Hon-n-n rühtra-vi!

Yemok zedom kondjo
Yefdol hon-n-n Stonnett
Amtaïf eük ürhvouat h-h-h
Hon-n-n rühtra zoüt zedom-vi kuüp
Ilk mahim-vi ilk mahim-vi kuüp essroup
Ilk mahimvi Onnkram Zamli

Ohivi! Ohivi! Leïpopo Stonnett!
Leïpopo Stonnett! Leïpopo Stonnett!
Ohivi! Ohivi! Hon-n-n rühtra-vi!

Oft ist Paco so in den Abschreibeprozess vertieft, dass er weder mich noch Nuscha wahrnimmt. Ich glaube, er begreift nicht mal, was es heißt, im Norma ein Kind großzuziehen.

Große Schriftsteller schreiben ihre eigenen Romane um, und Maler ändern ihre Gemälde so lange, bis sie sie jemandem zeigen oder auf eine Ausstellung bringen, und Milo kehrt immer wieder zum Abgeschriebenen zurück. Ich glaube, er kann selbst nicht sagen, wie oft er dieses oder jenes Gedicht schon abgeschrieben hat. Manchmal arbeitet er an zwei, drei oder mehr Sachen gleichzeitig: Er schreibt ein Poem und eine Villanella ab, eine Ode und einen Limerick, eine Ballade und einen Vierzeiler. Genre und Stil existieren nicht, für ihn ist alles eins. Wie auch die literarische Form und das Versmaß selbst.

Wir verstehen nicht jede Sprache, in der wir abschreiben. Das Abschreiben selbst verursacht einfach eine ungewöhnliche Euphorie. Selten hat etwas eine stärkere Bandbreite psychosomatischer Empfindungen ausgelöst. Das Abschreiben macht abhängig wie eine starke Droge. Es erfüllt einen mit solcher Energie, dass man, wenn man schon nicht den ganzen Wohnblock erleuchtet wie ein kleines Wasserkraftwerk, dann zumindest strahlt, als würde man sich eine Glühlampe in den Mund stecken.

• • •

Manchmal verstehe ich mein Kind besser als meinen Mann, obwohl ich weiß, dass mein Mann kindischer ist als mein Kind. Ich verstehe zum Beispiel nicht, warum er bei allem in seinem Leben den Namen ändert, wo er doch von Gedichten jedes Satzzeichen unverändert abschreibt. Bei mir reicht es, dass ich mich erkälte und meine Nase verstopft ist, und schon nennt er mich Sinaida Grippius. Einmal bezeichnete er mich auch als Olga Bergholz. Was habe ich denn mit dieser Belagerungsdichterin gemein oder das Norma mit dem eingekesselten Leningrad?

Es ist natürlich schwierig, bei so viel Verwirrung am Ende nicht selbst zur Fiktion zu werden. Schwierig, aber nicht unmöglich. Auch im Ausgedachten kann man etwas von sich bewahren, etwas Persönliches. Marina Mniszech, zum Beispiel, die hat es vorgemacht. Die Frau, die nicht nur den ersten falschen Dimitri, diesen Hochstapler, sondern auch noch den zweiten falschen Dimitri als ihren Ehemann anerkannte. Ich frage mich, wie man inmitten all der Lügen nicht auch selbst zur Lüge wird. Wie soll man nicht irre werden, wenn man den ersten Irren mit der Axt zerhackt, dem zweiten Irren aber die Füße küsst?

Ich persönlich halte Abschreiben für schwerer als Selbstschreiben. Abschreiben hat nichts Moralisches oder Unmoralisches. Angst vor Moral ist das erste Anzeichen von Schwäche. Keine Angst vor Moral das zweite. Am besten sitzt man zwischen den Stühlen. Damit meine ich nicht, dass der moralische Kompass keinen Zeiger haben sollte, sondern dass sich der Zeiger so schnell um seine eigene Achse drehen sollte, dass der Kompass ein bisschen von der Hand abhebt wie ein kleiner Helikopter.

Dazu fällt mir eine Geschichte ein. Paco, der nachts nicht geschlafen hatte, schrieb einmal falsch ab: Spurlos rennt, fliegt meine Tinte vor mir weg, zurück kommt krächzend die verhexte schwarze Moral. Es ist offensichtlich, dass es ein bedeutsamer Fehler war. Tinte ist seine Aura, Flügel, Motor, alles, was ihn am Laufen hält, beflügelt, doch die Moral ist jener Anker, der versucht, ihn, den Dichter, die Freiheit an Ort und Stelle festzuhalten. In einem echten Dichter muss so viel Moral vorhanden sein wie Gewissen in einem Tier. Ein echter Dichter ist wie ein Tier frei von Moral oder, wenn man das so sagen kann, bis zur Moral.

Früher war Geld aus wertvollem Metall. Heutige Währungen, Fiatgeld, macht nichts wertvoll außer der Markt. Ihr Wert wird durch die ökonomische Bedeutung des Staates und dessen Autorität garantiert. In Wirklichkeit ist es eine Idee, eine Abmachung. Mit Gedichten ist es dasselbe, einzig die Autorität ihrer Autoren macht sie wertvoll. Ein Gedicht ist genauso eine Idee und Abmachung. Es wäre interessant zu wissen, wer die Fähigkeit ablehnen würde, Geld zu kopieren. Wenn man Dollar, Euro, Pfund Sterling oder von mir aus auch mongolische Tugrik fälschen könnte, die in nichts vom Original zu unterscheiden sind, würde man das tun, oder nicht? Man würde sich nicht das Hirn zermartern, in welchem Maße so ein Tun moralisch ist. Und wenn das gefälschte Geld dem echten in nichts nachsteht, dann ist es bei einem Gedicht doch erst recht egal. Worin steht ein kopiertes Poem einem selbstgeschriebenen nach, wenn es keinen Unterschied zwischen beiden gibt?

Es gibt Leute, denen ist ein kleines Gedicht mehr wert als ein raschelnder Geldschein. Ich bin so jemand, mir bedeutet ein Gedicht mehr als Geld. Deswegen kopiere ich das eine und fälsche nicht das andere. Ich kann zwar auch fälschen, schließlich habe ich einen Abschluss an der Kunstakademie gemacht. Vielleicht ist es komplett naiv, aber ich glaube trotzdem fest daran, dass eines Tages ein Gedicht selbst den Tod und seine Frau zum Weinen bringt, und nicht nur diese ehrenwerte Familie, auch Charon auf seiner Barke und Zerberus mit allen drei Köpfen werden schluchzen, wenn die Gruften der großen Könige ausgelöscht sind; kein Marmor und kein gold'nes Geldbeutelmal wird diese mächt'ge Dichtung überstehen.

Wenn ich ehrlich bin, gehen mir vor allem die Namen auf den Geist. Raschden ist eine Katastrophe. Und Nuscho soll wohl ein Frauenname sein, die Koseform von Nuschia, etwa wie bei Nuscha und Nuschiko. Milo meinte, eine Figur eines zu Unrecht vergessenen Schriftstellers hieße so. Als ob das eine Erklärung wäre. Was will er mit Raschden sagen? Dass es hässliche Namen gibt? Und was ist gegen Milo Podeswa einzuwenden? Klanglich ist es vielleicht keine Wohltat, aber immer noch besser als Raschden Lemonsawa, was sich anhört wie das Echo einer ausgedrückten Zitrone. Ich frage mich, was sich hinter diesen zungenbrecherischen Wörtern verbirgt. Ihn frage ich aber nicht. Ich denke, diese sinnlose Sturheit wird von selbst vorbeigehen. Falls es Sturheit ist und nicht etwas anderes.

Überhaupt, wer versteht schon Dichter. Sie greifen Wörter wie Schmetterlinge aus der Luft. Wortneuschöpfungen sind ja ein vollkommen eigenes Genre. Um ein Beispiel zu nennen: Einst lungerten in der Wohnung der Mandelstams auf einer Matratze, auch »bessarabisches Lineal« genannt, Ossip Mandelstam, Anna Achmatowa und Nikolai Chardschijew herum. Da brachte Nadeschda Mandelstam Spiegeleier ins Zimmer. Alle drei zeigten auf sie und riefen: Das ist unsere Mutter!, auf Russisch Ona nascha mama!, und Ossip veränderte es in Ona mama nas! Nadeschda mochte dieses »Mamanas« ganz und gar nicht, und doch wählte sie es als Spitznamen. Solche Beispiele gibt es viele. Es kann aber auch sein, dass die Geschichte gar nicht so passiert ist, sondern Milo sie sich ausgedacht hat, um mich zu beruhigen.

Dabei rege ich mich gar nicht so sehr auf. Ich finde einfach nur, dass ich als diejenige, die als Liebesbeweis nicht nur den Nachnamen des Ehemannes, sondern auch noch seinen Vornamen (in weiblicher Form) angenommen hat, einfach ein wenig mehr Respekt seinerseits verdient habe. Denn ich bin weder als Mila noch als Podeswa geboren, sondern als Djibouti. Den hielt ich erst für einen afrikanischen Nachnamen, bis ich nachgeforscht habe. Er stellte sich als georgisch heraus. Als ich das Milo sagte, erwiderte er lachend, wo denn schon ein Unterschied zwischen Afrikanisch und Georgisch liege.

Paco geht alles mit derselben Leidenschaft an – vom Gedicht bis zu den Hunden. Den auf den Tisch drapierten Bichon Frisés oder Zwergpudeln richtet er mit solcher Liebe, Lust und Laune den Schopf oder arbeitet mit der Schere den Pompon am Schwanz heraus, als sänge er Zoe ein Schlaflied vor. Außerdem glitzert er dabei, dass man denken könnte, statt Blut fließe Goldsaft durch seine Adern. Einmal hat er sich beim Trimmen des Pudels der Nachbarin aus Versehen in den Finger geschnitten; bevor er den blutenden Schnitt bemerkt und verbunden hatte, glitzerte das Tier schon wie das Goldene Vlies. Sein Blut ist anders, ein ganz besonderer Saft.

Überhaupt leuchten wir manchmal wie Tiefseewesen – wie Quallen, Muränen, Vampirtintenfische, Seegurken und Strandlilien. Irgendwie kommen wir im tiefen Wasser zur Besinnung. Generell kommen wir ja aus dem Wasser. Und haben es irgendwie bis hierher geschafft.

*Ich wiederhole noch mal, dass Milo etwas Eigenes schreibt. Er weiß
bloß nicht, dass ich es weiß. Oder er hat es so eingefädelt, dass ich es
herausfinden musste.* Einmal kochte er in der Küche Kaffee und ich habe
zufällig (im Nachhinein frage ich mich natürlich, ob er vergessen hatte,
ihn zuzuklappen, oder ob ich es lesen sollte) auf seinen Bildschirm geschaut, und da stand:

Ich kenne einige goldige Menschen persönlich.

Jedenfalls sagt man mir nach, ich hätte ein Herz aus Gold. Nadia hat
das gesagt, eine Frau, die meine Freundin ist. Nadia B. war wirklich
eine Freundin und wirklich eine Frau. Glaube ich. Doch warum sage
ich »war«, sie ist eine. Bei extremer Aufregung, vor der Aufnahme des
darüber kulminierenden Akkordes, richtete sie plötzlich ihren starren
Blick auf mich und verkündete erstaunt, als habe sie eine unerwartete
Erkenntnis gewonnen: »Du hast ein Herz aus Gold!«
Ein bisschen wunderte ich mich schon, was das mit dem Herz in diesem Moment sollte.
Sie machte dabei ein dermaßen verwirrtes Gesicht, dass ich darauf gefasst war, sie werde aus dem Bett springen und wie Archimedes aus
dem Bad in Ekstase nackt auf die Straße rennen, um den Leuten ihre
große Entdeckung zu verkünden. Doch ihre Worte klangen im Laufe
der Zeit immer intimer.
Wir sind, zugegeben, nicht oft zusammen in den Müllgasen spazieren
gegangen und haben auch nach dem toxischen Regen keine Giftpilze
gesammelt, aber ihr Verschwinden brach mir das Herz.
Einige Male hatte ich ein Gespräch begonnen, und sie wiederholte
immer ein und dasselbe: Du bist so süß, süß bist du. Vielleicht habe
ich den Bogen ein bisschen überspannt, als ich erwiderte: Nicht dass
du morgens im Bett und im Briefkasten Igel und Schildkröten findest, und ich holte eine warme Babyschildkröte aus der Tasche. Nadias
Reaktion fiel unerwartet aus: Sie sprang auf, rief, das sei zu viel, und
stürzte hinaus. Ich verstand nicht, was zu viel war – die Babyschildkröte?
Der Jahresanfang ist schwer im Norma. Zu dieser Zeit ist der Müll-
schacht oft verstopft, der aus der Schleuse quellende Unrat reißt viele

Leute mit. Man muss gut aufpassen, nicht von einer Welle aus Müll erfasst, umgerissen und weggetragen zu werden. In meinem Herzen fühle ich, dass Nadia wieder auftauchen wird. Sie ist keine gewöhnliche Frau, so eine wird nicht vom Müll davongetragen. In meinem Herzen fühle ich, dass Nadia noch ein Wörtchen in meinem Leben mitzureden hat. Ich sollte allerdings wissen, dass ein Herz, in dem endlose, zerbrochene Liebe oder auch Hass begraben sind, normalerweise immer irrt. In irgendeiner Form wird sie trotzdem wieder auftauchen, sie wird zumindest ihren Notizblock abholen, den sie bei mir liegen gelassen hat und in dem ein einziger Vers steht:

Ein kleines Männchen
    löschte eine Kerze mit einem Furz
        und hüpfte wie ein Häschen
            von Raum zu Raum

Was ist das denn? Ist das wirklich ein Gedicht von irgendeiner Nadia oder Podeswas Selbstporträt? Sieht sich Podeswa selbst so? Erinnert er sich an eine Geschichte aus der Studentenzeit? Die Zeit in Wohnheimen, durchgemachte Nächte und die Zeit, als es im Leben vieles gab: Schulden, Musik, Wein und Blumen? Was es auch sein mag, es fällt schwer, sich Milo wie ein Häschen hüpfend vorzustellen. Und überhaupt, wer ist diese Nadia B.? Zumindest fällt mir bei dem Vornamen und den Initialen jemand ein: Zoes Freundin Nadia Bogosian, fünf Jahre alt, und die vor fast einem halben Jahrhundert verstorbene Nadia Boulanger, deren abgenutzte CD zwischen anderen CDs bei uns im Regal liegt, und wir machen sie nie an. Generell hören wir schon lange keine Musik mehr. Hoffentlich setzt Podeswa keine voraus. Vorhin habe ich auf Boulangers CD geschaut. Sie ist in meinem Geburtsjahr gestorben.

• • •

Das ist unser Credo – manchmal!

Wir existieren aus Boshaftigkeit dem anderen gegenüber.

Wir haben zwar ein schwarzweißes Leben, dafür ist unser Müll bunt.

Wir werden wahrscheinlich in Umarmung sterben, wie ehrenwerte Eheleute, und vor dem Tod werden wir uns nicht in peinlichem Betrug trennen, vielleicht verströmen wir keinen menschlichen Geruch mehr, vielleicht ist der Gestank schon eingesickert, nicht nur durch unsere Haut und Lungen, sondern auch in den Gencode, vielleicht bleibt nicht mal Hass in uns zurück, zusammen mit Liebe, doch wir haben noch nicht das Gefühl für Würde verloren, oder wir haben sie verloren und merken es nicht; Hauptsache, wir wissen, dass ein Gedicht dann pummelig und rosig gerät, wenn man Schwermut im Herzen hat, Dunkelheit wird im Negativ hell und bunt, wie Musik, die, je schöner sie ist, desto mehr Hoffnungslosigkeit ausdrückt.

Wir erwarten nichts und sind auf alles gefasst.

Wir vertrauen Instruktionen mehr als der eigenen Intuition.

Wir haben kurze Betten, damit wir nachts nicht die Beine ausstrecken können.

Wir pinkeln ein, sind uns jedoch nicht einig, ob wir das tun, weil wir schon so alt sind oder noch so jung.

Wir kommen von der Brücke zurück.

Wir haben Sehnsucht nach der roten Sonne, dem Schwarzen Meer und weißen Segeln.

Wir würden uns Wünsche ausdenken, wenn wir Sternschnuppen sähen.

Wir schlafen mit offenen Augen ein und wachen mit geschlossenen Augen auf.

Wir würden für unser Vaterland kämpfen.

Unser Lebensweg ist ein Traum und das Blau des fernen Himmels.

Wir sagen wir, aber dieses Wir ist eine reine Mengenangabe, Plural, nicht verinnerlicht.

Wir lauschen aufmerksam dem Krächzen der Krähen, für uns ist das der Klang der Freiheit.

Wir glauben, dass warme Stellen auf der Straße auf unsere Fußabdrücke warten.

Wir sind ein bisschen früher oder später geboren (kommt darauf an, wie man es betrachtet), als wir sollten.

Unsere Jahre sind unser Kapital.

11.

Gesegnet sind die Armen im Geiste, denn ihnen gehört das Himmelreich. Was aber soll derjenige machen, der weder im Geiste arm ist, noch sich für das Himmelreich erwärmen kann? Ich möchte sowieso keinen Segen, ich tendiere eher zur Vollnarkose. Ich hätte auch nichts gegen eine Lobotomie. Gibt es etwas Schöneres als den vegetativen Zustand? Man ruht in sich wie eine Gurke, nichts bringt einen aus dem Gleichgewicht. Ein Hund bellt, die Karawane zieht vorüber, aber nichts davon beunruhigt einen.

Mich hingegen beunruhigt immer irgendetwas.

Auch mein iPhone beunruhigt mich.

Erinnerst du dich überhaupt daran, dass du ein Kind hast?

Von dir persönlich will ich gar nichts.

Wirklich.

Wer weiß, was man noch alles so schreibt. Vielleicht, dass ich eine bettlägerige Tochter habe mit einem Leben so friedlich wie ein Gemüsegarten, die durch eine Nasensonde ernährt und zur Vermeidung von Dekubitus mit Spezialcreme massiert wird. Oder sogar einen Sohn. Ein ehemaliges Wunderkind. Der im Alter von vier Jahren komplexe Differentialgleichungen löste, parallel dazu Platons *Symposion* im Original las und auf dem verstimmten Kindergartenklavier Etüden von Chopin zum Besten gab. Wofür er von den Erziehern Applaus, von den Gleichaltrigen Tritte erntete.

Heute verzichtet er keine Sekunde auf die Schweißerbrille, denn er ist zutiefst davon überzeugt, dass seine Augen Blitze aussenden und das Umfeld in Asche legen.

Das ist noch die harmlose Variante von dem, was ich mir so vorstelle.

Als ob es meinen Gedanken weiterführen würde, fühle ich das Handy in der Hosentasche vibrieren. Ich lese das Nachrichtenfragment auf dem erleuchteten Bildschirm. Wieder schreibt mir eine unbekannte Nummer: *Erinnerst du dich wenigstens, wie dein Kind heißt?* Immerhin das tue ich. Aber wer wer ist, daran erinnere ich mich nicht. Mir fällt jedoch ein, von wem die Nachrichten kommen. Überhaupt versuche ich immer, unbekannte Nummern gleich zurückzurufen, doch die Ansage verkündet mir mit steriler Stimme: Die gewählte Rufnummer ist nicht vergeben. Ich versuche noch mal einen Rückruf. Und noch mal.

Vor einigen Jahren gab es eine Frau in meinem Leben. Oder es gab mich in ihrem. In einem gemeinsamen gab es uns allerdings nie. Man wünschte, das Leben wäre eine Geschichte voller Frieden und Freundlichkeit, außerdem extrem bedeutsam, aber man weiß ja, wie es ist. Die Frau ähnelte Lisa Stansfield. Irgendwie. Bloß einer vergleichsweise ungepflegten und ungeschminkten Version, ohne den berühmten Schönheitsfleck oben auf der linken Wange. Doch sie selbst wollte das nicht hören und sagte, sie sehe aus wie Thom Yorke, nur ohne das berühmte hängende Augenlid. Aber das stimmte nicht. Ich nannte sie ihr zuliebe trotzdem Thom. Wir haben es auch mit Yorke probiert, was sich von allein zu Yorik auswuchs, aber das war schon zu viel. Normalerweise bin ich ziemlich gut bei Überschriften und Bezeichnungen, aber hier hatte ich Schwierigkeiten. Es gibt stromlinienförmige Menschen, an denen einfach kein Spitzname haften bleiben will.

Nenn mich Honda, schlug sie mir einmal von sich aus vor, halb im Scherz. Was?, fragte ich. Honda, sagte sie, oder auch Jane Honda. So etwas wäre mir nicht in den Sinn gekommen. Vielleicht hatte sie gar nichts gesagt und ich habe es mir nur eingebildet. Sie redete generell wenig.

Sie fuhr einen blauen Honda, dessen Haltbarkeit und Sparsamkeit sie begeisterten. Ein Civic der fünften Generation, Zweitürer, Schaltgetriebe. Das Auto war in irgendeinem Sinne die Fortsetzung von ihr, oder sie selbst war die Fortsetzung des Autos. Vielleicht hätte ich mich auch in dieses schöne Auto mit seiner aerodynamischen, futuristischen Karosserie verliebt, aber ich schaffte es nicht. Gut fuhr sie ja. Nicht nur für eine Frau, auch für einen Mann. Einhändig wirbelte sie das Lenkrad herum und parkte mühelos in eine Lücke ein, in die ich nicht mal ein Fahrrad hätte manövrieren können. Zu meiner Zeit, in einer fernen Kindheit, als ich ein echter Junge mit einem Fahrrad war. Ein draufgängerischer Radfahrer, der mit dem Tempo, fürs Tempo, im Tempo des Fahrrades lebte. Ich rauschte dahin und ließ die Klingel ertönen, so laut es ging: Klingeling!

Um ehrlich zu sein, war der Name Honda nichts Besonderes, und trotzdem blieb er. Wir benutzen ihn intern. Nach all den Thoms, Yorkes und Yoriks. Es spielt ja auch gar keine Rolle, wer wem ähnlich sieht oder wer wen wie nennt, wenn man mit Bomben beworfen wird. Hauptsache, man überlebt den Angriff irgendwie und schafft es rechtzeitig in den Schutzkeller.

Jedenfalls denke ich, die Nachrichten tragen die Handschrift von Honda. Sadisten und Masochisten ziehen sich irgendwie an, über Opfer-Täter-Beziehungen sind ganze Filme gedreht worden. Sklave und Tyrann sind im Prinzip zwei Seiten einer Medaille, wohingegen der Verschwender und der Sparsame niemals zusammenpassen; der Spendable und der Gierige halten es genauso wenig miteinander aus wie Optimist und Pessimist, und Steinsammler und Steinewerfer werden genauso wenig ein Paar wie Delfin und Meerjungfrau.

Es gibt keinen Grund, darauf stolz zu sein, dass ich Honda nach unserer Trennung alle Wege zu mir verschlossen habe. Auch die elektronischen und telefonischen. Ich kann das rational nicht erklären. Irrational genauso wenig. Es gibt Situationen, in denen man nicht weiß, warum man etwas tut. Man kann es auch lassen, aber man tut es, trotz allem. Ich werde das wahrscheinlich später mal sehr bereuen, und trotzdem gibt es Taten, die jede Strafe wert sind. Ach, wie werde ich mich für mein Benehmen schämen! Ich schäme mich jetzt schon. Nur für andere schäme ich mich ab und zu noch mehr. Bis es wehtut. Manchmal schäme ich mich so dermaßen, dass ich am liebsten aus der Haut fahren und flüchten würde, wohin, weiß ich nicht, ich würde ins Exil gehen oder, besser noch, vollkommen abtauchen, dorthin, wo niemand ist und wo, in erster Linie, ich selbst nicht sein werde.

Wenn ich könnte, würde ich Honda auch die Luft- und Landwege versperren, damit sie niemals zu mir kommt, damit ich für sie vollkommen verschwunden bin. Deswegen höre ich auch Radiohead nicht mehr. Ich war zwar bisher auch kein glühender Verehrer, aber jetzt ist diese Band für immer von der musikalischen Bühne meines Lebens abgetreten. Lisa Stansfield habe ich sowieso nie gehört.

Vielleicht war das völlig umsonst. Wer weiß, wie mein Leben verlaufen wäre, wenn ich damals Lisa Stansfield gehört hätte und nicht Erik Dolphy und Thelonious Monk.

Und trotzdem kommt Honda ab und zu an mich ran. Einmal hat sie mir sogar per gewöhnlicher Post einen ganzen Brief geschrieben: *Erinnerst du dich wenigstens, dass du ein Kind hast? Oder wie alt es jetzt schon ist? Von dir will ich überhaupt nichts. Das Kind braucht einen Vater, selbst wenn er nichts taugt.* Genau das ist es, dem ich absolut nicht zustimme. Besser als ein nichtsnutziger Vater ist es, überhaupt keinen Vater zu haben. Ich weiß, wovon ich spreche, ich bin das Kind meines Vaters.

Was den Brief angeht, klebte auf dem Umschlag eine ungewöhnliche Marke: die Sphinx mit der abgebrochenen Nase und der Aufschrift *Egypt Postage.* Ich weiß nicht, was sie mir damit sagen will. Dass ich ihr Rätsel aufgebe? Ein zoomorphes Wesen bin? Einen schlechten Riecher habe? Ein bisschen verwundert war ich schon über ihre Tiefgründigkeit. Noch mehr aber darüber, dass sie nicht nur Geld für Marke und Briefumschlag aufwendete, sondern auch noch Zeit und Energie. Und das ist jenes Minimum, was sie selbst bei dieser Aktion innerlich aufrechnen würde.

Ich bin im Leben bereits Sammlern begegnet, wenn auch Steinsammlern, Honda ist trotzdem ein Sonderfall. Es ging ihr nicht primär um den Aufwand, es ging um den Aufwand als Ereignis. Aufzuwenden, was aufwendbar ist. Wenn es einem so leid tut, dass man schon Angst bekommt. Angst davor, Zeit, Energie, Emotionen, Worte, Tränen und – das Wichtigste – Liebe aufzuwenden. Wie will man an Liebe sparen?

Es ist ein bisschen komisch, dass sie zwar selbst abgehauen ist und auch das Kind mitgenommen hat, mir aber ins Gewissen redet. Seit dem Tag ihrer Flucht redet sie mir ins Gewissen, indem sie den Namen und das Alter des mitgenommenen Kindes mit Penetranz und auf allen möglichen Wegen abfragt. Wenn sie mich anders nicht erreichen könnte, würde sie vielleicht eine Taube schicken, mit der Frage am Fuß: *Erinnerst du dich wenigstens, dass wir ein Kind haben? Oder wie alt es schon ist?* Sie ist gegangen und hat das mitgenommen, worin ein großer Teil meines Herzens schlägt, ein wenig ist mir immerhin geblieben, doch wozu braucht man überhaupt ein Herz oder auch zehn, wenn es vergiftetes Blut pumpt?

Allen meinen Töchtern habe ich den einen oder anderen Anteil meines Herzens mitgegeben, mir ist nur ein winziges Stück geblieben, mandelgroß. Kann sein, dass der Zug äußerlich bei mir noch nicht abgefahren ist, obwohl es innerlich jeden Tag so weit sein kann. Mehrmals am Tag denke ich auf irgendeine Art an meine Töchter. Dabei fühlt es sich so an, als würden die Teile meines Körpers in alle Richtungen verteilt. Jedes einzeln: Kopf, Rumpf, Gliedmaßen. Der Geruch von Blut und Fleisch dringt mir in die Nase, das Geräusch meiner eigenen brechenden Knochen hallt mir im Ohr, dazu das Quietschen des Zuges. Irgendwo heulen die Kakerlaken. Meine Kinder halten den Mehrheitsanteil der Aktien meines Herzens. Ich bin nur ihr betrauter Sachwalter. Genauer gesagt, missbetrauter. Deswegen nennen sie mich auch Vergeblicher Unser. Hohler Vater.

Ich erinnere mich an jedes einzelne von ihnen. Wer als Kind schon mal einen Schmetterling mit der Hand gefangen hat, weiß: Er hinterlässt bunten Puder auf den Fingern. Jedes einzelne meiner Kinder hat bunten Puder in meinem Herzen hinterlassen. Bis heute lebe ich so, mit einem Herzüberbleibsel, das überhastet schlägt. Außerdem gefüllt ist mit farbigem Staub, wie ein Filter mit Kaffeesatz. Eines ist mir rechts als Ersatz gewachsen. Es ist klein, fast wie das eines Vogels, und es kann mein Blut, das schwarze, wolkenhafte, nicht pumpen. Es ist wirklich so klein, dass ich bei plötzlichem, starkem Husten aufpassen muss, dass ich es nicht ausspucke wie einen Krümel im Hals. Manchmal denke ich, ich wäre von Anfang an als Herz gezeugt worden, dann hätte sich alles Übrige darauf ausgebildet: Fleisch, Knochen, Haut, Haar ... Ebenso denke ich, dass dieser Prozess jetzt umgekehrt worden ist. Erst fingen meine Haare an, auszufallen, dann allmählich wurde meine Haut durchsichtig wie Zellophan. Da ist es nur logisch, dass auf große Ausdehnung große Kontraktion folgen muss. Am Ende geht dem Herz wahrscheinlich die Kraft aus, wenn es bis dahin nicht explodiert ist wie eine Granate. Beim Gespräch mit meinen Kindern schäme ich mich immer und werde rot. Es gibt tausenderlei Herzen: heiße und kalte, wilde und ruhige, manche sind klein, andere groß, und dann gibt es noch Vogelherzen. Meines scheint mir jedenfalls zu klein zu sein, ansonsten käme ich mit beliebigen Mengen Blut aus – vom Teelöffel bis zur Zisterne. Du hast meine Hoffnung massiv enttäuscht, warf mir Honda vor, als sie weglief. Was automatisch heißt, dass ich bis dahin ebendiese Hoffnung massiv geweckt haben musste. Was nicht da ist, kann man ja nicht enttäuschen. Aber das schien Honda irgendwie vergessen zu haben. Am Ende fügte sie an, alles, was ich anfasse, ginge kaputt und werde hässlich. Und so ging sie, kaputt und hässlich. Sie war weder die Erste noch die Letzte, die vor mir weglief. Da ist etwas in mir, vor dem sie weglaufen.

Überhaupt vergessen viele die helle Seite der Medaille, so sehr vereinnahmt sie die dunkle. Auch das Kind hat sie mir aus Geiz nicht dagelassen. Denke ich jedenfalls. Es gibt ja Leute, die nehmen, wenn sie ausziehen, sogar noch die Glühbirnen mit. Sie hat es allerdings bereut.

Ich kann Honda verstehen – wahrscheinlich ist es schwer, einen Verschwender wie mich zu verstehen. Manchmal kann ich nicht eher ruhen, bis ich alles ausgegeben habe, was ich habe und nicht habe. Wenn man es ausgibt, erwacht nicht nur das Geld zum Leben, sondern alles – Gefühl, Worte, Liebe, Tränen … Unausgegebene Dinge sind alle tot.

Ich habe Angst, plötzlich zu sterben und meine Energie, Zeit, Nerven, Emotionen nicht ausgeschöpft zu haben. Der Verschwender verschwendet, verschwendet und kann doch nicht alles ausgeben. Das ist seine größte Qual. Der Geizhals hat's gut, selbst wenn er auch nur ein faules Ei zustande bringt, sitzt er darauf wie eine Glucke und Schluss. Der Glückliche. Hier ist weder das eine ein Verbrechen noch das andere eine Strafe. Beide sind gleichsam Dreh- und Angelpunkte, um die für manche Leute die Welt kreist, was macht da schon die Schräglage eines Menschen.

Wobei es auf den Menschen ankommt.

Und auf den Punkt.

Warum Honda wohl gegangen ist?

Eigentlich weiß ich nichts über Honda.

• • •

Anfangs dachte ich, unser Hunger habe uns zusammengeführt. Wie sich später herausstellte, meinten wir beide mit dem Wort völlig verschiedene Dinge. Genauer gesagt, verschiedene Richtungen. Honda hatte Angst vor dem Hunger, hatte schon im Voraus Angst, dass eines Tages der Moment kommen würde, in dem sie anfangen müsste zu hamstern. Das nennt man die Angst des Buschmannes, des Buschmannes in jedem von uns, der im Supermarkt steht und Angst hat zu verhungern. Ich hingegen hatte und habe Angst vor Sättigung. Ich habe nichts und habe ständig Hunger wie ein Hund. Ich meine nicht den Hunger als Mittel, die Seele über das Fleisch zu stellen, und ich meine auch nicht den Hunger als Kunstform, bei der man deswegen hungert, weil man keine Nahrung findet, die einem Künstler angemessen wäre. Der ganze Tag vergeht manchmal einfach, ohne dass mein Magen irgendetwas bekommt, deshalb ist mir abends häufig von meiner eigenen Spucke schlecht. Für mich ist Hunger eher der Stoff, der mich antreibt, mich aus dem Bett wirft. Mein Ziel ist es nicht, meinen Hunger zu stillen, sondern ihn zu bewahren. Genau das hat sich als Unterschied zwischen uns herausgestellt: Honda hatte Angst vor Hunger, ich vor Sättigung.

Es gibt verschiedene Arten von Hunger. Hunger zieht einen runter, Hunger lässt einen schweben. Wenn man hungrig ist, kann man den eigenen Kindern den letzten Bissen Maisbrot wegessen, wenn man hungrig ist, kann man einem unbekannten Krüppel eine ganze Krone geben und dabei über die Rolle der Verbrechen der Zukunft nachdenken oder das letzte Kleingeld einem Gebäckverkäufer nur deshalb aufdrängen, weil es einem selbst zu schwer ist. Eine leere Tasche beschert ein Gefühl der Leichtigkeit. Man weiß ja trotzdem, wozu das letzte Geld, der allerallerletzte Gulden, in der Lage ist. Wobei dieser aus genauso vielen Florins, ein paar Franken mehr, ein paar Talern weniger und zehnmal so vielen Friedrichs d'or besteht. Umso mehr, wenn man weiß, dass morgen alles vorbei sein kann, morgen!

Doch es gibt noch tiefere Hungerschichten, wo der Wert verschwindet, wo der Mensch verschwindet, wo man sogar für den Selbstmord einen kleinen Bissen braucht, damit einem für den Schritt die Kraft nicht ausgeht, wo ein Schritt nach links oder ein Schritt nach rechts als Flucht gilt, auf der Stelle springen als Agitation und Flugversuch. Vielleicht haben Sie noch nie echten Hunger erlebt. Besonders unverblümt kann man ihm begegnen, wenn einem das Wort Muselmann[10] oder Indus[11] in den Hungerchroniken begegnet. Ein Wort hat große Kraft. Enorme.

....

10 So nannte man in Nazi-Konzentrationslagern einen extrem entkräfteten, abgemagerten Menschen. Zum Beispiel in Primo Levis *Ist das ein Mensch?*, Kapitel »Die Versunkenen und die Überlebenden«.
11 So nannte man in sowjetischen Lagern einen extrem entkräfteten, abgemagerten Menschen, bei Karlo Štajner, *7000 Tage in Sibirien*, Kapitel »Die ganze teuflische Kraft«.

Vielleicht macht ein leeres Herz einen leichter und man fühlt sich luftiger, als man ist.

•••

Auf dem Potsdamer Platz lädt eine wie ein Atompilz aufragende Werbetafel zum Bob-Dylan-Konzert ein. Da fällt mir auf, wie seltsam es ist, dass dieser pausbäckige Mann mit fleischigen Lippen und Doppelkinn Bob Dylan sein soll. Wo ist denn die schnabelartige Nase? Andererseits weiß man ja gar nicht so genau, was Bob Dylan für eine Nase hat. Doppelgängerkonzerte sind wahrscheinlich eine spezielle Sparte im Showbusiness. Einen guten Doppelgänger muss man unter der Lupe betrachten, damit man ihn enttarnt.

Auf Konzerten wie diesem traten erst Doppelgänger auf, die Stars ähnlich sahen. Später traten Menschen auf, die den Doppelgängern ähnlich sahen, die wiederum Stars ähnlich sahen. Noch später traten Menschen auf, die wiederum den Menschen ähnlich sahen, die den Doppelgängern ähnlich sahen, die sahen wiederum anderen Doppelgängern ähnlich. Heutzutage treten die auf, die niemandem ähnlich sehen. Wobei auf den Werbetafeln und Plakaten immer stur *Sinatra, Elvis, Madonna, Bowie, Freddie Mercury, Blues Brothers* steht. Und *Dylan*. Aber das ist nicht die Hauptsache. Die Hauptsache ist, dass diese Doppelgänger genauso gut Stadien füllen wie die echten Stars, wenn nicht sogar noch besser.

Dabei kannte ich einen echten Star, Nato Murwanidse. Kennengelernt habe ich sie bei Dreharbeiten. Wir spielten ganze zwei Monate lang ein Ehepaar und wohnten diese zwei Monate lang in einem Hotel – in angrenzenden Zimmern. Wir unterhielten uns nicht nur über den Balkon, sondern auch durch die Wand. Oft entdeckte ich auf ihrem Körper kleine blaue Flecken. Hauptsächlich an den Knöcheln und Armen. Am Anfang wusste ich nicht, woher sie kamen. Dieselben blauen Verfärbungen hatte ich vor einigen Jahren auch, jedoch am ganzen Körper, als ich noch Wasserball spielte. Nach dem Training konnten wir in der Dusche nicht umhin, aufgeputscht vom Adrenalin und Nacktheit, uns gegenseitig mit feuchten Handtüchern blitzeblau zu schlagen. Großes Geschrei hallte damals durch die Umkleide, man musste das Handtuch wie eine Peitsche schwingen, teilte aus und steckte ein.

Nato war in diesem Sommer in Kachetien von niemandem geschlagen worden, obwohl sie die von Blutergüssen gezeichnete Haut eines Wasserballspielers hatte. Später stellte sich heraus, dass sie an Stuhl, Tisch, Geländer, Tür, Fensterbrett angeeckt war. Sie schaltete im Dunkeln einfach kein Licht an, sondern hoffte auf das innere Leuchten. Ich kann sie verstehen. Ein Star, der nicht leuchtet, ist kein Star. Von Anfang an trat sie immer dermaßen arrogant auf, dass man selbst von der Erwartung erfüllt war, sie würde leuchten. Doch in jenem Sommer leuchtete sie nicht. Ein kleines Bisschen flackerte sie, immerhin. So wie eine Taschenlampe, wenn die Batterien fast leer sind, oder wie ein Vampirkalmar oder eine Seegurke, aber auch das ist nicht leicht. Vor allem, wenn man es schafft, nur durch innere Anstrengung im Stockfinsteren zu flackern.

Ich beobachtete sie gern bei Anbruch der Dunkelheit. Sie ertappte mich dabei, wie ich sie beobachtete. Da gehörte ja nicht viel dazu. Sie sagte: Deine Augen leuchten wie Scheinwerfer. Einmal winkte sie mir. *Hello, hog-eye!* Und grinste dabei ironisch.

In der Lightbox an der Bushaltestelle vor dem Sony Center hängen Werbeplakate für neue Filme. Zum Beispiel die Disney-Adaption des berühmten Romans *Quercus*, ein Dreitausend-Seiten-Wälzer über eine Eiche. Dem Plakat nach zu urteilen, scheint es ein episches Werk zu sein. Die Eiche wird von drei Schauspielern gesprochen. Als ob sich die Stimme einer Pflanze mit ihrem Alter ändern würde. Die Haltestelle ist verwaist, der Fahrer öffnet trotzdem die Türen. Ich frage mich, ob er Zeit totschlagen oder den Fahrgastraum lüften will, oder ob er Geister befördert.

Im staubüberzogenen Schaufenster der Deutschen Bank nebenan steht ein Baum, der aussieht wie eine kahle Tanne, komplett ohne Nadeln. Statt Weihnachtsdekoration hängen bunte Kreditkarten an den kahlen Ästen. Solche Konstruktionen begegnen einem heutzutage oft, ob in Zahnarztwartezimmern oder in Homöopathieapotheken. Ein aus Holzteilen zusammengesteckter Baum. Ein Holzbaum.

Mitten auf der Straße schleppt eine trächtige Ratte ihr milchgefülltes rotes Gesäuge herum. Wie eine Schnecke hinterlässt sie eine perlmuttartig glänzende Spur auf dem Asphalt. Es ist Nachmittag und trotzdem leicht neblig. Die Straßenlaternen brennen schon. Oder sie werden gar nicht erst ausgeschaltet. Wegen des bleiernen, dichten Nebels ist es auch tagsüber halbdunkel, die Häuser und Passanten sehen aus wie Negative.

Der Bus hält keuchend an der Ampel, er schaukelt. Aus einem offenen Gullydeckel schlüpft ein ziemlich betagter Mann in blaumannartiger Uniform und schleicht sich geduckt und leise an eine Ratte heran. Plötzlich schnappt er das Biest am Schwanz, springt hoch und fängt an, es kräftig durch die Luft zu wirbeln. Wie ein Leichtathlet bei Olympia den Hammer kreisen lässt.

Marika schaut mit ihrem Handy auf YouTube irgendeinen Clip über die tanzenden Sargträger Ghanas, die auf einem Begräbnis eine hochkomplizierte Choreographie aufführen. Sie machen dabei ein Tamtam, dass eine Nilpferdherde flieht und nur eine

Staubwolke hinterlässt. Die Blicke der schirmbewehrten Trauergemeinde folgen mit gedrückter Feierlichkeit den kräftigen und beweglichen Männern, die, in schwarze Anzüge gekleidet, den lackierten Sarg federleicht auf und ab, von rechts nach links schleudern, im Kreis drehen und in die Luft werfen, als wiege er nicht mehr als eine Streichholzschachtel. Der glänzende Sarg tanzt direkt in ihre Hände, man denkt, Barmänner schütteln einen Shaker mit einem exotischen Cocktail.

Ich will auch so begraben werden, sage ich zu Marika, die von den Muskeln der Sargträger ganz angetan ist, mit viel Getanze, nur für den Fall, dass mir plötzlich etwas zustoßen sollte.

Anstatt zu fragen, wieso das, was mir denn zustoßen sollte, sagt sie ohne aufzuschauen: Glaubst du, sie schnallen den Toten mit Spezialgurten an, damit er bei dem Geschüttel nicht rausfällt?

Stella hat ein Bild auf ihren Knien ausgebreitet und meißelt mit dem Buntstift darauf herum, fügt noch ein paar zusätzliche Striche in ihr Werk ein. Der blaue Mann lässt die Ratte kreisen, kreisen, kreisen. Immer schneller und schneller. Das Wesen versprüht Milch aus seinen Zitzen. Der Mann lässt es los, um es mit einem gekonnten Wurf zurück in den Müll zu befördern, aus dem er es gerade erst geholt hatte. Während das Biest seinen ellenlangen Körper dreht, lässt sich der blaue Mann wieder auf den Asphalt fallen, kriecht zum Gully und springt hinein, verschwindet plötzlich. In einer flüssigen Bewegung verschließt er das Loch mit dem Deckel.

Es sieht so aus, dass dem Tier beim Kreisen etwas Blut aus der Schnauze geflossen ist, die Gagat-Augen quellen hervor. Als würde es nicht begreifen, was passiert ist, schaut es uns aus glänzenden, klugen Augen an. Es blickt von mir zu Marika, von Marika zu Stella, am Ende wieder zu mir.

Verdammt groß ist es, denke ich bei mir.

Hast du den Mann gesehen? Welchen Mann? Den im Blaumann. Wo? Na, dort war er. Dort? Na, dort aus dem Gully ist er gerade gekrochen, hat das Wesen am Schwanz gezerrt und durch die Luft gewirbelt, wie ein Olympionike. Am Ende hat er es zurückgesetzt und ist selbst zurück in die Kanalisation geschlüpft.

Marika schaut leicht zweifelnd zum Gullydeckel.

Stella lässt das Biest nicht aus den Augen.

Gefällt es dir?, frage ich sie.

Als Antwort zeigt sie mir das Bild, das sie für Zoe gemalt hat, auf dem wir drauf sind. In einem von Kinderhand erdachten gelben Bus sitzen nur ein paar wenige Passagiere. Aus dem Nebel schaut ein gräulich-kastanienbraunes Wesen mit glänzendem kurzen Fell. Leider oder glücklicherweise hat Stella nicht Marikas Begabung für die Malerei geerbt. Der obere Teil des Blattes ist mit grauen Wolken bedeckt. In der linken Ecke leuchtet eine viereckige Sonne, deren Strahlen den Bus in der Mitte der Komposition treffen. Hinter ihm windet sich rußschwarzes Abgas in Spiralen, wie das Kabel eines alten Telefons.

Hast du das gerade gemalt?

Gestern.

Das hat nichts mit Hellseherei zu tun. Die Berliner Landschaft bietet sich genau dafür an, in erster Linie Busse und Ratten zu malen. Und Krähen und grauen Himmel. Nebel ebenso. In verschiedenen Kombinationen. Nur die Sonne auf Stellas Bild erstaunt mich.

Ist es schwanger?

Als Antwort zuckt sie mit den Schultern und schürzt die Unterlippe, sie denkt, ich frage nach dem Wesen auf der Straße und nicht nach dessen Abbild, das sie gezeichnet hat. Ich schaue auf Stellas Werk, vor meinen Augen entsteht jedoch Zoes beziehungsweise Nuschikos Bild, denn in der von Milo beziehungsweise Paco verfassten Wörterausstellung gibt es eine dementsprechende Passage:

Nuschiko tut mir leid. Einmal kopierte sie das Porträt eines großen georgischen Dichters aus einem Buch und schrieb darunter: In Galaktion ist ein Dämon und in mir eher die Hölle. Was hat die Hölle in einem fünfjährigen Mädchen zu suchen? Ich weiß nicht, was sie meint, aber dass es nichts Gutes ist, ist ja wohl klar. Sie wird bald fünf und hat seit fünf Jahren keinen Sonnenstrahl gesehen. Wir haben solche Angst, sie zu verlieren, dass wir sie nicht aus dem Haus lassen. Als ob sie das vor dem Verschwinden bewahren würde. Ein bisschen eng in der Wohnung ist es schon. Manchmal schaue ich meine Tochter an und sehe, wie die Kindheit in ihr langsam welkt, wie nach Regen eine Rose im Sande, wie im Regen eine zarte Hyazinthe.

Einmal habe ich gesehen, wie sie einen Sonnenstrahl küsste, den sie selbst mit gelbem Buntstift ins Heft gemalt hatte. Ich glaube nicht, dass sie schon mal einen Sonnenstrahl oder die Traurigkeit der untergehenden Sonne gesehen hat. Die untere Hälfte des Blattes nahmen Gras und ein gefliestes Haus ein, die obere war bedeckt von Wolken, rund wie Wattebausche, in der linken Ecke hatte sie fein säuberlich eine viereckige Sonne platziert. Ihre Strahlen verbreiteten sich lustig über das Gras, das Haus mit qualmendem Schornstein und die Hütte neben dem Haus, aus dem der Kopf eines schlafenden Dackels schaute, und genau diesen Strahl küsste damals Zoe. Entschuldigung, Nuschiko.

Ich glaube nicht, dass sie die echte Sonne oder deren Strahl gesehen hatte, allein schon wegen der vor die Fenster genagelten Gitter und wegen der Krähen, die um das Norma kreisen. Trotzdem bricht sie manchmal aus und schreibt etwas Originelles, ihrem Alter Entsprechendes:
DASPASSIERTEPLÖTZLICHWIEEINERDBEBENICH
BINAUFDERHELLENSEITEDESMONDESGELANDET

ICHHABEMICHINDIEBRENNENDEMITTAGSSONNE
GELEGTMITEINERKUGELUNDLIEBEIMHERZEN.
Und dann noch kindlicher: DUBAUSTTÜRMEAUSSAND
SPRINGSTAUFDIEZUNGEDESZIRKUSSCHLÄFST
IMSCHLOSSAUSZINK.

Nuscho hat alles vor sich. Sie versteht noch nicht, dass ein fremdes Gedicht genauso schmackhaft ist wie ein leckerer Bissen. Früher oder später geht ihr sicher der Spaß am Schreiben verloren, so wie sie ihre Kinderkrankheiten irgendwann hinter sich lassen wird, und mit dem Alter wird das Wissen kommen, und zwar auf jeden Fall, dass das Leben selbst eine Wiederholung, ein Kopieren, eine Spiegelung ist. Mehr noch: dass das Schreiben selbst in Wirklichkeit Kopieren ist. Ein Anfänger denkt, er schriebe, ein Experte weiß, dass er kopiert.

Um die reine Wahrheit zu sagen, der Prozess gleicht eher dem Klonen als dem Kopieren, denn jedes echte Gedicht ist ein lebender Organismus.

DIE WÖRTERAUSSTELLUNG

XXVII

Wir sagen »unser Haus« und haben doch keine Vorstellung davon, wo es sich befindet. Ein fensterloses Transportmittel hat uns hergebracht, wie einen Spezialtrupp. Lange wurden wir auf kurvigen Straßen herumgefahren. Am Ende stellte sich das Haus als genauso fensterlos und verplombt heraus wie die Busse, die uns hergebracht hatten. Wahrscheinlich wohnte vor uns lange niemand hier, das Haus war abrissreif. Für uns hatte man die Abrissarbeiten eingestellt und es innerhalb kürzester Zeit saniert. Auch deshalb funktioniert die Müllrutsche präzise wie ein Uhrwerk. Die hastig gestrichene rosa Farbe löst sich von den Wänden wie die Schale eines Ostereies. In diesen Wänden, so scheint es, waren früher Sprengeinrichtungen installiert. Im Hof standen schon Traktoren und Bulldozer. Bis heute findet man in diesen Wänden hier und da Bomben.

Wir sind alle wegen unserer besonderen Fähigkeiten hier. Anti-Fähigkeiten, genauer gesagt.

Jedenfalls wachten wir eines Tages auf und stellten fest, dass wir irgendetwas können, etwas Ungewöhnliches, das wir bis dahin nicht konnten. Es gab bei uns zum Beispiel einen Philosophen namens George Maiko. Nach dem Virus fing er sich einen Meteorismus ein, eine Gasinkontinenz. Dabei strömten ihm die Gase aus dem Mund. Ob beim Reden oder Philosophieren – plötzlich machte es Pffft. George habe ich schon eine ganze Weile nicht mehr gesehen. Mit Meteorismus ist nicht zu spaßen. Mit Nachnamen hieß er wirklich Maiko, glaube ich. Ich erinnere mich, es gab mal einen österreichischen Halbnamensvetter des Halbschriftstellers oder so ähnlich. Vielleicht bringe ich auch was durcheinander. Dass er Philosoph war und aus dem Mund pupste, daran kann ich mich aber gut erinnern.

Ich glaube, den Mann gab es gar nicht, sondern es war von Anfang an das Gas, das nach kurzer Zeit die Form des Mannes annahm. Es könnte auch sein, dass es nicht mal die Form angenommen hat, die Leute haben es nur so gesehen. Wie sie in Kaffeesatz, Weinflecken, Regenwolken irgendwelche Gesichter, Formen, Dinge sehen.

Unser direkter Nachbar, Astor Pastor, Spitzname Astoria, kann sich klein machen wie ein Chihuahua. Just dieser Winzling konnte sich im Jahr 2000 aus Priština davonmachen. Also am letzten Ramadan desselben Jahres 1421. Seine aktuelle Frau, Jaqueline Pastor (kleine Nationen mögen große Vornamen), Spitzname Coco (und noch größere Spitznamen), damals Ärztin beim Roten Kreuz, hatte ihn in ihrem Körper über die Grenze geschmuggelt.

Wir alle wissen, dass die Pastors im Zeugenschutzprogramm sind und dass sie in Wirklichkeit absolut keine Pastoren sind. Genauso wie wir nicht die sind, die wir vorgeben zu sein. Es ist bei uns nicht üblich, jemanden nach seiner Biografie zu fragen und danach, was ihn hergeführt hat. Deshalb brauchen wir auch Legenden. Aber das sind Nebensächlichkeiten.

Diese Coco ist schwarz und dünn wie ein Schürhaken, schwer vorstellbar, wie der Chihuahua in ihre Gebärmutter passen konnte. Da geht höchstens ein neugeborener Welpe rein. Die Legende besagt, sie habe Astoria hineingetan und über die Grenze gebracht, und er habe die ganze Strecke durch einen Strohhalm geatmet, der aus ihrer Vagina geragt haben soll wie ein Schnorchel.

Die Geschichte klingt vielleicht wie ein Märchen, aber die Not heiligt die Mittel. Es ist nur die Frage, was Pastor Astor Pastor, Spitzname Astoria, dessen richtiger Name ungekannt ist, zur Flucht bewegt hatte. In der oberen Etage, über dem Müllschlucker, wohnt ein altes Ehepaar. Sie haben ein kleines Hauscafé, backen hervorragende Pfannkuchen, weder die Frau noch der Mann haben einen Namen. Alle nennen sie einfach nur Götter, wegen der Pfannkuchen, die sind wirklich göttlich. So wie bei Eltern 1 und Eltern 2 gibt es auch hier eine Unterteilung in Gott 1 und Gott 2. Man muss selbst herausfinden, wer wer ist. Wobei sich diese kleine Unklarheit nicht in der Qualität ihrer Pfannkuchen widerspiegelt.

Wenn man alle neun Milliarden Namen Gottes kennen würde, würde das auch nichts ändern. Gott ist Gott, man kann ihn genauso gut RDNZL, HAL9000, sogar Always ultra oder Chingachgook, die große Schlange, nennen. Selbst die Farbe hat keine große Bedeutung. Ob jemand schwarz, weiß oder smaragdgrün ist, ihm roter Rauch aus dem Mund kommt – egal. Die beiden Götter sind so alt, dass sie sich selbst nicht mehr an ihr Alter erinnern. Jeden Moment könnte einer von ihnen das Zeitliche segnen. Aber ihre Verbindung ist so eng, dass der andere unverzüglich folgen würde. Ich frage mich, wie es sein kann, dass ihnen bis jetzt ihre Seelen nicht aus dem Mund geflogen sind. Vielleicht halten sie sie gefangen.

Hier wohnt noch ein Paar, sie sind Namensvettern eines allseits bekannten russischen Schriftstellers, Ninuka Akunin, und eines weniger bekannten (im Rahmen eines Pseudonyms), Nika Bakin. Dieser Nika hat zwei Penisse, wie ein Känguru, einen für den öden Alltag, den anderen für Feiertage. Womit er den verdient hat, ist unbekannt. Manchmal findet auch ein blindes Huhn ein Korn. Doch das Glück hat einen Haken. Seine Frau Ninuka kann sich deswegen zumindest keineswegs glücklich schätzen. Sie hat zwischen den Beinen nur eine einzige Öffnung für alle Zwecke, wie ein Vogel. Manche Hühner haben selbst blind kein Glück. Übrigens ist es Bakin selbst, der diese Gerüchte verbreitet. Ich habe beide

Genitalien nicht gesehen. Die Geschichte von seinem Stereo-Penis halte ich dennoch für wahr, ebenso die von Ninukas Mono-Öffnung. Irgendetwas an der Akunin-Bakin-Disharmonie fasziniert mich.

Hier lebte mal ein Mann, Manutschar Kurt, Bankpräsident, ehemaliger. Der war ein ziemlich affektierter Typ, lief immer eingebildet herum. Irgendwann ging das Gerücht um, Manutschar habe eine Frau geschwängert. Die hatte auf einmal einen dicken Bauch, sah aus wie ein aufgeblasener Ballon. So viele Jahre lang hatte sich Manutschar offenbar mit ihr gepaart, dass die Frau schließlich schwanger geworden war. Ob sie letztendlich ein Kind, einen aufgeblasenen Homo sapiens, bekommen haben, weiß ich nicht mehr.

Dann muss ich noch den Mutter-Mann erwähnen. Der Mutter-Mann ist eine Frau mit einem Mann im Bauch. Die Frau ist ziemlich jung schwanger geworden und hätte vor 15 bis 16 Jahren gebären sollen. Aber der Fötus wollte einfach nicht herauskommen. Die Frau unternahm nichts. Bis heute ist er in ihr drin. Wobei er kein Fötus mehr ist, sondern eher ein Jugendlicher, der bald volljährig wird und bis heute im Mutterleib sitzt wie ein Insekt im Bernstein. Er lebt gemütlich und friedlich eingekuschelt vor sich hin. Es kann sein, dass er jeden Moment herauskommt oder aber für immer drinbleibt. Mit der Frau geht es inzwischen sogar zu Ende. Langsam absorbiert der Mann sie, er saugt sie aus, wie eine Spinne das Leben aus ihrem Opfer saugt oder ein Hund das Mark aus dem Knochen.

Bei uns sind alle auf ihre Art einzigartig.

Man sehe und staune.

Bis jetzt hat noch niemand daran gedacht, uns im Zirkus auftreten zu lassen oder ins Fernsehen einzuladen. Oder eine Serie über uns zu drehen. Heutzutage spielt ja jeder in einer Serie mit. Zumindest in einer Miniserie. A love story in the city of dreams.

Wir werden nicht unsere Mission vergessen, den Leuten Lachen und

Liebe zu bringen. Wenn es die Sache erfordert, fangen wir die winzigen Pferde, die unser Haus beben lassen, binden ihnen rosa Schleifen ins Haar und bringen ihnen bei, mit den Hufen Banjo zu spielen.

Wir bedauern nicht, dass das schmerzhaft ist.

Wir möchten die Kontrolle behalten.

Wir möchten einen perfekten Körper.

Wir möchten eine perfekte Seele.

XXX

Wir haben uns vollkommen vom Sauerstoff entwöhnt. Unsere Lungen sind so vom Gestank durchtränkt, dass sie nichts durchlüften können. Eine leichte Brise, die einem manchmal in die Nase kommt, wirkt wie eine schwere Droge. Man fragt sich, was erst passieren würde, wenn man anfinge, saubere Luft zu atmen. Man würde wohl durchbrennen wie eine Glühlampe bei Starkstrom.

Aber wenn hier alles so hermetisch abgeriegelt ist, dass keine Fliege rein- oder rauskommt, wohin zum Teufel verschwinden dann unsere Kinder so spurlos? Wäre es zu einfach, anzunehmen, dass sie im Abfall versunken sind? Der Müll kommt ja manchmal so plötzlich und erdrutschartig aus der Schleuse, dass er sogar einen kraftstrotzenden Mann mitreißt, da wäre es nicht verwunderlich, wenn er ab und zu auch Kinder mitrisse, wobei er allerdings nicht alle unter sich begraben kann. Mittlerweile sind viele Kinder verschwunden.

12.

Auf der Danziger Straße halten wir am Lidl an. Bis hierhin waren alle Haltestellen verwaist, doch dort warten ganze drei Leute. Als würde er sich verstecken, steht im Schatten des Bushäuschens ein großer schlanker Mann mit rötlichem Schnurrbart und betrachtet verstohlen etwas in der Brusttasche seiner Jacke, als säße dort ein warmer Welpe. Die Bank mit den drei Sitzschalen nimmt ein großer, bunter, dreckiger Sack komplett ein. Ein weiterer junger Mann schaut sich unentwegt um, als suche er einen Verfolger. Wie ein Gimpel nähert sich hopsend und hüpfend ein alter Mann vom Supermarkt der Haltestelle, er trägt einen gestutzten Bart und hat schwarzes lockiges Haar, fast schon ein Afro. Er schürzt die Lippen, als würde er etwas pfeifen. Keiner von ihnen steigt in den Bus, die Tür öffnet sich zischend und schließt sich zischend gleich wieder. Ich frage mich, ob ihnen die Route nicht passt oder die Passagierzusammenstellung. Vielleicht warten sie noch auf jemanden, der das Bild vervollständigt.

Ein Flügel des von drei Seiten verglasten Bushäuschens ist in winzige Teilchen gesplittert, man könnte denken, das Glas sei von einem weißen Netz überzogen, darüber spannt sich ein weißrotes Band über Kreuz wie ein Pflaster über die Wunde.

Die Leute auf der Straße sehen uns im Bus ganz ungeniert und neugierig an, als wären wir Fische im Aquarium.

Sieht sie außer mir jemand?

Da fällt mir das berghohe Gebäude auf. Beziehungsweise eins der umliegenden Häuser, das so ähnlich aussieht. Man kann sie schwer unterscheiden. Diese Betonriesen sind die Reminiszenzen eines abgeschafften Landes, das Testament des demokratischen Deutschlands. Riesige Wohnblöcke mit winzigen Wohnungen, in die man nicht anders hineinkommt als kriechend.

Hier bin ich vor einigen Jahren gewesen, um schmerzstillende Suppositorien zu besorgen. Ein Mann namens Dariusz Gonji, für Freunde Daro, wohnt dort, sein Vater hatte eine seltene Krankheit und wegen der Blasenkrämpfe Opium-Zäpfchen verschrieben bekommen. Daro verkaufte davon ein paar unter Freunden. Das war eine tolle Sache. Man steckt sich das Zäpfchen hinten rein und gleich wird einem wohlig warm. Wie es riecht, weiß ich nicht, aber das Zäpfchen ist nie vom Weg abgekommen.

Am Spittelmarkt steigen wir aus. Im letzten Moment ertönt eine klirrende Kinderstimme: Au! Au! Ein Mädchen rennt zwischen den Sitzen herum, um die fünf Jahre alt, das Haar weiß wie Kaliko, das Gesicht noch weißer. Sie trägt ein hellblaues Kleid, bei unserem Anblick lacht sie mit derselben klirrenden Stimme und verschwindet zwischen den Sitzen.

Auf der anderen Seite der Danziger Straße hat jemand über das gesamte Schaufenster des Hochzeitshauses große rote Buchstaben geklebt: *Grandioser Rabatt auf Hochzeitskleider*. Neben dem Gebäude wurde ein großes Fundament ausgehoben, auf dem Boden steht Bautechnik, doch Bauten sind nicht zu sehen.

Wir sind das erste Mal zu Besuch bei den Podeswas. Marika kontrolliert auf dem iPhone, welcher von den Betonblöcken vor uns die Nummer 9 ist. Ich bin noch nie hier gewesen, obwohl ich aus Milos Texten so viel über die Gebäude weiß, als hätte ich hier sprechen gelernt. Podeswas Aussage nach müsste hier alles voll mit Ratten sein. Zumindest mit ihren unbehaarten Schwänzen. Während ich mich umsehe, fällt mir meine erste Berliner Ratte wieder ein. Damals hatte ich in Prenzlauer Berg in der Lettestraße eine Einzimmerwohnung von einer Rentnerin gemietet. Die Wohnung war sauber, wie geleckt. Typisch böse alte Witwen. In dem Zimmer war alles weiß: Schrank, Tisch, Gardinen, Wände, sogar der weiche Teppichboden. Auch die Frau war komplett weiß, hätte sie nicht ab und an etwas gesagt, hätte man sie vor dem Hintergrund der allgemeinen Weißheit gar nicht gesehen. Fast sechs Monate lang blieb ich dort, und bis zum letzten Tag bekam ich ihren Altersgeruch nicht aus der Wohnung.

Seitdem wohne ich neben dem Friedhof, neben den toten Kindern. Damals schwirrte mir im Kopf herum, dass sie vielleicht auch dort ist. Vielleicht versteckt sie sich hinter der Gardine, dachte ich. Ich wagte es nicht nachzuschauen. Hätte sie wirklich dort gestanden, hätte ich nicht gewusst, was ich dann hätte tun sollen.

Das Haus war vierstöckig, mit Innenhof, in dem Müllcontainer in verschiedenen Farben standen. Dort sah ich meine erste Berliner Ratte, sie verharrte reglos auf dem fußmattengroßen Rasenstück. Tag und Nacht stand sie da, wie ein Mensch, ein Gott, ein Geist, ein Guru. Breitbeinig und stabil stand sie da. Niemand fasste sie an, mit Schaum vor dem Maul zitterte sie eine ganze Weile.

Dann fiel sie um, alle viere von sich gestreckt, wie ein kaputtes Spielzeug. Danach blähte sie sich auf, verfiel, zerfiel. Ihr dünner Körper lag bis zum Schluss auf dem Rasen, wie eine Dörrpflaume, wie zur Erinnerung. Erinnerung woran? Vielleicht liegt sie jetzt noch dort. Und die weiße Frau, versteckt hinter der Gardine, wirft vom Fenster aus ab und zu einen Blick auf sie.

Pa, reißt Stella mich aus den Gedanken, was bedeuten die Worte, wenn dich einer auf die rechte Wange schlägt, dann halt ihm auch die andere hin?

Im Allgemeinen geht es so los, sage ich. Erst schlagen sie sich gegenseitig auf die Wange, dann knabbern sie an den Ohrläppchen, gehen auf die Knie, stecken dem anderen den Finger in den Po. Dabei benutzen manche Leute später zusätzlich auch noch Stock, Halsband, Latex. Die ganze Sache hat mit dem Sexualverhalten zu tun.

Verstehe.

Ich persönlich glaube fest daran, dass wir vor Kindern nichts verheimlichen müssen. Biblische Gebote schon gar nicht. Eher deren Auslegung.

Ich möchte Stella wirklich nicht so aufwachsen lassen, wie ich aufgewachsen bin. Zwischen Nadel und Faden herrschte eine stärkere Anziehungskraft als zwischen meinem Vater und meiner Mutter. Diese Menschen kannten einander nicht, und dennoch lebten sie unter einem Dach.

Marika hat recht, Kinder können gut fühlen. Besser als wir. Neugier und Abenteuerlust müssen sie haben. Ohne diese beiden Dinge verwelkt das Leben. Kinder riskieren öfter etwas, im Gegensatz zu den Erwachsenen forschen sie nach. Und wie gute Forscher lassen sie in ihr eigenes Urteil einen großen Teil Paradoxes, Eigenartiges, Magisches einfließen. Das erweitert ihren Horizont. Das Kindergehirn ist ein unersättliches Computersystem. Die Informationen aus der Welt gewinnen beide, sie und wir, auf dieselbe Art: Bilder treffen auf unsere Netzhaut und Schallwellen auf unser Trommelfell. Ihr Gehirn, das alles Gewöhnliche in etwas Magisches verwandelt, ist nicht vergleichbar mit unserem, das alles Magische sofort zu etwas Gewöhnlichem macht. Deshalb, aber nicht nur deshalb, trifft jedes Kind meinen persönlichen schwachen Punkt[12]. Und Semikolon. Und Komma auch. Und generell alle anderen Satzzeichen. Inklusive Interrobang und Makron (diakritisches Zeichen). Natürlich will ich nur das Beste für sie. Für mich gibt es nichts Besseres als Wörter. Wenn auch fremde Wörter. Ich sage es mal so: Talent trifft ein Ziel, in das sonst keiner trifft, ein Genie trifft ein Ziel, das sonst keiner sieht, ein Kind jedoch trifft ein Ziel, das nicht existiert. Doch ohne Ziel erstickt das Leben. Ich muss nur an mein Gefasel glauben und an das Fest der Liebe.

Von der Danziger Straße aus sehe ich zwei junge Frauen den Spreekanal entlanggehen, eine blond, die andere brünett. Die eine schiebt einen roten Kinderwagen, die andere einen zementfarbenen, die gleiche Farbe wie der Berliner Himmel. Am Ringfin-

....

12 Generell ist der Punkt für mich das allerwichtigste Satzzeichen. Alle anderen sind intermediäre Zeichen: qualifizierend, erhellend, Tempo und Rhythmus eingrenzend, Gefühle ausdrückend usw. Die anderen Zeichen kreisen um den Punkt wie die Planeten, Zwergplaneten und andere kleine Himmelskörper mit ihren zahllosen Begleitern um die Sonne. Ich war immer der Meinung, ein Punkt ist nicht einfach ein Punkt, er ist ein bisschen mehr als nur ein Satzzeichen. Dem Punkt habe ich ein ganzes Kapitel in einem meiner alten Romane gewidmet, während ich hinter andere belletristische Romane zwischen die bis heute gesetzten Punkte einen riesengroßen setze. Wenn schon nichts anderes, dann wird wenigstens mein Punkt bleiben. Manch einer geht noch weiter. Es gibt Leute, deren ganzes Leben und Werk nur aus einem Punkt besteht und auf diesem basiert. Vielleicht verschieden groß und verschiedenfarbig, aber dennoch ein Punkt. Man denke bloß an die Malerin und Dichterin Yayoi Kusama. Bald wird sie hundert, wobei sie sich im Leben bis heute mit nichts weiter als Punkten beschäftigt hat. Alles, was ihren Weg kreuzt, vom Baumstamm bis zum Champagneretikett, versieht sie mit Punkten. Wenn sie dürfte, würde sie auf die Welt einen einzigen großen Punkt machen.

ger der rechten Hand blinkt bei beiden ein Ring. Ob es ein Bvlgari ist oder etwas noch Exklusiveres? Auf der Laterne sitzt eine Krähe und krächzt. Ich glaube, in Berlin findet man keine Laterne, von der nicht ein unheilvoller schwarzer Rabenvogel auf einen herabkrächzt. Die Blonde hört nicht eine Sekunde auf zu reden, die andere hört gebannt zu. Die Frauen bemerken nicht, wie der große schwarze Vogel mit dem grauen Herzen von der Laterne herabstößt. Er landet punktgenau auf dem roten Kinderwagen, als wäre dort sein Nest. Das Kind nimmt den Schnuller aus dem Mund, reckt sich nach dem Vogel, der pickt ihm plötzlich in die Fontanelle. Es sackt zusammen, windet sich, lässt den Schnuller fallen, fällt in sich zusammen wie ein Ballon, aus dem die Luft entweicht. Der kleine Kopf kippt zur Seite, es beginnt, mit versteinerten Augen auf einen Punkt zu starren. Die Krähe sitzt auf dem Wagen und pickt friedlich in den Kopf, frisst in aller Ruhe das Gehirn, als würde man ein weichgekochtes Ei auslöffeln, zusammen mit den blonden, flaumigen Fetzen der Fontanelle. Die ins Gespräch vertieften Frauen spazieren weiter.

Ich betrachte das Kind und die Krähe, da fällt mir die Nachricht ein, die ich heute früh bekommen habe. Vielleicht schreibt mir mein Kind, ich aber denke irrtümlich, es sei seine Mutter?

Begreifst du wirklich nicht, was los ist?, fragt Marika plötzlich und ohne aufzublicken. Begreifst du nicht mal, was mit deinem Kopf los ist? Begreifst du nicht, was schon passiert ist?

Hä?

Warte ab, dann wirst du alles begreifen. Am Ende begreift es jeder, ob er will oder nicht.

Was, frage ich, was werde ich begreifen?

Hier, Marika hebt auf einmal ihren Blick vom iPhone, als hätte sie bis jetzt mit sich selbst geredet, und zeigt uns ein hohes Gebäude an der Brücke der Grünstraße.

191

Stella und ich folgen wortlos ihrer Geste, wie die letzten Überlebenden eines aufgeriebenen Trupps dem Anführer. Wir gehen
den Landwehrkanal entlang, Stella beobachtet ein im schwarzen
Wasser schwimmendes noch schwärzeres Entenküken, das von
Weitem aussieht wie in Teer getaucht. Hier ist es irgendwie friedlich. Man hört lediglich, wie der Strom die Erdkabel zum Summen bringt. Plötzlich hat man keine Angst mehr zu sterben. Als
ob man nach dem Sterben wieder neu begänne und sich alles
genauso banal wiederholte: der kalte Strom des Kanals, die Apotheke, die Straße, die Laterne. Eine Weile noch begleitet uns der
Geruch des Rettungsdeckenschläfers. Ob er auch einen Bvlgari-
Ring am geschwollenen Finger trägt?

Marika fragt mich bestimmt gleich, ob ich endlich Milos Text
fertig habe.

Hast du endlich Milos Text fertig?

Fast.

Sie fragt bestimmt gleich weiter, ob er was taugt.

Und, taugt er was?

Ja klar.

Sie bohrt bestimmt gleich nach.

Aber?

Es sind viele Wörter drin.

Sie bohrt bestimmt gleich weiter nach, ob das hieße, er habe
mir nicht gefallen.

Das heißt, er hat dir nicht gefallen?

Es ist nichts weiter, außer dass er im Text die Kapitelreihen-
folge nicht einhält. Er fängt direkt mit dem zweiten Kapitel an,
dann springt er vom dritten ins fünfte, vom siebten ins elfte, und
so geht es bis zum Schluss. Als hätte man ein Buch in der Hand,
aus dem die Seiten herausgerissen wurden.

Das ist alles?

Der Text ist voller Figuren, die einmal auftauchen und dann spurlos verschwinden. Ich würde jedenfalls als Erstes diese episodischen Figuren herausnehmen. Die überlangen Fußnoten genauso, für die gibt es keine Notwendigkeit. Wozu braucht es noch eine Vermehrung ohnehin schon redundanter Banalitäten?

Alle Achtung, sagt sie, hattest du die Antwort schon vorbereitet?

Eher beides. Das war ein Harmolodic-Standard.

Oh, Entschuldigung. Ornettemäßig?

Ornette-Coleman-mäßig.

Ich dachte, es sei ein Tintinnabuli.

Tintin... was?

Hast du gemerkt, dass Name und Vorname sich beim mittleren E überschneiden und ein Kreuz ergeben?

Wie?

Na, so: O
            R
            N
    COLEMAN
            T
            T
            E

Dieser Ornette hat etwas komponiert, »3 Wishes« heißt das Stück, in dem die Ohren etwas zu hören bekommen, das noch georgischer ist als georgische Musik. Etwas sehr Altes, Heidnisches, scheinbar Wildes. Wer den georgischen Puls spüren will, der höre sich die Wishes an. Zu nichts hat Stella öfter getanzt. Es sind ihre georgischen Wurzeln, die da tanzen.

Was will er, worüber schreibt er, unser Strobo?

Hauptsächlich über Müll.

Ist es so schlecht?

Stell dir autonome Creepypasta mit sentimentaler Sauce vor.

Und wie heißt der Text?

Die Wörterausstellung.

DIE WÖRTERAUSSTELLUNG

XXXIII

Unsere Fahrstühle funktionieren ganz anders als gewöhnliche Fahrstühle, sie haben einen viel komplizierteren Transportmechanismus.

Auf jeden Fall müssen die Fahrstühle nicht jeder an einem Seil hängen, sondern an mehreren, wie Marionetten. Manche tun auch nur so, als führen sie irgendwohin, dabei drehen sie sich nur um ihre eigene Achse. In Wirklichkeit endet die Fahrt dort, wo sie beginnt. Aus manchen Türen tropft rostiges Öl, das aussieht, als hätte ein Blauwal seine Tage.

Es gibt auch Fahrstühle, da läuft während der Fahrt melancholischer Jazz. Als ob er einen zum hohen Schafott geleitet, die Blumen in stiller Erregung verharren. Und die Musik klingt dabei so angenehm. Wie eine Einladung zur Todesstrafe. Wir haben keine Angst vor dem Tod. Wie die Sowjetsoldaten, die mit einem Schrei auf den Lippen auf die Panzer sprangen: Fürs Vaterland! Die Sprünge waren jedoch weder Mutproben noch Affekthandlungen, die Soldaten verhielten sich völlig pragmatisch. Sie hatten keine große Wahl: Vaterland oder Tod. Und wählten aus zwei Unglücken das weniger schlimme, also den Tod, denn das Vaterland war noch gefährlicher.

Mit den Fahrstühlen kommt man oft überhaupt nicht dort an, wo man hinwill. Drückt man zum Beispiel den Knopf für die zwanzigste Etage und fährt sogar in die zwanzigste – es könnte in der Kabine sogar die

Zahl 20 auf der Anzeige stehen –, ist das noch lange keine Garantie dafür, dass man wirklich in der zwanzigsten Etage ankommt.

Möglicherweise sieht dort alles so aus, wie man es erwartet hat – Graffiti auf den Fensterscheiben, flackernde Neonröhren an der Decke, Evakuierungsplan an der rosa Wand, die Alte mit bösem Blick, die einen misstrauisch durch den Türspalt mustert –, trotzdem muss es nicht unbedingt die zwanzigste Etage sein, wie man sie kannte. Möglicherweise handelt es sich zwar um die zwanzigste Etage, aber um eine vollkommen andere, eine, die in einer Parallelwelt existiert.

Das merkt man erst, wenn man entdeckt, dass alles an seinem Platz ist außer der Wohnung, die man sucht. Es kann sogar sein, dass man die Wohnung und auch den Fußabtreter vorfindet, den Bewohner jedoch nicht. Erst, wenn einem ein Unbekannter öffnet und aus tiefster Überzeugung sagt, er wohne hier und den, den man sucht, kenne er nicht, merkt man: Hier stimmt etwas nicht.

Es kann auch sein, dass alles an seinem Platz ist und es einem aufgrund von topografischer Desorientierung bloß nicht gelingt, sich in der gewohnten Umgebung zu orientieren, wofür es viele mögliche Ursachen gibt. Zum Beispiel Hirnverletzungen, die ihrerseits mit optischen Agnosien verbunden sein können, oder ein neurologisches Syndrom mit Störung der räumlichen Wahrnehmung.

Selbst wenn ich mir das alles einbilden würde und sich die Fahrstühle nur hoch und runter bewegten und sich nicht ineinander verhakten, kann ich ihnen nicht trauen.

Jedenfalls wackeln die Fahrstühle wie Zähne bei Skorbut. Und apropos Hunde: Alle Hunde sind längst aufgegessen. Das Fleisch wanderte ins Hammelragout, und aus Kopf und Beinen wurde Geflügelsuppe gekocht. Nicht wegen des Hungers, sondern weil wir größere Gourmets sind, als wir zugeben wollen. Die Schildkröten-gefüllten Kubdaris, die Schildkröten-Innereien und die Schildkröten-Würste hingen uns nämlich zwischenzeitlich ein bisschen zum Hals raus. Im ganzen Norma gibt es nur noch ein, zwei Bichon Frisé und Zwergpudel, die von ihren Besitzern nicht mehr vor die Tür gelassen werden; um sie zu sehen, muss man Schlange stehen wie am Einlass des Aquaparks im Sommer und dem des Einkaufszentrums zu Weihnachten.

Für wen rasen denn unsere Fahrstühle herum, fliegen umher wie Kabinen der Berg-und-Tal-Bahn oder drehen sich im Kreis wie ein Riesenrad, wenn nicht für die Kinder? Sollten diese Attraktionen nicht in erster Linie ihnen Vergnügen bereiten? Nun ist es so, dass die Kabinen statt Kinder Suchmeldungen spazieren fahren. Kurze Infos über ihre Augen- und Haarfarbe, Kleidung, Schuhe, Warzen, Leberflecke, Sommersprossen. Die bunten Zettel erinnern uns stets daran, dass sie verschwunden sind: Emil, 10 Jahre, Leila, 5 Jahre, Mila, 3 Jahre, Markus, 7 Jahre, Tobias, 9 Jahre, Lena 4 Jahre.

XXXV

Unmöglich, hier jeden zu kennen; das Haus ist dafür viel zu groß. Der Teil unten ist noch mal doppelt so groß wie der oben. Wegen der Schwankung. Bei uns sterben, zerfallen, stinken die Leute so, dass niemand es merkt. Niemand weiß, wie viele heute hier einsam sterben werden, jetzt irgendwo herumliegen und von Gasen aufgedunsen Schweiß und Gift verströmen. Wenn sie nicht vorher der Müll auffrisst, als hätten sie nie existiert. Es ist ein großes Haus, da kann man sich nicht an jeden erinnern. Und wenn doch, dann erkennt man denjenigen nicht mehr. Durch das Schwanken ist schon mehr als eine Etage im Boden versunken, und weil es bei uns keine Lüftung gibt, ist der Verwesungsgeruch hier noch stärker geworden.

Ehrlich gesagt, kann er gar nicht mehr stärker werden, die Lichtgeschwindigkeit kann im Vakuum ja auch nicht zunehmen. Der Gestank ähnelt eher einem gleichbleibenden Lärm, einem Signal mit unendlicher Stärke. Das ist eine komplett physische Größe, die universal ist im Raum und der konstanten Zeit, auf dem Level eines Körpers zumindest, er hat keinen Mittelpunkt und befindet sich in Superposition. Das heißt, er ist gleichzeitig überall gegenwärtig und von identischer Kraft. Nur die unter der Erde stehende Luft und hohe Temperatur lassen uns glauben, dass es über der Erde weniger stinkt.

Man kann sich nicht an alle erinnern. Außerdem herrscht unter den Nachbarn ein ständiges Kommen und Gehen. Sie ziehen zwar her, aber nicht mehr weg. Sie können nicht mehr aus dem Gebäude. Wurzeln, so nennen wir die im Boden versunkenen Nachbarn, wobei ich zugeben muss, dass man sich etwas Besseres hätte ausdenken können, etwas, das wie der Name eines Kleinstadt-Sing- und Tanzensembles klingt.

Die im halb anabiotischen Zustand befindlichen Wurzeln sinken immer tiefer und tiefer in den Schlaf und gleichen mehr und mehr chthonischen Gottheiten. Ihr Puls wird so flach, dass er kaum fühlbar ist, auch das Herz schlägt immer langsamer. Kleinere Lebewesen gehen in den Minus-Etagen drauf. Deshalb kann man unter der Erde keine Haustiere halten. Nicht mal Aquarienfische.

Wie weggetreten ein Mensch auch ist, immer sucht er nach Möglichkeiten, noch mehr wegzutreten. Deswegen sind die Flure der Minus-Etagen auch von kaputten Thermometern übersät. Hier gibt es eine eigene Droge – Quecksilber. Man schlägt die Spitze des Thermometers ab wie bei einer Ampulle, zieht den Inhalt in eine Spritze auf und jagt sie sich in die Vene.

Der Organismus ist in den Minus-Etagen derart durch Gase vergiftet, dass keine anderen Stoffe mehr wirken. Man nimmt das flüssige Metall eher, um sich zu quälen, als zum Vergnügen. Zumal es keine Garantie gibt, dass man die Einnahme überlebt. Es ist ein Extremsport, wie Russisches Roulette. Wenn man es trotzdem nimmt, sollte man wissen, dass das ein mehrstündiger Höllentrip wird, gegen den einem die Minus-Etagen wie das Paradies vorkommen. Die Augen brennen wie Feuer, man liegt im kalten Grab (gewissermaßen doppelt), und selbst die Seele ist nicht erfreut. Aber so läuft es. Innerlich geht es einem derart schlecht, man leidet dermaßen, dass man hinterher alles, jeden Millimeter Müll, als das Süßeste wahrnimmt: wie Mutters Wiegenlied, eine Kinderkrippe, den ersten Kuss. Wer hat bloß die Effektivität von Quecksilber entdeckt und wie? FLÜSSIGES METALL. Allein die Wortkombination macht einen schon schwach, als ob eine kalte Hand das Herz greift oder einem heißes Öl ins Ohr gegossen wird.

XXXVIII

Ich wollte schon immer wissen, woraus unser Haus gebaut wurde, ob die Mauern Fundamente haben und die Müllrutsche Reaktionen eines lebenden Organismus aufweist. Sobald sich im Frühling der Flaum der Pyramidenpappel zu wiegen beginnt, ist der Bunker verstopft wie eine Schnupfennase und würgt den Müll hoch wie Auswurf. Um diese Jahreszeit muss man beim Schleuseöffnen und Müllreinwerfen gut aufpassen, dass einem der Müll nicht wieder direkt im Gesicht landet.

Die Hauptsaison des Müllregens ist immer noch der Januar, zu Beginn des Meteoritenregens, dann quellen unsere täglichen Abfälle aus der Schleuse. Auch in der Luft wabert der Müllgestank, wie giftige Gase über dem Todessumpf. Manchmal wirft er auch Bläschen wie Sekt. Banaler geht es kaum, am Himmel Sternenregen, im Haus – Müllregen. Das klingt wie eine Losung: Empfange das neue Jahr mit altem Müll!

Am Neujahrsmorgen sind unsere Eingangsbereiche oft voll mit neuem Müll, die Höfe mit Sternenstaub. Man kommt aus der Wohnung, blickt auf die Müllwüste, den bunten Samtteppich, und erkennt, dass man erstaunlich klein ist, man von sehr viel Müll umgeben ist, der in brillanten, unzähligen Farben schillert.

Die Farben können eine hypnotische Wirkung haben. Es gibt einen berühmten Dichter, dem ist ein noch berühmteres Kenotaph gewidmet: die Geifer triefend Kot Rubinen mengt, / die ganze Schnauze wie von Wutgekläff versengt, / dröhnt eines Götzenbilds Anubis Greuelkunde.

Tief drin verwest etwas Derartiges, dass die Oberfläche des Mülls wie ein Meer tost. Das macht den Müll schön und angsteinflößend zugleich. Es ist schwer, bei der Interferenz des Lichts auf den vom Grund aufsteigenden Blasen nicht an einen Pfauenschwanz zu denken oder an Schmetterlingsflügel oder Seifenblasen, die man als Kind hat fliegen lassen, wobei die Müllgase manchmal so ausgestoßen werden, dass sie leicht ein Schiff oder eine Fähre zum Kentern bringen könnten. Im Haus tost also ein Müllmeer, im Hof ein Rattenmeer. Und im Treppenhaus verbreitet sich der Kellermoder. Memento Moderi.

Die Gase verbreiten sich nicht in der Luft, sondern vermischen sich mit dem Nebel, der sich unter der Decke des Eingangsbereichs sammelt, um dann fein zu zerstäuben, so wie ein Dampfbügeleisen, das warme Wolken ausstößt.

Ich denke an die matte Farbe von Pflaumen. Das ist die Farbe meines Alltagstrotts. Die melancholischen Fresken des Alltagslebens haben dieselbe Farbe. Jedenfalls sollte man deshalb immer einen Gummischirm in der Tasche haben. Diese säurebeständigen Schirme ähneln im aufgespannten Zustand den membranartigen Flügeln einer Fledermaus. Wir sehen damit ein bisschen bizarr aus, wie Filmhelden.

Wegen des Regens zieht man bei uns den Kindern bis zu einem Jahr spezielle Gummikombis an, die aussehen wie Raumanzüge. Es handelt sich um ein autonomes System mit einem hermetisch schließenden Helm und mehrschichtiger Bildschirm-Vakuum-Isolierung. Bei Bedarf fliegt er von allein ins All wie ein kleines Raumschiff, Typ Voyager-3, an Bord ein bisschen Müll – man denke an ein gefülltes Bonbon. Wenn der Müll ein paar Tage alt ist und schon irisierende Blasen wirft, umso besser, denn wir waren von Anfang an überzeugt, dass unsere Nachbarn aus dem Weltall – falls wir überhaupt welche haben und nicht allein, vollkommen allein durch die Dunkelheit reisen – irgendwie die Spektralfarben auf den Müllblasen erkennen werden und, davon verzaubert, uns vielleicht am Ende als Gäste besuchen, zum Beispiel von Alpha Centauri, wenn wir nicht sogar noch weiterfliegen, hinter den Ereignishorizont. Wenigstens stecken wir dann nicht mehr allein bis zum Hals im Müll. Das ist auch keine fixe Idee. Ich glaube fest daran, dass die Erde vom Weltraumtourismus gerettet wird. Was könnte man Schöneres ins ewige Schweigen der unendlichen Weiten schicken als ein Farbspektrum? Ehrlich gesagt, fallen mir da schon noch ein paar Alternativen ein, aber die Frage ist so schön, dass es sich nicht lohnt, sie mit einer Antwort kaputtzumachen. Wie rücksichtslos und asozial muss man sein, einem Farbspektrum nichts abgewinnen zu können. Oder dem gleichzeitigen Spiel aller 2^{24} Farben. Und das sind noch längst nicht alle.

Wenn unsere Nachbarn Farben gegenüber gleichgültig sind oder Achromatopsie haben, reißen sie uns vielleicht ohnehin nicht vom Hocker. Am Schluss kommen sie noch mit dem Besen angeflogen. Wobei wir sie so hilflos und hinfällig auch nicht gebrauchen können. Und wenn sie auf ihrem eigenen Planeten nicht mal von Baum zu Baum fliegen können wie die Vögel, erst recht an einem lauen Frühlingsabend, dann ist es besser, sie bleiben, wo sie sind. Flüchtlinge aus dem Weltall haben uns gerade noch gefehlt. Sie schaffen es sowieso nicht von selbst bis zu uns, denen geht es, wie es scheint, noch schlechter als uns. Und Besenflieger haben wir selbst schon genug. Was haben wir schon zu verlieren? Das, was wir verlieren können, haben wir schon vor langer Zeit verloren.

Und ja, ich glaube fest, dass genau das auf unserer Visitenkarte stehen sollte. Genau diese Kombis, Kinder mit Müll, Bonbons mit Fruchtfüllung, sollten wir unaufhörlich ins ewige Schweigen der unendlichen

Weiten schicken, wenn wir Aufmerksamkeit wollen. Bis jetzt haben wir DNA-Moleküle oder die Strukturen von Wasserstoffmolekülen, mit ihrem eigenen Tschakrulo, geschickt und man sieht ja, wie es die Touristen direkt aus der Zukunft wegschwemmt, statt Blut fließt Säure in ihren Adern, im Mund haben sie noch einen Mund und sie legen Eier in ihre Opfer. O bunter Müll, flieg langsam hinfort, flieg, flieg.

Was die Gummikombis jedenfalls angeht, schützen sie die Kinder zwar vorm giftigem Regen, aber leider nicht vorm Verschwinden.

13.

Auf einem Werbeschild am Spittelmarkt, Ecke Landwehrkanal und Danziger Straße, verkündet uns ein Staubsauger, dass bei Saturn jetzt eine Rabattaktion auf ausgewählte Waren begonnen habe – von E-Zigaretten-Patronen bis Philips-Bügeleisen mit künstlicher Intelligenz, soll heißen mit auf dem Bügelbrett montiertem Textilerkennungsbildschirm und automatischem Temperaturregulationssystem. Der gräulich-weiße internetfähige Staubsauger hat einen wie ein Schwanenhals vorgereckten Schlauch, aus dessen Düse er etwas von Rabatt schreit. Wie alles plötzlich und gleichzeitig billiger geworden ist! Erst der Bvlgari-Ring, dann Hochzeitskleider, jetzt auch noch Staubsauger im Saturn. Aber nicht eine einzige Gucci-Handtasche wird billiger.

Hätten wir noch mal heiraten sollen?, frage ich Marika.

Was soll das heißen?

Was weiß ich, sage ich, alles vor unserer Nase wird billiger.

Stella hört uns interessiert zu, sie ist noch zu klein, auch zum Heiraten.

Ein Kind weiß nicht, dass Gucci das Geld, selbst wenn es irgendwann mal billiger würde, trotzdem nicht wert wäre. Vielleicht muss das so sein. Vielleicht muss es auf der Welt etwas so Unantastbares geben wie einen Sonnenstrahl, etwas so Unzugängliches wie Eden.

Von irgendwoher nähert sich das Heulen einer Sirene. Polizei? Rettungswagen? Feuerwehr? Das Heulen wird allmählich stärker. Und noch stärker.

Plötzlich hört es auf.

Übrigens, fragt mich Marika, findest du Podeswas Titel nicht ein bisschen dämlich?

Das kannst du nicht allein am Titel festmachen. Ich muss grinsen. Du hättest es zumindest erst mal lesen müssen.

Mal sehen. Weiß nicht. Irgendwie reizt mich das nicht. Sie fügt gleich an: Schau mal, selbst wenn deine Texte überhaupt nichts taugen würden, zumindest die Titel gelingen dir immer.

Nun ja, es gibt Leute, die meinen, dass ich die auch nicht hinbekomme.

Ernsthaft?

Absolut.

Wir betreten das Gebäude. Erinnert mich das Haus mit seinen furchtbar rissigen Betonwänden an ein verfluchtes Kloster? Tut es nicht. Die Wände sind auch nicht besonders rissig. Legt mir die stehende Luft wenigstens Tiergeruch und Wärme aufs Gesicht wie in einer Zirkusarena? Nein, natürlich nicht. Der Nebeneffekt von Podeswas Text ist, dass mir solche und ähnliche Fragen in den Sinn kommen, hier aber nichts Besonderes passiert. Einzig neben dem Nachbargebäude steht ein Rettungswagen. Der heult zwar nicht, blinkt aber wie ein Leuchtturm.

Im Eingangsbereich liegen unter den Briefkästen Eierschalen und knallbunte Werbezettel, von denen mir wie Pornostars grinsende Klempner, die Rose im Wasser der Unsterblichkeit und ein in weiße Binden gewickeltes Gesicht mit kleinen schwarzen Löchern für Augen und Mund entgegenblicken.

Wofür Letzteres Werbung macht, ist unklar. Feuchtigkeitscreme? Anti-Falten-Gesichtsmaske? Plastische Operation? Die Eierschalen sind so blütenweiß, als hätte jemand gerade erst etwas ausgebrütet oder sie aus dem Müllbeutel gekippt.

Stella schlurft hindurch, als wäre es gelbes Herbstlaub auf der Straße, die Werbezettel werden gemischt wie Spielkarten. Auf einem steht: 34 *Lafayette Str.* Ich frage mich, ob es so eine Straße in Berlin überhaupt gibt oder ob eine Brise die Zettel aus einer ganz anderen Geschichte hergeweht hat.

Die Eingangstür ist demoliert; um ins Gebäude zu kommen, muss einem niemand von innen öffnen. Im Eingangsbereich hängt ein riesiger Spiegel an der Wand, in dem sich Marika, ich, Stella und Stellas gemalte Ratte spiegeln.

Der Spiegel ist krumm wie einer im Spiegelkabinett, an manchen Stellen gelb und schwarz und so zerkratzt, als hätte sich eine große Kreatur daran die Krallen gewetzt. Wir sehen aus wie ängstliche Ferkel, die gemalte Ratte schaut uns vom Papier herunter an wie ein hungriger Wolf; man könnte meinen, sie würde uns gleich anspringen und alle drei auf einmal verschlingen.

Der Spiegel ist eigenartig, als wäre in ihm noch ein weiterer Spiegel verborgen, ein Spiegel im Spiegel, ein noch tieferer und vielschichtiger. Von irgendwoher sind dazu noch musikboxähnliche Klänge zu hören.

Stella schneidet ihrem Spiegelbild Grimassen, auch uns streckt sie die Zunge raus. Ihr zuliebe bläht Marika die Backen, verdreht die Augen, gibt mit zusammengepressten Lippen Geräusche von sich: B o p b i b o p b i b o p b i p b o p. Ich verstehe nicht, welches Tier oder Wesen sie nachahmt.

Vom Geisterlied des vergilbten Spiegels hypnotisiert, übersehen die Besucher des Hauses Nr. 9 das aufgesprayte Stencil, das sie empfängt:

> *Du bist eines friedvollen Lebens nicht würdig,*
> *hast du keine AK-47.*

Es fehlt nicht viel und ich fange an zu tanzen. Immer wenn ich ein Gewehr sehe, ist mir nach Tanzen zumute. Wenn mir jetzt jemand eine Kalaschnikow in die Hand drücken würde, ich würde sofort etwas vortanzen, aus dem Stegreif. Doch jedes Kind weiß, dass ein Gewehr nur ein Instrument ist und gnadenlos tötet. Früher wurde mit Schwertern getanzt. Heute mit Maschinengewehren. Wobei es auf den Tanz ankommt. Und auch auf das Maschinengewehr. Ich würde mit einer AK-47 tanzen. Und eher Tango. Die Kalaschnikow begleitet mich schon seit der Schulzeit. Der Tango auch.

Die Mädels ziehen vor dem Spiegel wortlos Grimassen wie Stummfilmstars. Die Frauen von Algier konnten das gut, vor dem Spiegel herumwuseln, sich auf einen Terroranschlag vorbereiten. In Dreiergruppen schauten sie mit gebleckten Zähnen in den Spiegel, konnten ihr eigenes Spiegelbild aber nicht sehen, sondern flogen gedanklich ganz woanders hin. Wie bin ich jetzt auf die für Algier kämpfenden Frauen gekommen? Wegen der Posen vorm Spiegel? Dem Gewehr an der Wand? Der Aufregung im Herzen? Vielleicht wegen der Werbezettel, die auf dem Boden liegen wie Propagandamaterial? Wegen allem zusammen? Wir reden fast gar nicht mehr. Besser gesagt, wir reden viel, nur eben nonverbal. Der gelegentliche Blitz zwischen uns ist eine Art Naht, ein Leuchtfeuer für poetische Denkweise.

...

Ich kann ja eigentlich überhaupt nicht reden. Einmal wurde ich eingeladen, an der Kaukasus-Medienschule eine Vortragsreihe zu halten. Zu meiner Schande war ich einverstanden. Ich habe ja im Leben schon Fehler gemacht, aber das war das absolute Fiasko. Mehrmals stand ich vor den Studenten und brachte keinen Ton heraus. Schlimmer noch, ich merkte während des Sprechens, dass ich ihnen nichts zu sagen hatte. Dann hatte ich die Idee, einen Film zu zeigen. Ein paar Mal schaltete ich gleich im Hörsaal den Projektor mit irgendwas von Dreyer, Bresson oder Ozu ein und forderte danach eine Filmanalyse. Und sie analysierten, die jugendlichen Mädchen und Jungs mit den erblühenden Körpern, so gut sie konnten. In der Zwischenzeit endete meine Stunde. Das größte Fiasko war jedoch, dass Lewan Berdsenischwili während einem meiner Vorträge einschlief.

Er war gerade aus Amerika zurückgekommen (ich hatte immer gedacht, von dort käme niemand wieder), und ich besuchte ihn zu Hause. In jenem Sommer herrschte ein Tbilissi eine furchtbare Hitze, die ganze Flora hatte sich dem Schatten zugewandt und nicht der Sonne. Lewan hatte aus Übersee ein philologisches Spiel mitgebracht und freute sich wie ein kleines Kind darüber. Generell freut sich Lewan über alles, was mit Vladimir Nabokov zu tun hat. Zum 111. Geburtstag des Schriftstellers hatte die Cornell-Universität eine limitierte Anzahl an Nonnons vorbereitet. Das Spiel bestand aus einem kleinen krummen Spiegel (im Taschenformat) mit seiner Kollektion aus Nonnons – also noch krummeren, unförmigeren, bunteren, fleckigeren, zersplitterteren, welligeren und raueren, winzigen Gegenständen, so groß wie Legosteinchen. Die Nonnons lagen in einem schwarzen Stoffsäckchen. Man zieht blind eines aus dem Säckchen wie eine Lottokugel, hält es vor den Spiegel und dort erwacht es plötzlich zum Leben. Es ist wie verhext, ein sinnloses Ding bekommt im

Spiegel einen Sinn: Im Spiegelbild verwandelt es sich in ein Schiff, den Mond, eine Rose, ein Gewehr. Das Gewehr wiederum kann Grimassen schneiden und sich in einen Wolf verwandeln, der Wolf in eine Ziege, die Ziege in einen Weinberg. Die Variationen sind unerschöpflich.

Wir saßen also am niedrigen Backgammon-Tisch und spielten dieses Nonnon, außerdem erzählte ich irgendetwas, als Lewan, der lustigste Mensch, den ich je im Leben getroffen habe, plötzlich einschlief. Doch was hat die eigene Lustigkeit für einen Beigeschmack, wenn alle anderen traurig sind, auch wenn es nur im Traum ist? Und wer kann schon sagen, ob Tbilissi nicht der nächste traurige Traum ist, in einer endlosen Kette von Träumen. Entweder hatte ihm die Hitze zugesetzt, das Spiel ihn müde gemacht oder er befand sich noch in der anderen Zeitzone, wer weiß; so wie er in den Sessel gesunken war, so verharrte er auch – die Arme auf den Armlehnen abgelegt, den Mund geöffnet, die Augen geschlossen.

Was hätte ich tun sollen? Wenn ich verstummt wäre, hätte ich ihn vielleicht geweckt und in eine peinliche Lage gebracht. Wie wenn man einen Fernseher ausschaltet, in dem es rauscht, und den Schlafenden damit unfreiwillig weckt. Außerdem überlegte ich, es wäre vielleicht besser, mich leise rauszuschleichen, aber auch das tat ich nicht. Und was, wenn? Wäre er beleidigt gewesen? Hätte er die Stirn in schreckliche Falten geworfen? Das war doch der Mann, der mich vollkommen verstand. Er verstand mich durch und durch, mit allen meinen Tiefen und Schichten und doppelten Böden. Seitdem durchsuche und durchwühle ich meinen Kopf. Manchmal grabe ich dies aus, manchmal jenes. Auch die Frau in mir habe ich bei einer solchen Suchaktion entdeckt. Überhaupt sollte man mal seine ganzen Schichten und Böden durchwühlen, vielleicht entdeckt man zwar keine Frau, aber eine ganz wundervolle neue Welt, vergraben in der eigenen Existenz. Zumindest das eigene private Idaho. Wieso war er überhaupt hier aufgekreuzt? Shakespeare zuliebe? Manchmal reicht es nicht, einen Pass zu haben, jemand muss einen auch kreieren und einen Namen geben. Mein Vater sagte mal: Was keinen Namen hat, das existiert nicht. Und leider hat schon alles einen Namen. Wie einsiedlerisch muss man sein, ein verdecktes Leben haben, also inkognito? Ab und zu braucht man die Rückversicherung durch andere, dass man existiert, denn ein Stein wirft auch nur in der Sonne einen Schatten.

Damals wurde mir langsam klar, dass ich nicht reden kann. Ich erzählte weiter und schämte mich, so dermaßen dumm kamen mir meine Worte vor. Einem Schlafenden etwas zu erzählen, ist ja eine totale Katastrophe.

Einzeln betrachtet, ist weder Butter schön noch eine Fliege, sagte ich, doch die Fliege setzt sich auf die Butter und fertig. Das ist fast Magie, das selbst ist schon Schönheit, erzählte ich dem Schlafenden. Dabei redete ich mir ein, er schlafe ja sowieso, was spiele es für eine Rolle, was ich sage, Hauptsache, ich rausche wie ein alter Fernseher.

Je mehr ich erzählte, desto mehr bildete ich mir ein, dass der Schlafende die Stirn runzelte. Vielleicht war es gar keine Einbildung. Wobei man sich vor Aufregung alles Mögliche einbilden kann. Zum Beispiel Bruder und Schwester schlafend auf dem Fußboden, als sie noch hellwach auf der Truhe saßen, auf die sich ihr Schutzengel dazugesetzt hatte, mit dem Gesicht eines alten Wucherjuden. Ich jedoch konnte mich nicht beruhigen, Butter + Fly = Butterfly, sagte ich und fuhr fort: Die Frage ist, warum bis jetzt niemand eine Modern Opera geschrieben hat, wenigstens eine kulinarische Rock-Oper, *Frau, Butter, Fliege.* Madame, Butter, Fly.

208

Der Dreiakter sollte zum Ausgleich einen Titel aus drei Wörtern haben, These – Antithese – Synthese.

Ich redete und redete, beobachtete dabei den Schlafenden und wiederholte gebetsmühlenartig: Vergiss bloß nicht, mit wem du sprichst, bloß nicht. Dieser Mann, der vor dir im Sessel versunken leise schnieft, stammt aus der Stadt der Kokospalmen – im Sommer wird man taub vor lauter Mückengesumm, im Winter bietet sie frische Mandarinenblätter. Heute wohnt er in der buckligen Stadt, genauer gesagt oben auf dem Buckel, wie der Wächter des Heiligen Berges, und über ihm ist nichts und niemand außer einem winzigen, traurigen Friedhof, über den sich froh zitternder Sternenschein Nacht für Nacht breitet, dessen Untermieter sich in der kalten Erde umarmen, doch nicht wegen der Enge, sondern um sich wenigstens ein bisschen die gefrorenen Knochen zu wärmen, denn ihnen ist nichts geblieben außer diesen Knochen.

Es gibt eine Technik, Buchstaben auszutauschen, wodurch sich auch der ganze Sinn verändert, sagte ich. Ich wusste nicht, für wen ich erzählte, aber ich konnte meine Zunge trotzdem nicht im Zaum halten, ich setzte den Überfall fort, zumindest in meinen Augen, denn die von Lewan waren weit geschlossen. Ich sprach weiter: Angenommen, man könnte *Meister und Margarita* ändern in *Meister und Margherita*, dann hätte man einen Roman über einen Chefkoch, der meisterhaft Pizza Margherita bäckt. Auf diese Art kann man vieles verändern. Aus *Das Haus mit dem Mezzanin* wird zum Beispiel *Haus mit Mezzanine*, ein Haus, in das der Erzähler zufällig hingerät und in dem er zwischen den aufgereihten Platten im Regal *Mezzanine* entdeckt, ein Album, das in seinem Leben noch eine große Rolle spielen wird, sagte ich. Es gibt viele Wörter, Namen oder Tierrassen, die auf diese Weise in einzelne Wörter teilbar sind.

Ich redete, dabei zerbrach ich mir den Kopf darüber, ob er nicht doch mein Gefasel hörte: Ihr solltet wissen, dass der Nachname der berühmten amerikanischen Dichterin, Emily Dickinson, in drei Teile geteilt werden kann. Es kommt zwar etwas Bizarres dabei raus, aber die Sprache liebt solchen Hooliganismus – Lächerlichkeiten, Clownerie (*dick in son*). Der Vorname selbst, Emily, kann seinerseits in zwei Teile geteilt und umgekehrt gelesen werden, sodass der Name irgendeines Diätologen-Blogs herauskommt: Warum Lime. Y *lime*.

Versuchsweise verstummte ich, der Schlafende krümmte sich, leckte sich den trockenen Mund mit der noch trockeneren Zunge, ich fuhr fort, und auch er schlummerte mürrisch gleich wieder ein und öffnete den Mund.

Inkrustation ist ein weiteres, eigenes Genre. Es hat etwas von einem Bouts-rimés. Genauer gesagt, einem japanischen Renga, einer kollaborativen Poesie. Man fügt dem Einen etwas Zweites hinzu, um etwas Drittes zu erhalten und so weiter. Ich rufe euch eine Theorie in Erinnerung, die besagt, dass die Ewigkeit ein winziger Raum ist, wie das verrußte Badezimmer der Welt, mit Spinnen in allen Ecken. Die spezielle *Inkrustation* wäre, wenn ihr euch die Spinnen als Exemplare der Art Jotus karllagerfeldi vorstellt. Habt ihr die schon mal gesehen? Bestimmt habt ihr das. Ein winziger, verrußter Raum voller Jotus karllagerfeldi, die einen aus der Ecke anschauen, nun, das wäre die ewige Fashion-Hölle, quasselte ich, dabei machte ich mich selbst verrückt, weil ich versuchte, einen schlafenden Mann zu beeindrucken und auch jene Möglichkeit bedachte, dass der Gastgeber mein Gerede im Schlaf trotzdem hören und sich davon bestimmt etwas in seinem Gehirn absetzen würde, eingeträufelt wie bei der Hypnose; es ist ja so, dass mir normalerweise nichts Originelles einfällt, stattdessen wiederhole ich, zu meinem eigenen Ärger, in der Erinnerung abgelegte Schulwitze und von anderen erdachte Scherze. Was hatte ich schon erlebt? Bis dahin war mir nie etwas Originelles in den Sinn gekommen, worauf wartete ich also? Also, sagte ich, *Frau, Butter, Fliege* ist bis heute nicht geschrieben worden, glaube ich. Man muss auch nicht Shakespeare sein, um so ein Stück auszuhecken. Jeder beliebige glatzköpfige Franzose mit rumänischen Wurzeln würde das hinbekommen. Wenn nicht sogar ein Dubliner, der aussieht wie ein Haubentaucher. Die weibliche Hauptrolle würde Chibla Gersmawa übernehmen, die große abchasische Sopranistin. Irgendwie kenne ich mich mit Sopranen aus, speziell mit glatzköpfigen. Erst recht mit Abchasen.

Immer noch ruhiges Schnaufen, geschlossene Augen. Leicht geöffneter Mund. So, dass keine Fliege hineinfliegen konnte. Wenn sie wundersamerweise doch hineingeflogen wäre, hätte sie sicher nicht wieder herausgefunden. Doch woher sollte dieser Tage eine Fliege kommen, alle von der Hitze verrückt gewordenen Fliegen und Viehbremsen lagen irgendwo herum und starben leise vor sich hin. Auch ich hätte mit Vergnügen den Mund aufgemacht und zur Abkühlung gehechelt wie ein Hund, doch ich konnte ja nicht eine Sekunde stillhalten.

Ich redete weiter: Was die kulinarische Rockoper betrifft, so könnte es etwas Derartiges geben, aber ich würde über das Thema ein Libretto schreiben, außerdem würde ich einige Wechselgesänge bringen, jeder mit Hommage bzw. Referenz. Sagen wir, im 1. Akt an *Madame Bovary* (was ein wenig mehr ist als nur ein Roman; als Bonus wäre die Entfaltung des Gesichtes von Sidney Kugelmass möglich); im 2. Akt auf den *Letzten Tango in Paris* (was sowieso eine einzige Butter-Reklame ist); im 3. Akt an *Die Fliege* von 1957 (was nicht mehr und nicht weniger ist als das, was es ist – eine kleine Erzählung, abgedruckt in einer großen Zeitschrift. Oder umgekehrt. Kommt drauf an, von wo aus man es betrachtet).

Jedes Wort einer jeden Passage würde ich deutlich wie ein guter Schauspieler aussprechen, an sinnvollen Stellen auch Pausen machen. Wenn mir die trockene Kehle juckt, würde ich mich räuspern. Dann fiel mir noch etwas ein: Jetzt hab ich es! Wenn wir introvertierte und extrovertierte Sichtweisen vermischen, sagen wir, den Letzten Tango in Paris und Paris, Texas, erhalten wir einen tödlichen Cocktail namens Last Tango in Paris, Texas. Hier geht es um Konfluenz der Optik, um die Einheit von innerer und äußerer Welt. Und wenn wir wollen, können wir das ohnehin trübe Wasser vollends trübe machen und noch Tango und Cash dazwischenquetschen, in dem Stallone und Kurt Russell mitspielen, und wir erhalten einen tödlichen Mix namens Last Tango & Cash in Paris, Texas. Keine Maria Schneiders und Nastassja Kinskis und auch keine Marlon-Brando-Weicheier, sondern ein Macho-Film mit zwei Männern. Stellt euch vor, Sly und Kurt tanzen zusammen in Texas Tango bis zum letzten Atemzug, am Ende werden beide abgeschlachtet wie müde Gäule. Sie können auch mit der Motorsäge zerstückelt werden, aber die Geschichte spielt trotzdem in Texas.

Letztendlich wachte Lewan auf und keiner von uns ließ sich etwas anmerken, doch diese Begebenheit bedrückt mich bis heute. Ich dachte ja immer, dass ich alles ertrage und überstehe. Schließlich hatte ich Den Tod des Vergil auch bis zum Ende durchgehalten – es war ein Durchhalten, obwohl er starb, der Dichter, endlich im Wort, im reinen Wort, dem Wort der Weisheit, der Auferstehung, im Wort des Eides, des Fluches und des Zaubers, im Wort selbst, im schwersten und im leichtesten Wort, deren Sprache noch nicht geboren ist, – und so hätte ich es doch auch irgendwie ertragen müssen, dass ein Mensch für wenige Minuten einschläft. Nun, ich konnte es nicht ertragen, und bis heute betrübt mich die Erinnerung daran.

Außerdem kommt es auf den Menschen an. Mir persönlich ist Lewan allemal lieber als alle 365 Vergils zusammen. Außerdem bin ich nicht sicher, ob er damals auch eingeschlafen wäre, wenn er erfahren hätte, wie tief ich fallen würde. Ich tröstete mich jedoch damit, dass er das zum Scheitern verurteilte Soliloquium trotzdem nicht schlecht hinter sich bringt.

Bedauernswert ist derjenige, der keinen einzigen Menschen hat, der ihm lieber ist als ganze Poesie, und bedauernswert auch derjenige, der ein Gedicht nicht versteht, das der ganzen Menschheit lieber ist.

Am Ende nahm Lewan das letzte Nonnon aus dem Sack und reichte es mir wie der Zahnarzt meinen gezogenen Zahn. Ich brachte den winzigen Gegenstand, der aussah wie eine aus verschiedenfarbigem Plastilin geknetete zweiköpfige Raupe, zum Spiegel, aber vergeblich. Wie ich sie auch drehte und wendete, sie verwandelte sich im Spiegelbild nicht. Auch ich blieb, wie ich war, mit dem bunten Nonnon in der Hand.

Da brach Lewan in Gelächter aus, ein wahnsinniges, endloses Gelächter. Doch seine heisere Stimme kam nicht aus seinem Mund. Nur seine Schultern zitterten. Aus grenzenlosem Respekt ihm gegenüber gab ich mir Mühe, in dem Gelächter etwas Homerisches zu sehen, aber es gelang mir nicht, stattdessen erinnerte er mich an Chrysipp, den Stoiker, der sich totgelacht hatte. Ich schaute ihn an und hatte Angst, dass auch dieser ehrenwerte Mensch vor Lachen ersticken würde. Jeder Mensch ist sterblich. Lewan ist ein Mensch. Das heißt, Lewan ist sterblich. Aber ist Lewan wirklich ein Mensch? Jedenfalls hörte und hörte er nicht auf. Bis heute habe ich ihn vor Augen, mit seinem lautlosen Gelächter, wie ein im Herzen begrabener tauber Seufzer.

$$\cdots$$

In einem meiner Bücher gibt es eine episodische Figur, einen sprechenden Stein, der schweigt. Warum auch immer, denke ich in letzter Zeit oft an ihn. Ich glaube, der Stein ist mein Alter Ego, oder sogar ich selbst bin der Stein. Manchmal glaube ich jedoch, dass mir Marika alles, woran ich mich erinnere, in den Kopf gepflanzt hat, damit ich nicht denke, ich sei Der Mann ohne Vergangenheit, ein Mann, der nicht existiert. Doch falls sie mir das eingepflanzt haben sollte, dann müsste sie vorher das Jenseits gut herausgespült haben.

Ich für meinen Teil möchte ein Mädchen sein, von mir aus auch das Mädchen aus der Streichholzfabrik. Stattdessen kommt es mir so vor, als ob ich plötzlich verschwinde, die Bürger jedoch für immer so bleiben, wie Katzen mit Seidenschleifen. Manchmal reicht es, wenn wir uns nur einen Moment lang ansehen. Und manchmal ist selbst das nicht nötig. Nur ein hellblau leuchtender Blitz zuckt krachend zwischen unseren Köpfen, wenn der Verständigungsakt entsteht, wie eine Spannungsentladung zwischen Elektroden.

Zack!

Zack!

Stella sprüht versehentlich eine Fontäne aus dem Kopf. Ich kann sie verstehen. Hunde pinkeln auch häufig aus überbordender Freude. So eine Inkontinenz habe ich auch, wenn ich mich über etwas sehr freue. Ich bin ansonsten ein ziemlich lustloser Mensch. Zwischen uns blitzt ein lustiges Dreieck in der Luft, wenn wir alle drei gleichzeitig etwas verstehen. Wir sind eine kleine Familie, eine leuchtende. Manchmal dröhnt es mir im Ohr, als nahte ein Zug, ich habe die Ohrmuscheln aber mit Watte geschützt, sodass alle Geräusche für eine Weile verschwinden.

Hier und jetzt mische ich mich nicht in Mädchenangelegenheiten ein, in der Betonwirklichkeit versuche ich in Podeswas

Text verteilte Zeichen zu finden. Seinem Werk zufolge müsste die Fischerinsel mit Löchern übersät sein, aus denen Rattenschnauzen ragen wie Rosinen aus einem Milchbrötchen. Auch ihre abgefressenen roten Schwänze müssten überall herumliegen. Von der Danziger Straße bis hierher habe ich allerdings nichts dergleichen gesehen. Aber ich habe Leben unter der Erde gespürt. Wobei ich das immer und überall tue, so wie meine überempfindlichen Mandeln jede Art Wärme spüren. Besonders nachts, wenn die Stadt schläft, unter der Erde jedoch ein anderes, ein paralleles Leben pulsiert und zahllose Insekten und Säugetiere sich miteinander vermischen. Wenn ich mich, nur mal so als Experiment, am helllichten Tag auf die Erde legen würde, zum Beispiel um zu sterben, und geschlossenen Auges hinhorchte, könnte ich nicht sagen, wo das Leben mehr pulsiert – unter oder über der Erde. Ich bin gestorben und konnte es nicht sagen.

Von der Haltestelle bis zum Wohnblock der Podeswas braucht man in gemütlichem Lauftempo fünf Minuten. Während dieser fünf Minuten war der in die Rettungsdecke gehüllte Obdachlose die einzige Quelle des Gestanks. Die Wohnung selbst stinkt dann tatsächlich von innen, aber nicht so, wie Milo schreibt, die hiesige Luft sei so mit Gestank gesättigt, dass man sie berühren könne; man fühle physisch, wie sie am Körper haftet und einen einengt wie eine Zwangsjacke.

Natürlich bewegen sich die Fahrstühle ganz gewöhnlich, wobei kein einziger von ihnen eine besondere Größe hat. Die Türen haben jedenfalls alle die gleichen Standardmaße. Ein Smart würde wahrscheinlich hineinpassen, aber eine Flak oder eine Radarstation eher nicht. Es gibt statt acht nur vier Kabinen. Vielleicht ist das nicht mal wenig für einen Wohnblock. Milo erwähnt die Fahrstühle oft. An einer Stelle schreibt er, es hieße, im Notfall könne man damit ins Weltall fliegen, wobei er gleich ergänzt, diese Geschichte sei vielleicht doch eher dem Reich der Phantasie entsprungen.

Es heißt, von den Fahrstühlen gebe es ein paar, die sich wie gewöhnliche Fahrstühle im Schacht auf und ab bewegen, wobei sie, falls nötig, auch ins Weltall fliegen könnten. Erst öffnet sich auf dem Hausdach eine spezielle Luke, von der aus die Kabine den Wohnblock verlässt und sich dann in der Stratosphäre direkt in eine hermetische Kapsel verwandelt. Anfangs war es so gedacht, dass die Parteielite in einer Extremsituation von diesem kosmischen Reliquiar Gebrauch machen und zeitweise den Planeten verlassen können sollte. Aber diese Geschichte entspringt vielleicht doch eher dem Reich der Phantasie, denke ich.

Überhaupt sind hier bis jetzt weder Schildkröten zu sehen noch Schildkrötenjunge. Wem wohl solche Übertreibungen nutzen? Nicht mal Anzeigen im Zusammenhang mit den verschwundenen Kindern sind an die Wand gepinnt. Klar ist das eine Metapher, aber unklar ist, wofür.

DIE WÖRTERAUSSTELLUNG

XL

Wie tritt man einen Weg in unberührten Müll? Ein Mann geht voran, schwitzend und fluchend, setzt schwerfällig einen Fuß vor den anderen und bleibt dauernd stecken im lockeren Müll. Man arbeitet sich mühsam voran, nach dem Prinzip »Einen Schritt vor, zwei zurück«. Mit den Fuß-spitzen zieht man einen Halbkreis. Man versinkt mit den hohen Gummi-überschuhen in der bunten Masse. Wir treten vorsichtig auf, als hätten wir Angst, die eigenen Träume zu zertrampeln. Weil die Sicht einge-schränkt ist, dient alles Mögliche zur Orientierung – die Spalte beim Fahrstuhl, die flackernde Neonlampe an der Decke, das unanständige Stencil bei den Gittern, die Tür ohne Namensschild, die Einwegspritzen und die zersplitterten Thermometer, die Puppe mit angesengten Haaren und hohlen Augen, die den Kopf aus dem Müll reckt. Dabei folgen einem vier bis fünf Leute dicht auf den Fersen und in einer Reihe – sie gehen neben der Spur, die man festtritt. Das wiederholt man ein paar Mal, bis man an die gewünschte Stelle gelangt, dreht um und geht zurück, kriecht herum, seitwärts, wie Krabben das tun, um den Müll maximal zu ver-dichten, als wäre es Kaffeepulver im Siebträger. Wenn der Erste müde wird, steht schon der Nächste des Fünferteams an der Spitze bereit. So wird ein Weg durch den jungfräulichen Müll gebahnt, mit vereinten Kräften.

Treten wir wirklich gern von morgens an verschiedenfarbigen Müll im Eingangsbereich fest? Müll ist eine negative Schule vom ersten bis zum letzten Tag für alles Mögliche. Kein Mensch – weder der Proletarier noch der Professor – will im Müll sitzen. Doch wenn man sich bis zum Hals darin wiederfindet, muss man die Wahrheit über ihn sagen. Nur: Mit welchen Worten soll man ihn beschreiben? Und geht es überhaupt nur um Worte? Die ganze Geschichte hat eher Therapiecharakter, ein Treffen anonymer Irrer. Bei uns ist das Müllfesttreten mehr eine Sublimierung, ein Mittel, um mit inneren Konflikten umzugehen, schädliche Impulse für gesellschaftlich nützliche Aktivitäten umzuleiten. Alles andere kommt danach.

An den Müll selbst würde man sich irgendwie noch gewöhnen, aber den Gestank vergisst man nie. Der hiesige Geruch tritt nie, auch nicht eine Sekunde lang, in den Hintergrund. Er ist immer genauso stark und wirkt genauso wie beim ersten Mal. Ob Schlafen oder Wachen, immer fühlt man mit seiner ganzen Existenz, wie man von diesem Gestank durchtränkt wird und deshalb selbst der Atem nach Verwesung und Karamell und Schokolade stinkt, wenn wir davon träumen, wie Aas.

Vor Kurzem habe ich versucht, mich an den Geschmack der Kirsche zu erinnern, den ich früher unheimlich mochte. Ich konnte nicht erklären, was an dem Geschmack der Kirsche so besonders ist. Aber vielleicht ging es auch nicht um den Geschmack der Kirsche, sondern mir hatte nur die Farbe des Granatapfels gefallen.

Doch darüber braucht man nicht nachzudenken. Generell braucht man nicht zu denken. Es ist am allerbesten, wenn der Kopf leer ist. Dem Leeren tut der Gestank nicht weh. Man wird zur leeren Hülle, Schachtel, Klistier, Kwewri, zu was auch immer, Hauptsache, man denkt nicht nach. Es ist am allerbesten, das Gehirn völlig anzuhalten. Wenn es dem Gestank gelingt, in die Träume einzudringen, dringt er auch in die Seele ein. Selbst wenn man keine hat. Oder anders gesagt: Wenn man aus dem Mund stinkt, merkt man erst, dass man eine Seele hat, nasser als der Müll. *Das ist so wie bei Ausgehungerten nach einer Belagerung, denen taten bis zu ihrem Lebensende Zunge und Zähne weh, auch wenn sie schon satt waren. Der ein oder andere nimmt den Gestank bei uns sicher gar nicht mehr wahr, aber Nase und Lungen brennen trotzdem ständig.*

Den Magen kann man ja noch irgendwie überlisten, indem man sich zum Beispiel Holzspäne in den Mund steckt und noch welche als Reserve in die Tasche, aber gegen den Gestank kann man nichts machen. Manche der Belagerten haben vor Hunger in ein Holzscheit gebissen und sind vom Harzgeruch erst recht verrückt geworden oder in Ohnmacht gefallen. Aber hier nimmt man absolut keinen Geruch wahr, nicht einmal den von Harz.

Je mehr man sich dagegen wehrt, den Gestank in sich hineinzulassen, desto mehr presst sich der Gestank selbst in einen hinein. Er ist nicht der Feind, das ist einfach sein Naturell. Er will gleichzeitig überall sein, im Bunker und in einem selbst. Wenn man den Gestank in einen Kanister füllte, würde er zum Kanister. Wenn man ihn in ein Trinkhorn füllte, würde er zum Trinkhorn. Die Liste ist lang. Der Gestank wird zum Taufbecken, der Gestank wird zum Klistier. Insofern lass los und lass ihn tief hinein, mein Freund, wie neun Gramm ins Herz, wie die Gebote, die ein äußerst eigentümlicher Apparat auf die Haut des Kriminellen schrieb und schrieb, auch auf die des völlig Unschuldigen, solange er nicht durchstechen würde, solange er nicht jeden einzelnen Buchstaben der Gebote in die Knochen einbringt. Unser elftes Gebot und unsere Tugend ist Nichtwidersetzung gegen den Gestank.

Unterbrich das Gedankenlesen. Nicht die Gedanken anderer, nein, die eigenen. Denk nicht mehr. Ein Gedanke nimmt viel Energie. Atme mit voller Brust und gierig, als hättest du lange im Karzer gesessen. Etwas Schlaueres kann man im Leben nicht tun. Atme ein, atme aus, atme ein, atme aus. Leere das Volle, fülle das Leere. Trainiere die Lunge, als wäre sie eine Pumpe, damit sie nicht atrophiert wie ein Magen nach langandauerndem Hunger.

Wir stehen verlässlich und mit beiden Beinen im Gestank.

Wir sind unbesiegbar, solange wir den Müll berühren.

Wir sterben, wenn uns jemand aus dem Müll zieht, uns in die Luft hebt wie Herakles den Antaios.

Wenn man übervoll ist mit Gestank, hat jedes Milligramm saubere Luft den Wert einer Tonne Gold, und jeder einigermaßen angenehme Geruch bereitet größte Glückseligkeit. Man merkt, dass es sich nur für diese Momente zu leben lohnt und wie wenig man braucht, um glücklich zu sein. Auch der letzte Idiot weiß, dass Sisyphos nicht dann glücklich ist, wenn er mit dem Felsblock den Gipfel des Berges erreicht hat, kurz bevor er herunterrollt, sondern während er den Felsbrocken hochwälzt. Nur dann geht er vollkommen in Vorfreude auf, die stärker ist als die Freude selbst[13].

Begegne dem Monster mit einem Lied. Und stolz wie ein Delfin. Sing etwas, selbst wenn es schon oft gesungen wurde. Wirf deine Kehle in den Wind und sing ein giftiges Wiegenlied. In geöffnete Lungen kommt der

....

13 Was Sisyphos' Freude betrifft, speziell die Erwartung der Freude, ist es, als würde man ein Weihnachtsgeschenk auspacken. Man löst ein glänzendes Papier, löst das zweite, das dritte. Bevor man zum Geschenk vordringt, ist man in derartiger Vorfreude, man fühlt die Wonne im Voraus, ein wohliges Kribbeln. Was einen in der Verpackung erwartet, ist gar nicht so wichtig. Es ist klar, dass der Schlüssel eines Pagani Zonda besser ist als ein Holzrührlöffel, um die Pfanne nicht zu beschädigen, aber das ist ein anderes Thema. Die Hauptsache ist die Wonne der Vorfreude. Außerdem weiß Sisyphos überhaupt nicht, was Qual ist; was er tut, hat nichts mit der absurden Arbeit eines Fabrikarbeiters oder Büroplanktons gemein. Das Glückshormon in seinem Gehirn kocht, dass es ihm fast zu den Ohren herauskommt. Wenn er loszieht, um den Stein auf den Berg zu wälzen, ist er glücklich, und wenn er den Stein den Hang hochschleppt, überglücklich. Was sind dagegen schon Kaufzwang, Spielwut oder Pornosucht?

Gestank einfacher hinein. Wir laufen hier nicht deswegen erhobenen Hauptes herum, weil wir arrogant sind, wir stehen einfach nur bis zum Hals im Müll. Nicht deswegen, weil der Müll wie Sekt perlt, sondern weil wir uns ungefähr vorstellen können, was uns weiter vorn erwartet. Oder weiter hinten.

. . . .

Sisyphos und der Felsbrocken, ecce homo modernus. Das ist ein unzertrennliches, universelles Paar, wie Gilgamesch und Enkidu, Noah und die Arche, Christus und das Kreuz, Romeo und Julia, Tom und Jerry, ich und der Mond. Nicht nur, dass diese Paare sich gegenseitig erfüllen, sondern, nota bene, meine Liebe, nota bene, sie stärken einander auch. Sisyphos gibt es nicht ohne den Felsen.

Vielleicht ist er nicht der populärste Held. Ihm sind mit ähnlichen Fähigkeiten gesegnete Wesen weit voraus. Mehr noch, er ist nicht nur kein Held, er ist noch nicht mal ein Antiheld. Er ist eher wie die Schweiz, spielt in einer eigenen Liga. Dafür ist er einer der populärsten. Wenn nicht sogar der populärste. Der Platz unter den Top 3 ist ihm für immer sicher. Wenn schon nicht der Gott der Arbeiterklasse, so sollte er zumindest ein Erzengel sein. Jeder braucht einen Standard, ein Idol, ein Ideal. Wenn man genauer hinschaut, stellt man fest, dass jedes Büroplankton gleich das innerlich begonnene Kriegsgeschrei unterbricht, wenn es merkt, dass sich das Paradies nicht irgendwo anders befindet, sondern genau dort, im Prozess selbst. Die Arbeit selbst ist vita – und nicht modus vivendi.

Meiner Meinung nach gibt es zwischen Sisyphos und Don Juan keinerlei besondere Ähnlichkeit. Etwas anderes wäre es, wenn es sich umgekehrt verhielte: wenn Sisyphos nicht einen Stein den Berg hinaufschleppen, sondern wie Don Juan zwischen Steinen am Fuße des Berges herumhetzen müsste, von mir aus tanzend und graziös galoppierend. Das ist das einzige Argument und der fundamentale Unterschied dieser Geschichte. Wenn er nicht einfach einen Stein zum Schleppen aussuchen würde, sondern einen Schlaganfall bekäme. Wie wenn einen im Hypermarkt vor lauter Auswahl eine Lähmung befällt. Und ein bisschen Panik.

XLI

Es gibt hier junge Leute, die hängen sich einen Autoduftbaum um den Hals, einen Papptannenbaum, getränkt mit Nadelduft. Wogegen und warum sie protestieren, verstehen sie selbst nicht. Die Verwirrten rebellieren plötzlich grundlos und laufen mit bedeutsamem Gesichtsausdruck herum. Manche tragen auch ein batteriebetriebenes Toiletten- oder Büro-

. . . .

Es ist nur ein Bonus dieser Geschichte, dass Don Juan stirbt, sobald ein Stein in seinem Leben auftaucht, wenn auch in Gestalt des Teufels. Bei Sisyphos ist es umgekehrt: Er stirbt, sobald der Fels aus seinem Leben verschwindet. Der Fels ist für Sisyphos keine Frau, und eine Frau ist für Don Juan kein Fels. Sisyphos übertrifft nicht den Felsen, Don Juan jedoch steht über allen seinen Frauen.

Als Untermauerung taugt aber nicht jener Essay, in dem der Namensvetter einer Cognac-Marke verdeutlicht, wie der einsiedlerische Don Juan aus einer heißen Zelle eines in den Bergen Spaniens versunkenen Klosters ins stille Tal, auf die majestätische und einsame Landschaft blickt. Seine »Sinnesfreuden enden mit Askese«. Mit der gleichen Askese hätte auch die Sinnesfreude eines anderen Mannes enden können, allerdings in den Goldbergwerken Sibiriens anstatt in den Bergen Spaniens, genau dort wäre »ein geeignetes Arbeitsfeld für seine Kräfte und seinen romantischen, nach Abenteuern dürstenden Charakter«. Die Rolle des Bruders dieses Mannes hatte übrigens seinerzeit einmal der Cognac-Marken-Namensvetter in seiner Aufführung übernommen. Für mich jedoch ist das vollkommen unvorstellbar, auch der vom Stuhl aufstehende Sisyphos. Das ist so, wie wenn jemand immer wieder in den gleichen Fluss rein- und wieder rausgeht. Rein und raus. Vor – zurück, vor – zurück. Beziehungsweise sich auf der Superposition befindet, d.h. gleichzeitig auf dem Berggipfel und im Tal. Dabei gleicht Don Juan eher einem Querschläger oder der Karambolage, dem Billard ohne Taschen, bei dem die Kugel chaotisch und unaufhörlich auf dem Tisch umherrollt und ständig gegen andere Kugeln prallt.

spray direkt an der Brust, angesteckt wie eine Nelke, das automatisch einmal pro Minute Meeres- oder Zitrusduft versprüht. Wir sind von unserem eigenen Geruch umgeben und uns kann nichts von außen etwas anhaben, sagen sie. Was eine große Illusion ist.

Diese jungen Leute werden bei uns von niemandem belächelt, wir alle haben diese Entwicklung durchlaufen. Auch wir hatten Aroma-Diffuser, Sprays und Hüte mit Propellern, als würden wir den Gestank irgendwohin verjagen. Insofern haben diejenigen Glück, die wegen der Hausschwankung unter der Erde gelandet sind, in ihrem halbanabiotischen Zustand atmen sie sowieso fast keine Luft mehr ein.

Die Alten wissen, dass man den Müll nicht abrupt und mit aller Kraft in den Schacht schmeißen darf, man muss das ganz langsam, fast spielerisch tun; das Müllstopfen ist ein ermüdender, zeitraubender Prozess. Deswegen versuchen sie dem Ganzen mehr Spaß zu verleihen. O, eine Frau hat Müll gebracht, simsalabimbambasaladusaladim.

Auch die Prozession ähnelt einem Marsch von Fans. Oder einer Sportlerparade. Jede Etage hat ihre eigene Gruppe. Und jede stopft auf ihre Weise die Überbleibsel vergangener Tage in den Schacht. Manche fangen

· · · · · · · · · · · · · · · ·

Mit Billard kenne ich mich übrigens aus. Vor allem mit Taschenbillard. So nannte man das früher. Bevor es Baoding-Bälle gab. Man nennt sie auch Übungsbälle oder Meditationsbälle. Auch Anti-Stress-Bälle, von denen es heißt, sie seien eine tolle Sache, um die Akupunkturpunkte der Hand zu stimulieren.

Das Spiel macht eher das Drehen der Kugeln aus. Ob man es nun Taschenbillard nennt oder Meditation, ist egal. Das Gute an dem Spiel ist, dass man keinen Mitspieler braucht. Man kann allein, blind oder in der Tasche spielen, man kann genau dort weitermachen, wo man aufgehört hat. Außerdem kann man überall spielen: im Nahverkehr und im Kino, im Museum und in der Kirche, im Fahrstuhl und im Badezimmer. Letztendlich braucht man nicht mal eine Tasche. Das zum Thema Bälle. Oder zum Thema Vorfreude?

dabei so an zu summen, dass sich plötzlich die Lungen öffnen. Nirgends sonst wird so gesungen wie im Müllraum. Wer etwas Schlechtes über uns sagt, dessen Herz soll sich mit Müll füllen.

Und wenn, wie es heißt, in der zufälligen Begegnung der Nähmaschine und des Regenschirms auf dem Seziertisch die Schönheit liegt, warum ist der Müll von sich aus dann nicht schön? Nicht der im Museum konzeptionell als transformiertes Kunstobjekt ausgestellte, sondern einfach der Müll, wie er auf den Mülldeponien liegt, ein Haufen, Berg, ein Gebirgszug, unförmig und anspruchslos.

Das ist kein Treffpunkt, sondern ein Epizentrum. Hier treffen und vermengen sich Fischinnereien und Kofferradio, löchriger Strumpf und

....

Sisyphos ist übrigen auch deshalb ein Homo modernus, weil er die wichtigsten Trends der Saison bedient. Das sind: gesunder Körper und gesunder Geist. Oder gesunder Körper. Der Geist ist hier nur Beiwerk, wie die kleinen, aber schönen Geschenke, die man in Hochglanzzeitschriften in Form von Shampooproben oder 5%-Rabattcoupons für die Ladenkette »Green Planet« findet. Heutzutage geht Jesus ja auch nicht mehr auf dem Wasser, sondern er joggt. Jogging ist eins der besten Dinge unter den Gesundheitsaktivitäten. Bei dieser aeroben Trainingsform macht jeder Körpermuskel mit. Herzmuskulär. Heute verbrennt sich auch Ikarus nicht mehr die Flügel an der Sonne, sondern nimmt Sonnenbäder auf der Sonnenliege, mit Karotten- und Orangensaft in der Hand, seine künstlichen Flügel lässt er sich von schönen Hermaphroditen massieren. Buddha hätte lieber mit Aerobic (oder Pilates? Jivamukti? Bodyflex? Bailotherapie?) anfangen sollen. Allein mit einem Lächeln kannst du heutzutage nichts verkaufen, nicht einmal Religion. Erst recht nicht mit einem unförmigen Körper. Wie soll sich einer mit so viel Cholesterin im Blut um deine geöffneten Chakren und Nirvanas kümmern? Sisyphos jedenfalls ist stets in Form. Es gibt ein Trainingsgerät für Skifahrer, das sich »unendlicher Hang« nennt. Genau so ein Gerät ist für ihn der Berg. Doch das war nicht seine Wahl, sondern seine Strafe. Er wurde zu unendlichem Glück verurteilt. Wer weiß, was die höchste Form der Strafe ist – Glück oder Unsterblichkeit?

Kartoffelschale, Eierschale und mit Seniorenurin vollgesogene Windel, gebrauchtes Präservativ und gebrochenes Herz, Tampon und getötete Seele. Genauso wie Nähmaschine und Regenschirm mit einem aufgedunsenen Hundekadaver darauf, aus dessen aufgepickter Augenhöhle eine weiß-gelbliche Made kriecht.

XLIV

Im Zusammenhang mit den Müllbergen haben wir eine einzige Tradition: Wasser über den Müll zu gießen, beziehungsweise ihn zu besprühen. Bei starkem Frost wird der Müll nachts mit Wasser benetzt wie Bügelwäsche und so liegen gelassen. Am nächsten Morgen bringt die Neonbeleuchtung im Eingang die Eiskristalle auf dem Müll derart zum Glitzern, dass er an einen Piratenschatz in einer geheimen Höhle im Kinderbuch erinnert. Goldmünzen, Schmuck, pflaumengroße bunte Steine und Granate. Und auch ein aufgebrochener Granatapfel.

Der Müll blinkt im Neonlicht wie Brokat in der Sonne. Ein paar Mal habe ich dieses Blinken schon gesehen und in Rio im Geiste mit Glasperlen gespielt, trotzdem freue ich mich jedes Mal wieder über das Neonschimmern auf dem vereisten Müll, als sähe ich diese aufgeschüttete Schatzinsel zum ersten Mal. Doch die märchenhafte Schönheit ist trügerisch. Man muss immer aufpassen, dass das Eis nicht bricht und man in den Müll fällt, denn dort wurde noch niemand je lebend wieder herausgeholt.

Bei diesem Reichtum fällt mir aus irgendeinem Grund ein, dass die Bedeutung des Perlenspiels total übertrieben ist, erst recht in Rio.

Ich frage mich nur, wieso uns bei dieser Menge Müll bis jetzt nicht der Gedanke an eine Wissenschaft im Zusammenhang mit Müll kam. Zum Beispiel Müllkunde, Müllistik, Müllosophie, Müllologie. Vielleicht auch

Müllographie – eine wissenschaftliche Disziplin, die historische Aspekte im Zusammenhang mit Müll erforscht. *Oder eine Sekte, deren Mitglieder Müll anbeten, mit ihm sprechen und sich damit überschütten. Oder sogar eine Art geistlicher Ritterorden, der im Namen des Mülls geheime Riten vollführt und Verschwörungen plant. Oder eine Feierlichkeit, ein Müllfestival namens Mülltag, eine Volksbewegung mit vollen Müllbeuteln in der Hand, eine Müllballschlacht und kollektives Mülltreten in der großen Kelter mit Gummistiefeln.*

Vielleicht gibt es das alles schon seit Langem, es heißt der Legende nach bloß anders. *Wir lieben doch Legenden dieser Art.*

Und warum sollte es nicht auch eine Religion geben? *Wenn alles seinen eigenen Gott hat, warum nicht auch der Müll?* Verständlicherweise *wird der Müllgott nicht unter die Top 10 auf der Beliebtheitsskala kommen, wie die Erd- und Himmels-, Todes- und Auferstehungs-, Sonnen- und Mond-, Kriegs- und Friedensgötter, wahrscheinlich nicht mal unter die Top 20 oder 100, aber soll das richtig sein, dass es ihn gar nicht gibt?*

Und wenn alle feinen Namen schon vergeben sind oder, unter moralischen Kriterien, Müll keinen wohlklingenden Namen haben darf, könnte er doch beispielsweise Qschtschzdststschkhdschh heißen. *Kurz Ts'tsch.* Er soll bloß irgendwie heißen.

Auch wenn alle göttlichen Throne schon besetzt sind, gebührt ihm ein *hölzerner Hocker oder Campingklappstuhl, mit Alugestell und Nylonbezug. Und wenn er völlig körperlos dargestellt wird, wie Ruß oder Gas, braucht er nicht mal mehr einen Hocker. Sein Schloss würde eine Konservendose sein, seine Krone eine Eierschale, das Ei ein Hühnerknochen, die Kutte eine Wurstpelle. An diesen Attributen sollten wir ihn erkennen, wie den Messias an Dornenkrone und Kreuz und James Bond an Martini und Aston Martin. Und wenn er weder gut noch böse ist, sollte er einfach stinken, wie es sich für einen Müllgott gehört. Niemand kann ihn aufgrund seines Alters, Geschlechts, Berufes, seiner Nationalität und Hautfarbe diskriminieren, genauso wenig aufgrund von Konfession, sozialem*

Status und Orientierung. Niemand braucht mit ihm eine gemeinsame Sprache zu finden, individuelle Standpunkte sind nicht nötig – er ist der Müllgott, kein Ethiklehrer, er attackiert jeden mit der gleichen Kraft. Alle für einen und Gott gegen alle. Qschtschzdststschkhdschh sei mit uns. Unter Freunden Ts'tsch. Immerhin haben wir diese abruptiven Sibilanten, die man früher sogar »kaukasische Konsonanten« nannte.

Es hätte schon jemand aus dem Müll wie aus Meeresschaum geboren oder unbefleckt empfangen werden müssen, damit auch wir unser Enigma gehabt hätten. Ansonsten finden wir die jungen Männer, die nicht laufen und reden können, sowieso zu Pfingsten im Müll. Bis wir für sie einen Namen ausgedacht haben, sind sie schon wieder spurlos verschwunden, als hätte es sie nie gegeben und wir hätten sie uns nur eingebildet. Als ob der Müll das, was er gebracht hat, auch wieder mitnähme. Vielleicht nimmt er sie auch nicht mit, vielleicht hat sie irgendwer mit Handschellen an die Heizkörper gefesselt, mit einem Lumpen im Mund und Dunkelheit im Herzen. Oder sie verdingen sich einfach als Hausdiener. Leute sind seltsam. Wenn man seltsam ist, erinnert sich keiner an den Namen.

Ansonsten sind die Leichen, die der Müll anschwemmt, so zahlreich, dass sich die Erinnerung nicht lohnt. Bis auf ein, zwei Ausnahmen. Die letzte war die Leiche eines alten Mannes. So um die eins achtzig groß, an den Schläfen silbrig glänzendes, rötliches Haar. Seine Zehen hatten Keilform angenommen, wahrscheinlich vom jahrelangen Tragen spitzer Schuhe. Er hatte gut entwickelte Beinmuskeln, wie ein Sprinter oder Balletttänzer. Weißes Hemd, blau-roter Schlips, schwarze Hose, Socken, Schuhe. Es fanden sich keinerlei Papiere bei ihm, die seine Identität hätten offenbaren können. Auch keine Fingerkuppen. Einzig in seiner Jacketttasche kullerten achtzehn runde Rosinen in Schokolade herum. In der leeren Geldbörse lag ein aus einer alten, seltenen Ausgabe herausgerissenes Blatt aus einem Rubāī von Omar Chayyām, in der Mitte gefaltet: Die Rose des Paradieses wächst aus der Hölle.

XLVII

Vor dem Schlafengehen brachte ich den Müll weg, als ich von irgendwoher plötzlich ein altes, für das Norma gänzlich unpassendes Lied hörte, »Lucy in the Sky with Diamonds«. Eine Weile stand ich entgeistert da und konnte nicht begreifen, was mir an dem Lied damals so fröhlich vorgekommen war. Auch nicht, aus welcher Wohnung der Klang leise, sehr leise kam. Unsere Wände reflektieren Geräusche dermaßen, dass sie vom Keller aus wie Querschläger nach oben abprallen.

Wenn es unerträglich wird, bis zum Hals im Müll zu stehen, kommt mir unwillkürlich in den Sinn, dass der Gestank und die riesigen Fahrstühle vielleicht gar nicht existieren und nur ich es bin, der sich die ganzen Fahrstühle und den Hof mit seinen Ratten ausgedacht hat. Dann stellt sich allerdings die Frage: Wer bin ich? Oder was bin ich? Ästhetisch bin ich nichts weiter als eine Laus. Sei flexibel, hat mich mein Vater gelehrt, sei bei einer Frau ein Mann und bei einem Mann eine Frau. Du bist kein Roboter, sagt mir der Roboter. Du bist ein Schaf im Wolfspelz, diktiert mir das Herz.

Meinem Vater kann ich sowieso nicht trauen. Ganz zu schweigen davon, dass ich nicht weiß, welchem von ihnen. Ich habe ja Unmengen. Es geht hier auch gar nicht nur um Väter. Ich kann eher meinem Herzen nicht trauen, die Müllgase haben es vergiftet. Genauso wie sie auch meine Psyche verändert haben. Diese Veränderungen sind irreversibel, wie Erfrierungen der Extremitäten, vierten Grades. Was das vollständige Absterben von Weichgewebe bedeutet, an den betroffenen Stellen blaue und marmorartige Verfärbung der Haut. Auch die Nägel fallen aus und wachsen nicht wieder nach, und wenn, dann bleiben sie für immer deformiert.

Vielleicht gibt es für das ganze Durcheinander eine völlig prosaische Erklärung: Sehstörung mit Halluzinationen. Zumal ich ein- oder zweimal beobachtet habe, wie ein Gorilla auf einem traurigen Nashorn langsam vor meinen Augen vorbeiritt und dabei aussah wie der müde Geist eines alten Mannes. *Meine Sehfähigkeit hat dermaßen nachgelassen, dass ich auch im Traum eine Brille brauche.* Wenigstens verändert eine Brille nicht das Bild der Realität. Es ist schon vorgekommen, dass ich eines Morgens aus unruhigem Schlaf in meinem Bett aufgewacht bin und gesehen habe, wie vor Angst tanzende Artel-Mitglieder einen Flügel-Minion wie einen schwarzlackierten Meteor vom tiefhängenden Himmel zogen. *Aber nachdem ich mir die Augen gerieben hatte, erkannte ich, dass es nicht ein, sondern zwei Flügel waren, sogar Konzertflügel, in deren Korpussen jeweils ein halbverwester toter Esel steckte. Von den Artel-Mitgliedern fehlte jede Spur. Welche Artel-Mitglieder?*

Stattdessen zerrte ein junger Mann lebende Seminaristen und die Flügel mit den toten Eseln an einem Seil herbei. Der Mann mühte sich ab, schwitzte, unter seinen Füßen warf der Teppich Wellen. Am Ende rückte ich meine Brille zurecht und sah, dass nicht ein Mann am Flügel zerrte, sondern eine Spinne in ihrem zwischen Wand und Kommode gespannten Netz fürsorglich, wie eine Mutter ihr Kind in eine Decke wickelt, einen Faden um einen Schmetterling spann, als versuche sie, ihn ins Kokonstadium zurückzubefördern.

Ich erinnere mich, dass auf der Uhr auf der Kommode die Zeit stehen geblieben war, sechzehn Minuten vor neun, der Sekundenzeiger zuckte hilflos zwischen den Strichen von LXIII und LXIV, hoch und runter, hoch und runter. Die Kraft reichte nicht mehr für eine weitere Umdrehung um die eigene Achse.

Vielleicht ist das Ganze nicht nur eine Einbildung von mir, sondern von allen Bewohnern des Norma. Vielleicht hat man uns die ganzen Schildkröten-Kupatis und verschwundenen Kinder eingeträufelt. Woher kommen denn die Namen, Norma, Rio ...? Wie vulgär. Und warum kacke ich Münzen? Kacke ich überhaupt?

Ich warte die ganze Zeit darauf, einmal in den Spiegel zu schauen und nicht mehr den verdammten Film zu sehen, den Film der Grausamkeiten. Vielleicht bin ich ja besessen von alldem, den Gorillas und Nashörnern, und weder verschwinden bei uns Kinder noch verstopft Müll das Norma, und das Norma gibt es gar nicht, ebenso kein Igelgulasch und kein Fliegeneierrührei, keine schwarzen Götter, keine Rosen; es gibt nur mich, der niemals seine Wohnung verlässt, wie die Schnecke ihr Haus oder der Gefangene seine Zelle. Im Unterschied zu den Nachbarn, die regelmäßig zur Arbeit, spazieren, in den Supermarkt, zum Rendezvous, ins Museum oder Kino gehen, als seelisch-körperliche Nahrung. Irgendwie müssen die Leute ja existieren.

JEDERRUFTSEINEIGENESLEUCHTFEUERHERBE IJEDERNAGELTSEINEEIGENEARCHEZUSAMMEN JEDERHINTERLÄSSTSEINEEIGENENSPURENJED ERHATSEINEEIGENEAGONIE.

So sind wir, Dichter ohne Grenzen, die nicht an einem Ort Platz haben, geschweige denn in der eigenen Haut. Mal tanzen wir dort, wo nicht getanzt wird, mal schreiben wir ab, wenn wir nicht schreiben sollten. Nun, vielleicht steckt in mir mehr von einem Herumtreiber. Wenn schon kein Homer'scher Odysseus, dann zumindest ein Gogol'scher Tschitschikow.

Ich konnte diese schnüffelnden, wuseligen, stets aufgeregten, mürrischen und getriebenen Leute nie ausstehen, die in meiner Umgebung herumliefen. Ich werde wahrscheinlich am Allegorien-Überfluss sterben oder an Herzinsuffizienz, so wie ich mich auf dem Sofa herumwälze, oder an Aortenverschluss, so viele Sorgen, wie ich mir zuletzt gemacht habe.

Wobei der Müll, in der Phantasie oder der Wirklichkeit, im Traum oder der Klarheit, solcherlei Gase verströmt, dass er hier und da zischend aufschäumt wie Aspirin-Brausetabletten.[14] Die Gase, die wie schwere Wolken

. . . .

14 Wenn es, wie im Film, die rote Pille wirklich gäbe, die dich in die bittere, aber reale Welt befördert, und ebenso die blaue, die dich in der süßen, aber künstlichen Welt bleiben ließe, müsste es logischerweise auch

zusammengeballt unter der Decke hängen, haben die Größenordnung eines Krieges. *Hier fängt es manchmal ganz plötzlich an zu nieseln, so schnell, dass man es nicht schafft, einen Schirm aufzuspannen. Bei uns sind säureentstellte Gesichter eher die Norm. Man könnte meinen, das kerzenartig geschmolzene Gesicht von jemandem finge an zu tropfen wie eine weinende Ikone. Manche haben ein verbranntes Auge, manche nur noch ein Ohrläppchen anstelle eines Ohrs. Manche haben ein Loch in der Wange, aus dem die Zunge heraushängt, und hecheln wie ein Hund, der in der Sommerhitze herumrennt.*

Überhaupt nieselt es bei uns andauernd wie aus einer Sprinkleranlage

....

andersfarbige Pillen geben, eine orange, gelbe, hellblaue, violette zum Beispiel:

Die **orange** verleiht Superkräfte, man kann fliegen und beherrscht Kung-Fu, außerdem weiß man, wie tief der Kaninchenbau ist. Jedoch kann man weder sein Wissen noch seine Superkräfte benutzen, sondern liegt unbeweglich im Bett wie im kalten Grab, als hätte man statt Blut Quecksilber in den Venen. Um einen herum geht das Leben weiter, und man liegt einfach da, wie ein Handy im Flugmodus, und kann keinen Finger, ja, noch nicht mal einen Augapfel bewegen.

Die **gelbe** verspricht flexible Konditionen, wie eine Bank einen Neujahrskredit: Wenn einem danach ist, kann man zwischen künstlicher Realität und realer Welt hin- und herfliegen, mit Zwischenstopp beim Kaninchenbau. Kurzum, alles ist auf einen zugeschnitten. Nur, dass man immer einen Möhrengeschmack im Mund hat.

Der **hellblaue** Zustand bedeutet, dass sich künstliche Realität und reale Welt nicht unterscheiden. Man hat keinerlei Superkraft, beherrscht auch Kung-Fu nicht, kann nicht fliegen und die Nerven taugen auch nichts mehr. Man hockt einfach im Kaninchenbau, wo einen der Durchzug völlig verrückt macht. Man hätte von dort weggewollt, bevor man sich noch einen Zug am Rücken holt, aber konnte sich keinen einzigen Schritt bewegen. Was hätte es auch für einen Sinn, wohin man auch geht, überall das Gleiche. Es beschäftigt einen nur eine einzige Frage: Falls der Kaninchenbau existiert, wo ist dann das Kaninchen?

an der Zimmerdecke, wenn es brennt. In den Tropfen des sauren Regens, die schimmernd in der Luft hängen wie ein Schleier, bricht sich das Neonlicht so, dass man dahinter einen farbigen Bogen oder Halbkreis sehen kann. Ich frage mich, ob wir nicht nur versinken, sondern auch schmel-

....

Mit der **grünen** hat man Superkräfte und ist ein Superegoist. Man zerstört jeden, der die Gemütlichkeit stört, sowohl in der künstlichen Realität als auch in der realen Welt. Alle fürchten einen. Außerdem ist man so reich, dass man komplette Tage auf dem Chaiselongue verbringt, sich in der Sonne bräunt, Möhrensaft trinkt. Und plötzlich merkt man, dass man sich alles nur eingebildet hat, in Wirklichkeit ist man selbst das Kaninchen, das im dunklen Bau sitzt und vor Angst zittert, dem bei jedem Geräusch das Herz in die Hose rutscht, und das wiederholt sich jeden Tag, endlos. Morgens hat jeder und alles Angst vor einem, abends aber bricht einem jeder und alles das Herz.

Die **violette** verleiht Superkräfte: Man kann fliegen und Kung-Fu, hat einen eisernen Willen. Nur, dass um einen herum alles verschwindet: die künstliche Realität und die reale Welt, ebenso der Kaninchenbau und das Kaninchen selbst, der sowieso nie existiert hat. Es verschwinden Geräusche, Farben, alles. Man hängt in der schwarzen Schwerelosigkeit und um einen herum herrscht bodenlose Dunkelheit.

Ich könnte diese Liste noch fortsetzen, wobei der Grundgedanke klar ist.

Logischerweise müsste es natürlich noch eine Pille geben, die alle Farben verbindet. So etwas wie eine bunte oder müllfarbene. Wenn man die nimmt, bekommt man das Gefühl, man stehe bis zum Hals im Müll oder der Müll stehe einem bis zum Hals. In Kürze wird man wie Isotope leuchtende Flecken sehen, ein anstößiges Stencil am Fenster, eine flackernde Glühlampe, einen Evakuierungsplan am Fahrstuhl und die böse Oma, die einen misstrauisch durch den Türspalt beäugt.

Wie man weiß, ist die Wirkung jeder Pille unbegrenzt, d.h. sie hält ewig. Man steht sein Leben lang unter dem Einfluss derjenigen, die man nimmt. Ich kann mich nicht erinnern, ob ich die bunte genommen habe, ich habe aber das Gefühl, bis zum Hals im Müll zu stehen oder mir steht der Müll bis zum Hals, und dieser Zustand währt für immer.

zen. Über unseren Köpfen steht ein aus Säuretropfen gewebter Regenbogen wie ein toxischer Heiligenschein.

Ich hätte mir nie träumen lassen, dass ich gegen diesen Gestank bestehen würde, doch manchmal befällt mich der Gedanke, wie es wohl

....

Die Erwähnung solcher Wörter wie andauernd, für immer, endlos, ewig und so weiter gilt heute als rückständig, außerdem haben alle begriffen, dass alles zeitlich begrenzt ist, selbst die Unsterblichkeit, sogar der Tod; im Zusammenhang mit den Pillen werden daher einige Fragen aufgeworfen:

a) Warum liegt die Verteilung von Pillen (wenn es nur um rote und blaue ginge) in den Händen von fanatischen Dealern und nicht von Pharmaunternehmen? Was wäre hygienischer – dass man ihre sterile Verpackung öffnet oder sie aus der schweißigen Hand des Dealers nimmt? Oder er sie einem gibt, wobei man nicht weiß, wo die Pille oder die Hand vorher gelegen haben.

b) Warum sollten die Pillen für immer wirken? Wäre es nicht humaner, dass die Wirkung 24 Stunden anhielte? Ist lebenslänglich nicht ein bisschen viel?

c) Wäre es nicht besser, wenn die Pillen apothekenpflichtig wären und nur gegen Rezept ausgegeben würden? Die wöchentliche Dosis könnte schon in einem speziellen Behältnis eingeteilt sein. So eines, das für jeden Tag ein einzelnes Fach hat.

Sieben Pillen für sieben Tage. Wie eine Packung mit sieben Unterhosen, auf die die Wochentage gedruckt sind. 24/7 Hygiene, körperliche wie seelische.

Montag – rot, Dienstag – orange, Mittwoch – gelb, Donnerstag – grün, Freitag – hellblau, Samstag – blau, Sonntag – violett.

Und wenn die Grundbedingung lautet, dass die Wirkung aller Pillen dauerhaft sein muss, sollte es zum Probieren zumindest welche in der Größe homöopathischer Globuli geben, kleine Pillchen mit kurzer Wirkung, so wie die Tester in der Parfümerie oder eine Handcreme in der Apotheke. Man würde probieren, in Ruhe eine mit der anderen vergleichen, entscheidet sich dann, welche Pille man möchte oder ob man überhaupt eine möchte.

wäre, wenn ich irgendwann oben spazieren ginge, oben, hoch und höher, in den Regenbögen oder auf dem Regenbogen, irgendwo hinter den Wolken, wo auch Lucy unter dem Marmeladenhimmel zwischen den Mandarinenbäumen spazieren geht.

Niemals, mein lieber Paco, niemals. Lucy, Mousse und Schampus? Daraus wird nichts. Du bist aus einer anderen Sphäre. Ihr seid keine Antipoden, sondern aus völlig verschiedenen Dimensionen. Ihr seid aus so unterschiedlichen Zeitzonen, dass ihr euch nie treffen werdet. Wenn doch, dann erkennt ihr einander nicht, sondern geht aneinander vorbei. Ihr werdet einander auch nicht verstehen, so wie sich ein Hungriger und ein Satter nicht verstehen. Ich würde aber sagen, wie sehr du auch springst, wie in der unsterblichen Komödie, Giacomo lässt dich nicht los, Leopardi, auch nicht Tolstoi, Leo, und Virginia Woolf (eigentlich müsste es ja eine Wölfin sein). Wie viele Gedichte du auch abschreibst, du wirst ein Prosaiker bleiben. Und so sehr du auch die Wangen aufbläst, aus dir wird kein Gillespie.

Du gehst nicht mehr aus dem Haus, sprichst mit niemandem. Du denkst, Poesie ist niedergebrannt. Jetzt schwelt sie. Du schaust nur Nashörnern in die Augen. Manchmal auch Ponys. Hast du etwa vor, mit den Ponys in die Regenbögen zu fliegen, wie die Meerjungfrauen?

Du schaust diese Lebewesen an, und die Lebewesen schauen dich an. Sie schauen verständnislos in dich hinein, mit Augen voller Melancholie. Sie bitten dich um etwas, doch du verstehst sie nicht. Niemand tut das.

Übrigens gibt es auf Saturn und Jupiter Diamantenregen, aber wozu kann man den schon gebrauchen? Was ist dir im Weltall geblieben? Selbst wenn du bis jetzt kein Toilettenpapier kaufen konntest und auf einen Flug ins Weltall sparst: Sollst du eine ganze Million Jahre lang deine Lira kacken? Du kannst ja noch nicht mal die Hypothek auf deine Wohnung bedienen.

14.

Auf dem Weg in den zwanzigsten Stock hält der Fahrstuhl auf einmal im zehnten, und plötzlich strömen Zwerge herein. Ich sehe das erste Mal so viele weiße Zwerge auf einem Haufen und aus solcher Nähe. Haben auch sie etwa angefangen zu schrumpfen? Ich werde an die Wand gepresst, die Zwerge lehnen sich mit ihren weißen Schultern kräftig gegen meine Hüften. Ich spüre aus dem Hemd, dass sie in ihren muskulösen Körpern immer noch die Wärme der roten Riesen bewahrt haben, so wie ein ausgeschalteter Backofen noch eine Weile die Temperatur hält. Meine eigene Größe hat mich noch nie so gestört. Neben ihnen fühle ich mich völlig hilflos. Ich könnte nicht mal kämpfen, wenn sie mich plötzlich fesseln würden wie die Liliputaner Gulliver.

Der Strom der Zwerge trennt uns drei voneinander. Die in der Mitte der Kabine verlorengegangene Stella streckt die Hand hoch, ihre Zeichnung für Zoe weht wie eine Fahne, als riefe es: Ich bin hier.

Eins.

Zwei.

Drei.

Ich kann sie nicht zählen, so viele sind es.

Mir geht die Luft aus. Als hätte eine leichte Brise einen Haufen Arten und Unterarten zusammengetragen und aus der Erinnerung irgendwohin geblasen. Sinnlose Bilder fangen an, mir vor Augen zu springen, zu funkeln, zu flackern.

Die toten Kinder tragen feierlich einen dampfenden Topf, so eine Art Sammelbestattungssarg, aus dem gekochte Igel herauszuklettern versuchen. Aus ihren Mäulern kommen schwarze Rußwölkchen wie ein Schwarm glänzender Raben. Oder der letzte Atemzug. Eins-zwei-drei-vier-fünf, eine Drehung nur auf den Absätzen, damit sie nicht zu ausholend wird, und wieder: eins-zwei-drei-vier-fünf. Von vorn.

Die Reise zum Mond dauert achtzehn Minuten (mit zwölf Frames), sechzehn Minuten (mit vierzehn Frames), neun Minuten (mit vierundzwanzig Frames). Ich frage mich, ob die Zwerge dasselbe sehen wie ich. Sehen sie, dass die Sonne der Toten blutet wie eine Analfissur? Dass die Vergangenheit mit hoffnungsvoll fallenden Blättern endet. Dass wir weder Blumen haben noch uns in Träume flüchten können? Die Kinder werden allmählich kleiner, werden kleiner und verschwinden. Die gekochten Igel entkommen irgendwie aus dem Topf und trippeln verängstigt in den Wald. Was versuchen sie nicht alles, um den Sand im Meer oder die Sterne am Himmel zu sehen, aber mit gekochten Augen im Nebel können sie nichts sehen.

Ich stehe einfach da, umringt von Zwergen, und aus Luftmangel oder Hilflosigkeit oder beidem habe ich plötzlich die Silhouetten vergessener Wörter vor Augen. Ich glaube, das ist mein letzter Atemzug.

Drei.

Zwei.

Eins.

Ich vermisse all jene Wörter, die ich bis jetzt freigegeben habe. Ständig denke ich, dass ich, wenn ich ins Wasser eintauche, dort bestimmt ein tanzendes Wort sehen werde, das mich wie eine

Braut zurechtgemacht im weißen Kleid, selbstgefällig, mit Liebe in den Augen anlächelt. Irgendwo oben ist aus dem Grammophon etwas Herzergreifendes zu hören, etwas vom Abschied des Geliebten. Ebenso vermisse ich das Arsenknirschen auf den Zähnen. Wörter haben eine starke Gravitation und Zauberkraft. Jeder sucht das richtige Wort. Einer verliert es, einer findet es. Jeder braucht das Wort, jeder schreibt, pflückt, malt, löscht Wörter. Ich vermisse ihr Aroma. Jedes Wort umgibt ein eigener Geruch. Besser gesagt, umgab. Seit ich mit dem Rauchen aufgehört habe, nehme ich Gerüche völlig anders wahr.

Wobei man niemals nie sagen sollte. Besonders im Zusammenhang mit Zigaretten. Solange man atmet, besteht immer die Möglichkeit, wieder mit dem Rauchen anzufangen. Beim Stichwort letzte Zigarette fällt mir ein guter Freund ein. Ich habe ihn vor Augen, wie er sich eine anzündete, am Tisch saß, in den Computer ruhig den Text tippte, der sogleich in dünnen Buchstaben auf dem Bildschirm aufblinkte; er werde diese Nacht aufhören zu rauchen, schrieb er, nahm eine Pistole aus der Schreibtischschublade und jagte sich eine Kugel in die Stirn. Solange man sich keine Kugel verpasst hat, solange sich die Lungen (oder auch nur eine Hälfte davon) ohne Beatmungsgerät (oder auch mit) zusammenziehen und ausweiten können, sollte man nicht sagen, dass man nicht mehr raucht.

Ich wollte immer wissen, wie sich Wörter vermehren und reisen, wie sie sich vereinen, gruppieren, wohnen, sich zusammenballen, aneinanderschmiegen. Bewusst oder unbewusst sind wir ihre Transportmittel. Ein Insekt trägt den Blütenstaub von einer Blume zur nächsten, und wir tragen, versetzen sie, lassen sie reisen, auf ein Blatt Papier auftreffen, im Computer, auf die Wand, den Sand, in der Luft erscheinen. Wir haben seit alten Zeiten Wörter vermehrt und die Wörter uns, das war eine für beide Seiten vorteilhafte Beziehung über viele Jahrhunderte, so wie zwischen Weizen und dem Homo sapiens.

Je mehr Menschen es gibt, desto mehr neue Wörter entstehen. Nicht nur der Mensch denkt sich Wörter aus, die Wörter denken sich den Menschen aus. Der gesunde Menschenverstand sagt jedoch, zuerst sei der Mensch gekommen, danach das Wort. Aber vielleicht war es ja umgekehrt, erst das Wort, dann der Mensch. Vielleicht ist das Wort auf den Menschen übergegangen, wie das heilige Feuer auf eine Handvoll Kerzen, oder fuhr in uns wie die Dämonen in eine Schweineherde. Doch wo waren damals Feuer und Dämonen, als das Wort war? Wer weiß, wo und wann der Anführer, das erste Wort, geboren worden ist. Das ist dasselbe wie die Frage, wo der Urknall stattgefunden hat. Überall gleichzeitig. Das heißt nirgends. Vielleicht ist ja damals das Wort explodiert. Vielleicht hat es ja die Welt abgeschossen wie eine Kanone eine Granate.

So oder so können wir nicht ohne einander. Miteinander aber auch nicht. Wir brauchen einander nicht nur zum Reden, sondern auch zum Schweigen. Zum Schweigen und für die Dunkelheit. Das wäre nicht die einsame Stimme des Menschen, sondern das einsame Schweigen des Menschen.

Woran denkst du?, fragt mich Marika stumm, sie bewegt nur die Lippen.

Ich vermisse den Geruch von drei Städten, antworte ich auf dieselbe Weise, den von Avignon, Kyoto und Zagorsk. Wobei ich noch in keiner davon gewesen bin.

In der Reihenfolge? Sie lächelt. Dann solltest du den von Ouarzazate und Jaisalmer auch vermissen.

Ich lächele zurück: Sag mir nicht, was ich vermissen soll.

Vorsicht, Zazalein, Vorsicht, du spielst oft mit dem Feuer in letzter Zeit.

Auch in Córdoba bin ich nie gewesen, obwohl ich mich manchmal nach seinen entschwundenen Gärten sehne.

Einer der Zwerge drückt sich einen Staubsauger an die Brust. Ich frage mich, ob er von Saturn ist, mit fünfzig Prozent Rabatt. Eilen sie etwa alle wegen des Schnäppchens dorthin? Wie vorhin auf der Werbetafel, steht auch der Schlauch dieses Staubsaugers wie ein Schwanenhals hervor. Seine Düse erinnert mich plötzlich an ein Megafon. Oder eher an meine Nachbarin Judith Grundig.

Speziell an unsere letzte Begegnung an jenem muffigen Februarmorgen, als Beatrice Viterbo nach langem Leiden verstorben war und auf dem Konstitutionsplatz Eisentafeln mit Werbung für neue Light-Zigaretten installiert worden waren, dazu waren in der ganzen Stadt Orchideen aufgetaucht, total grundlos, und im Kanal unter der Kottbusser Brücke hatten Zigeuner die Schwäne weggefangen.

In der hinteren Hosentasche vibrierte mein iPhone.

Na? Ich habe gerade an dich gedacht, antwortete ich auf Judiths Anruf.

Mein leichter Flirt wurde von ihrem gleichgültigen Ton zunichtegemacht: Wo bist du?

Auf dem Flohmarkt, sagte ich, am Landwehrkanal.

Komm doch zu mir.

Gut, sagte ich, ich komme.

Komm doch mit dem Taxi.

Mit der U-Bahn darf ich wohl nicht?

Komm doch bald, sagte sie und ergänzte vorm Auflegen: Bitte.

Während ich den Flohmarkt verließ, fiel mir bei einem abgelegenen Stand im herumliegenden Klimbim ein weißes Megafon mit orangem Griff ins Auge. Vor dem Hintergrund der allgemeinen Vielfarbigkeit sah es so schön und stolz aus wie ein auf einem

Müllberg sitzender Schwan. Ich brauchte es nicht, konnte es aber auch nicht hier zurücklassen.

Was kostet das?

Der bärtige Alte hinter dem Stand schaute zwischen mir und dem Megafon hindurch, schien innerlich durchzurechnen, was mir das wohl wert sein könnte.

Fünfzehn Euro.

Ich nahm das Megafon. Es war schwerer, als ich dachte. Im Notfall konnte ich jemandem damit den Schädel einschlagen. Es war noch unbenutzt. Sein Griff lag gut in der Hand, wie einst der einer Kalaschnikow.

Ohne zu feilschen, reichte ich ihm einen Zwanziger. Der Bärtige hatte sogar schon das Wechselgeld parat. Als hätte er im Voraus gewusst, dass es so kommen würde. Mit einer fließenden Handbewegung nimmt er den Zwanziger entgegen und gibt mir seinen Fünfer. Wie ein Großmeister, der eine starke Figur vom Schachbrett nimmt und stattdessen eine leichte hinstellt. Selbst wenn er eine Partie gegen sich selbst spielt.

Das braucht zwei Monos, warnte mich der Bärtige.

Wie bitte?

Monos eben, erklärt er, D-Batterien.

Als ich in die Crellestraße einbog, sah ich schon von Weitem Judith zusammengekauert mit einer qualmenden Zigarette in der Hand in einem Rattansessel auf ihrem Balkon sitzen, eine gelbe Kaschmirdecke um die Schultern und eine Sonnenbrille auf der Nase.

Beim Näherkommen warf ich ihr einen Luftkuss zu. Wobei es bei einem Balkon im ersten Stock nicht viel zu werfen gibt. Wenn ich hochspringen würde, könnte ich ihr zwar nicht in die Nase beißen, aber zumindest die Sonnenbrille abnehmen.

Sie bemerkte mich nicht, starrte abwesend auf die Straße und stieß Rauch aus dem Mund aus. Sie war wirklich der Inbegriff der Teilnahmslosigkeit. Ich hielt das Megafon an den Mund und fragte, dass die ganze Straße es hören konnte: Was lungern Sie da herum, Frau Grundig?

Doch außer Judith hörte mich keiner. Da fiel mir ein, dass ich keine Monos gekauft hatte. Trotzdem winkte ich mit dem hochgereckten Megafon wie mit einer Faust.

Zazalein, bist du das?, fragte sie mich und reckte den Hals wie ein Schwan über den Balkon.

Ich hätte gern gewusst, was sie genommen hat, um so abzustumpfen.

I'm a firestarter, twisted firestarter, sang ich ihr den uralten Hit von The Prodigy vor, I'm the bitch you hated.

Du brauchst nicht zu klingeln. Sie nahm die Zigarette von der rechten in die linke Hand. Ich werf dir die Schlüssel runter.

Mach das, sagte ich.

Sie zog einen Schlüsselbund aus den Falten der Decke.

Fängst du ihn? Sie streckte die Hand über den Balkon.

Ich stand unter ihrer Hand und legte den Kopf zurück, öffnete den Mund wie ein Schwertschlucker beim Zirkus.

Na klar, rief ich hinauf, mit dem Mund!

Meine Artistik wurde nicht honoriert. Sie ließ den Schlüsselbund einfach fallen, wie wenn man einem Vogel eine Brotkrume hinwirft.

Ich ging vom Eingang in den Vorraum, von dort ins Gästezimmer. Jedes Mal bin ich über ihre Bibliothek erstaunt – hier gibt es alles, was jemals gedruckt worden ist, von Lyrik bis zu Kulinarik und U-Bahn-Karten.

Ich legte das Megafon wie einen ausgestopften Schwan auf den Tisch. Sie empfing mich mit versteinertem Gesicht in ihrem Rattansessel auf dem Balkon sitzend. Wie es aussah, mochte sie mich nicht. Ich war unsicher, ob ich bei Judiths teilnahmslosem Spiel mitmachen oder mein Zirkusding durchziehen sollte.

Du siehst blendend aus, sagte ich.

Komm mal her, sie streckte die Hand nach mir aus, ich kann dich nicht sehen.

Ich reichte ihr die Hand, kniete mich neben ihrem Schoß hin. Was hast du denn genommen?, fragte ich.

Nichts.

Bist du sicher?

Sicher ..., wiederholte sie, als höre sie dieses Wort zum ersten Mal, ganz sicher. Sie reichte mir die halb abgebrannte Zigarette. Mach die mal aus.

Was hast du beim letzten Mal genommen, und wann war das? Nerv mich nicht.

Ich nerv dich nicht, ich will wissen, was mit dir los ist.

Was mit mir los ist? Ich kann dich nicht sehen.

Moment mal, kannst du nur mich nicht sehen?

Ich kann gar nichts sehen, verdammt noch mal!

Mit leicht zitternder Hand nahm sie die Brille ab. Aber das ist nichts Schlimmes. Wem hat noch nie die Hand leicht gezittert? Ich sah ihr direkt in die zementfarbenen Augen, die unbeweglich starrten wie bei einer Puppe. In dem Moment glich sie Dora Maar mit den grünen Fingernägeln, die gleiche Art zu sitzen, leicht zur Seite geneigt, die gespreizten Finger, das auf die Handfläche gestützte, grimmige Gesicht und die irgendwo in der Tiefe abgestumpften Augen. Sie wirkte nicht aufgeregt. Ich war es schon.

Soll ich den Rettungswagen rufen?

Nein. Sie setzte die Sonnenbrille wieder auf die Nase.

Seit wann kannst du nichts sehen?

Seit ich aufgewacht bin.

Das ist eine nutzlose Antwort. Sie kann vor einer halben

Stunde aufgewacht sein oder seit zwei Nächten nicht geschlafen haben.

Ich schlug ihr eine vergleichsweise leichte Variante vor: Wir sollten wenigstens ins Krankenhaus gehen.

Ja, stimmte sie unerwartet schnell zu. Lass uns mit meinem Auto fahren.

Du kannst dich nicht ans Steuer setzen, sagte ich und gab ihr zu bedenken: Und ich hab keine Fahrerlaubnis.

Ach komm. Sie stand aus dem Sessel auf, die Decke ließ sie liegen. Fahren kannst du doch?

Vorsichtig, die Hände nach vorn gestreckt, ging sie vom Balkon in die Wohnung.

Soll ich dir helfen?

Noch nicht.

Ich setzte mich auf die noch warme Decke. Von der offenen Tür aus sah ich, wie sie sich die Wand entlang zum Bad tastete.

Zurück kam sie jedoch nie.

Ich habe mich schon daran gewöhnt, dass Menschen spurlos aus meinem Orbit verschwinden. Ich weiß nicht, wie ich mich in der Erinnerung anderer festsetze, doch aus meinem Leben gehen sie für immer wie aus einem Billighotel.

Einzig ihre Konturen bleiben bei mir, wie die Gesichter der Reisenden im vorbeifahrenden Bus.

Es ist ja so, dass mir das Leben mit Menschen schwerfällt, weil es mir schwerfällt, das Schweigen beizubehalten. Jedoch kommt nichts Freundliches oder Tröstliches aus meinem Mund. Erst recht nicht aus meinen Händen.

Wahrscheinlich haben sie deshalb meine Bücher in Georgien verbrannt. Bestimmt zwei auf einmal, und bei der Größe des Landes war das Autodafé genauso klein. Und genau davor habe ich

Angst. Umso mehr, weil die Mitarbeiter des Buchladens selbst die Bücher in Brand gesteckt haben. Zumal systematisch. Wenn eine neue Auflage geliefert wurde, brachten sie sie schnell heimlich in den Hinterhof. Es gefiel ihnen nicht, was drinstand. Das ist so, wie wenn Großmütter Neugeborene von der Entbindungsstation stehlen würden, weil ihnen etwas an ihnen nicht gefällt, und sie sie gleich dort im Hof ertränken würden wie blinde Welpen.

Vielleicht kann man es irgendwie ertragen, wenn tausende Menschen hingerichtet werden wie an einem höllischen Fließband, doch die Qual eines einzelnen Menschen zerreißt einem das Herz. Ich glaube, wenn die Mitarbeiter den ganzen Laden abgefackelt hätten, wäre das kein so schwerer Anblick gewesen wie ein, zwei symbolisch selektierte brennende Bücher. Man weiß ja, wo solche Selektionen hinführen.

Ansonsten habe ich meine Bücher auch schon selbst verbrannt. Ich kann mich an eine besonders kalte und hoffnungslose Tbilisser Nacht erinnern. Wir bekamen die Wohnung einfach nicht warm, Cecilie war erst ein paar Tage alt. Damals musste ich meine Bücher verfeuern. Ich konnte ja nicht die von anderen Leuten in den Kamin werfen. Wobei die Frage aufgekommen war.

Wenn es Judith Grundig wirklich gab und ich sie mir nicht ausgedacht habe, frage ich mich, was sie wohl heute macht, wem sie wohl leuchtet mit ihrem flachen Bauch. Hat sie inzwischen jemandem das Licht am Ende des Tunnels gezeigt? Vielleicht hat sie keine Spirale im Leib, sondern es sind Rudolfs Eier, die da in ihr flackern. Doch wozu braucht sie einen Bvlgari-Ring, den sie von dem fremden Jungen heute früh angeblich gekauft hat? Der Junge selbst hat das behauptet. Vielleicht ist da etwas an ihrem leuchtenden Bauch und dem glänzenden Ring, das ich nicht verstehe. Ich frage mich, wie es Rudi wohl geht. Sitzt er immer noch reglos in seinem Terrarium oder ist er endlich umgezogen und schläft nachts neben der blinden Judith auf dem Kissen? Niemals werde ich sein grauwolfartiges gesträubtes Fell und die krabbenähnlichen Beine vergessen – wie sich in seinen glänzenden Augen Judiths blinkender Bauch spiegelte. Disko, Rudi, Disko!

Die Zwerge steigen im achtzehnten Stock aus. So schnell und organisiert, wie sie vorhin eingestiegen sind. Der hereinströmende Sauerstoff macht mich wach. Ich schaue ihnen nach. Ihr Ausstieg bringt plötzlich Erleichterung. Wo kommen sie her, und wo gehen sie hin? Vielleicht nirgendwohin, vielleicht sie sind wie Seifenblasen geplatzt, das tun weiße Zwerge manchmal. Auch Zwerge haben klein angefangen.

In der anderen Ecke des Fahrstuhls bemerke ich erst jetzt einen alten Mann im Rollstuhl, der eigentlich eher liegt als sitzt. Unter dem schütteren grauen Haar ist seine rosa Kopfhaut zu sehen. Aus dem Mund schaut die besabberte Prothese. Beim Ruckeln des Fahrstuhls schaukelt sein vorgebeugter Kopf bedrohlich. Schläft er? Hoffentlich haben ihn die Zwerge in dem Gedränge vorhin nicht erstickt. Oder ist er schon erstickt hereingeschmuggelt worden?

Im zwanzigsten steigen auch wir aus. Mein Atem geht schneller. Der alte Mann bleibt allein im Fahrstuhl zurück. Bevor sich die Tür schließt, schaukelt sein Kopf wieder, es sieht aus wie so ein Wackeldackel auf dem Armaturenbrett im Auto. Die besabberte Prothese ist mittlerweile ein Stück weiter aus dem Mund gerutscht. Nicht mehr lange, und sie fällt ganz raus.

245

DIE WÖRTERAUSSTELLUNG

XLIX

(Auszug aus dem Tagebuch von Djuna Djibouti; Fortsetzung)

Ich würde sagen, wir sind internationales Kleinvieh, aber das wäre nicht richtig. Solange unter uns verfolgte Präsidenten und Generäle gesucht werden, können wir kein Kleinvieh sein.

Vor Kurzem ist bei uns ein Typ aufgetaucht, Max Varga. Er ist immer weiß angezogen, inklusive der Boots und Handschuhe. Der Mann ist auffällig wie ein Albatros. Auf dem Kopf trägt er eine weiße Pelzmütze aus Zobel, mit Schwanz. Er gleitet auf einem Behinderten-Elektromobil so ungehindert dahin wie ein Easy Rider, dass man sich glatt wünscht, behindert zu sein. Oder ein Easy Rider. Er sitzt immer dermaßen hochnäsig in dem Elektromobil, dass man ihn für einen Schiffskapitän halten könnte, der auf der Brücke eines Ozeandampfers steht und die ordengeschmückte Brust in die vom Meer aufkommende Brise reckt. Der kurze Bart verleiht ihm noch mehr Würde. In alten russischen Romanen stößt man auf solche Figuren mit hochherrschaftlicher, weltmännischer Ausstrahlung. Viele Nachbarn halten diesen Max Varga für eine Transformation des Polarhirsches oder die Seele von Achrik Zweiba und küssen ihm automatisch die Hand. Und er hat nichts dagegen. Er reicht jedem, der es wünscht, seine behandschuhte Hand.

Manchmal hält Varga plötzlich an, starrt einen mit zusammengeknif-
fenen Augen an und setzt seinen Weg erst zwei Minuten später fort, als
habe er etwas Interessanteres entdeckt. Er ist jedoch sehr zuvorkom-
mend, grüßt immer als Erster. Außerdem lächelt er stets.
An sich ist all das nichts Besonderes. Behinderte gibt es im Norma
genug. Doch dieser Varga bewegt sich auf eine eigenartige Weise fort,
sein Rollstuhl fährt von selbst, wie ein Saugroboter. Bloß eckt er nirgends
an, man könnte meinen, er habe Augen am Hinterkopf. Manchmal dreht
sich der Rollstuhl auch auf der Stelle wie ein Derwisch in Ekstase.
Es wird behauptet, Varga sei ein verfolgter Präsident eines kleinen
Landes. Aus welchem genau, wird jedoch nicht weiter konkretisiert.
Mehrere Gesichtsoperationen haben dafür gesorgt, dass seine Identifi-
zierung ausgeschlossen ist. Es besteht höchstens eine Chance auf Mysti-
fizierung und Mumifizierung. Dass die Operationen allerdings erfolgreich waren, davon zeugt sein auf dem reglosen Gesicht eingetrocknetes
Lächeln. Die Mundwinkel sind dermaßen straff zur Seite gezogen, dass
er unfreiwillig die Zähne fletscht. Im Mund selbst schiebt er stets irgendetwas hin und her, aber ich weiß nicht, was. Vielleicht ein Kaubonbon,
ein Stück Wurst oder einen Kieselstein. Vielleicht handelt es sich um
Steppenraute, auch Harmelraute, Harmalkraut, Syrische Steppenraute
oder Afrikanische Raute genannt.

Selbst im Elektromobil erkennt man noch, dass er früher einmal jemand gewesen sein muss. Wenn schon kein Präsident, dann wenigstens
ein Pornomagnat.

Wo auch immer er früher gewesen sein mag, in der großen Politik
oder in der Sexindustrie, ich glaube nicht, dass er Kinder entführen
würde. Und wenn doch, wofür würde er sie benutzen – für Kinderpornos
oder für etwas noch Schrecklicheres? Gibt es etwas Schrecklicheres als
Kinderpornos?

Der offiziellen Version zufolge lag bei den Fahrstühlen eine gewöhnliche Videokassette, eine alte, die man VHS nannte, darauf siebenminü-

tige Episoden. Es handelt sich um ein in irgendeiner Küche aufgenomme-
nes Homevideo, in der Ästhetik von Kochsendungen. Jede Episode beginnt
mit dem Zitat eines verrückten Skythen, der der Meinung ist, dass eine
Wahrheit, die mit den Tränen gequälter Kinder erkauft ist, keine Wahrheit sei. Außerdem geht es in jeder Episode um eine Variante eines be-
stimmten Gerichts. Dieser Zyklus hat sogar seinen eigenen Namen:
BABEKEBAB.

Wobei wir im Norma das Video ganz anders nennen: Goldbergs
Suppenvariationen.

Ich weiß nicht, warum es ausgerechnet Kebab im Titel trägt. Woran
das auch liegen mag, Kebab klingt jedenfalls total poetisch. Allein die
Aufzählung der verschiedenen Sorten ist eine Gedichtlesung: Döner
Kebab, Naga Döner Kebab, Schisch Kebab, Adana Kebab, Lula Kebab,
Dschudsche Kebab, Köfte Kebab, Kebab Kubide, Tschapli Kebab, Sikh
Kebab, Tawa Kebab, Tikka Kebab, Bihari Kebab, Matschher Kebab (aus
Fisch), Dschali Kebab, Hadi Kebab (mit Knochen), Dimer Kebab (mit Ei),
Tandoori Kebab, Reschmi Kebab. Und diese Liste ist noch länger.

Der BABEKEBAB oder Kinderkebab scheint jedoch etwas Neues zu
sein:

- Dolores (in der Mutter gebackener Embryo)
- Sülze Schneekönigin (aus Kopf und Beinen eines Geschwister-
  paares)
- Liebe Kitty (in seinen eigenen Tränen gekochtes Mädchen)
- Der jüngere Schatow (leicht geräucherte Säuglingszunge)
- Wurst Huck (Jungeninnereien mit Gewürzen in Nabelschnur)
- Cocktail Pippi Langstrumpf (aus der ersten Periode)
- Omelett Kleiner Prinz (aus den Hoden eines Jungen)

Jede Episode beginnt klassisch: Man nehme ein Kinderherz und mache es
gründlich sauber ...

Haben Sie schon mal gesehen, wie schnell ein frisch herausgeschnittenes Kinderherz schlägt? Ich auch nicht, aber ich kann es mir vorstellen.

AmKüchentischstehtjemandmitSchürzeundmaskiertemGesicht.Mankannnichterkennen,obeseineFrauodereinMannist.SeineHautistdunkel. AufseinerStimmeliegteinFilter,alsobeinRobotersprechenwürde.

Die Aufzeichnung endet abrupt, und dann beginnen die letzten zwanzig Minuten von Ghost, der Abspann nicht mitgezählt. Offenbar hat man Ghost einfach mit Kinderkebab überspielt. Vor diesem Hintergrund bekommt das Finale von Ghost direkt einen kathartischen Effekt. Es ist natürlich etwas unerwartet, wenn nach gebräunten Kinderlebern und geräucherter Nabelschnur auf dem Bildschirm plötzlich ein Liebesmelodram weiterläuft. Sobald die Übertragung aus der Küche endet, wiederholt Whoopi Goldberg, die an einem Tisch in einer Bank steht, zu sich selbst: Rita Miller. Mein Name ist Rita Miller. Dabei unterschreibt sie einen Scheck.

Der Maskierte hat nichts mit der echten Whoopi gemein, das Gesehene erdrückt einen jedoch trotzdem so, dass das Gehirn stur diese eigenartige Verwandlung mitmacht und sich Whoopi und den Maskierten als ein und denselben Menschen vorstellt. Was mehr einer Art Selbstschutzreaktion gleichkommt. Der Maskierte ist derart fremd, unerreichbar und beispiellos, dass er dadurch, dass er den Namen einer bekannten Schauspielerin bekommt, sie gleichermaßen verinnerlicht und alles automatisch in die Kategorie der Fiktion übergeht. Das Gesehene kommt einem nicht mehr beängstigend vor.

Neben verschiedenen Gewürzen, Kräutern und Gemüse liegen in Schüsseln auf dem Tisch Organe: Leber, Rippen, Herz. Jede Episode ist eine weitere Variation. Der Maskierte nimmt ein Kinderorgan aus der Schüssel, schneidet, hackt, schält, zerbricht, und dabei erklärt er dem Zuschauer, was wann in Topf oder Pfanne kommt, was gebraten, was gekocht, was geschmort wird. Das Ganze tut er mit neutraler Roboter-

249

stimme. Wahrscheinlich waren all die Herzen und Lebern vom Schwein. Auf den ersten Blick ähneln dessen innere Organe unseren ja sowieso.

Ich denke, dass das Video eine poetische Mystifikation ist und wohldurchdacht im Norma deponiert wurde.

Manchmal kommt es mir vor, als hätte ich dieses Video gemacht, so gut verstehe ich dessen Autor. Ich glaube, ich verstehe, was er damit erreichen wollte. Er wollte uns erschüttern, erschrecken, zeigen, dass wir den Kindern mehr Aufmerksamkeit widmen sollten.

Bis heute vermisse ich, nachdem ich die Kassette angeschaut habe, die Kinder so sehr, dass mir fast das Herz herausspringt. Als wenn man einen Eissplitter statt eines Herzens hätte. Irgendwas lässt mich erschaudern.

Wir schlafen mit den Bildern ein und wachen damit auf, wir sehen die verschwundenen Kinder sogar im Traum. Wir sehen sie ungewöhnlich klar. Vielleicht klarer als in der Wirklichkeit. Bei uns sucht sogar das Nashorn nach seinem verschwundenen Kind. Meiner Meinung nach macht jemandem das Verschwinden der Kinder so viel Angst, dass er um jeden Preis versucht, anderen auch Angst zu machen.

Logischerweise habe ich Angst, haben die anderen Angst, aber alle zusammen haben wir nicht mehr so viel Angst. Angst verbindet.

Anfangs hielt ich die Kassette für eine Provokation der Veganer. Die sagen ja immer, Igelgulasch und Eintopf aus unseren Kindern sei ein und dasselbe. Tasmanischer-Teufel-Pelzmantel und Palmzibet-Kragen für denselben Mantel auch, denn wir seien ja sowieso alle miteinander verwandt. Einmal sagten sie auch, man solle weder Fauna noch Flora anrühren. Wenn ich auch noch die Flora aus der Nahrungspyramide streiche, was bleibt mir dann noch zum Magenfüllen – Zement, Gips und Herbalife? Die mit ihren Proteinriegeln, biologisch aktiven Ergänzungsmitteln, Diätcocktails und isotonischen Getränken!

Übrigens ist es bei uns egal, ob ich Tapete esse oder Mousse au Chocolat, Vogelmilch oder weichgekochte Fliegeneier, im Norma schmeckt man sowieso absolut nichts. Deswegen ist hier alles essbar, gekochte Rüben und Schildkröten-Innereien, Kuheuter und Fischtran. Letztes Jahr gab es etwas völlig Exotisches, eine Bouillon vom kahlköpfigen Löwen, der mit seiner grauen Mähne aussah wie ein alter listiger Adliger. Eine Schüssel Suppe für jeden gab es, das war ein spezieller Leichenschmaus – ein Verstorbener wurde gekocht, um eines Verstorbenen zu gedenken. Unser Verdauungssystem verarbeitet alles, das bedeutet jedoch nicht, dass uns irgendetwas schmeckt. Oder dass wir hier auch Kinder essen.

So wie Katzen oder Echsen manchmal ihren eigenen Nachwuchs fressen. Oder auch Igel. In der Tierwelt kann man nie genug Proteine und Spurenelemente bekommen.

Früher galt es als eine Art Norm, die eigenen Kinder oder die des Feindes zu fressen. Die ganze Tradition bestand darin.

Auch bei den Göttern hatte es das schon gegeben, einer servierte ein Gericht, das aus seinem eigenen Sohn zubereitet worden war. Würden die Gäste es merken oder nicht, dass ihnen Menschenfleisch vorgesetzt wurde? Aßen Götter so etwas?

Vielleicht isst und trinkt das Auge mit, trotzdem glaube ich nicht, dass wir Teigtaschen mit Kinderhack füllen oder ihre zarten Haxen marinieren würden. Ich glaube nicht, dass sich bei uns jemand die Finger nach Igelgulasch und Pfadfinder-Schkmeruli lecken würde. Man sucht doch nicht im Knoblauchsud nach Mädchenrippchen, bloß weil die Algen darin an ein grünes Halstuch erinnern.

Wenn wir auf etwas Appetit haben, dann nur mit dem Auge; unsere Geschmacksrezeptoren sind seit Langem degeneriert. Die Zunge brauchen wir zum Kratzen, ansonsten liegt sie uns meist nur wie eine tote Schlange im Mund. Und es mag sein, dass die Schildkröte in unserer Kulinarik einen sehr wichtigen Platz eingenommen hat, die Schildkröten-Kubdaris, -Kutschmatschis und -Kupatis hängen uns trotzdem zum Hals heraus.

Vielleicht hält Varga keine Mädchen und Jungs gefangen[15], weder für einen Pornodreh noch zum Essen. Und auch nicht dafür, sie abends mit seinen pigmentfleckigen Händen zu baden, ihnen das Haar zu kämmen und ihnen akkurat Brote abzuschneiden. Trotzdem will ich mich in

....

15 Mir kommt es immer so vor, als ob jemand unsere Kinder im Keller gefangen hält und sie verängstigt auf Hilfe warten. So wie die kleine Erika L.

Vor Kurzem machte diese Geschichte im ganzen Norma die Runde. Die zwölfjährige Erika war ein Jahr lang von irgendeinem Ehepaar gefangen gehalten worden, die ihrer unreifen Brust täglich einen Tropfen Milch für den Kaffee abzapften. Damit ihre unreife Brust Milch gab, ließ das Ehepaar sie angeblich jeden Tag Hormonpillen schlucken. Sie hielten einen lebenden Menschen als Milchapparat in einer Kammer, an den Heizkörper gekettet. Muss erwähnt werden, dass die Kammer kein Fenster hatte, sondern eine gute Schalldämmung, und egal, wie laut das Kind auch schrie, kein Mucks nach draußen drang?

Die Frau oder der Mann ging rein (das heißt, immer einzeln, nie gemeinsam), zu jeder beliebigen Zeit, hielt unter die kleine Brust wie unter einen Wasserhahn eine noch kleinere, fingerhutgroße Tasse und quetschte die Brust mit Daumen und Zeigefinger wie eine Pipette, um einen Tropfen Milch in ein Schlückchen Espresso zu rühren. Führten sie ein Ritual durch? Das Ganze diente sicherlich nicht dem Geschmacksgewinn. Oder welchen Geschmack sollte ein Tropfen Milch geben, dazu im Kaffee und dazu im Norma, wo sowieso alles gleich schmeckt? Auch Rosen, Mist und in Löwenzahnwein gekochtes hässliches Entlein. Am 8. März war sie in den Fahrstuhl gestiegen und das Nächste, woran sie sich erinnert, ist schon die Vorratskammer. Ihre Eltern hatten inzwischen weißes Haar und schwarze Herzen bekommen, hatten die Nächte durchgemacht und die Tage umnachtet verbracht, Zettel mit dem Suchaufruf in die Fahrstühle geklebt. Am Ende, als sie die Hoffnung schon aufgegeben und ihr Kind für immer betrauert hatten, kam Erika auf einmal zurück. Kam zurück, für immer gebrochen und gebeugt. Leider oder zum Glück konnte sie die Entführer nicht identifizieren, denn sie hatten immer Masken getragen. Selbst, dass es wirklich Ehefrau und seinem Keller mal umschauen. Nur so, prophylaktisch. Ich glaube, dass dort zwar nicht der Hund, aber wenigstens ein Igelstachel begraben liegt. Generell sind Keller Gegenstand einer gesonderten Untersuchung. Ich persönlich bin ja dafür, alle Keller systematisch zu überprüfen. Dass mindestens einmal im Monat ein Tag der offenen Tür ausgerufen wird, an dem jeder, der möchte, in jeden Keller schauen darf. Oft sagt ein Keller mehr über einen Menschen aus als sein Schlafzimmer, sein iPhone oder der Mensch selbst. Ich würde mit meinem eigenen anfangen, wobei ich unter der Erde mittlerweile keinerlei Raum mehr besitze.

Auch Penthouses und Residenzen sollte man nicht außer Acht lassen. Ich traue den gesuchten Generälen und speziell den verfolgten Präsidenten nicht. Amtierenden erst recht nicht. Selbst wenn sie geflügelte Engel wären.

Oder ungeflügelte. Ob er in einen Ledersessel sinkt, warme Exkremente absetzt, sich ins Schlammbad legt, auf Messers Schneide balanciert oder auf dem Stecknadelkopf tanzt: Ein Engel bleibt ein Engel.

L

Letzte Nacht habe ich schlecht geträumt: Ich wurde zwischen den Beinen unnormal taub. So, wie wenn einen der Fahrradsattel ein bisschen drückt. Ein Furunkel, Hämorrhoiden, Durchfall?, rätselte ich.

. . . .

Ehemann waren und nicht Ehefrau und Ehefrau oder Ehemann und Ehemann, kann sie nicht bezeugen. Sie kann sich weder erinnern, in welcher Wohnung sie gefangen war oder auf welcher Etage, noch warum sie freigelassen wurde. Ob das Paar sie gegen einen neuen Milchapparat ausgetauscht hat, wie eine alte Gardine. So wie damals wahrscheinlich auch Erika einen anderen solchen Apparat ersetzt hatte.

Es erschien ein Auge. Ein gewöhnliches Auge, ohne jegliche Super-kräfte. An einer etwas unangenehmen Stelle zeigte es sich, oder besser gesagt, suchte es mich heim wie ein Pickel, und zwar über dem Dazwi-schen. In der topografischen Anatomie nennt man dieses Dazwischen den Bereich um den unteren Ausgang des kleinen Beckens, die Stelle zwi-schen den Öffnungen. Ich dachte mir: Es ist ja bekannt, dass etwas, das man lange angeschaut hat, am Ende zurückschaut. Und so lange, wie ich jedenfalls meine Kacke angeschaut habe, wenn auch nur mit einem Auge, wird sie am Ende auch zurückschauen.

Was ist schon dabei, wenn ich mich nicht mehr aufs Fahrrad setzen kann, redete ich mir gut zu, stattdessen kann ich jetzt mit drei Augen der Wahrheit ins Auge blicken. Natürlich nur, wenn ich mich auf den Rücken lege und die Beine spreize.

Ich legte mich also auf den Rücken, spreizte die Beine, und was sehe ich da? Ich sehe klar und deutlich, wie eine Raumschiff-Kapsel mit As-tronauten drin vom Himmel in unseren Hof fällt, auf den Kinderspiel-platz. Es schien, als hätten sich die Fallschirme zu spät geöffnet und sie sei vom Kurs abgekommen; statt irgendwo im Meer oder in der Wüste gefahrlos niederzugehen, schlug dieser Apparat wie ein Meteoritensplit-ter im Sand ein. Ich fragte mich, was es für eine Mission gewesen ist oder welche Zeitmaschine die Kapsel zu uns geschossen hat, dass sie wie ein Ball aus dem Weltraum in unseren Hof geflogen kam. Sie war jedoch so pechschwarz, dass sie aussah wie ein Rußklumpen oder Neuigkeiten vom Planeten Mars.

Unter der schwarzen Schicht war schemenhaft zu erkennen, dass ihr Korpus mit unzähligen Aufschriften bedeckt war, wie die Wände eines Sarkophags mit Hieroglyphen oder ein Formel-1-Bolide mit Werbung. Total astronomische Namen (Mars, Orbit, Milky Way), gefolgt von kom-plett himmlischen Abkürzungen (HCBS, UBS, bnz).

Ich schaute mit dem dritten Auge und überlegte mir, während ich mit gespreizten Beinen auf dem Bett lag, dass dieser verrußte Apparat viel-

leicht an irgendeinem kosmischen Wettkampf, zum Beispiel einem Bob-
rennen zwischen den Galaxien, teilgenommen hat und aus Versehen von
der steilen Strecke abgekommen und in die Erdatmosphäre eingetreten
ist. Weiter überlegte ich, dass es zum Glück früh am Morgen war und
kein einziges Kind verletzt wurde. Wir wurden aber beim Aufprall so
durchgeschüttelt, dass uns allen im Haus übel wurde. Wobei uns auch
schon vorher ein bisschen schlecht war.

Die taumeligen Astronauten wurden bald von Militär- und Ret-
tungsfahrzeugen abgeholt, mit lautlosem Blinken und ohne Erken-
nungszeichen; man schaffte sie auf Tragen liegend so vorsichtig davon,
als trügen Museumsmitarbeiter alte Porzellanvasen. Oder Gläser voller Spinnen. Die Kapsel jedoch ließen sie auf dem Spielplatz zurück. Sie
lag da wie die Schalen eines Dracheneies, bis ihr Korpus ausgewei-
det und völlig auseinandergerissen wurde. Alles, was es mitzunehmen
gab, haben sie mitgenommen: Einer montierte die Sessel ab, einer nahm
die Fensterscheiben heraus, einer schnitt die Kabel ab. Der auf der Erde
ausgebreitete Fallschirm wurde wie eine tote Qualle von einer leichten Brise weggeweht, bis man aus seinem orangen Nylongewebe spon-
tan Regenmäntel und Uniformen nähte. Deren Träger sahen von Weitem
aus wie Guantanamo-Insassen, traditionelle Buddhisten und Müll-
männer.

Dann kam Milo, nahm meine Hand und brachte mich mit dem Fahrstuhl in irgendeine Etage. Kennen Sie die auf Aussichtsplattformen von
berühmten Türmen, Brücken und anderen sehenswerten Plätzen ange-
brachten Münzferngläser? Auch bei uns wurde entschieden, solche optischen Apparate gleich in den Eingangsbereichen, an den Fenstern aufzu-
stellen. Milo sagte, dass probeweise erst mal nur eins aufgestellt worden
sei, aber die Regierung uns verspricht, dass jede Etage ihr eigenes Fernglas bekommen werde.

Ich erinnere mich nicht, auf welcher Etage genau wir waren. Mir ist
nur aufgefallen, dass unser Fernglas aussieht wie ein Vogel aus dem

Märchen. Genauer gesagt, erinnert es mit seinem Eisenrohr an einen Flamingo, der auf einem Bein steht.

Das Fernglas steht nun da, reglos wie ein Phönix-Denkmal, und zeigt mit dem aus den Gittern ragenden Objektiv auf einen einzigen Punkt: Bei gutem Wetter ist ein großer Fleck pazifischen Mülls zu erkennen. Übrigens hat Milo testweise versucht, seine verkackten Lira einzuwerfen, damit sie wenigstens zu etwas nütze sind, sagte er, aber ohne Erfolg – das Fernglas hat gar keinen Münzschlitz. Es würde mich keineswegs wundern, wenn es ein Geschenk der Regierung wäre und völlig kostenlos funktionierte.

Aus irgendeinem Grund wusste ich, dass das absolut keine Testversion war und bei uns keine weiteren Ferngläser aufgestellt werden würden. Stattdessen war es das erste und das letzte, und es würde hierbleiben, sodass jeder, der Ansprüche an unsere Vermüllung hat, hindurchschauen und mit eigenen Augen sehen kann, dass irgendwo noch mehr Müll ist, vor dessen Hintergrund unser Abfall wie ein Sandkorn wirkt.

Wenn wirklich auf jeder Etage eins montiert worden wäre, hätte das nicht mehr diese Wirkung gehabt. Mit Wundern muss man sparsam sein. Eine hohe Auflage nutzt die Magie ab.

• • •

Wir haben das ganze Feuerwerk abgebrannt und schon alle Kerzen gelöscht.

Wir zählen die Minuten.

Wir sind die ungewöhnlichen Verdächtigen.

Wir sind talentiert, aber faul.

Wir glauben nicht, dass Lyrik der Weg zur Prosa ist, wie die Lüge der Weg zur Wahrheit, das glauben nur die, die weder das eine noch das andere verstehen.

Unsere Schlafzimmer haben eiserne Gardinen.

Wir haben auch eiserne Betten, für alle Fälle.

Bei uns geht nie das Licht aus.

Unser Spiegelbild wird allmählich immer blasser.

Hätten wir ein samtiges Timbre in der Stimme gehabt, hätten wir sicherlich dem großen und sonnengebräunten und jungen und schönen Mädchen aus Ipanema etwas vorgesungen.

Wir verrotten lebendig.

Unseren Bräuten scheint die Sonne aus dem Mund, sie wird durch Goldzähne repräsentiert.

Wir haben keine Biografie, sondern eine Liste gelesener Bücher und angeschauter Filme.

Wir erinnern uns, wie hoch über uns die Sterne erloschen sind, einer nach dem anderen.

Bücher haben uns verrückt gemacht. Und Filme.

Wir haben Sehnsucht nach dem Meer. Seit Langem haben wir sein Azur nicht mehr gesehen und wie es als blaues Feuer brennt. Was würden wir jetzt darum geben, das Meer getrunken zu haben – wir hätten es mit den Augen, den Tränen getrunken. Das Wertvollste haben wir im Meer zurückgelassen, den ganzen Schatz.

Wir sind aus dem Wasser gekommen.

Wer sonst, wenn nicht wir?

Wir sind sensible Leute, wenn man uns den Mittelfinger zeigt, heulen wir uns zu Tode.

Man kann uns verstehen, nur vorstellen kann sich uns keiner.

Unser Name ist Legion, doch wir haben nur ein Gesicht.

Wir wollen wissen, was aus dem Schnabeltier geworden ist, das die Kinder im Klobecken gefangen haben. Und aus den Kindern.

Wir wollen die sonnigen Tage in euren grellen Träumen sein.

Wir werden auf jeden Fall unsere letzten Worte sagen, wenn wir Zeit haben.

Wir sind wahrscheinlich unter einem glücklichen Stern geboren und werden unter einem glücklichen Stern sterben, wobei das nicht heißt, dass wir unter einem glücklichen Stern leben.

Wir sind vom gleichen Blut, du und ich.

Unsere Kinder sind unsere Vergangenheit.

Wir haben Angst vorm Aufwachen.

Wir sind nicht wir.

15.

Im Eingangsbereich ist die Decke so niedrig, dass ich im ersten Moment denke, wir würden von einem Fahrstuhl in einen anderen umsteigen. Wobei uns nach dem Berliner Himmel keinerlei niedrige Decke mehr verwundert. Die Farbe der aneinandergereihten Türen wiederholt sich im schmutzigen Rosa der Wand, man erkennt keinen Unterschied. Man denkt, man geht einen ewig langen Gebärmutterhals entlang. Doch an seinem Ende flimmert eine Neonröhre wie das Herz einer sterbenden Elfe. Man denkt, man quetscht sich aus diesem Tunnel und kreischt, bis man nach Luft schnappt.

Wir sind alle drei angespannt und gehen wortlos den halbdunklen Flur entlang. Stella klammert sich an Marika, drückt ihr gemaltes Bild instinktiv wie eine Ikone an die Brust. Ich fühle das iPhone in meiner Hosentasche vibrieren. Wahrscheinlich schreibt mir wieder jemand von einer unbekannten Nummer, verkündet mir stur, dass wir ein gemeinsames Kind haben. Und will wissen, ob ich mich an dessen Namen und Alter erinnere.

Ich habe unerwartet Herzklopfen; um den Gestank einzufangen, atme ich gierig die abgestandene Luft durch die Nase ein, dabei schaue ich mich nach allen Seiten um.

Stella hatte gestern den ganzen Tag lang für Zoe eine fette Ratte gemalt. Oder einen Dackel. Auch Marika würde irgendetwas für

Mila haben. Ich habe *Santa Esperanza* für Milo dabei. Auf einmal merke ich, wie mich das Geschleppe dieses ziegelsteingroßen Buches ermüdet, das zusammen mit meinem Schreikissen in meinem Rucksack liegt.

Wenn ich irgendwo eingeladen bin, ist es unwichtig, was der Gastgeber feiert, den Kauf eines neuen Staubsaugers, den Geburtstag seines Hundes oder den Todestag der Mutter, er erwartet von mir mit Sicherheit eins meiner Bücher als Geschenk, mit Autogramm. Doch ich kann meine Bücher nicht mitbringen. Das ist mir peinlich. Ungeachtet der über mich verbreiteten Meinung bin ich ein ziemlich schüchterner Mensch, schüchterner, als man denken mag. Ich weiß bis heute nicht, welche Farbe Marikas Augen haben. Bis jetzt habe ich sie nicht direkt angesehen. Wie soll ich ein Buch von mir verschenken, wenn ich mich nicht mal traue, beim Gastgeber aufs Klo zu gehen? Ich komme jedes Mal mit geblähter Blase nach Hause. In meinem Alter ist das ja wirklich kein Vergnügen.

Jedenfalls bringe ich, um nicht ganz ohne Geschenk dazustehen, mal dies, mal jenes mit. Ich habe erst im letzten Moment gemerkt, dass ich nichts von mir zu Hause habe, lüge ich dann normalerweise, stattdessen habe ich das hier gefunden. Aber das, hier mache ich eine effektvolle Pause, ist vielleicht sowieso besser als meins. Was für Bücher und Alben ich schon verschenkt habe ... vom von Kobuladse illustrierten *Recke im Tigerfell* bis zur mit Amateurfotografien ausgestatteten *Geschichte Georgiens erzählt anhand von Gobelins*. Außerdem habe ich einen Gedichtsammelband des Meisters mitgebracht, mit einer Geschichte über eine Kakerlake beziehungsweise einen sehr bekannten Georgier, der im Gedicht als Ossete dargestellt wird. Einmal habe ich sogar einen einfachen Stein mitgebracht, weil mir nichts Nützlicheres in die Hände gefallen war.

Meine Wohnung ist voll mit georgischen Schätzen, aber was soll man machen, wenn man nie zu Hause ist? Einmal, da war ich schon unterwegs, fiel mir plötzlich ein, dass ich an dem Tag eine Verabredung hatte. Ziemlich spät fiel mir das ein, ich schaffte es vorher nicht mehr nach Hause. Unterwegs kam ich an irgendwelche Baustellen vorbei, so wie überall und ständig in Berlin. Ich habe nicht lange nachgedacht und wählte einen von den Steinen aus, die dort herumlagen, und gab ihn, in quietschbuntes Papier eingewickelt, dem Menschen, mit dem ich mich traf. Das ist ein großer Stein, sagte ich zu ihm, ein Stein von einer Kirchenruine. Das heißt, konkretisierte ich, den großen Stein habe ich bei mir zu Hause, aber für meine Lieblingsmenschen breche ich gern ein Stück als Mitbringsel ab.

Von einer Kirchenruine? Der Mann drehte und wendete den Stein in der Hand.

Uralt, sagte ich, aus dem zwölften Jahrhundert. Beim Drehen und Wenden stellte sich heraus, dass der Stein kein gewöhnlicher Stein war, sondern ein Betonbruchstück, in das ein dünnes Kabel mit Plastikummantelung eingegossen war. Was mir in der Eile entgangen war.

Interessant, sagte der Mann, ziemlich interessant. Und wie recht er hatte. Anhand dieses Bruchstücks würde sich herausstellen, dass wir Georgier im zwölften Jahrhundert nicht nur Beton und Plastik kannten, sondern bereits so was wie Kabel benutzten. Und wir hatten damals Rustaweli, der ja quasi Beton, Plastik und Kabel in Einem war. Und die Sonne.

Ansonsten habe ich bereits *Die Reise im Kwewri* und *1001 Arten des Chinkali-Verschließens* verschenkt. Dann noch *Georgischer Frühling*, die Magnum-Ausgabe, und Rilkes *Weise auf Georgisch*, illustriert von Mechuslas. Des Weiteren eine Georgienkarte als Puzzle und eine georgische Fahne als Kühlschrankmagnet, ein bisschen abchasische Adschika-Paste, eine Prise swanisches Salz in einer Petrischale und sogar Mazurkas von Chopin, gespielt von Khatia Buniatishvili.

Mein Mitbringsel für Milo ist Aka Mortschiladse, ein großer Schriftsteller, der georgische Rolls-Royce. Oder eher eine Tschaika, eine dieser Luxuslimousinen, wie Funktionäre sie fuhren, mit Gardinen vor den Scheiben wie bei einem Boudoir.

16.

Die Tür der Podeswas ist genauso gräulich-rosa wie all die anderen. M. *Podeswa*, M. *Podeswa* steht im winzigen Fenster des rechteckigen Plastikschilds. Stella klammert sich an Marikas Bein. Die Klingel hat noch nicht aufgehört, wie eine Nachtigall zu zwitschern, da öffnet sich schon die Tür, als hätten sie gleich dahinter gewartet.

Aus dem Vorraum, der noch schummriger ist als der Flur, schaut uns Mila ein wenig verwirrt an. Ihr rötliches Haar leuchtet im Dunkeln wie das von Gauguins Undine vor den grünen Wellen.

Zoe ist erst zu hören und taucht dann selbst auf: Stella!

Ihre grünlich-gräulichen Augen leuchten neugierig aus der Dunkelheit, ihr rötliches Haar blinkt neben Mila.

Stella gibt ihr die gemalten Bilder: Hier.

Zoe trägt einen Trainingsanzug mit Camouflagemuster, an den Füßen hat sie flauschige schwarze Slipper. Im fahlen Licht sieht sie aus wie ein kleiner Rekrut.

Wir gratulieren euch, sagt Marika zu Mutter und Tochter. Sie holt kleine Päckchen aus der Tasche, etwas Winziges und Längliches, in buntgestreiftes Papier gewickelt. Das könnte vieles sein, von der Zahnbürste bis zum Duftstäbchen. Eins gibt sie Zoe, das andere Mila.

Kommt rein! Mila macht Platz und lässt uns durch, dabei hält sie die Tür fest und nimmt mechanisch das Geschenk von Marika entgegen. Kommt rein!

Sie leuchtet mir mit ihren grünen Augen auf den trüben, schlammigen Grund wie jedes Mal, sie starrt mich durchdringend und unverhohlen an, als mache sie mir ein Angebot oder wolle mir etwas entlocken, doch sie schaut gleich wieder weg. Ein Schauer durchläuft meinen Körper, ich bin mir nicht sicher, ob ich mir das nur eingebildet habe.

Danke! Zoe nimmt Marika das Geschenk ab, dabei betrachtet sie Stellas Bilder.

Warum auch immer, stehen wir im Vorraum und pressen uns aneinander wie in der U-Bahn während der Rushhour. Nichts Feierliches liegt in der Luft. Weder Geräusche, noch Gerüche, noch Stimmung. An der Garderobe hängen Jacken verschiedener Größen und Farben, sogar ein gelber Mantel. Das Gelb ist irgendwie ein bisschen anders. Also weder zitronengelb noch orange. Der Mantel hat eher die Farbe von Gogol-Mogol oder Eierlikör.

Habt ihr uns nicht erwartet?, versuche ich, die Situation zu entschärfen.

Erwartet schon, erwidert Mila verwirrt, aber gestern.

Gestern?

Na ja, der Geburtstag war gestern.

Mila! Aus der Tiefe der Wohnung ist Milos schwache Stimme zu vernehmen, als habe er geschlafen und wir hätten ihn geweckt. Wer ist es?

Stella, ruft Mila über die Schulter, Marika und dein Schriftsteller.

Ich weiß nicht, was für eine Reaktion ich auf dieses »dein Schriftsteller« an den Tag legen soll. Unklar, ob sie mich aus Neckerei und Vertrautheit so nennt oder mich unverhohlen verspottet. Ich bezweifle, dass mein Beruf hier und heute Gewicht hat.

Kommen wir ungelegen? Ich gehe unwillkürlich zum Flüstern über.

Macht nichts, sagt Mila und wiederholt ein bisschen leiser: Macht nichts.

Zoe hält bei jenem von Stellas Bildern inne, auf dem die dicke Ratte den Kopf aus dem Fenster des Hauses steckt.

Gefällt es dir?, fragt Stella sie.

Ja, Zoe wendet den Blick nicht von der gräulich-kastanienbraunen Kreatur ab, sehr.

Warte mal. Marika liest Mila etwas vom iPhone vor: Ihr Lieben, wir laden euch herzlich zu Zoes Geburtstag ein, am Zweiten um eins. Wir würden uns sehr freuen – zum Beweis dreht sie den Bildschirm zu Mila, am Ende des Textes ist ein Herz.

O je! Der iPhone-Bildschirm beleuchtet ihr Gesicht. In ihren schwarzen Pupillen spiegeln sich Minibildschirme. Ich hätte es umgekehrt schreiben müssen. Nicht am Zweiten um eins, sondern am Ersten um zwei. Ui, ist mir das peinlich. Wirklich.

Ach, versuche ich erneut die Situation zu entschärfen, wenn wir es hierhergeschafft haben, kommen wir auch irgendwie zurück.

Ich lasse euch jetzt nicht mehr ohne Kuchen gehen. Wir haben zwar keine Torte mehr übrig, aber dafür haben wir eine Menge Windbeutel.

Warum, habt ihr die gestern nicht geschafft?

Die Kinder mochten sie nicht. Dabei sind es tolle Windbeutel. Mit Avocadocreme.

Mit Avocado?

Ist mein Rezept.

Was meinst du, Marika wendet sich an Stella, sollen wir bleiben?

Au ja, klar! Stella drückt Marika ihre Jacke in die Hand.

Ja, klar! Zoe macht Stella nach.

Sollen wir die Schuhe ausziehen?, frage ich, lege dabei den Rucksack ab und stelle ihn zwischen die Mäntel gleich auf den Fußboden. Wieder fällt mir auf, wie mich der Mortschiladse, der in deutscher Übersetzung noch dicker und vielschichtiger ist, bis jetzt belastet hat.

Lass nur, hält mich Mila zurück, das ist nicht nötig.

Während ich Marika beim Ausziehen ihres Mantels helfe, verschwinden Zoe und Stella aus dem Vorraum, damit wir uns das mit dem Bleiben nicht anders überlegen. Auf dem Rücken von Zoes Camouflageanzug prangt das berühmte Porträt von Notorious B. I. G. mit Krone auf dem Kopf.

Mila schlüpft an uns vorbei in die Küche. Sie trägt eine silberne Strumpfhose, die im Licht der Glühbirne wie Fischschuppen blinkt.

Im halbdunklen Gästezimmer sehe ich neben dem Fernseher einen Rollstuhl stehen, darin sitzt ein schlanker, zusammenge-krümmter Mann, den Mund wie ein Pissoir geöffnet. Sein Haar und der Bart sind lang und weiß, die Augenbrauen buschig wie Watte, wie beim Weihnachtsmann. Er starrt geradeaus an die Wand und hat das halbe Gesicht ins Dunkel abgewandt. Im Vor-beigehen sehe ich, dass eins seiner Augen komisch blinkt, man könnte meinen, es sei aus Glas. Er bemerkt uns nicht einmal, denke ich. Er verzieht keine Miene, nur in seinem Glasauge fla-ckert Leben.

Das ist Parmen, erklärt uns Mila, Nacht-Parmen. Er ist so alt, dass sich weder jemand an seinen Namen erinnert, noch daran, wessen Vater er ist, meiner oder Milos. Möglicherweise ist er schon dagewesen, als wir in diese Wohnung gezogen sind, wie eine Zimmerpalme.

Parmen?

Nennt ihr ihn Nacht-Parmen, fragt Marika interessiert, wie »Gaspard de la nuit«?

Wenn wir schlafen, steht er aus dem Rollstuhl auf und läuft leise in der Wohnung herum. Mila redet laut weiter, damit es auch der Alte hört: Er klaut Essen aus dem Kühlschrank. Oh, sei jetzt nicht beleidigt, bei uns hört man nachts immer irgendwelche Geräusche.

Parmen verzieht keine Miene.

Besonders nachts, fügt sie hinzu.

So wie große Schauspieler in noch größeren Rollen feststecken und der Figur eines Hamlet oder Superman nicht mehr entkommen können, so steckt Parmen fest in der Rolle des versteinerten Gastgebers. Als wollte er uns gleich zuwinken wie der Papst aus dem kugelsicheren Papamobil.

Schon von Weitem rieche ich den Wein. Der betrunkene Milo hat die Hände auf den Tisch gelegt, das linke Auge ist geschlossen, beim rechten fehlt nicht mehr viel. In einer Hand hält er eine Scheibe Brot, an der er ab und zu wie ein Vogel herumpickt. An den Füßen trägt er weiße Arztschlappen.

Zwischen Elektroherd und Kühlschrank gibt es an der Wand einen Streifen weißer Fliesen. Mittig darunter steht eine Spüle aus rostfreiem Stahl, darüber hängt ein Plastikabtropfgitter für Besteck mit einem Glas farblosem Spüli und einem ziemlich abgenutzten rosa Schwamm mit grüner Kratzfläche auf einer Seite. In diesem Streifen, an dem wiederum ein gestreiftes Handtuch hängt, fehlt an einer Stelle eine Fliese, was einem ins Auge springt wie eine Laufmasche bei einer Damenstrumpfhose. Aus dem Mülleimer gleich daneben ragen die dornigen Stiele irgendwelcher Blumen. In einem an der Decke gespannten Netz sitzt eine Spinne, wie der schweigende Botschafter des Berliner Himmels.

An der anderen Seite des Tisches sitzt ein Mann, einen Kopf größer als Milo, in einem roten Weihnachtsanzug. Ein weißer Streifen führt von der Brust zu den Armen, darauf springen rote

Hirsche von links nach rechts. Wenn der Mann plötzlich herum-
wirbeln würde, gäbe es bei den Hirschsprüngen einen Zoetrop-
Effekt. Sein Gesicht ist so gründlich rasiert, dass sein Kinn das
Licht der Glühlampe reflektiert. Er sieht auch ziemlich fertig aus,
aber immer noch besser als Milo. An ihm ist irgendwie alles
eckig – die breiten Schultern, der massige Hals, die kräftigen Kiefer. Er wirkt wie ein Möbelstück. Ich frage mich, ob sie seit heute
Morgen so hemmungslos trinken oder ob sie sogar gestern angefangen haben. Neben dem Mülleimer stehen einige leere Wein-
flaschen.

Oh! Bei unserem Anblick geht gleich in Milos rechtem Auge das
Strobo-Geflacker an. Leute!

Der große Mann steht schwerfällig auf. Er legt die rechte Hand
auf die Brust wie ein Kriegsveteran, der die Hymne anstimmt:
Berg. Boris Berg.

Spitzname Flamingo, ergänzt Milo. Milas Halbbruder.

Wir haben die gleiche Mutter, konkretisiert Mila.

Ich versuche vergeblich, Ähnlichkeiten zwischen den beiden zu
finden. Quadrat und Kreis haben mehr gemeinsam als Mila und
Boris.

Auf dem Tisch steht, außer einer halbleeren Flasche Wein und
zwei halbvollen Gläsern, ein Omelett mit Tomaten, Zwiebeln und
noch irgendwas. Daneben liegt ein Holzbrett zum Brotschneiden,
darauf ein Viertel Baguette, Baguettekrümel und ein scharfes
Messer. Beide Teller sind leer. Mila schiebt all diese Habseligkei-
ten zu Milo und legt eine quadratische rosa Tischdecke über den
freigeräumten Tisch.

Setzt euch doch, sagt sie. Und dann entschuldigend: Wir haben
euch nicht erwartet.

Nicht doch, im Gegenteil, erwidert Marika beschwichtigend,
wir müssen uns entschuldigen, dass wir euch so überfallen.

Habt ihr Hunger? Seid ehrlich. Mila lässt nicht locker. Ich kann euch Fisch braten. Das geht ganz schnell.

Ich persönlich habe keinen Hunger. Marika schaut mich an. Du?

Ach ja, Borschtsch habe ich auch. Von gestern.

Oh, oh! Das ist kein Borschtsch, sondern Borschtsche. Boris legt die Hand auf die Brust, als spreche er einen Schwur: Ein Borschtsche Panamera. Mit Schmand zündet der glatt seinen Turbo.

Ich würde gern einen Windbeutel probieren, mit Avocadocreme.

Mila fragt nach: Tee? Kaffee?

Für mich Kaffee.

Für mich auch.

Ich helfe dir, bietet Marika an.

Auf keinen Fall. Mila nimmt ein rundes Tablett mit darauf gestapelten kleinen gebackenen Teigbällchen aus dem Kühlschrank. Ich wüsste nicht, wobei. Ich setz nur den Kaffee auf, und das wars.

Ich möchte einen Toast ausbringen, wenn es euch recht ist, sagt Boris.

An manchen Teigbällchen kann man an der Seite ein Loch erkennen, in dem salatfarbene Creme zu sehen ist. Sie wirken wie Wesen mit grüner Seele.

Nur zu, Bruder, nur zu, ermutigt ihn Milo, tu dein Bestes!

Die silberbeinige Mila stellt Teller auf den Tisch, arrangiert Besteck daneben.

Entschuldigt! Boris legt wieder die Hand auf die Brust, wer weiß, ob er wieder eine Hymne aufsagen will oder eine Kolik hat. Mit der Linken nimmt er das Glas, stößt sanft mit Milas an, das unberührt auf dem Tisch steht, und eröffnet das Artilleriefeuer auf uns:

Wenn das Leben wie eine Schachtel Pralinen ist, dann ist der

269

Mensch wie eine Glühlampe. Leuchtet – verlischt, leuchtet – verlischt. Manche leuchten lange, andere flammen gleich beim Anschalten hell auf und brennen durch, ein Produktionsfehler. Manche sind so stark, dass sie eine große Fläche ausleuchten, manche so schwach, dass sie vor sich hin flackern. Manche versuchen das eigene Flackern als Aufflammen auszugeben. Das klappt auch, obwohl die Wattzahl dafür nicht ausreicht. Manche gehen niemals an, sie sind schon von Anfang an durchgebrannt. Es gibt Glühlampen, die nur in Reihe brennen. Und ob Energiespar- oder Neonlampe: Jede Glühlampe braucht ihren Zünder. Durchzubrennen schafft sie von selbst. Es ist jedoch ein Irrtum, dass manche Glühlampen aus innerer Anstrengung ausgehen. Alle haben ein Ende, am Ende brennt jede durch, die schwache und die starke. Die große, die kleine. Die Hauptsache ist, herauszubekommen, zu erkennen, sich vorzustellen, wo man hingehört, bevor man durchbrennt, was man beleuchtet, ein Arbeitszimmer oder eine Folterkammer, einen U-Bahn-Tunnel oder den Schauplatz eines Pornofilms, eine Totenkammer oder einen Fußballplatz, einen Handybildschirm oder einen betonfarbenen Himmel. Vielleicht eine Toilette? Wobei sich diese Toilette in einer Flüchtlingsbaracke oder auch auf einem Raumschiff befinden kann. Wahrscheinlich würde Boris noch weiterreden, wäre nicht inzwischen seine Kehle trocken geworden: Er leert langsam sein Glas und stellt es auf den Tisch.

Ich weiß nicht, ob solche Sentimentalitäten ständig in Boris kochen oder ob nur mein Erscheinen sie so entflammt hat. In letzter Zeit wollen alle ins Weltall.

Milo gelingt es irgendwie, uns mit geschlossenem Auge zuzuzwinkern. Er gibt uns zu verstehen: Schaut mal, was für einen durchtrainierten Schrank ich habe.

Schone deine Lungen, mein gütiger, zarter Wilder. Er tut Boris mit dem Löffel kaltgewordenes Omelett auf den Teller und sägt ihm leicht ausgetrocknetes Baguette schräg wie eine Wurst ab.

Und trink noch ein paar Schlucke.

Mila stellt derweil den Kaffeekessel auf den Herd.

Soll ich dir auftun oder nimmst du dir selbst?, fragt sie mich hinsichtlich der Windbeutel.

Tu mir ruhig was drauf.

Möchtest du einen Löffel oder isst du mit der Hand?

Meine Hände sind nicht so sauber. Dann lieber mit dem Löffel.

Ich schaue ihr ins Gesicht, doch sie meidet stur meinen Blick.

Soll ich dir auch was geben?, fragt sie Marika.

Ich nehme mir selbst.

In die schwere Luft, die in der Küche steht, mischt sich angenehmer Kaffeeduft. Zum Glück habe ich den Wälzer im Rucksack gelassen, hier und jetzt hat keiner Zeit für Romane.

Unser Boris, unser Zauber-Berg, spielt zauberhaft Flöte, erklärt mir Milo, bei den Berliner Philharmonikern.

Besagter Boris atmet gerade laut ein und bläht die Brust, um die Fähigkeiten seines respiratorischen Organs zu demonstrieren.

Auch Serpent.

Wie bitte? Milo lehnt sich zu ihm, als stimme plötzlich etwas mit seinem Gehör nicht.

Ja, ich spiele Flöte, sagt Boris, und ich habe auch mit dem Serpent angefangen.

Milo schaut so, als habe er im Schrank eine neue Schublade entdeckt, die ihm bis dahin verborgen geblieben war.

Seit wann?

Seit September.

Und dann hast du es vor uns verheimlicht?

Ich sehe nicht nur zum ersten Mal einen leibhaftigen Serpentisten, geschweige denn, dass ich weiß, was ein Serpent ist.

Das ist ein Blasinstrument.

Ich nicke, als verstünde ich, wie dieser Serpent aussieht, doch ich verstehe es nicht mal annähernd.

Du kennst vielleicht Gaspare Spontinis Oper »Agnes von Hohenstaufen«? Boris schaut mir in die Augen, und ich nicke nach dem Motto: Ja klar, wer kennt sie nicht, den Spontini oder die Agnes.

Nun, da ist der Serpent zu hören.

Das nächste Mal werde ich drauf achten, behaupte ich.

Milo kommt Boris unerwartet mit einer Frage zu Hilfe: Und, lieber Boris, wo kann man den Klang dieses Wunders noch erleben?

Hast du nie darüber nachgedacht, warum es einen beim Film *Alien* so schaudert?

Etwa wegen des Serpents? Milo kann es kaum glauben.

Dieses Instrument hat einen ganz besonderen Klang. Boris ist dermaßen stolz, dass die roten Hirsche beinahe von seinem Pullover springen. Wenn ich das höre, kribbelt es mir auf der Haut.

In puncto Gänsehaut würde ich mit Vergnügen widersprechen, aber ich befürchte, die ohnehin schon nervöse Quasselstrippe noch nervöser zu machen.

Von dort, wo ich sitze, sehe ich in ein Zimmer, in dem plötzlich das Licht angeht. Zoe und Stella kommen schwatzend hereingerannt und schleppen einen kleinen Sack hinterher. Sind da Spielsachen drin? Auch Parmens Silhouette ist zu erkennen. Angesichts seines pissoirartig geöffneten Mundes fällt mir ein, dass ich schon eine ganze Weile pinkeln muss.

Wo kann ich mir die Hände waschen?

Wenn du hier rausgehst, Mila zeigt mit der Kuchenzange Richtung Nebenzimmer, links rum, dann siehst du es schon.

Sag Stella, sie soll herkommen, trägt mir Marika auf.

Es ist ein idyllisches Bild: betrunkene Männer mit Wein, hübsche Frauen mit Kuchen, unbeschwerte Kinder mit Spielzeug und daneben der ausgestoßene Opa, wie Gott. Im Kocher brodelt das Wasser, in fünf Minuten ist der Kaffee fertig. Dessen angenehmer Duft wird allmählich stärker. Für die völlige Harmonie ist in dieser Szene offenbar jemand überflüssig.

Auf dem Fensterbrett liegt rechts ein blaues Handtuch, ruft Mila mir nach, das kannst du benutzen.

Die vor dem Fernseher kauernden Mädchen stellen auf einem niedrigen Tisch Kautschuktiere auf, die sie einzeln aus dem kleinen Sack ziehen wie Lose aus einem Topf.

Zoe hat keinen Hund, sagt Stella schadenfroh zu mir.

Bist du sicher?

Menno, sag du's ihm, ja!, wendet sie sich an Zoe. Du hast keinen, stimmt's?

Ich möchte einen, Zoe zuckt mit den Schultern, aber Mutter sagt, jetzt noch nicht.

Was ist das denn? Ich nehme eine von den aufgereihten Kautschukfiguren vom Tisch.

Das ist ein Wolf. Zoe nimmt mir das graue Vieh weg und stellt es zurück an seinen Platz.

Das ist ein Wolf, wiederholt Stella, als habe einmal nicht gereicht, ein Wo-holf!

Ich sehe mir das Kautschukspieltier genauer an. Es sieht wirklich wie ein räudiger georgischer Wolf aus, der vor einem Hund Angst hat.

Was spielt ihr?

Et-was! Stella verheimlicht mir den Inhalt des Spiels.

Was, etwas?

Menno, das erzähl ich euch später, ja?

Übrigens wartet Marika auf dich, nur zur Info.

Mama, ruft sie gleich von hier aus, was ist?

273

Komm her.

Vom Fenster aus sieht man fast das ganze in Nebel gehüllte Berlin. Jedenfalls so weit das Auge reicht. Mancherorts ist der Nebel so dicht, dass nur die Kirchtürme aus den grauen Wolken schauen, als würden sie den tiefhängenden Himmel von unten aufstechen wie die Nadelspitze einen wassergefüllten Ballon. Die Fischerinsel ist das stehengebliebene Herz der Stadt. Der zwanzigste Stock ist vielleicht nicht der höchste Punkt, doch Berlin ist eine niedrigwüchsige Stadt, oder, wie es heißt, in der Höhe begrenzt.

Von hier aus passt die Stadt in eine Hand: der Fernsehturm, der Bundestag, der Dom, auf dessen Kuppel eine große himmelblaue Fahne mit weißem Ichthys-Symbol darauf weht, als böte einem das Gebäude Meeresfrüchte an, von frischen Austern bis zur gefrorenen Scholle. Um das Bild komplett zu machen, fehlen nur noch weiße Schneeflocken in den Ecken der Fahne, dann sähe es aus wie in der Kühlabteilung des Supermarktes.

In der Baugrube gegenüber der Hauptstraße steht ein kleiner Bagger, klein wie das Spielzeug eines Riesen. Was kommt da hin, die nächste Bank? Das nächste Hotel? Das nächste Einkaufszentrum? Am Zaun ist eine Infotafel angebracht, aber so weit reicht mein Auge nicht, um zu erkennen, was darauf geschrieben oder gemalt ist.

Sobald ich mich vom Fenster entferne, befällt mich ein Gefühl, als hätte ich nur die Oberfläche von irgendwas gesehen, aber das Wichtigste wäre mir verborgen geblieben. Irgendwas ruft mich beharrlich zurück, aber ich drehe mich nicht um. Eine Stimme flüstert mir verführerisch ins Ohr: S C H A U A U S D E M F E N S T E R F L E D E R M Ä U S E F L I E G E N S C H L A G E N H I E R U N D D A D A G E G E N W I E G E D A N K E N F E T Z E N S C H A U A U S D E M F E N S T E R I R G E N D W O K R Ä C H Z T D I E K R Ä H E U N G L A U B W Ü R D I G L I E G T N E B E L A U F D E R S T R A S

SESCHWERWIEEINKALTESBÜGELEISENAUFEI
NERZEITUNGSCHAUNOCHEINMALDERHIMMEL
HÄNGTTIEFWIEAUFDEMBALKONDESVORDERH
AUSESDIEFRAUMITEINEMROBOTERTANZTSCH
AUAUSDEMFENSTERJEMANDGEHTALLEINAUF
DIEBRÜCKETIEFINGEDANKENVERSUNKENDER
WINDLÄSSTSEINENMANTELWEHENSCHAUDU
WIRSTSEHENWERAUCHAUSDEMSCHWARZENF
LUSSAUFSTEIGTALSWÜRDEERBALDKOCHENW
IEWASSERIMTEEKESSELSIEHSTDUDIESENTYP
ENDERAUFDERBANKSITZTUNDDIEAUGENHAL
BGESCHLOSSENHATERLÄCHELTSOALSHABEER
ALLESCHULDENBEGLICHENDASISTETWASIND
EMLÄCHELNEWIGUNANFECHTBARWIEWENNN
ICHTSMEHRSCHÖNODERHÄSSLICHIST.

Von irgendwoher kommt plötzlich Krähenkrächzen, die Krähe selbst ist nicht zu sehen. Aus Vogelperspektive verkündet sie der Straße: Krah-krah-krah!, was aus dem Krähischen übersetzt heißen könnte: *Take on me!*, oder *Take me on!*

Bad und Toilette sind in einem Raum. Auf dem Fensterbrett liegen Handtücher verschiedener Größen und Farben durcheinander, doch ein blaues sehe ich nicht. Stattdessen hängt da ein blauer Morgenmantel. Er sieht aus wie Milas. Ihr leichter Schweißgeruch ist unverwechselbar. Ob sie den Mantel nackt anzieht, um sich nach dem Baden abzutrocknen, oder trägt sie ihn auch anderweitig? Auf dem Boden liegen kleine rosa Gummischlappen mit buntbemähnten Ponys drauf.

Aus dem Lüftungsrohr hört man gedämpfte Stimmen. Offenbar haben die Nachbarn etwas angeschaltet. Handy? Radio? Fernseher?

Wann hast du gestern die Wohnung verlassen?

So gegen acht Uhr abends.

Darf ich dich fragen, wo du gewesen bist?

Was ist das, ein Verhör?

Nennen wir es Konversation.

Brauche ich einen Anwalt?

Meinst du, du brauchst einen?

Weiß nicht, sag du's mir.

Im Notfall könnte ich dein Anwalt sein.

Kriegst du das hin?

Ich kann's versuchen. (Pause) Sollen wir weitermachen?

Machen wir weiter.

Du bist doch bestimmt nicht damit einverstanden, unser Gespräch aufzuzeichnen?

Im Prinzip nicht. Du kannst mir sicher nicht sagen, warum mir diese ganze Situation wie eine Farce vorkommt?

Leider kann ich dir gar nichts sagen.

Wie wird eigentlich Farsi auf Farsi geschrieben?

فارسی

Was war das für ein Geräusch?

Ich hab das Wort Farsi auf Farsi auf einen Zettel geschrieben.

Ich würde auch gerne was aufschreiben, aber ich spüre meinen eigenen Körper nicht.

Ich kann dich gut verstehen.

Und ich erkenne auch meine Stimme nicht.

Selbst ich erkenne meine eigene Stimme manchmal nicht.

Kann mir mal jemand die Augenbinde abnehmen?

Das kommt noch.

Ich kann nichts sehen.

Glaub mir, das ist jetzt besser für dich.

Wusstest du, dass Rothaarige nirgends als Feuerwehrmänner genommen werden?

Freut mich, dass du zum Scherzen aufgelegt bist.

Das ist überhaupt kein Scherz.

Pst! Ich glaub, wir werden belauscht.

Hier bricht das Gespräch auf einmal ab. Vielleicht war beim Nachbarn nichts angeschaltet, sondern es war ein Live-Dialog.

Auf dem Spiegelregal liegen die Hygieneklassiker: orange Elmex und blaue Aronal, Weleda-Gesichtsbalsam für Männer, Zahnseide, Gillette-Rasierer. Zwei gleich große elektrische Zahnbürsten laden in einer gemeinsamen Ladestation. Daneben steht eine Giraffen-Zahnbürste in einem Becher. Die an einem zwischen den weiß gefliesten Wänden angeschraubten Haken befestigte hellgelbe Polyestergardine kann man nicht nach rechts oder nach links ziehen wie ein Jabot, sondern zu beiden Seiten, und von oben hängt ein Stück von derselben Gardine wellenförmig herunter wie eine Girlande, als wäre man nicht in einem vergilbten Bad, sondern im Foyer der Oper oder im Palast eines Adligen gelandet.

17.

Als ich zurückkomme, hockt Zoe allein vor dem Fernsehtisch. Sie merkt nicht, dass ich mich nähere, sie ist so in ein Spiel versunken wie ein Pionier in die Minenräumung. Ihr Camouflage-Kostüm verstärkt diesen Eindruck noch. Biggie mit seiner aufgestickten, schief sitzenden Plastikkrone auf dem kahlen Kopf ziert den kompletten Rücken ihrer Jacke. The King of New York.

Zoe kaut unaufhörlich auf den eingezogenen Wangen herum. Deshalb stülpen sich ihre Lippen wie bei einem Fisch nach vorn, das offene Haar blinkt wie eine Schwanzflosse. Gleich daneben starrt der im Rollstuhl zusammengekrümmte Parmen an die Wand, sein Gesicht ist ausdruckslos und zeigt keine Regung. Zwischen seinen Beinen bauscht sich etwas, wahrscheinlich trägt er eine Seniorenwindel.

Siehst du? Zoe hält Parmen nacheinander Spielzeuge unter die Nase. Ein Hund, ein Pferd, eine Ratte atmen nicht und du lebst?

Ich frage mich, ob sie vorhin auch so gespielt haben, Stella mir aber nichts davon gesagt hat.

Zoe? Milas Stimme ist aus der Küche zu hören. Komm her.

Jetzt erst bemerkt mich Zoe, sie lächelt mich an. Ich lächle zurück.

Weißt du vielleicht, was bei euch gegenüber gebaut wird?

Ein Gebetshaus oder so.

Ich beuge mich an ihr Ohr und frage sie flüsternd: Zoe, ich hab's vergessen, kannst du mir eventuell sagen, wie Großvater heißt? Welcher Großvater?

Ich weise mit den Augen auf Parmen.

Er? Sie denkt theatralisch nach, schließt die Augen, legt den Zeigefinger auf die geschürzten Lippen. Hm-m-m ... Ich hab's auch vergessen.

Zoe lächelt mich wieder an, legt plötzlich die Kautschukratte auf den Tisch, lässt das Pferd und den Hund liegen und rennt zu ihrer Mutter. Der schwarze dicke König auf ihrem Rücken verliert fast seine schiefe Krone.

Parmen starrt die Wand an, für ihn existiere ich nicht. Sein Mund steht immer noch offen. Vielleicht ist er das Vorbild für Max Varga. Viele halten ihn für die Transformation eines Polarhirsches oder die Seele von Achrik Zweiba. Er wirkt so gelassen, als habe er sein ganzes Leben so friedlich verbracht, von Windel zu Windel. Und gleichzeitig begreife ich, dass er nicht einfach so dasitzt, wie es den Anschein hat. Es muss sich noch etwas anderes hinter seiner Gekrümmtheit verbergen, etwas Schmerzhafteres und Dunkles. Woher soll sonst von Kindheit an die Windel kommen.

Bei diesem Anblick fällt mir ein alter Bekannter aus meinem Viertel in Tbilissi ein, Iwane »Iwa« Antelawa. Er war Arzt und sogar Direktor irgendeines Krankenhauses. Ein großer Mann mit großer Brille. Und genauso großmännisch lief er herum. Sein säuberlich gestutzter Schnurrbart unterstrich seine Vornehmheit. Das rasierte Gesicht schimmerte wie Nickel. Früher hätte man über so jemanden gesagt, er sei ein Blender. Einen weißen Schiguli fuhr er, einen WAZ-2107. Als dieser Iwane einmal mit seinem Auto in den Hof des Wohnblocks gerauscht kam, wurde der Schiguli plötzlich so von einem Ball getroffen, dass der Seitenspiegel

aus der Fassung fiel. Er war den Jungs vom Sportplatz herüberge-
sprungen.

Antelawa parkte ruhig ein, ging ruhig hinüber und zog dem
Jungen, der als Erster zu ihm hingelaufen war, um den Ball zurück ins Spiel zu holen, das Ohr lang. Er sagte kein Wort. Dann
drehte er sich um und ging ebenso ruhig in seine Wohnung hinauf.

Die Geschichte wäre damit beendet gewesen, wäre dieser Junge
nicht ein Verwandter seines Nachbarn Batschuk »Batscho« Gigani
gewesen. Zumal ein sehr enger Verwandter, der Sohn seines Bruders oder seiner Schwester, wenn nicht sogar sein eigener, wenn
auch unehelicher. Jedenfalls handelte es sich um recht trübes
Blut, sodass man den Boden nicht sehen konnte. Am selben
Abend rief Batscho Iwa Antelawa nach unten. Beziehungsweise
lockte er ihn zu sich herunter, der eine wohnte im zehnten Stock,
der andere im dritten. Zu diesem Zeitpunkt wusste schon der
ganze Block darüber Bescheid, was passiert war, und alle warteten gespannt, wie Antelawas Besuch bei Batscho enden würde.
Der unerwarteterweise nicht lange dauerte. So eine halbe Stunde.

In der Zwischenzeit wurde in der Nachbarschaft diskutiert, was
Gigani dem Iwa jetzt alles antun werde. Plötzlich kam dieser Iwa
genauso kraftstrotzend und säuberlich gekämmt bei Batscho
wieder heraus, wie er hineingegangen war, also wie immer. Nur,
dass ihm der halbe Schnurrbart fehlte. Er ging hinein mit einem
vollständigen, einem zwischen Nasenlöchern und Lippen gespannten gleichschenkligen Flaumstreifen, er kam zurück mit
einem halben Streifen. Niemand wusste, was Batscho gesagt oder
getan hatte, ob er ihn eigenhändig rasiert oder Iwa dazu gezwungen hatte, Iwane Antelawa jedenfalls lief den Rest seines Lebens
mit halbem Schnurrbart herum.

Wenig später wurde Batscho jedoch in seinem eigenen Auto

von anderen Batschos niedergeschossen, wobei Antelawa sein Leben wie gewohnt mit halbem Schnurrbart fortsetzte. Kurz darauf wurde auch Giganis Witwe Lela erschossen, aber selbst dann rasierte Antelawa sich nicht oder ließ den Schnurrbart wachsen. Niemand wusste, ob er sich daran gewöhnt hatte oder ob er sein Wort hielt, das er irgendwann einmal gegeben hatte, oder ob es da noch etwas anderes gegeben hatte. Jedenfalls wurde er alt und lief noch immer großmännisch herum. Mit erhobenem Kopf und voller Stolz, mit großer Brille. Er blendete mit dem halben Schnurrbart die ganze Welt. Eine schöne Familie hatte er auch – eine Frau und zwei hübsche Töchter, die gleich nach Schulabschluss verheiratet wurden, vielleicht auch ohne Abschluss, und den Großvater bald mit lärmenden Enkeln überschütteten. Wahrscheinlich versuchten die Kleinen beim Spielen ein paar Mal, den grauen halben Schnurrbart zu packen und auszureißen.

Bei uns im Hof kursierte lange das Gerücht, Iwa Antelawa trüge in der Jackentasche einen künstlichen halben Schnurrbart herum, den er sich außerhalb unseres Viertels auf die Lippe klebe und auf dem Rückweg wieder abmache, bis er einmal in der Sendung Moambe mit halbem Schnurrbart gezeigt wurde, wo der Journalist ihn mit Herr Wano ansprach, er etwas zu Anthrax erklärte, also zu Milzbrand, der auf dem Großmarkt bei einer Ladung Fleisch aus Marneuli nachgewiesen worden war und schon einige Bürger vergiftet hatte.

Vielleicht sitzt dieser Parmen nicht grundlos gekrümmt im Rollstuhl, sondern ist ebenfalls Gefangener einer irgendwie dunklen Geschichte. Vielleicht ist das die Strafe für ein altes Verbrechen, an dessen Inhalt sich niemand erinnert.

Neben dem Fernseher steht ein weißlich-strohfarbener, Ikeamäßiger Zier-Pouf. Es sieht aus, als starre Parmen den an und nicht die Wand. Den Podeswas kann man nichts glauben, denke

281

ich. Genauso denke ich, dass Mila nichts verwechselt hat und Zoe nicht gestern Geburtstag hatte. Jedenfalls haben sie sich nichts anmerken lassen. Sieht hier etwas danach aus, dass es eine Feier gegeben hat? Vielleicht haben auch sie ein eigenes Spiel, ein Spiel mit Wörtern, und sie denken sich jeden Tag gegenseitig neue Namen aus? So wie wir uns bei dem Wort nennen, welches uns gleich beim Aufwachen als erstes einfällt. Wenn dieser Zusammengekrümmte heute der Nacht-Parmen ist, wird er morgen vielleicht in Mond-Pierrot umbenannt. Ausgeschlossen ist nichts. Wie der Mitternachtscowboy immer zur Tagesschönheit werden kann.

Der Zusammengekrümmte flüstert plötzlich: Schaukle mich! Dazu steigt Wasser in seine Augen, eine Träne tropft herunter wie Wasser aus einem undichten Wasserhahn und rollt seine versteinerte Wange hinab.

Entschuldigung?, frage ich sehr leise. Ich habe Angst, der Hauch, den die Buchstaben aus meinem Mund nach sich ziehen, würde ihm ins Haar fahren und es wegwehen, wie der Wind die Samen von der Pusteblume wegpustet wie Minifallschirme. Parmen wirkt so fluffig und luftig. Können Sie das noch mal sagen?

Er sitzt wieder reglos da, er verzieht keine Miene. Als hätte ich mir sein Geflüster nur eingebildet. Ich weiß nicht, wie es ihm gelingt, sogar seine Träne wieder ins Auge zurückzusaugen, so wie ein Kind den Rotz wieder in die Nase zieht. Ich habe keine Ahnung, wie er das angestellt hat. Erst recht in eins aus Glas.

Aus irgendeinem Grund denke ich, dass er am liebsten aufschauen und den Hals drehen will, aber er kann nicht aus seiner verfluchten Rolle als steinerner Gastgeber ausbrechen. Die fleckigen Hände liegen leblos in seinem Schoß, welke Blätter. Aus den karierten Pantoffeln schauen weiß-gelbe Fersen. Er blinzelt schwer, als würde er die Augen schließen und dann nicht wieder aufbekommen, er hat einfach keine Kraft, die Lider zu bewegen. Wobei auf dem Grund dieser Augen so etwas wie Leben übrig ist, wie Rauch in einer durchgebrannten Glühbirne. Es kann auch passieren, dass du auf der Straße in den Staub fällst, aber die Augen dir offen bleiben, wie bei Tabidse.

Ich schaue ihm eindringlich ins Gesicht, es trägt keinerlei Altersanzeichen. Ich berühre ihn leicht, mein Zeigefinger dringt ungehindert in seine Schulter ein, wie das Igelchen in den Nebel. Mich schaudert. Wenn ich noch stärker drücken würde, würde ich vielleicht komplett in diesem Nebel verschwinden. Ich nehme schnell meine Hand weg, ich bin mir nicht sicher, ob ich nicht auf etwas Nasses, Kaltes und Glitschiges gestoßen bin.

Auf einmal wiederholt er unheimlich schnell: Schaukle mich! Ich bin mir aber nicht sicher, ob ich mir das nicht nur eingebildet habe. Erst recht, weil er immer noch genauso dasitzt, mit offenem Mund und reglos wie eine Plastikblume im Plastikblumentopf.

• • •

Plötzlich wird mir bewusst, dass ich bei den Podeswas bis jetzt nirgends ein Buch gesehen habe. Ich hatte auch nicht erwartet, dass hier alles voller Handschriften wäre wie die Bibliothek von Alexandria, doch eine solche Buchlosigkeit hatte ich mir nicht vorgestellt. Wenigstens einen Kindle hätten sie irgendwohin legen können, für den Effekt.

Schau mal, was mir Marika geschenkt hat. Mila reibt sich wie eine Katze die Hände, schnuppert erst selbst an ihrem Handrücken, hält dann Milo ihre Finger zum Riechen unter die Nase.

Also hatte Marika ihr eine Handcreme mitgebracht. Auf dem Tisch ist buntes Papier ausgebreitet, darauf liegt eine Schachtel, auf der Schachtel eine Tube mit der stilisierten Aufschrift *Aēsop*.

Marika gelingt es irgendwie immer, die richtigen Kleinigkeiten auszusuchen. Sogar zufällig. Aesop, wenn auch in Form einer Tube, passt haargenau in diese pseudoallegorische Situation.

Wir gehen spielen, ja? Zoe bittet um Erlaubnis, die Küche verlassen zu dürfen, dabei putzt sie sich mit dem Taschentuch den Mund ab. Ihren Teller ziert eine grüne Cremespur.

Geht nur, sagt Mila. Wollt ihr keinen Kakao?

Ts! Die Mädchen rennen, ohne sich umzublicken, hinaus.

Ich trete in die Küche. Wisst ihr vielleicht, was bei euch gegenüber gebaut wird? Neben dem Hochzeitshaus. Zoe sagte, es wird irgendein Gebetshaus.

Ja, drei in einem. Mila hält die Espressotasse zwischen Zeigefinger und Daumen, wie den Nachttopf für einen Spatz. Kirche, Moschee, Synagoge.

Im Ernst?

Absolut. Sie sagt das so, als habe sie Anteil am Bau. So was hat es auf der Welt noch nicht gegeben.

Das heißt, ihr seht von eurem Fenster aus, wie Geschichte geboren wird.

Oder stirbt. Ich weiß nicht, wer das sagt.

Die Erde hat sich schon aufgetan, Mila nippt am Kaffee, um das House of One zu gebären.

Meint sie die ausgebaggerte Baugrube? Sie stellt die Kaffeetasse auf den Tisch, durchsucht mit dem Zeigefinger schnell ihr Handy, dreht den erleuchteten Bildschirm zu mir, von dem mich ein sandfarbenes Modell einer Kirche anblickt, als hätte sich im Traum der Nebel über einem Turm verzogen. Wenn sich im Bauprozess nichts geändert hat, müsste etwas Interessantes herauskommen.

Dieser religiöse Cocktail braucht ein besonderes Kleid, sage ich, aber meine Bemerkung bleibt unkommentiert, ich würde am liebsten etwas hinzufügen, ich würde in die Kirche gehen und reinen Herzens eine Kerze anzünden, Gott sei mein Zeuge, würde ich sagen, doch stattdessen sage ich: Im Prinzip ist es logisch, dass Kirche und Hochzeitshaus nebeneinander stehen.

Wieder herrscht Schweigen, Marika gibt mir mit einem Blick zu verstehen, dass ich absolut nicht reden kann, am Ende wechsle ich das Thema, ich gehe zum Tisch: Übrigens bin auch ich nicht mit leeren Händen gekommen.

Milo schaut mich mit einem Auge an.

Ich habe dir einen Titel mitgebracht. Erinnerst du dich, dass du mich gebeten hast, falls ich eine Idee hätte, wärest du mir dankbar? Milo schaut mich immer noch an. Du hast mir über die *Wörterausstellung* geschrieben, das sei der Arbeitstitel.

Kann sein.

Anfangs hat mir eine Variante keine Ruhe gelassen, *Bohemistische Parodie*. Ich dachte, das würde am besten zu deinem Text passen. Doch es geht nicht nur ums Passen. Ich hatte gleich eine zweite, als Reserve. *Zoorama*. Alles in allem muss der Titel unvorhersehbar sein. Ich weiß nicht, ob dir aufgefallen ist, was auf dem Schild am Hochzeitshaus steht: *Grandioser Rabatt auf Hochzeitskleider*. Leider passt das überhaupt nicht zu deinem Text, ansonsten wäre das ein super Titel.

Milo schaut mich stumm an.

Aber dann habe ich begriffen, dass zu deinem Roman nicht *Wörter-*, sondern *Traumausstellung* passen würde.

Milo sagt immer noch nichts.

Ach, vergiss es. Belass es bei deiner Version, *Wörterausstellung* ist am besten.

Was willst du trinken, Schriftsteller?, fragt mich Milo. Wir haben guten italienischen Pinot Grigio und besten spanischen Rioja. Er dreht sich zu Marika um. Wir haben auch Beaujolais, nouveau.

Er sagt zwar nichts Besonderes, aber irgendetwas an Milo irritiert mich.

Einen Schluck trink ich gern, willigt Marika ein.

Habt ihr eventuell Wasser der Unsterblichkeit?, wende ich mich an Milo. Ich möchte wirklich gern wissen, was das für Zeug ist.

Unter anderem haben wir das auch. Mila holt eine Flasche aus dem Kühlschrank, darin ein Fingerbreit Wasser. Ui, haben wir wohl doch nicht mehr. Sie stellt die Flasche zurück.

Weiß? Milo folgt weiterhin seiner Linie. Rot?

Macht nichts, sage ich, ich trinke nicht.

Ich werfe mir einen Windbeutel ein. Er schmeckt so lala. Sieht besser aus, als er schmeckt. Genauer gesagt, schmeckt er nach nichts. Kein Wunder, dass noch so viele übrig sind.

Als hätte ich etwas Unglaubliches gesagt, öffnet Milo sein zweites Auge, dessen Augapfel sich inzwischen erfolgreich um hundertachtzig Grad gedreht hat. Jetzt zeigt das Weiß nach vorne. Dem anderen Auge, das er bis dahin offen hatte, fehlt indes nicht viel zur Position des ersten.

Nun, was darf es dann sein? Und dabei schaut er mich mit einem halb geschlossenen und einem verdrehten Auge an. Sag ehrlich.

Bringt mir den Kopf von Alfredo Garcia, mit einem Rettich im Mund. Mein Witz hängt unangenehm in der Luft. Wenn ich ehrlich sein soll, dann würde ich zu Milch nicht Nein sagen. Ich konkretisiere: Zu Mohnmilch.

Übrigens würde ich selbst zu Vogelmilch nicht Nein sagen. Allein der Name erfüllt einen mit Glück: VOGELMILCH. Aber Glück reißt mich in die Zukunft, wie Trauer in die Vergangenheit, in der Gegenwart hält mich nur die Ruhe, für deren Erreichen Mohnmilch sehr passend ist. Eine Gegenwart, die das Herz eines langen Traumes ist, das zwischen Vergangenheit und Zukunft schlägt.

Auch deshalb ist sie, die Mohnmilch, überall streng verboten. Wobei jeder Bissen voll ist mit glückssteigerndem Zucker und trauersteigerndem Salz, im billigsten Supermarkt und im teuersten Restaurant. Aber Ruhe ist eher ein Fall für die Apotheke.

Milo schließt ruhig das linke Auge, knabbert mit den Schneidezähnen an einer Brotscheibe und wendet sich an Boris: Berg, wie stellt er sich das vor? Er wendet sich wieder an mich. Wo soll ich dir denn diese Milch auftreiben? Du bist echt eine richtige Nervensäge, du Schriftsteller.

Entschuldigung, sage ich und zucke mit den Schultern. Marika fragt mich mit den Augen, wofür ich diese Maskerade brauche. Milo mampft und mampft mit seinem lippenlosen Mund auf den Brotkrumen herum wie eine Schildkröte. Boris legt wieder die Hand auf die Brust, und bevor er etwas sagt, schauen alle zu ihm.

Ich bitte vielmals um Entschuldigung, dass ich mich in euer Gespräch einmische, er rülpst, ich kenne jemanden hier, gleich in der Nähe. Er wendet sich an die Frauen, als bekäme er von ihnen die Erlaubnis für das, was er sagt: Der hat manchmal dieses K, wie Citizen Kain, wie der blinde Kalmar, wie Katzenfutter, das einen den eigenen Namen vergessen lässt. Wisst ihr, was das für Zeug ist? Stellt euch vor, ihr stoßt euch von der Erde ab, fliegt ins Weltall und die Sterne zerkratzen euch das Gesicht. So fühlt sich das an, fügt er hinzu.

Jetzt auch noch Boris? Wieso zieht es in letzter Zeit nur alle ins Weltall?

Hat er gesagt, gleich in der Nähe? Milo horcht auf. Sprichst du von Kurt?

Darf man das nicht? Boris geht fast zum Flüstern über.

Weißt du, wie sie Kurt nennen? Milo dreht sich zu mir um.

Als Antwort schürze ich die Unterlippe, zucke mit den Schultern.

Kodein. Kurt Kodein.

Im Ernst?

Milo wendet sich plötzlich an Boris: Lebt der überhaupt noch? Ich habe ihn schon lange nicht mehr gesehen.

Ich könnte kurz runtergehen und nachsehen. Für mich wird Boris konkreter: Er wohnt gleich hier, im zweiten.

Marika gibt mir zu verstehen, wenn ich schon so eine Sache losgetreten habe, dann solle ich auch mit ihm hingehen.

Ich würde mitkommen, sage ich lustlos; mich interessiert zwar gerade kein blinder Kalmar oder Katzenfutter, aber trotzdem. Es gibt Situationen, da rufen einen die Sterne so nachdrücklich, dass man anfängt, blind draufloszuwandern, und sei es, um den eigenen Namen zu vergessen.

Na, dann gehen wir mal. Boris Berg erhebt sich schwerfällig vom Tisch.

18.

Aus Nasenlöchern, so breit wie die eines Pferdes, bläst Boris derartige Dämpfe in die Fahrstuhlkabine, dass auch ich ein bisschen benebelt werde. Er hat sich so gründlich rasiert, dass ich mich in seinem Gesicht spiegele. Es ist ein bisschen komisch, das eigene Spiegelbild auf jemandes Wange anzuschauen: ein drahteseldünner, gebeugter, glatzköpfiger Mann mit Brille auf der Nase und einer Ausstrahlung, als habe er das erste nichtstationäre Modell der Erde geschaffen.

Ich habe ja keine Ahnung von Romantiteln, aber deine Version hat mir gefallen. Boris lächelt mich an.

Welche?, antworte ich ebenfalls mit einem Lächeln.

Die *Traumausstellung.*

Milos Variante ist trotzdem besser, denke ich.

Weißt du, was mich überrascht hat? Mila hat doch gesagt, Parmen sei ein erfundener Name.

Hat Mila das so gesagt?

Boris lächelt.

Angenommen ja, was dann?

Nun, mein Uropa hat so geheißen, der Opa meiner Mutter. Ich habe ihn nicht mehr erlebt, ich kenne in nur von Familienfotos. Parmen Malania, ein Scheißkerl, der seine eigene Schwiegertochter und deren Liebhaber im Bett mit seiner Mauser erschossen hat. Er wurde liebevoll Carmen genannt. Jedenfalls möchte ich gern wissen, warum du ihn so genannt hast – P a r m e n. Den Namen hört man nicht oft.

Das heißt, das hat mit Paco nichts zu tun?

Wer ist Paco?

Na gut, dann sag mir wenigstens, ob Mila schon immer Mila hieß oder ihr sie früher anders genannt habt.

Hast du 'ne Ahnung. Als Kind hieß sie Krista.

Krista?

Zu Hause nannten wir sie Kris Kristofferson. Ihre Großmutter väterlicherseits hieß Kristina Kristewa.

Wir halten im zehnten Stock, ruckelnd öffnet sich die Tür, obwohl dort keiner auf den Fahrstuhl wartet. Im leeren Flur flackert das Neonlicht. Ruckelnd schließt sich die Tür.

Es geht mich ja nichts an, sagt Berg und lächelt mir zu, aber irgendwas scheint an dir zu nagen. Du siehst irgendwie so aus.

Irgendwie?

Ja, betrübt irgendwie.

Seit dem Morgen schreibt mir jemand, entfährt es mir plötzlich, angeblich haben wir ein Kind zusammen.

Weißt du, wer dir schreibt?

Ich denke schon. Ganz sicher bin ich mir nicht.

Das heißt, du hast noch ein Kind?

Doch, drei. Mindestens.

Plötzlich halten wir wieder an, im vierten Stock, und wieder wartet niemand auf den Fahrstuhl. Auch hier ist der Flur leer, wie vorhin im zehnten, nur, dass das Licht nicht flackert. Dafür die Lampe in der Kabine, sobald sich die Tür schließt. Man wähnt sich in einem Nachtklub. Berg lässt sich nichts anmerken.

Mir fiel nur ein, knüpfe ich an vorhin an, dass ich vor nicht allzu langer Zeit hier auf der Danziger Straße mit einem Typen unterwegs war, der hatte ab und zu Opiumzäpfchen.

Meinst du Daro?

Kanntest du Dariusz etwa auch?

Wer kannte den nicht! Hach, so klein ist die Welt. Sein Vater war krank, oder?

Ja, irgendeinen seltenen Krebs hatte der. Am Ende hat er sich den Vater wie einen Hut aufgesetzt, hab ich gehört.

Ihn sich aufgesetzt? Davon weiß ich nichts.

Ich weiß es auch nicht genau, aber es hieß, er sei durchgedreht.

Daro, Mann? Dem geht's prächtig, hat geheiratet und ist erwachsen geworden. Erwartet sein zweites Kind.

Wohnt er immer noch hier?

Ts, er ist schon vor einiger Zeit nach Pankow gezogen, seine Frau hat da ein Eigenheim.

Was du nicht sagst.

Der Fahrstuhl bremst schwerfällig. Boris macht den Weg frei.

Hauptsache, Kurt ist zu Hause.

Wäre es nicht besser gewesen, vorher anzurufen?

Bei wem? Berg lächelt. Den Bundeskanzler bekommst du eher an die Strippe als Kurt Kodein. Er geht nie ran. Ich glaub, er ist da.

Er deutet auf die schwarze Vespa, die direkt im Flur wie ein Muli neben der Tür an einen aus der Wand ragenden Haken angebunden ist.

Aber das heißt gar nichts. Der Staubschicht nach zu urteilen, steht das Gefährt schon lange hier. Ich muss innerlich lachen. Bei Kurt Kodein gibt es nicht nur kein Codein, sondern auch keinen Kurt. A.Morales steht im winzigen rechteckigen Fenster der Klingeltaste. Der Inhaber eines solchen Namens hat wirklich keinen Spitznamen nötig. Boris drückt auf die Taste.

Die Tür wird unerwartet schnell geöffnet. Ein junger blauäugiger Mann steht da, mit pechschwarzem Haar und Mehrtagebart. Selbst von ferne sieht er nicht wie Cobain aus. Er gleicht eher einem von diesen Gemüsehändlern, die Lado Gudiaschwili gemalt hat – lange schmale Nase, listige Augen, dünner schwarzer Kakerlakenschnurrbart, gereckter Schwanenhals.

Dieser Pseudo-Cobain beziehungsweise A. Morales und Lados Gemüsehändler hat einen Körper wie aus Wachs, aber eine kompakte und athletische Figur. Vielleicht sähe so ein zwergenhafter Atlas aus – ein Atlas *light*, sozusagen. Atlas' kurzer, dekorativer Kimono bedeckt nicht mal ganz seine Eier. Offenbar hat er jemand anderen erwartet. Er ist enttäuscht. Aus seiner Wohnung dringen penetrante Schwaden von indischen Kerzen und Duftstäbchen. Sandelholz und Lavendel. Und ein bisschen Rose, mit Zimt.

Kurt! Boris ist erfreut. Ich versuch dich schon ewig zu erreichen, aber dein Handy ist aus.

Der Gemüsehändler-Athlet antwortet mit einem Schulterzucken. Er schaut Berg skeptisch an, mich noch skeptischer.

Ich bin's, Boris, erkennst du mich nicht? Flamingo.

Doch, doch. Der Gemüsehändler hat eine raue, heisere Stimme.

Das hier, stellt er mich vor, ist ein bekannter Schriftsteller. Weil diese Information bei Kurt keinerlei Wirkung zeigt, fügt er hinzu: Ein Titelexperte.

Der Gemüsehändler tritt widerwillig beiseite und lässt uns eintreten. Wahrscheinlich, weil er nicht an der offenen Tür reden will, aber er traut sich auch nicht, uns einfach wegzuschicken. Im Vorbeigehen sehe ich, dass eins von Kurts Eiern ein wenig tiefer hängt als das andere, wie das Gewicht einer alten Wanduhr. Wir betreten die halbdunkle Diele, der süßliche Geruch kriecht mir noch tiefer in die Nase. Der Gemüsehändler schließt die Tür.

Womit kann ich euch dienen?

So eine trockene Begegnung habe ich nicht erwartet.

Mit blindem Kalmar, Katzenfutter, zählt Boris auf wie ein Gedicht.

Mit dem Zeug hab ich aufgehört, erwidert der Gemüsehändler.

Mein Blick schwenkt automatisch zum rasierten Ei des Gemüsehändlers, das im Dämmerlicht noch mehr einem Uhrgewicht gleicht.

Wir wollen nicht viel. Boris konkretisiert vorsichtig: Ganz wenig.

Der Gemüsehändler antwortet mit einem Schulterzucken, schürzt die Unterlippe.

Übrigens ist er gerade Vater geworden. Berg ändert plötzlich die Taktik, er meint mich. Vierfacher.

Und, wollt ihr das mit Codein feiern?

Vierfache Vaterschaft ist doch ein guter Anlass für einen Rausch.

Erzähl mir mehr.

Um ehrlich zu sein, bin ich selber noch nicht im Bilde. Soll er es dir erklären.

Der Gemüsehändler schaut mich neugierig an.

Heute früh hat mir jemand geschrieben, erzähle ich, obwohl es mich nervös macht, dass ich überhaupt in so eine Situation geraten bin. Sie hat ein Kind von mir.

Alter?

Weiß nicht.

Geschlecht?

Weiß nicht.

Name?

Weiß nicht.

Der Gemüsehändler schaut mir plötzlich in die Augen, als könne er dort die Antworten lesen. Er hat einen derart schweren

293

Blick, dass ich unwillkürlich zusammensacke. Wobei ich immer zusammensacke, wenn mir jemand in die Augen sieht. Er legt mir den Arm um die Schulter, schiebt mich sanft Richtung Küche. Auf dem Weg fange ich automatisch an, mir die Schuhe auszuziehen, doch der Gemüsehändler lässt nicht von mir ab. Das heißt, er hat nicht vor, uns lange zu Gast zu haben. Seine Fußsohlen patschen in den Slippern. Boris folgt uns wie ein Hund. An der Wand hängt ein Fahrradlenker und sieht aus wie ein Hirschgeweih.

Ein guter Tee ist jetzt genau das Richtige für dich. Der Athlet holt kleine Tassen aus dem Schrank. Nelke.

In der Mitte des runden Massivholztisches wird auf einem speziellen Ständer ein kleiner Tonteekessel von einer darunter platzierten Kerze mit niedriger Flamme erwärmt. Um den Tisch herum stehen Baumstümpfe, deren Oberfläche vom vielen Sitzen glänzend geworden ist. Auf einen setzt sich schwer Boris. Ich wähne mich im Schattentheater. Wäre das Kerzenlicht nicht, würde völlige Dunkelheit herrschen.

Der ist tibetisch, Kurt gießt die erwärmte Flüssigkeit vorsichtig aus dem Teekessel in die kleinen Tassen, Drachenschuppe.

Drachenschuppe?, fragt Boris nach.

A. Morales nimmt eines der auf dem Wandregal aufgereihten, oben zugebundenen Säckchen, legt es mit dem Etikett zu ihm zeigend auf den Tisch: Drachenschuppe.

In den dampfenden Tassen steht eine wässrige Flüssigkeit. Berg schnuppert an dem heißen Wasser, als habe er Angst, dass plötzlich etwas herauskommen und ihm in die Zunge beißen könnte. Ist eine Drachenschuppe farblos? Wer hat den Drachen wohl gefangen und wie einen Fisch geschuppt? Ich schaue in das Säckchen. Es liegen weißliche, zerknitterte Blätter darin. Sind das wirklich Drachenschuppen?

Kurt stellt den kleinen Teekessel zurück auf das Stövchen und nimmt eine Untertasse mit bernsteinfarbenem Kandiszucker aus dem Schrank.

Und, was schreibt man dir noch so?

Ich habe noch nicht alles gelesen.

Boris und ich sitzen am Tisch wie Theaterpublikum. A. Morales nimmt seine Tasse in beide Hände, schnuppert schniefend am Dampf. Er stellt einen Slipper auf dem Boden ab, legt den nackten Fuß auf den Baumstumpf und schaukelt mit dem ganzen Körper langsam vor und zurück. Die Bewegung lässt die Schatten auf dem Tisch tanzen. Mit seinem rhythmisch schaukelnden Ei hypnotisiert er uns. In die mit Sandelholz und Lavendel gesüßte, ohnehin schon verbrauchte Luft mischt sich noch das Nelkenaroma. Von irgendwoher kommt auch noch Zimtduft. Das Zwielicht macht mich schwindelig. Ich wähne mich in einem Süßwarenladen, wo die Luft so dick ist wie Kissel. Wird hier auch mal gelüftet? Es fehlt nicht viel und ich trete weg.

Da macht mich A. Morales wieder munter: Bist du Georgier?

I-ich? Seine Frage verdutzt mich. Wie's aussieht ... Möglicherweise bin ich Georgier.

Ich kenne eine Georgierin, Tea Schorscholiani, eine Malerin, er nippt am Tee, genannt Schora.

Schora, eine Malerin? Nie gehört.

Na dann, worauf wartest du noch?

Ich verstehe nicht ...?

Warum rufst du nicht zurück, um zu erfahren, wer sie ist und was sie will?

Ich verstehe nicht, was das mit meiner Nationalität zu tun hat.

Weißt du ...

Ich weiß nicht.

Ich habe ein bisschen Valium. Er setzt die Tasse an die gespitzten Lippen, schlürft ruhig die Flüssigkeit. Ich kann dir was abgeben.

Im Ernst?, mischt sich plötzlich Boris ein.

Ich geb's gern. Der Gemüsehändler zuckt mit den Schultern und fügt hinzu: Was soll ich damit?

Der Tee in der Tasse sieht nicht gerade vertrauenswürdig aus. Ich schlucke ihn trotzdem hinunter. Damit mir nicht schlecht wird, werfe ich mir ein Stück Kandiszucker in den Mund, nage mit den Zähnen daran herum, um den Gestank zu überdecken. Drachenschuppe habe ich noch nie probiert, bin aber sicher, dass sie leckerer ist als das hier.

Es klingelt an der Tür. Kurt stellt die Tasse auf den Tisch. Er eilt in den Vorraum. Das Wirbeln seines Kimonos lässt die Kerzenflamme flackern. Der Schatten des Säckchens taumelt auf dem Tisch. Deswegen hat er uns vorhin so schnell reingelassen. Er erwartet jemanden.

Ich kann keine einzelnen Wörter unterscheiden, nur gedämpfte Laute dringen vom Vorraum zu mir durch. In so viel Süße und Gerüchen wird Boris offenbar betrunken; es fehlt nicht viel und er schläft ein.

Der Gemüsehändler kommt mit einem Blister Valium in der Hand zurück.

Das ist Sheila, sagt er komischerweise im Flüsterton, als müssten wir wissen, wer Sheila ist. Er reißt den Rand des Blisters ab wie der Kontrolleur die Karten beim Konzert, wobei er eine Pille behält und mir den Rest gibt.

Entschuldige, aber mit was anderem kann ich dir nicht dienen, sagt er.

Wie es aussieht, hatte er die Frau erwartet, doch jetzt hat er uns am Hals. Wobei ich nicht sicher bin, ob Sheila überhaupt eine Frau ist. Mechanisch nehme ich das Valium entgegen.

Verstehe. Ich erhebe mich vom Baumstumpf, fächele mir mit dem Blister Luft ins Gesicht; die Pillen klappern lustig wie die kleinen Kerne in den Maracas. Danke auch dafür.

Gemeinsam mit dem trunkenen Boris begleitet er mich zum Vorraum, den Arm um meine Schulter gelegt. Als traue er mir nicht, dass ich nicht abhaue und zur stillen Sheila ins Nebenzimmer platze. In der Diele liegen Ballerinas aus grünem Wildleder, die ich vorhin nicht bemerkt hatte. Ich wundere mich über die Größe. Im schummrigen Licht sieht es aus, als könnten sie glatt als Rettungsboote zur Evakuierung eines kleinen Dorfes bei Hochwasser dienen.

Sheila ist ein neutraler Vorname mit leichtem Potenzial, erotische Phantasien zu erwecken, beim Anblick der Ballerinas gehen die Gedanken des Betrachters aber eher Richtung Bibel. Genauer gesagt, zum Buch des Enoch. Wo unersättliche Riesen sich unter die Menschen mischen und sie verschlingen. Schwer zu sagen, ob Morales Sheila jetzt vor uns schützt oder uns vor Sheila. Anhand des Schuhwerks kann man sich unschwer die Ausmaße der Besitzerin vorstellen.

Ach, Moment! Dem Gemüsehändler fällt im Flur etwas ein. Nehmt doch noch Tee mit.

Nicht nötig, sage ich und beschleunige meinen Schritt, damit uns die Drachenschuppe nicht einholt oder die des Wartens überdrüssige Sheila zu uns herausgestürzt kommt.

Ja, lass gut sein mit dem Tee, sagt Boris.

Der Gemüsehändler-Athlet reckt den Schwanenhals und schließt die Tür schnell hinter uns, als habe er Angst, wir würden es uns anders überlegen und zurückkommen. Das Geräusch des Türriegels ist zu hören, wahrscheinlich extra für uns, denn man kann ihn durchaus auch leiser schließen.

19.

Ich will auf den Knopf drücken, aber da öffnet sich die Tür des
Fahrstuhls von allein und ein kleiner Mann kommt rückwärts
heraus. Er hat kurze silbrige Haare, die wie Igelstacheln aussehen, wenn man einen Apfel darauf werfen würde, bliebe er sicher stecken. Aus der Kabine zerrt er rückwärts einen Rollstuhl
heraus. Ich kann nicht erkennen, wer darin sitzt, eine graue, dicke Decke ist über Sitz und Lehne gebreitet. Genauso deckt man
nachts ein Tuch über den Käfig, damit der eingesperrte Vogel
schlafen kann.

Ich frage mich, ob das nicht ein bisschen viele Rollstühle für
einen Tag sind.

In der Kabine flackert die Glühbirne immer noch.

Guten Tag, grüßt uns der Mann, in der Eile bleibt ein Rad hängen, was ihm ziemlichen Stress bereitet.

Der Mann ist klein, er hat einen vorgeschobenen Kiefer, abste-
hende Ohren und eine schnabelartige Nase. Seine ängstlichen
Augen irren nervös hin und her.

Ich gehe in den Fahrstuhl und stelle einen Fuß in die Tür, damit
sie sich nicht schließt.

Ach, entfährt es Boris, Anton?

Ah, Boris!

Brauchst du Hilfe?, fragt Boris.

Nein!, brüllt Anton unvermittelt, wobei er sich gleich wieder fängt. Es geht schon. Verdammtes Rad. Das passiert ständig.

Was hast du da unter der Decke?

Das sind Äpfel, behauptet er.

Scheint die ganze Ernte zu sein.

Ja. Anton tritt Schweiß auf die Stirn, das Rad will und will sich nicht drehen. Fast.

Irgendetwas Besonderes?

Nichts Besonderes, von meinem Grundstück.

Die Fahrstuhltür versucht erneut zu schließen, mein Fuß verhindert es.

Wollen wir?, frage ich Boris.

Als Boris in den Fahrstuhl tritt, passiert genau das, was nicht hätte passieren sollen – ein Apfel fällt auf den Betonfußboden. Wie zum Beweis, dass da wirklich Äpfel unter der Decke sind und sonst nichts. Aber es ist nur ein Apfelstrunk. Wir starren alle diesen Rest an. Dieses dünne und kernige Überbleibsel mit einem Stiel, der wie eine Borste absteht. Ich, Anton, Boris.

Schau mal einer an! Boris scheint diese unerwartete Wendung überhaupt nicht zu gefallen:

Heißt das etwa, auf deinem Grundstück wachsen aufgegessene Äpfel?

Bloß das nicht! Der Mann kriegt große Augen. Bitte.

Doch Boris hat schon die Hand über den Rand der Decke gleiten lassen. Ich bin gezwungen, aus dem Lift zu steigen. Die Tür schließt sich wie beleidigt.

Was soll das heißen, das nicht?

Bei diesen Worten tut Boris etwas, das ich überhaupt nicht erwartet hatte: Erst zieht er langsam an der Decke, um drunterzuschauen, und auf einmal zieht er sie ganz weg. Das gibt's doch nicht! Hahaha! Bei dem Ausruf erhellt sich seine Miene, als habe ihm Gott selbst dieses Geschenk geschickt, von dem er geträumt hatte. Du lügst!

Im Rollstuhl sitzt ein pechschwarzer Gorilla. Zusammengekrümmt hat er den Kopf zwischen die Schultern gezogen. An den schrumpeligen Brüsten kann man erkennen, dass es ein Weibchen ist. Es kaut ängstlich an den Fingernägeln. Es atmet sehr schnell, seine Brüste zittern erbärmlich.

Anton lässt den Rollstuhl los. Rennt zur Tür, schließt sie auf.

Gemma, zu mir!, ruft er den Affen, Gemma, sofort!

Gemma will weg, aber Boris lässt sie nicht, er ringt mit ihr, als ob er sie umarmen wolle. So wie ein Betrunkener einem gerne mal am Hals hängt.

Alles passiert so schnell, dass ich nicht weiß, was ich tun muss. Der Affe versucht, sich loszureißen.

Lass mich! Boris kriecht irgendwo unter dem Affen herum. Hahaha! Lass mich!

Doch der Affe hört nicht auf. Während dieses Kampfes fällt Gemma aus dem Rollstuhl, Boris fällt auf sie, beide verheddern sich in der Decke.

Im nächsten Moment reißt sich Gemma los und rennt im vollen Galopp durch die Tür, die Anton ihr offenhält.

Bevor es Boris gelingt, einen Fuß hineinzubekommen, hat Anton die Tür schon geschlossen. Er stemmt sich von innen dagegen, Boris von außen. Boris rammt die Tür mit der Schulter, Anton fliegt zur Seite. Ich bin gezwungen, ihm zu folgen. Alles passiert innerhalb von Sekunden. Anton liegt gleich im Eingang, die Hand auf der geröteten Stirn.

Die Tapete ist ungewöhnlich, aus dem Augenwinkel sehe ich, dass die ganze Wand vom Fußboden bis zur Decke von einem dunklen Kunstdruck eingenommen wird: Einer einzelnen aus dem Wasser ragenden Felseninsel nähert sich ein Boot, in dem zwei Leute sitzen; der Fährmann und eine stehende, in einen weißen Umhang gehüllte Gestalt, die einem den Rücken zuwendet, vor ihr liegt eine ebenfalls in weißen Stoff gehüllte rechteckige Kiste, die aussieht wie ein Sarg. Hohe Zypressen lassen die Mitte der gewölbten winzigen Insel schwarz wirken.

Warum rennst du vor mir weg? Boris ist wie in Trance, er läuft von Zimmer zu Zimmer. Warum versteckst du dich vor mir?

Ich bin ebenfalls noch nie einem leibhaftigen Gorilla begegnet doch ich verstehe nicht, was in Boris gefahren ist. Ich laufe hinter ihm her, damit er nichts anstellt. Inzwischen ist er im abgedunkelten Gästezimmer, ich hinterher. Gemma ist nicht zu sehen. In der Mitte des Zimmers steht Boris und starrt auf das geöffnete Fenster. So ein Blödsinn, ein Gorilla würde nicht durchs Fenster passen.

Im fahlen Licht, das zum Vorraum hineinfällt, erkenne ich an der Wand ein altes vergilbtes Holzregal. In der Ecke zwischen Regal und Wand steht Gemma, reglos, als versuche sie mit dem Rücken an der Wand festzuwachsen. Sie hat den Kopf erhoben. Nur anhand ihrer Augen kann ich sie im Dunkeln ausmachen. Sie sieht aus wie eine riesige Puppe. Eine ganze Weile steht sie reglos da, mit offenen Augen, die unglaublich glänzen.

Auch Boris sieht Gemma, merkt, dass sie nirgendwohin mehr entkommen kann, so wie sie zwischen Wand und Regal eingeklemmt ist. Er nähert sich ihr langsam, holt das iPhone aus der Tasche, schaltet das Display an, leuchtet erst auf Gemmas handartige Füße, dann auf den schwanger wirkenden dicken Bauch, auf die schürhakenschwarzen Brustwarzen.

In einem Regalfach liegen gelbe Tennisbälle vor den Büchern, in einem anderen sind kleine Dinge aufgereiht: eine Frauenfigur im schwarzen Kleid, Carmen mit einem silbernen Fächer, eine auf einem niedrigen Hocker sitzende Ballerina im himmelblauen

Tutu, die sich die ebenso himmelblauen Spitzenschuhe schnürt. Letztere ist aus Metall oder so angemalt, dass es wie Metall aussieht. Vor deren Hintergrund ist eine Porzellanfliege ein besonderer Blickfang.

Von den Büchern im Regal ist eines größer als die übrigen, hinter den anderen Einbänden ragt seine Kante heraus wie eine Sonnenblume aus einem Weizenfeld. Auf dem Einband ist ein Porträt abgebildet, ich erkenne ein Stück Lorbeerkranz.

Gemma atmet kurz und ganz schnell und drückt sich immer noch reglos an die Wand, die breite Brust hebt und senkt sich, die Brüste zittern, sie kreischt etwas auf Äffisch: Au, au, au, au … Es klingt wie *now, now, now, now* …

Da bin ich schon, flüstert Boris, meine Gemma.

Gemmas Kinn bebt – man weiß nicht, ob aus Nervosität oder vor Lachen. Erfolglos versuche ich, Boris zu stoppen. Er fuchtelt herum, sagt, ich solle ihn in Ruhe lassen. Als das Licht des iPhones die geröteten Augen des Affen trifft, weiß ich, was passieren wird, als sähe ich es kommen, dass Gemma mit beiden Händen Boris' linke Hand packt und ihn in den Mittelfinger beißt. Sie könnte ihn auch in der Mitte durchbeißen wie eine Salzstange, doch sie tut es nicht, sondern hält ihn nur mit den Zähnen fest und lässt ihn ein paar Sekunden lang nicht los. Unglaublich, wie Gemma Boris plötzlich in die Nase zwickt.

Das iPhone fällt laut zu Boden, es geht nicht aus, kann aber aus dieser Entfernung nichts mehr beleuchten. Während Gemma noch brüllt, geht im Zimmer das Licht an, was uns für einen Moment blind macht. In der Tür steht Anton, in der Hand ein Betäubungsgewehr, überraschenderweise zielt er auf den heulenden Boris, der sich die Nase reibt. Boris streckt dem Affen gerade die Faust entgegen, als ein lauter Schuss ertönt und eine rote Feder in Boris' Hüfte erscheint.

Ich glaub's ja nicht ... Erstaunt geht Boris in die Knie und wälzt sich auf dem Teppich. Du lügst!, sagt er noch, und dabei gelingt es ihm, die rechte Hand, die bis jetzt stets auf der Brust gelegen hat, unter den Kopf zu betten wie ein Kissen, die Augen zu schließen und süß in den klebrigen See der Narkose einzutauchen.

Da lädt der Mann die Waffe noch mal durch und richtet sie auf mich. Ihm wird jedoch gleich klar, dass ich nicht gefährlich bin, und er senkt den langen Lauf. Auf der Stirn sitzt ihm eine kleine Beule. Die untere Lippe hat er ein wenig vorgeschoben. Man könnte meinen, er habe absolut keinen Hals. Der Kopf scheint direkt zwischen den Schultern zu sitzen wie der Korken in einer Flasche.

Es ist gewöhnlicher Tranquilizer, sagt Anton zu meiner Beruhigung, in einer halben Stunde kommt er wieder zu Bewusstsein.

Ich weiß nicht, was ich sagen oder tun soll. Ich schaue den Mann mit dem Gewehr in der Hand an, den zusammengekrümmten Boris, der mit geschlossenen Augen den Fußboden anlächelt, Gemma, die sich von der Wand löst und schaukelnd in meine Richtung kommt. Sie ist ein bisschen kleiner als ich. Kurze Füße mit langen Zehen, kräftige Hände, massige Schultern, ein Maul ohne Flaum und pechschwarze, verschrumpelte Brüste. Verschämt meidet sie meinen Blick. Sie bleckt ihre gelben Fangzähne. Ihr Gesicht zeigt so viele Emotionen auf einmal, wie es nicht mal ein großer Schauspieler kann. Sie ist demütig und beleidigt. Als schäme sie sich ihrer eigenen Nacktheit. Aus irgendeinem Grund habe ich keine Angst vor ihr.

Anton sagt nichts. Gemma kommt näher, nimmt meine Hand, zieht mich schaukelnd mit zum Sofa. Auf dem Beistelltisch steht eine Schale mit weißen Kristallen, daneben liegt die Fernbedienung für den Fernseher.

Gemma nimmt die Kristalle in die Hand und streut sie mir unvermittelt über den Kopf, die Schultern, in den Ausschnitt. Ein, zwei fallen mir ins Gesicht, auf die Augenbrauen, in den Schnurrbart. Ich glaube, sie will mich pökeln. Als wäre ich ein Schinken.

Mit der Zungenspitze probiere ich, es ist wirklich Salz.

Sie zeigt ihre Zuneigung, erklärt mir Anton.

Wie bitte?

Das ist unser Ritual. Er legt das Gewehr auf den Tisch, zerzaust sich mit der Handfläche sein Haar. Manchmal streut sie mir Salz auf den Kopf und laust und laust und laust mich.

Nein, sage ich und stehe auf, das ist wirklich zu viel.

Ich schüttle das Salz ab, das wie Schuppen auf meinen Schultern liegt. Gemma gönnt sich keine Pause; wie eine Hausfrau eilt sie hin und her, nimmt die Fernbedienung vom Tisch, drückt einen Knopf, und der Bildschirm an der Wand erwacht nun ganz langsam zum Leben. Ein dünner Mann versucht erfolglos, mit dem Fahrrad vor wütenden Männern zu fliehen. Der Mob wirft ihn von dem Transportmittel, das genauso dünn ist wie er, und umzingelt ihn. Von der anderen Straßenseite kommt ein Junge herübergerannt, er hat eine kurze Hose und eine völlig zerlumpte Jacke an. Es gelingt ihm irgendwie, zwischen den wütenden Männern hindurchzuschlüpfen, er klammert sich ans Bein des Umzingelten.

Papa, Papa!, ruft er. Um ihn herum werden es noch mehr finster blickende Männer. Papa!

Gemma fängt wieder an, Fingernägel zu kauen, wie vorhin, als Boris im Flur die Decke weggezogen hat. Mit besorgter Miene schaut sie mal zum Bildschirm, mal zu mir. Ich sehe ihr an, dass ihr die Handlung nahegeht.

Anton zieht die gefiederte Nadel aus Boris' Hüfte, klebt ihm ein Pflaster auf die blutige Nase, die Gemma aus Versehen beim Balgen zerkratzt hat.

Ich habe das Gefühl, etwas Grundlegendes in mir wurde entdeckt, irgendjemand hat in mich geblickt, dorthin, wo noch niemand hingeblickt hat. Wie komme ich zu so vielen Müttern, Vätern, Jungs, Fahrrädern? Woher weiß diese schwarze Riesin, dass ich selbst Vater und Junge bin und sogar ein Fahrrad auftreiben werde, wenn es bei mir läuft wie gedacht.

Weißt du, ob wir uns wiedersehen? Du weißt nicht wo, du weißt nicht wann, aber du weißt, dass wir uns eines sonnigen Tages wiedersehen … Wirklich?

Sie vermeidet es, mich anzusehen. Sie nimmt die auf dem Regal aufgereihten gelben Tennisbälle, fängt an zu meiner Unterhaltung zu jonglieren. Es sind drei Bälle. Sie wirft sie im Dreieck in die Luft, dabei fliegt einer, und die anderen beiden wandern von einer Hand in die andere oder umgekehrt, zwei fliegen, einer wandert von einer Hand in die andere.

Ich sehe sein Wesen, seinen Dreh- und Angelpunkt, vor dem alles andere in den Hintergrund rückt. Die Feder, Anton, Boris, das ganze Zimmer, sogar Gemma. Nur das fliegende gelbe Dreieck ist zu sehen.

Ich muss schnellstens hier raus. Ich brauche frische Luft. Luft, Luft! In diesem Haus gibt es etwas Unerträgliches, etwas, das noch mehr stinkt als der Müll.

Ich muss los.

Natürlich. Anton steht auf. Entschuldigung.

Im Gegenteil, es tut mir leid, dass es so gekommen ist.

Macht nichts, so was kann passieren.

Was machen wir mit ihm? Ich deute auf Boris. Sollen wir ihn so liegenlassen?

Dem fehlt nichts. Der wacht bald wieder auf.

Wissen Sie, wer das ist?

Boris Flamingo? Selbstverständlich.

Das heißt, es ist nicht schlimm, wenn ich ihn hierlasse?

Machen Sie sich keine Sorgen. Wirklich.

Gemma ist verwirrt, sie merkt, dass sie mein Herz nicht gewinnen konnte. Sie hört auf zu jonglieren, knetet die Bälle wie die, die man zum Stressabbau benutzt.

Gemma wollte, erklärt mir der Mann, Ihnen eine Freude machen.

Wissen Sie, womit sie mir eine Freude macht? So wie Gemma mich anschaut, würde es mich nicht wundern, wenn sie mich verstünde. Wenn sie mir diese Bälle schenken würde. Wenn das geht.

Die da? Der Mann blickt auf die Tennisbälle, die der Affe festhält.

Mir ist gerade eine Idee gekommen, erkläre ich, aber egal. Ist nicht nötig.

Gemma, wollen wir ihm die Bälle schenken? Ich bin übrigens Anton ... Toni, der Mann streckt mir seine Hand entgegen, Toni Schwalbe.

Schwalbe, wie der Vogel?, frage ich.

Schwalbe wie der Fahrradreifen. Toni schaut zum Affen: Das ist Gemma.

Ich nehme Tonis Hand. Lemondschawa, Raschden Lemondschawa.

Raschden Lemon... Wie? Dzawa? Er verdreht die Zunge so, als hätte er einen heißen Bissen im Mund. Dsawa?

Dsch, erkläre ich, Dscha-wa. Rasch-den Lemon-dschawa. Dsch wie in Gemma.

Gemma, Toni wendet sich dem Gorilla zu, wollen wir Raschden die Bälle schenken?

Nennen Sie mich Paco, schlage ich vor.

Toni muss grinsen.

306

Entschuldigung, sind Sie vielleicht Podeswa? Toni ist verwirrt, Milo Podeswa? Wir sind uns schon mal begegnet.

Hören Sie auf, mich zu beschwichtigen, will ich ihm sagen, Sie irren sich, ich bin wirklich nicht der, für den Sie mich halten, wobei ich gerade von einem Besuch bei ihm komme. Ich lecke mir über die Lippen, um zu herauszufinden, was für Lippen ich habe. Genauer gesagt, ob ich überhaupt welche habe. Doch mit einer taschentuchtrockenen Zunge kann ich nichts spüren.

Das Gorillaweibchen schaut von Toni zu mir, dann wieder zu Toni. Es begreift nicht, worüber wir reden.

Toni geht zu Gemma, zeigt erst auf die Bälle, dann auf mich: Sollen wir die Paco schenken?

Gemma kommt schwankend auf mich zu, sie verströmt eine Art Rosenduft. Ich frage mich, ob das ein Shampoo ist oder ein spezielles Parfum. Damit niemand beim Spazierengehen mit dem Rollstuhl den schweren Geruch des Biestes wahrnimmt. Sie streckt mir die Hand entgegen; auf der kakaofarbenen Handfläche liegen drei gelbe Bälle, wie die Nüsse für Aschenbrödel. Wie *Tre passi nel delirio*. Wie ein Asterismus, ein Dreifachsternchen. Plötzlich habe ich Gemma im Bad vor Augen, von Kopf bis Fuß mit Schaum bedeckt, Rosenduft verströmend.

Ich denke sofort an unzählige, in den Winkeln meiner Erinnerung versteckte Rosen, von denen des Lukullus bis zu denen, die auf Asteroid B-612 wachsen, über »Die Rose des Empyreums«, »Die kranke Rose« bis zum Holzschlitten namens Rosebud, von der Windrose bis zum Rosenblütenblatt, mit dem sich Däumelinchen nachts zudeckt, darauf der Schatten einer silbernen Rose. Wie ein Vulkan speit mein Gehirn alle Rosen aus, die irgendwann einmal gelesenen, vorgestellten, gesehenen, gerochenen, geträumten, erschienenen. Die ich mit der Hand berührt und zerpflückt habe, die ihr Blut für mich vergossen haben. Mein Gedächtnis speit sie aus, sie überfluten mich wie Lava und schwirren durch die Luft, diese Rosen aus der Literatur und der Geschichte, aus den Mythen und der Musik, aus den Legenden und der Religion, wo die Rosen im Garten verblassen, verblassen … Es ist kein laues Lüftchen, das Rosenduft herüberweht, eher ein Rosensturm, ein ganzer Wirbelsturm, der mich plötzlich einsaugt und auslöscht.

Doch halt! Es gibt keine Rosen. Kein »Lumen coeli, Sancta Rosa!« Immer noch steht nur jener süßlich-rauchartige, in irgendeinem Labor chemisch gewonnene Rosenduft, der das Wilde überdeckt, im Raum. Was egal ist, denn man soll die Rose sowieso nicht mehr Rose nennen. Das, was wir eine Rose nennen, würde bei jedem anderen Namen genauso süß duften. An diesem Geruch ist so viel Rose wie in Surimi-Sticks Krebs. Wäscht Gemma sich selbst, frage ich mich, oder macht das Toni?

Der Rosenduft liegt auf Gemmas Herz wie ein Grabstein auf einem lebendig Begrabenen.

Worte sind hier überflüssig. Ein wertvolleres Geschenk habe ich im Leben nicht bekommen. Ich fühle mit der Handfläche, wie der Filz der Bälle Gemmas Wärme gespeichert hat. In ihren geröteten Augen glimmt etwas, als wäre mit einem hellen Strahl die Dunkelheit erhellt worden, in der ihre Seele trauert. Etwas unheimlich Zartes entsteht. Ich sehe, wie Gemmas Blick für einen Moment aufklart, nicht so, wie wenn die Sonne durch den Nebel dringt, sondern wie wenn der Mond sich im schwarzen Wasser eines Brunnens spiegelt. Wer schon mal nachts in einen Brunnen geschaut hat, kennt das. Es sieht aus, als ob der Mond dort unten schwankt, man muss nur die Hand ausstrecken und ihn rausholen. Gemmas Augen sind genauso, sie schielen plötzlich nach außen, auf ihrem Grund schwankt jedoch ein leuchtender Punkt.

Doch der Moment verstreicht, der Blick des Affenweibchens

verschleiert sich wieder pflaumenblau. Verschämt schlägt sie die Augen nieder. Ich kann kaum atmen.

Ich muss mich zusammenreißen, Gemma nicht zu umarmen, mit ihren verschrumpelten Brüsten, gelben Zähnen, breiten Schultern und kurzen Beinen. Sie gleicht einem kleinen Mädchen, das im Sarg sitzt und sich mit lächelnden, erstaunten Augen umschaut, einen Strauß weiße Rosen in der Hand, den sie bis zur Auferstehung hätte halten sollen. Unter dem rauchartigen Rosenaroma kann man irgendwo den Wildtiergeruch erahnen.

Um nichts mit überflüssigen Worten kaputtzumachen, drehe ich mich schweigend um und gehe mit den Bällen in der Hand zur Wohnungstür. Auf dem Weg stecke ich Boris die Valium vom Gemüsehändler-Athleten in die Hosentasche. Er schaut gerade so glücklich, als strebe er genau nach dem Erreichen dieses Zustands, als sei sein Unbehagen nur eine andere Art von Behagen. Er kauert auf dem Teppich, als flüstere ihm der Jüngling mit dem Bogen in dessen Mitte etwas ins Ohr. Die geschmeidig auf dem Pullover über seine Brust springenden roten Hirsche wirken wie die Untertitel seines Traums.

Ich vermisse mein Kissen, jetzt würde ich gern mein Gesicht darin vergraben und schreien, bis mir die Halsschlagader platzt, bis mir schwindelig wird, bis ich ohnmächtig werde. Solange ich am Leben bin, solange ich grüne so grün, solange ich existiere.

Die Geschichte, sage ich, aber ich habe noch gar nicht richtig angefangen, da weiß ich schon, dass ich Quatsch erzähle, wird man nicht in zwei Teile teilen: Vom Gorilla bis zur Vernichtung Gottes, und von der Vernichtung Gottes bis …

… zum unsichtbaren Gorilla?, springt mir Toni bei.

Oh, nein, nein! Ich möchte zu einem anderen, neutralen Thema übergehen, aber sanft, um ihn nicht zu kränken. In Wirklichkeit wollte ich etwas ganz anderes sagen, sage ich.

Wie alle.

Ist das Schtscherbina?, frage ich ihn das Erste, was mir in den Sinn kommt.

Wie bitte?

Diese Figuren, ich zeige auf den im Regal aufgereihten Nippes, sind die von Schtscherbina?

Ah! Tonis Augen leuchten auf. Sie haben die Ballerina erkannt?

Vage, sage ich, um ihm nicht das Herz zu brechen.

Das da sind hauptsächlich Kopien. Nichts Großartiges. Toni zuckt mit den Schultern. Das Wichtigste ist die Ballerina. Das Original ist von Oksana Znikrup. Aus Porzellan. So groß. Er zeigt mir mit Daumen und Zeigefinger in der Luft die Größe der Figur. Dann hat Koons sie kopiert. Aufblasbar, vierzehn Meter hoch. Die hier, auf dem Regal, das ist eine Kopie von der von Koons. Also eine Kopie der Kopie.

Aus Höflichkeit schaue ich zum Regal, doch aus dieser Entfernung kann ich die Figuren nicht gut erkennen.

Toni und Gemma begleiten mich stumm zur Tür, ich bin noch nie im Leben einem glücklicheren Paar begegnet. Und ich, die Manndame mit Kamelien, verstehe nichts von Männern und Damen. Mein Blick fällt unwillkürlich auf Gemmas handartige Füße. Sie hat lange Zehen. Solche haben die Skulpturen der alten Griechen. Ich denke, ich verstehe, was vorhin in Boris gefahren ist. Diese Füße haben etwas an sich, dass man sie küssen muss. Toni scheint es nicht lange ohne Gemma auszuhalten, etwas an ihr ist wie ein kleines Tier, das im Käfig auf und ab läuft, bis es stirbt. Und wenn es nicht auf und ab läuft, wird es die innere Unruhe noch früher umbringen.

Man könnte meinen, sie wiege nichts; Gemma setzt ihre kräftigen Füße leicht wie eine Nonne. Wie die Ballerina im himmelblauen Tutu, die neben der Porzellanfliege auf dem Regal steht.

310

Doch der Bauch ist so dick, als wäre sie schwanger. Vielleicht ist sie es ja sogar. Vielleicht wollte sie das in ihrem Bauch auch vor Boris beschützen. Sie scheint meine Gedanken zu erraten, sie senkt wieder den Blick, schaut zu Boden und leicht zur Seite, als würde sie sich schämen. Ihr Rollstuhl liegt immer noch im Eingangsbereich und gleich daneben die zusammengeknüllte Decke.

Passen Sie gut auf sich auf! Toni zieht die Hand weg, sie fühlt sich an wie aus Watte. Erst jetzt bemerke ich, dass seine rechte Hand rot ist und überhaupt nicht aussieht wie eine Hand, sondern ein bisschen wie der Fuß eines kleinen Vogels.

Quietschend öffnet sich die Fahrstuhltür. Das Licht in der Kabine flackert immer noch wie in einem Nachtklub.

Es wird Zeit, dass ich etwas Sinnvolles sage, etwas Schönes, Originelles, obwohl mir nichts anderes einfällt als obszöne Filmzitate. Ich würde es nicht wagen, *Au revoir, Shoshanna* zu sagen. Oder wie der Terminator: *I'll be back.*

Vom Fahrstuhl aus winke ich Gemma stumm mit den Bällen in der Hand. *Bye bye Blackbird*, hätte ich sagen können, oder *Blackbird, bye bye.*

Steig doch ein! Toni lacht nervös, seine Schultern zittern von einer leichten krampfhaften Zuckung. Steig ein in diese Leere, in so einem achten Stock, sagt er.

Ich frage mich, ob es außer diesen vier Fahrstühlen irgendwo noch weitere im Haus gibt.

Ich strecke schnell das Bein in die Tür, ich will ihn fragen, was er mit »in so einem achten Stock« meint, doch dann fällt mir wieder ein, was beim letzten Mal passiert ist, als ich den Fahrstuhl angehalten habe.

20.

Ich rufe Marika von der Straße aus auf dem Handy an. Draußen ist es so dunkel, dass man das Dach des Gebäudes nicht erkennen kann. Die umstehenden Gebäude verschwinden in der Höhe. In der Dunkelheit wirkt der Weg zwischen ihnen hindurch noch schmaler. Es schneit stark. Es ist keine Menschenseele unterwegs. Ich sehe die leere Brücke, im Kanal spiegelt sich das Laternenlicht, als würde der schwarze Fluss rückwärts fließen.

Vom schwarzen Himmel fallen betonfarbene Flocken. Der Schnee bedeckt die Umgebung, man könnte denken, außerhalb der Stadt loderten Feuer und eine Brise brächte die verbrannte Asche hierher. In den Straßen sammelt sich allmählich bleifarbener, qualmartiger Nebel, eine teilnahmslose Masse. In letzter Zeit wird dieser Schnee immer wärmer. Der Geruch von Verbranntem hat sich verflüchtigt. Kleine Funken mischen sich unter die taumelnden Flocken wie feurige Glühwürmchen.

Eine Krähe krächzt von der Laterne herab. Die Fenster des riesigen Gebäudes, das wie ein blinder Goliath dasteht, reflektieren stumm rotes und blaues Blinken, als wenn die Seelen toter Schmetterlinge in einer stockdunklen Schlucht spukten. Wegen des grauen Schnees wirkt alles wie aus einem Schwarzweißfilm. Auch hier scheint es fette Ratten zu geben. An der Hauswand strecken sich ihre Schatten entlang. Schwerfällig trottet die Schar

Ratten Richtung Kanal, als wollten sie im schwarzen Wasser versinken. Sie sehen aus wie die kleinen Elefanten auf Stelzenbeinen, die Dalí malte.

Eins.

Zwei.

Drei.

Es sind mehr als zwanzig. Fünfund... Sechsundzwanzig? Falls ich wegen ihrer Schatten nicht doppelt sehe. Selbst dreizehn Ratten auf einem Haufen wären nicht wenig. Die Köpfe gesenkt wie Trauernde, gehen sie die Mauer entlang. Vorn schlendert eine, die anderen folgen. Als wenn sie auf alles gefasst wären, nichts ihr schwarzes Herz bräche. Vielleicht sind sie es, die am Morgen schwerfällig in Schöneberg Richtung Crellestraße zogen.

Es weht der Wind, es fällt der Schnee ... Es ist kalt, Kameraden, es ist kalt.

Plötzlich hört die Krähe auf zu krächzen, sie fällt von der Laterne direkt auf den Asphalt. Im Fallen gibt sie einen stummen Laut von sich, auch das Glasauge fällt heraus. Der drahtverstärkte Flügel bricht. Aus dem geplatzten Bauch quillt Flachs, zusammen mit vergilbter Baumwolle. Wie eine Zypresse schwankt die Laterne, schwankt, als würde sie sich biegen wie feuchte Pappe.

Wie ich mir gedacht hatte, sind die Kinder auf dem Spielplatz, sie haben die Rutschen und Wippen erobert, doch bei meinem Anblick hören sie plötzlich auf zu spielen und fangen mit vertrockneten Augen und zahnlosen Mündern an, lautlos zu kichern. Sie wussten, wie mir ihre Grimassen in letzter Zeit fehlten. Ich winke ihnen zu, aber das bemerken sie nicht. Seit Langem folgen sie mir überallhin, wohin ich auch gehe, schweben hinter mir her wie ein sehr fernes Märchen, trotzdem haben sie bis heute kein Vertrauen gefasst; wie Wildtiere sind sie immer auf der Hut vor mir. Gibt es menschliche Worte, die Liebe zu toten Kindern

313

ausdrücken können? Ich küsse euch, meine Lieben, auf die kalte Stirn, auf die versengten Haare. Warum schaut ihr mich so aus euren vertrockneten Augen an?

Hallo? Irgendwo ganz fern ist Marikas Stimme zu hören.

Hör mal, sage ich, lass dir von denen nicht anmerken, dass ich anrufe.

Von wem?

Glaub mir einfach, steh jetzt leise auf und geh raus ins andere Zimmer. Bitte.

Na gut. Aus dem Hörer hört man Marika atmen und sich bewegen. Ich bin nebenan.

Kannst du dir Stella schnappen und herkommen? Ich warte auf der Straße auf euch.

Von wo aus rufst du an?

Von wo? Von meinem Handy.

Die Nummer ist nicht gespeichert.

Und was steht auf dem Display?

No caller ID.

Mein Handy bringt heute schon den ganzen Tag alles durcheinander.

Alles in Ordnung?

Ja, ja. Ich erklär dir später alles, verspreche ich. Sag denen einfach, ich hätte eine Metapherattacke. Sag, auf den gehen die Musen wie Fliegen auf Kacke, wenn er sich nicht gleich an den Schreibtisch setzt, entflieht ihm der Gedanke und er verblödet. Schieb einfach alles auf mich. Vielleicht fällt dir ja was Besseres ein.

Ich habe absolut nichts verstanden, aber wir kommen runter.

Vergiss bloß meine Jacke nicht. Und den Rucksack.

Ich winke den Kindern weiter zu, doch sie beachten mich nicht weiter. Wollt ihr wissen, was das ist?, rufe ich, und werfe die drei

314

Tennisbälle in die Luft, aber mein Versuch, ihre Neugier zu wecken, ist vergeblich. Denkt nicht, das seien normale Bälle, das ist eine Trilogie. Ich erkläre euch schnell, was ich meine, rufe ich und fahre fort:

Eine Idee für zwei Bücher hatte ich schon. Das erste wäre ein Spiegel, der sich im Buchumschlag versteckt. Äußerlich unterscheidet sich dieses Buch durch nichts von einem gewöhnlichen. Genauso stelle ich mir Mallarmés absolutes Buch vor. Das heißt, von außen hält man es für ein Buch, aber schlägt man es auf, findet man statt Seiten einen Spiegel vor. Und was ist ein Buch? Das, wovon ein Dichter geträumt hat, der absolute Text, von allen Zufällen gesäubert. Es ist das einzige Buch, so die Meinung des Grab- und Grabsteindichters, es existiert nur dieses. Und jeder, der schreibt, versucht unbewusst, es zu erschaffen. Für dieses Buch veranstaltet die Literatur ihr ganzes Spiel. Versteht ihr mich, Kinder? An diesem Buch kam keiner mehr vorbei. Ich habe es mir als Spiegel vorgestellt. Ein Kanadier hat sogar ein Wachsmodell des Buches geschaffen. Aber ich bezweifle, dass ein Wachsmodell für so eine große Idee reicht. Mallarmé glaubte, dass alles auf der Welt dafür existiert, um mit irgendeinem Buch gekrönt zu werden, in dem sich alles und jeder spiegelt.

Ein Spiegel ist ein Buch, das nicht übersetzt werden muss, denn es ist schon in alle Sprachen übersetzt: aus dem Oromo ins Afrikaans, aus dem Ithkuil ins Lojban, aus dem Mandarin ins Zazaische, das für Außerirdische genauso verständlich ist wie für Geköpfte und Bodybuilder auf Steroiden, beziehungsweise genauso unverständlich.

Die Idee für das zweite Buch ist noch einfacher zu erklären. Es wäre eine aschegefüllte Petrischale. Nichts weiter. Ein kleiner durchsichtiger flacher Zylinder voller grauer Asche mit der Aufschrift: N. *Gogol, Tote Seelen, Zweites Buch.* Was Asche in vielen alten

Kulturen bedeutete, muss ich euch ja nicht erklären. Ich erinnere euch nur daran, dass es in erster Linie Reinigung durch Feuer meint und die elementare, geballte Kraft des Verbrennens. Bis heute streuen sich Menschen vieler Nationen als Zeichen der Untergebenheit und Trauer erfolgreich Asche aufs Haupt. Außerdem ist Asche ein Symbol für den Neuanfang und die Hoffnung auf neues Leben, der Phönix wird ja durch Asche gereinigt und ersteht verjüngt aus der Asche auf. Yogis reiben ihren Körper als Zeichen der Selbstbeherrschung mit Asche ein. Die Liste ist lang, die würdig mit kartwelischer Asche gekrönt wird, in der zu stochern ein Nationalbrauch und Meditation ist. Jede Nation hat ihre Vorstellung von Asche, genauso wie von einem Spiegel. Dieser imitiert allerdings nicht die Realität wie ein Dichter oder Maler, sondern redupliziert sie, makellos und fehlerfrei, im Gegensatz zur Realität jener Dichter und Maler. Ein Spiegel redupliziert alles und jeden, die ganze Welt, euch und mich.

Was meine Bücher betrifft, so brauchen die ersten beiden noch ein wenig Dichte, daher habe ich sie mir bislang eher wie transparente Kautschukkugeln vorgestellt, sodass sie zur Not auch als Bälle fungieren können; das dritte Buch muss allerdings ein Latexballon sein, der lebendig wird, wenn ihn jemand aufbläst. Also, das dritte, der schlaffe Ballon, wird mein Buch, das *Auserwählte*. Keine Ahnung, was ihr davon haltet, doch mich reizt die Idee eines aufblasbaren Buches.

Was ist schon dabei, wenn es aus anderen Büchern kommt. So muss es auch sein. Alle Bücher kommen aus anderen Büchern. Es ist eine Art Staffellauf. Wie die Schlange aus der Höhle, Sinn aus dem Wort, Käse aus Milch. Wie Wein zu Essig wird, die Raupe zum Schmetterling, Chaos zu Musik.

Mein Buch muss nicht so hervorragend werden wie seine Vorgänger, es soll nur ein Büchlein sein, ein kleines, ein neben einem großen Plot schwimmendes Lehmschiffchen mit Puppen darin. Es wird nicht für sich stehen, sondern neben den anderen beiden, nach dem Prinzip: Einer für alle, alle für einen; alle drei zusammen und drei in einem, eine Art Book of One.

In dem Buch, dem dritten, ist keinerlei Magie, ebenso wenig ist es ein Produkt des Bewusstseins des Autors, ein Querschläger der Persönlichkeit seines Schöpfers, sondern es ist Verpackung, leeres Gefäß, das bei Berührung durch den Leser lebendig wird, falls dieser hineinbläst. Das heißt, ich werde nicht der Autor des Buches sein, sondern Autor wird jeder beliebige Mensch, der es mit dem eigenen Atem füllt. Vereinfacht gesagt, ist es eine Art Objekt voll mit Leere, was einen automatisch vor sprachlichen Dummheiten schützt, vor Obszönität, Sinnlosigkeit, Affektiertheit, Nationalität, Normalität ...

Ich habe lange gebraucht, um an diesen Punkt zu kommen. Habe mich der Wörter entledigt, so wie eine Wunde ausblutet. Natürlich wird mir das Buch nichts nützen, ich werde gemeinsam mit ihm in Schwierigkeiten geraten, mich manchmal sogar dafür schämen, ich schäme mich jetzt schon, doch ich werde daran nichts ändern können. Es hat schon jetzt seinen eigenen Klang, sein eigenes Herz, sein eigenes Leben, sein eigenes Schicksal. Es war ja ohnehin nicht mein Ziel, die ganze Welt mit der Schönheit meines Buches zu Tränen zu rühren, sondern wenigstens einen Menschen bis in die Ewigkeit zum Lächeln zu bringen, wenngleich mit einem Gefühl des Unbehagens. Wenn nicht sogar euch.

Gogol.

Mallarmé.

Manndame.

Wenn wir Zeit hätten, würde ich euch noch von dem Dichter erzählen, der vor seinem Tod erst einen entführten Jungen kaufte, dann diesem Jungen von dem Dichter erzählte, der Wörter kaufte, am Ende kaufte er vom gekauften Jungen Wörter. Wieder Wörter. Außerdem würde ich euch von der Umkehr der Schneekugel und der Morin-Oberfläche erzählen, was ein Zwischenmodell der Kugelumkehr darstellt, aber da sind Marika und Stella schon. Kommt es mir nur so vor oder sehen sie böse aus?

In meinem Körper zerbricht etwas. Ich weiß nicht, ob es an der Kälte liegt oder weil der Anglerfisch in mir erwacht. Das Elektroerdkabel summt los. Es kreischen die Leitungen, sie kreischen.

Hast du den Rucksack vergessen?

Welchen Rucksack?

Wen kümmert der Rucksack ... Ich rufe Marika schon von Weitem zu: Hier, fang!, und werfe ihr Gemmas Ball so zu, dass er ihr direkt in die Hände fallen muss. Das sind Gogols *Tote Seelen*, Zweites Buch, rufe ich.

Marika fängt den Ball instinktiv auf.

Hier, fang Stéphane Mallarmés absolutes Buch! Ich werfe den zweiten Ball, aber sie will oder kann ihn nicht fangen, und er fällt zu Boden, springt Richtung Spielplatz, zu den toten Kindern. Auf einmal habe ich Angst, dass er zerspringt wie eine Glaskugel. Ich kenne das alles, und doch ist es mir irgendwie fremd: die Straße, die Laterne, das taube, fahle Licht. Das wiederum auf die zerborstene Kugel fällt und auf die Rosenknospe.

Stella läuft dem springenden Ball nach, verliert sich in den Kindern mit den versengten Haaren und hohlen Augen. Bald ist sie nur noch ein Punkt, wie ein ferner Stern am Himmel.

Und das ist meins, rufe ich. Den dritten Ball werfe ich nicht mehr, ich zeige ihn ihr aus der Entfernung. Das *Auserwählte*.

Kein Blitz zuckt zwischen unseren Köpfen. Jetzt erst erkenne ich, dass an meinem Ball langes schwarzes Fell klebt, an den Händen bemerke ich einen speziellen Geruch, einen mit Rosenduft vermischten Wildtiergeruch. Auf einmal habe ich wieder Gemma vor Augen, im Bad, eingeschäumt mit Shampoo, die Fußsohlen kakaobraun und der Bauch aufgedunsen, als sei sie jetzt selbst aus dem nach Rosen duftenden Schaum geboren, mit einem weißen Rosenkranz auf dem Kopf. Ein bisschen sieht sie aus, wie wenn sie aus dem Duft gefallen wäre, und sie teilt den Schaum wie ein Eisbrecher das Eis, nur, dass der Schaum nicht davontreibt, sondern am Körper haften bleibt, er umhüllt sie.

Was bedeutet das alles? Marika schützt ihre Augen mit der Hand.

Vom Himmel fallen immer noch dicke Flocken. Die Fenster des Gebäudes reflektieren immer noch grelle blau-rote Blinklichter, wie eine für immer untergehende Sonne. Polizei? Rettungswagen? Feuerwehr? Wobei nichts dergleichen zu sehen ist, selbst das Geheul der Sirene ist nicht mehr zu hören. Die Blinklichter verkünden, dass sie in der Nähe sind. Wie eine Besatzung, die schwankend einen Todgeweihten trägt, rennen rote und blaue Jungen still und schweigend hinterher. Warmer, zementfarbener Schnee fällt auf meine Brillengläser. Dieser Staub bedeckt auch Marikas Haar, Schultern und Wimpern, als wären wir selbst in einer Kugel, in der es leise warm auf uns herabschneit wie auf kleine Plastikfiguren.

Verstehst du nicht? Als du zu mir gesagt hast, kreiere ein Buch ohne Wörter, weißt du noch? Nun, das ist es, eine ganze Trilogie. Feierlich ergänze ich: Ta-daaa!

Marika schützt immer noch mit der Hand ihre Augen.

Den Kindern habe ich es schon erzählt, sage ich zu ihr. Hat ihnen gefallen. Denk ich.

Welchen Kindern?

Hier! Ich zeige in die Dunkelheit. Denen da.

Marika schaut ungläubig in die Richtung meiner Hand, in der Dunkelheit sind kleine leuchtende Punkte zu erkennen. Man weiß nicht, ob Kinder einen anschauen oder Ratten.

Weißt du noch, was du zu mir gesagt hast?, frage ich sie. Sehe ich Podeswa ähnlich?

Eine Weile sieht sie mich einfach so an, dabei blinkt ein Auge blau, das andere rot.

Keine Ahnung, was für eine Antwort du von mir erwartest.

Sag mir einfach: Sehe ich ihm ähnlich?

Wem sollst du ähnlich sehen?

Der Schnee schluckt die Geräusche wie ein Teppich den Staub. Ringsum herrscht Stille. Selbst meinen Herzschlag kann ich nicht hören. Sogar die Gedanken scheinen ihren Gang zu unterbrechen. Vom Himmel fallen still die Flocken. Jedes Geräusch erstirbt. Versteht ihr wirklich nicht, warum kein Laut zu vernehmen ist? Welches Wort sollte die grenzenlose Stummheit des Schweigens ausdrücken? Einzig in meinen Ohren dröhnt es.

Marika schaut mich mit halbgeschlossenen Augen an. Was soll mir ihr Blick verraten? Dass sie mich liebt? Angst hat? Mich für einen Idioten hält?

Hast du es endlich verstanden?, fragt sie mich lächelnd, ihr Gesicht entspannt sich allmählich. Am Ende verstehen es alle, ob sie wollen oder nicht.